本书由肇庆学院"重点学科"建设经费资助出版

Qi zhenhe

Anthology

戚真赫文集

戚真赫 著

暨南大学出版社
JINAN UNIVERSITY PRESS

中国·广州

图书在版编目（CIP）数据

戚真赫文集／戚真赫著 . —广州：暨南大学出版社，2018.9
ISBN 978 - 7 - 5668 - 2356 - 4

Ⅰ. ①戚…　Ⅱ. ①戚…　Ⅲ. ①中国文学—当代文学—文学评论—文集
Ⅳ. ①I206. 7 - 53

中国版本图书馆 CIP 数据核字（2018）第 066788 号

戚真赫文集
QIZHENHE WENJI
著　者：戚真赫

···

出 版 人：徐义雄
策划编辑：潘雅琴
责任编辑：潘雅琴
责任校对：陈绪泉
责任印制：汤慧君　周一丹

出版发行：暨南大学出版社（510630）
电　　话：总编室（8620）85221601
　　　　　营销部（8620）85225284　85228291　85228292（邮购）
传　　真：(8620) 85221583（办公室）　85223774（营销部）
网　　址：http://www.jnupress.com
排　　版：广州良弓广告有限公司
印　　刷：佛山市浩文彩色印刷有限公司
开　　本：787mm×960mm　1/16
印　　张：15.25
字　　数：240 千
版　　次：2018 年 9 月第 1 版
印　　次：2018 年 9 月第 1 次
定　　价：49.80 元

（暨大版图书如有印装质量问题，请与出版社总编室联系调换）

序　并不寂寞的孤独者

一

近日读到戚真赫的弟弟（网名为小李扔刀，一看就知道是个俏皮的男生，应该是很为他大姐所宠爱的）所写的《大姐去世三周年祭》，意识到真赫的匆匆离去，已倏忽三年，不得不再次感叹：岁月如风，其瞬逝之快疾令人于难以捉摸之间便茫然不知所踪；岁月如水，其冲刷之强力足以让世间的所有印象痕迹都褪去原有的新鲜色泽；岁月如铁，曾经发生过的一切真切而冷酷，无法改变。不过，岁月如恒，对曾发生过的事件和人物的记忆、悼念与怀想，不会因岁月的流逝而改变甚至冲淡。真赫离世的事实发生在三年前，对于熟悉真赫的人们而言这已经是旧闻，已经是往事，无法改变，只能在逐渐的疏离中疗治惨苦，在客观的间离中弥合伤感，在时序的隔离中缓释痛惜。当然，这一切都并不意味着遗忘，真赫的亲人、同事、同学、同门等还是在谈论她，在纪念她，更有她的师妹以及她单位的领导、同事付出了艰辛的努力，搜集她的资料和遗稿，为她编辑出版文集。正好，就在这两天，《戚真赫文集》的校样也出来了。这部书的出版，对于已经成为学术存在主体的戚真赫而言，对于戚真赫的亲人、朋友、学生和读者而言，便会成为岁月如火如荼的见证物，任凭如风、如水的时光流逝，它会告诉世人，真的学术会岁月如金，它的有质量的存在至少在它所述的那个空间就是一种无法撼动的事实；真的学者应该是岁月如山，生命逝去并不意味着生命品质的消逝，它会通过有灵性的文字释放着更久远的光芒和热能。

戚真赫英年早逝，像一朵花凋谢在果实尚未为人们所熟知的时分，这似乎是一种必然，但绝对是一份残酷。尽管她各个求学阶段的老师是那么欣赏她的才情，她的硕士导师魏绍馨、谷辅林先生，多次跟我说起她超敏锐的学术颖悟力，她的博士后合作导师饶芃子先生对她的学术成就了解备细，赞赏有加，她的人生挚友和学术榜样刘纳先生对她的人品和才情给予高度评价，她的师友孙郁、解玺璋等一直关注、关心和关爱着她的成长。不过更多人并不了解她的学术贡献，这是编辑其文集的必要性之所在，因为她的学术贡献是突出的，是有光彩的，如果任其淹没在泥沙俱下的文山字海之中，掩迹在浩如烟尘的废纸残墨之间，那不仅是对真赫的不公平，也是对我们这个时代一脉学术资源的浪费，可能还是对保持着学术热情的后来者的不负责任。

戚真赫的硕士论文研究鲁迅"精神还乡"的主题现象，博士论文研究王国维的理念世界，对于一个年轻女学者而言，都是非常富有挑战性的题目，而且越来越疏离文学研究的文本世界，存有走向理念甚至玄思的学术之路的危险性。我至今记得她确定研究王国维时的那样一番坚定与决绝。她甚至说，如果不以王国维作博士论文，这博士学位对她来说就失去了应有的光泽和魅力。违拗不过这个山东人的执拗——我当时曾苦笑着对自己说，一个山东人对于一个浙江人的执拗是一个江苏人所无法有所作为的。无所作为并不意味着不可理解。当这部文集的校样摊开在面前的时候，戚真赫的学术思维便非常清晰地呈现出来了：这是一个本体论思维相当执着的学者，她认定所有有价值的文学现象，包括文学创作以及文学主体的思维，都会归向于一种本体体验，都会体现一种本体性的动能，都会有一种她概括为"精神还乡"的本体性运作。这就是她在论述王国维早期哲学、伦理学和美学思想中发现的"充足理由原则"：本体论的驱动与直观经验的吸引之间的互动。她认定王国维的理念世界充满着本体论上追寻"第一义"，而直观体验层面仍然不断"探其本"的哲学的现代性紧张。与文学创作论中常见的创作本能和创作冲动论有所不同，她的本体论、原动力思考基于体验论本体和理念性本体的双重融合：以 20 世纪两位伟大的浙江人——鲁迅、王国维为代表，杰出的文学和美学主体在体验层面和直觉层面会有还乡性的体验，而在理念层面和思想层面更有一种向着本体，甚至是天才的和神秘的本体归向的意态。这既是一种情感的还乡，也是一种理性的精神回归。于是，她认为她彻底理解了王国维，这位学术和思想的奇人在"本体论"的思维方面归向中国文化传统。而在直觉和经验层面则固执地认为，在新旧文化的尖锐对垒时刻，中国传统文化必然附着在它的政治本体和客观载体——清王朝所体现的文化体制方面，于是他不惜以自己的生命去"殉"他认定的本体。然而，王国维又不是一个顽固不化的执迷不悟者，他在直觉层面感受到新文化的魅力，包括西方现代文化的理性价值，他深深地为新文化中有价值的部分所吸引，但理性认知使得他明白，他的精神故乡正在于他直觉认同的现代性的背后或者反面，这种巨大的反差与矛盾常常像毒蛇一样咬啮着他的灵魂。这是一个思想的独行侠，这是一个精神的漂流者，矛盾而彷徨，孤独而痛苦。对，戚真赫就是这样找到了或者说发现了两个伟大的浙江人的精神联系甚至人格通则，她所刻画的王国维的精神痛苦不正是鲁迅在《野草》等作品中摹写的那种生命体验和理念状态？他们都是孤独者，而且是互不相属，甚至是互不理解的孤独者。在荒漠的宇宙和喧闹的尘世，两个或者更多个孤独者的相遇都只能是孤独感的加剧，而不是孤独感的消减。

真赫用这种直观的体验本体论与理念的精神本体论相结合的学术思维分析着她所感兴趣的文学作品和文学现象，一切都迎刃而解。她对鲁迅《颓败线的颤动》的诠解之所以特别，正在于她出色地使用了这样的两厢本体的方法论。她认为鲁迅在文中刻画出两种罪恶感：性的罪感与生存罪感，前者属于人生的直觉层面，后者属于理念层面，两种罪恶感都体现出或归向于本体论意义。这样的阐释不仅体现着一种学理上的"充足理由律"，而且也昭示着一种文化上的"充足理由律"。人类的本体论文化思维往往与罪恶感相关，不用说中国传统的性恶论是如此，西方最有影响力的宗教原理更是如此：将人类个人与整体都确信无误地定位于原罪担当的格局之中，由此生发出救赎的欲望，从而凝结成对诗、美、上帝的渴求。这是对精神本体和情感原态甚至是心理根底追问的结果，是戚真赫学术思维提供的方法论推导的结果，也代表着一种非常深刻的学术发现的结果。

一个学者能够在一定的课题研究中厘清历史的线索，还原对象的本真，析示蕴含的学理，就已经较为出色地完成了学术任务。对于王国维这样复杂、深奥的研究对象而言，能够完成这样的学术任务更属难能可贵。戚真赫在她的博士论文中不仅出色地完成了对王国维理念世界及其文化资源进行学术描述与学术梳理的任务，而且能道人之所未道，对王国维的本体思维、生命体验等理念构成进行了别出心裁的学术揭示，一定程度上抵达了王国维研究乃至近代思想史研究的独步之境。更重要的是，她追求本源，探求本体，溯求本真的学术原则，特别是将直观的经验本体与理念的精神本体相融合的研究方法，为人文学术研究提供了有效的借镜，而且通向一种学术创造的止境，通向一种学术大成的至境。只有在这样的意义上才能充分认知和评价戚真赫的学术贡献。

二

戚真赫当初选定王国维研究作为博士学位论文的题目，其"本体"动力是什么，我不知道，但那种决绝的态度不仅令我深有印象，而且甚至感到有一股不寒而栗的悲壮意味。我找不到否定她作这种选择的理由，也就只好同意。她为了表示自己的决心，甚至说出了如果不让研究王国维，她会怀疑自己将要取得的这个学位的价值之类的话。我当时为她的固执以及不够理性颇感不快，不料一语成谶，正是因为研究王国维，她的学位申请还真是遇到了不顺。

那些年她非常用功，发狂般地查书、攻书，完全沉迷在王国维的理念世界之中。或者不如这样说，她不要命似的做学问，以致夙兴夜寐、通宵达旦，或者晨昏不分、黑白颠倒的生活方式就是从研究王国维的那些年形成的。她解决了困扰着近现代思想史研究界多年的王国维之谜，写出了一篇非常有分量的学术论文，交出了一份非常圆满的答卷。当她将论文的初稿沉甸甸地交到我手上的时候，她的自信也非常明显："我希望这是一篇能够上优秀的论文。"那时候，刚刚开始形成层层选拔优秀学位论文的做法，自视甚高的戚真赫也难以免俗。我还没有细看全篇论文，当时对她的自信无法明确表态。事后她曾问我，是不是已经预感到会有种种不顺？我没有这样的预感，但确实有一种隐忧。毕竟，这是一个思想史或者美学史的课题，中国现当代文学的学者是不是会持有异议？

三

拿着得来不易的学位，戚真赫博士如约来到她的委培学校——西江大学，在肇庆这个古老得有些荒僻的地方落地生根。她至少是当时的肇庆非常稀缺的博士之一，获得了学校以及肇庆社会特别是文化界的热情接纳。大学对她晨昏颠倒的生活方式给予充分理解，绝对不给她排上午的课程。她结识了一批又一批端州名士，多是砚艺家和中医。相信有相当一段时间她是非常认同这个学校和这个地方的，她甚至招引来她的好友和同门师兄，构成了一个引人注目的学术团队。他们曾经那样地琴瑟友之，兄妹怡怡，以各自真诚的志趣和高雅的情致在南粤培植了一派世外桃花。

　　不过，这一派桃花并不能让戚真赫沉醉，她萌生了逃离之心。她的心是飞翔的梁燕，时刻预备着振翅奋飞。经过努力，她来到了饶芃子先生的身边，到暨南大学做博士后。她所习惯的"昼伏夜出"的生活常常让饶先生感到不适，但论文的连续发表使得她赢得了"才女"的名声，大家对她也就非常宽容。饶先生对她的学术赞赏有加，说她的学术理路既避开了文献的烦琐，又用文化的焦虑去解读王国维，前者令人折服，后者令人感动。如此欣赏她的还有刘纳教授，真赫一直是刘纳老师的铁杆粉丝，不仅生活方式、处事原则等等往刘老师的风格趋近，后来连说话语气、顾盼眼神也大有刘风。

　　真赫是孤独的，但有她心得颇深的学术，有她萦念不已的事业，有她的风格，有她的怀想，有她经验世界和精神世界中可以任意回归的故乡，有她直觉世界丰富的体验和理念世界无止的沉溺，她并不寂寞。

　　真赫离世已经三年，她的文集又正待出版，是应该为她写点文字。不过非常不愿意将这篇文章作为《戚真赫文集》的序言发表，因为，为学生的遗著写序，不免太过悲痛。

朱寿桐

2018 年 8 月 1 日

目　录

上　编

以"可信"求"可爱"

——由一个命题的文本解析探及王国维的理念世界

近百年前，王国维在完成了从古到今、遍及中西的一系列哲学、美学以及伦理学、教育学的学理与义理的梳理与探究之后，却发出了这样深沉的慨叹："余疲于哲学有日矣。哲学上之说，大都可爱者不可信，可信者不可爱。余知真理，而余又爱其谬误。伟大之形而上学，高严之伦理学，与纯粹之美学，此吾人所酷嗜也。然求其可信者，则宁在知识论上之实证论，伦理学上之快乐论，与美学上之经验论。知其可信而不能爱，觉其可爱而不能信，此近二三年中最大之烦闷，而近日之嗜好所以渐由哲学而移于文学，而欲于其中求直接之慰藉者也。"（《静安文集·自序二》）近百年来，由王国维所提出的"可信与可爱"的二律背反命题引发出无数的阐释与论证。这一悖谬境况和命题不仅是作为诗人和哲人的王国维个体的，更是关联于一种精神和理性的存在。由此，学者们从不同的角度与层面对此进行阐发与言说，或者就王国维本人的精神气质而言，如关于王国维本人知情兼胜的本性，加拿大学者叶嘉莹认为："静安先生一生的为学与为人，可以说就是徘徊于'求其可爱'与'求其可信'及人生之途的感情与理智矛盾的追寻与抉择中。"更多的学者从王国维本身的治学与学理探究切入，认为这一命题的提出，表明了"经验论与先验论的对立，实证论与形而上学的对立"，也"正是这种对立，使王国维深切地感到可爱与可信的矛盾，产生了思想上的极大苦闷"。而同时，这种对立亦是"中国近代哲学史中不容忽视的事实"。亦有研究者将这一命题放在近代思想史的大背景之下而引发出更为深远的思考："'可信'与'可爱'这种观念上的二律背反，在某种意义上即折射了历史的两难。"而这种"历史的两难"，即"科学主义与人本主义的紧张"，而且这种紧张"超越了特定的个体而成为一种普遍的历史现象"，而"在这种超前现象背后所蕴涵的，则是在近代化过程中协调价值理性与工具理性的历史意向"。

　　以上诸家之说从不同角度和层面触及王国维的学术与理念世界，正如叶嘉莹先生所指出的："可信"与"可爱"是纠缠王国维一生的根本问题，无论是其前期的哲学思考还是后期的史学考证，无不或显或潜地关联于"可信"与"可爱"的牵缠与悖反。笔者认为，就一个学者而言，学术研究即是其生命的表达和寄托，那么，就王国维个体而言，"可信"与"可爱"的二律背反中所内蕴的便不仅仅是学理与学术的两难，而是更有其深远的从学理到义理，从学术研究到存在关怀的多层面内涵。具体而言，在王国维的"可信"与"可爱"的关联里，既有科学理性精神和方法论的运用，更有以此科学理性精神和思维模式探究形而上与终极的义理世界，而更深入地考察，王国维以其学术与学理的探究而寻求的义理世界是作为生存本原与价值支点的客观精神与绝对理念。即，笔者认为，王国维是以"可信"而求"可爱"。而且，笔者通过考察王国维文本，认为在其观念与义理世界里，所谓"可信"不仅仅意味着科学理性精神，进而深入地系结于作为存在支点的价值与理念世界，而"可爱"亦须有科学实证的验证与支撑。也即，在王国维那里，无论就其学术与学理的运思，还是就其探究的理念内涵而言，"可信"与"可爱"是牵缠而悖反的。在此，笔者拟以王国维前期文本为立足点，对其文本中"可信"与"可爱"的关联作一层递考察与论析，从而就其本人从知识背景到文本运思，从思维模式到义理探究，作一个体己的和原本的探析，以图对王国维有更为切实和全面的理解。而"性""理""命"作为王国维义理探究和人类自身探究的支点亦将作为本文探究其思维模式和义理关怀的支点，并进而探究与之相关的其他篇章与理念，以作更为全面的分析。需要说明的是，"可信"与"可爱"的命题是王国维在其做哲学、美学、心理学、伦理学、教育学等人文科学译介与研究的前期提出的，本文对这一命题的探究与解析仅限于王氏此一学术阶段与范围，不涉及其后期史学领域的研究（按：关于王国维考证与史学研究与其"可信与可爱"命题的关联，可参看叶嘉莹先生著作《王国维及其文学批评》，石家庄：河北教育出版社，1997 年版，第 5~8 页）。

一

　　就知识构成来看，早期王国维的知识结构由国学与西学两大板块构成，且此两大板块在某种程度上相互参证以至融合渗透。而王国维从少年时代便既喜历史和考据，亦喜词章，却不喜《十三经注疏》和科举时文，由此可见，王国维少年时即已养成了求真求实求美的个性与学风。而从1898年到上海之后，其文化修养、知识结构发生了巨大变化，除受当时政治与文化氛围的直接影响与熏陶之外，就学理而言，王国维所接触的西学，尤其是他亲自翻译的西方近代自然科学与人文社会科学著作，对其治学和运思有更为直接的渗透和影响。据陈鸿祥先生考证，早在1900年，王国维便译述了近代科学三大发明之一的"势力不灭论"（即德国物理学家、生理学家赫尔姆霍茨关于能量守衡与转化的定律），又译述了对近代理论自然科学有决定性影响的康德的"两大天才假说"（"星云说"与"地球自转由于潮汐而受到阻碍的理论"）。除此之外，王国维译述的自然科学著作还有《日本地理志》《农事会要》《算术条目及教授法》等。而其真正的兴趣所在则是与宇宙人生紧密相关的人文社会科学，从1901年起，王国维便对西方人文学术进行广泛的研究与介绍，仅其译著便已涉及西方哲学、美学、伦理学、心理学、教育学、逻辑学等。而启蒙运动之后，近代科学及其理性精神在西方和日本受到广泛推崇，且向社会生活的其他领域蔓延、渗透，在王国维所译的上述领域著作中，便既有科学理性精神的渗透，又有科学方法论的自觉运用与介绍。如1902年王国维所译的日本桑木严翼所著的《哲学概论》，其中关于哲学，便如此定义：①哲学者，学也；②哲学者，根本的原理之学也；③哲学者，进步之学也。即"哲学者，论自然、人生、知识等之根本原理之学也"。其中的科学理性精神不难见到。书中介绍了哲学研究的"一般方法"和"特别方法"，前者包括演绎法和归纳法，后者包括直觉法和辩证法。而王国维的另一本译著——日本学者元良勇次郎所著的《伦理学》则指出，伦理学的研究方法是，搜集许多之事实，而归纳地研究之，"即把伦理学也当作一门科学看待，也以科学的观察及归纳的方法，定其理论之基础"。总之，以上著述体现了建立在近代科学理性与方法论基础之上的人文与社会科学的基本观点和体系。而同时，在这些论著中亦有康德、叔本华哲学的渗透。

通过考察王国维前期哲学、伦理学、美学著述，笔者发现其运用得最普遍的一种方法论是人类经验和认识的最根本原则——充足理由原则，而这一原则的运用也是形成其文本中求实求真精神的基本因素。所谓充足理由原则，在王国维所译的日本学者元良勇次郎的《伦理学》中是这样解释的:"拉衣白尼志（莱布尼茨）论宇宙有必然之理,此理谓之充足理由主义,即谓一切存在又发生之现象,必有充足之理,以使之如是,且使之不得不如是。"而王国维的理解则更为根本和彻底:"天下之物,绝无无理由而存在者。其存在也,必有所以存在之故,此即物之充足理由也。在知识界,则既有所予之前提,必有所予之结论随之。在自然界,则既有所予之原因,必有所予之结果随之。"并称引叔本华之有关论说:"此原则就客观上言之,为世界普遍之法则;就主观上言之,乃吾人之知力普遍之形式也。"充足理由原则在西方思想和知识界由来已久,从"欧洲上古"到"中世之哲学",以至近代的莱布尼茨和康德,对此皆有所研究与论述,而王国维最为推崇的是叔本华之说,认为其说为"深邃之研究",的确,叔本华对此原则的理解和阐释最为普遍和根本。依此,王国维在其研究中,认为:"因果之相嬗,质力之不灭,无论何人,未有能反对之者也。数学及物理学之所以为最确实之知识者,岂不以此乎?""今夫吾人所可得而知者,一先天的知识,一后天的知识也。"且"二者之知识皆有确实性"。正是以此充足理由原则,王国维就古今东西论性之说作一梳理,其理论依据则为:"今吾人对一事物,虽互相反对之议论,皆得持之而有故,言之而成理,则其事物必非吾人所能知者也。"据此,王国维指出古今东西诸子之说,如性善说、性恶说、性一元论、性二元论等,虽"互相反对"同时又"皆得持之而有故,言之而成理"的相互矛盾和自相矛盾之处,而最终断言曰:"性之为物,超乎吾人之知识外也。"同样立足于充足理由原则,通过对"理"之一字"考其语源,并其变迁之迹",及考察与梳理中外古今各家论"理"之说,王国维认为"故理之为物,但有主观的意义,而无客观的意义。易言以明之,即但有心理学上之意义,而无形而上学之意义也。"由此而将古今东西关于"理"之形而上学与伦理学之说所附会的客观意义逐一理清,即,在王国维的理念里,所谓"理"作为人类义理的一种根据,其客观意义是不存在的。在《原命》中,王国维质疑康德之"意志自由说"——"理性之势力"所支配的自由,认为:"此等表面的自由,不过不可见之原因战胜可见之原因耳。其为原因所决定,仍与自然界之事变无以异也。"而叔本华的"自由""意志之本体"在王国维看来亦是"其在经验之世界中,不过一空虚之概念,终不能有实在之内容也"。于是,关于意志,关于自由,王国维认为:"一切行为,必有外界及内界之原因。此原因不存于现在,必存于过去;不存于意识,必存于无意识。而此种原因，又必有其原因，而吾人对此等原因，但为其所决定，而不能加以选择。"立足于充足理由原则，王国维的发现比康德、叔本华更为彻底与根本，其中所内蕴的充足理由原则的实证精神亦由此可见。但与此同时亦可发现，在王国维那里，这种实证精神已深入不可见的先验领域，也即，总体来看，充足理由原则在王国维的文本中既有实在经验的基本内容，亦有形上超验的深层含义，因此，在王国维那里，充足理由原则的客观精神与可信性便具有了经验与超验的复合内涵。然而，王国维此种发现不能不说有所自，在《汗德之知识论》中，王国维颇为详尽地阐述了康德之时间、空间及知识论之普遍性与必然性，而这一切同时又必不脱先天的观念性。对性、理、命的论析可以说是王国维立足于东方哲学理念，而对人类已有之基本义理作一较为系统的梳理，在此基础上而对东西方诸子之说逐一理析，从中所求的是已有之义理作为人类存在的根本依据是否"可信"，而这"可信"的基本依据和原则之一便是关联于实在经验与形上超验的充足理由原则。在王国维论及东西方义理的其他篇章中，如对中国古代诸子学说的梳理，对西方近代哲学、伦理学学说的论析，充足理由原则皆作为一种显在或潜在的实证精神贯穿其义理的探究和梳理中。于是，充足理由原则作为一种精神和方法论贯穿王国维的文本，构成其"可信"的内涵之一。

二

然而，仅有充足理由原则还不足以构成王国维"可信"的全部内涵，作为其运思与义理依据的还有直观经验论，在其文本中与充足理由原则并行不悖。在王国维所译的日本人桑木严翼所著的《哲学概论》中便讲到哲学研究的"特别之方法"之一——"直觉法"："直觉法或直观法者，谓攻究哲学时一种特别之直觉，与寻常之知力异，而得直知事物之真相，由此而组织哲学者也。"此即叔本华所谓"顿悟"。在《叔本华之哲学及其教育学说》中，王国维对此直观经验论作了大量详尽的介绍。叔本华意义的直观是："叔氏谓直观者，乃一切真理之根本，唯直接间接与此相联络者，斯得为真理。而去直观愈近者，其理愈真；若有概念杂乎其间，则欲其不罹于虚妄难矣。""彼谓概念者，其材料自直观出，故吾人思索之世界，全立于直观之世界上者也。"王国维认为叔本华哲学之全体之特质，其最重要者是："叔氏之出发点在直观而不在概念是也。"立足于此,王国维认为叔氏哲学,"其形而上学之系统,实本于一生之直观所得者"。且认为叔氏之美学、伦理学、教育学诸学说,同样亦皆立足于直观的知识,且逐一论析。通过考察分析王国维对叔本华"直观论"的理解,笔者认为,"直观"在王国维的理念中,首先意味着追本溯源,即以直观而直达人类义理之根本处,这也就意味着,王国维以"直观"所求的是终极立论的"可信",也即是王国维所理解的叔本华之"直观说",亦即王国维本人理念中之"直观"的根本含义。这一含义是忠实于叔本华"直观"观念之原意的。以此梳理古今东西人类已有之理念,王国维认为,希哀林(谢林)、海额尔(黑格尔)之说虽"庄严宏丽",却是不可信的,因为他们远离直观,而"专以概念为哲学上唯一之材料",如此,王国维认为他们的哲学论说便是"如蜃楼海市,非吾人所可驻足者也"。以此"直观"之观念而验证人类义理的其他论说,王国维认为"理"之作为客观意义——无论是朱熹的"太极说",还是斯多葛派的"宇宙大理",或康德以降的"超感的理性",其之所以不可信,便在于"此等观念之不存于直观之世界,而惟寄生于广漠暗昧之概念中。易言以明之,不过一幻影而已矣"。而叔本华哲学之可信,即在于叔本华"以天才之眼,观宇宙人生之事实",其哲学虽于婆罗门佛教之经典及柏拉图、康德之哲学中有所取,然而最终"其所以构成彼之伟大之哲学系统者,非此等经典及哲学,而人人耳中目中之宇宙人生即是也"。这也是王国维崇扬叔本华哲学的根本原因,"叔氏之哲学所以凌轹古今者,其渊源实存于此"。应该指出的是,王国维之"直观",或者也可以说其转借与转解于康德、叔本华的"直观",既有实在世界之"经验"的内涵,如其所阐释叔本华的知识论:"真正之新知识,必不可不由直观之知识,即经验之知识中得之。"及其对叔本华教育论的阐释"重经验而不重书籍",另如前文所论述其质疑叔本华之"意志之本体"之不可信,即在于"其在经验之世界中,不过一空虚之概念,终不能有实在之内容也"。而"责任之观念",在他看来"自有实在上之价值,不必借意志自由论为羽翼也"。然而,笔者在读解王国维的文本中发现,其对"经验"的理解和运用却不只限于实在领域,同时亦关联于超验领域;而同时在王国维对此观念的理解、阐释与运用中,其直观之观念却大多同时亦取纯粹与先验之义:如其所阐述的康德、叔本华之论数学,一者谓:"时间及空间之二观念,即一切算术及几何学所关系者,乃知觉之纯粹形式,或先天之知觉也";一者谓:"若数学,固不外空间时间之直观,而此直观,非后天的直观,而先天的直观也,易言以明之,非经验的直观,而纯粹的直观也。"而康德之由时间、空间之先验之形式到知识论之普遍性及必然性的总体观念与论说则给予王国维之于直观的理解以更为普遍的理念基础。在王国维的理解中,康德"先天"之观念"非有时间上之意义,但有知识论上之意义,即非谓先经验而存在,而谓其普遍性及必然性,超越一切经验,而非可由经验论证之者也"。而将对康德、叔本华"直观"与"经验"的先天性的理解应用于其义理的解析中,则无论是"直观"还是"经验"观念的理解和运用,皆时取于实在领域,时取于超验领域,更多的则是复合二者之含义。则其文本中"经验"内涵之不一致,"直观"与"经验"内涵之交错,再一次说明作为实证精神的直观经验论在王国维那里亦深入不可见的先验领域,即,"直观"与"经验"作为一种观念和方法论,在王国维那里同样具有实在与超验的复合含义。笔者认为,"直观"在王国维那里的最全面的含义即在于其对叔本华哲学特质的阐释:"人人耳中目中之宇宙人生。"这一阐释既关联于实在经验领域,又关联于终极超验领域。这种对"直观"与"经验"含义的复合理解和定义又可见王国维以"直观"与"经验"而追本溯源,试图以此而达人类义理的根本处,存在根据的本原处。

三

无论是充足理由原则还是直观经验论,在王国维的行文与运思中,皆同时贯穿着一种思辩精神。在王国维约译于 1903 年的耶方斯(王译"及文")的《辩学》中,言"故辩学者,可谓之思想之普遍形式之科学","吾人得谓辩学者,一切科学中之最普遍者也"。而思辩,作为"辩学"的高级阶段,之于王国维,不仅是一种方法论,而且是一种彻底的精神,即王国维通过思辩所及的,不只是思想的形式,更是思想的内容,所以,在王国维那里,思辩一方面立足于充足理由原则与直观经验论,另一方面同时指向人类义理的根本处,指向存在之内在与外在的本原。这一思辩的方法论与精神首先见于其对康德、叔本华哲学的阐释,即相对于康德、叔本华义理探究的彻底与深入,王国维亦以思辩这一彻底的方法论与精神探究与阐释之,即如他所理解的康德的宗教论:"且汗德亦说'物之自身'矣,其驳灵魂及上帝也，非谓其不存在，谓不能以理论证其存在也。彼非难独断唯心论矣，然此等非难亦得加之于唯物论。彼虽攻击有神论，然亦同时攻击无神论。彼尽褫纯粹理性之形而上学的能力，而以之归之于实践理性即意志。譬之一物，以右手与人，而旋以左手取之……"这一方法与精神在王国维非译介性的更具独立意义的研究与论述中得以被深刻地理解和贯彻，上文所论析的其对东方以至人类既有之基本义理如"性""理""命"的探究即可见："今试问性之为物果得从先天中或后天中知之乎？先天中所能知者，知识固已久矣。故断言之曰：性之为物，超乎吾人之知识外也。"在同一篇中，思辩的方法与精神同样运用于对诸子之说的质疑。此处亦可引证以作一更为具体切实的证明："今《孟子》之言曰：'人之性善。'《荀子》之言曰：'人之性恶。'二者皆互相反对之说也，然皆持之而有故，言之而成理，然则吾人之于人性固有不可知者在欤？孔子之所以罕言性与命者，固非无故欤？且于人性论中，不但得容反对之说而已，于一人之说中，亦不得不自相矛盾。《孟子》曰：'人之性善，在求其放心而已。'然使之放其心者谁欤？《荀子》曰：'人之性恶，其善者伪（人为）也。'然所以能伪者何故欤？汗德曰：'道德之于人心，无上之命令也。'何以未几而又有根恶之说欤？叔本华曰：'吾人之根本，生活之欲也。'然所谓拒绝生活之欲者，又何自来欤？……"由以上引证可知，王国维之思辩是立于前人论说与义理之未及之处，而深入"性"之义理作为人类根本依据的本原处。上述推理与推论过程亦见于王国维其他篇章，如《释理》篇，在对"理"进行追本溯源的实证考析过程中，思辩的方法论与精神亦与之并行相助："理"无论作为"理由"还是"理性"，皆"善亦一动机，恶亦一动机"，"为善由理性，为恶亦由理性"，所以，"理"并无伦理上的客观价值。前文所引王国维对康德、叔本华"自由意志说"与"意志本体说"之质疑与反驳，亦是立足于充足理由原则而以思辩之方法所得（参看《原命》）。《红楼梦》在王国维看来既是"宇宙之大著述"，那么，王国维从中探究的便亦是关联于宇宙人生本体性的人类的"大义理"。王国维对《红楼梦》这一"宇宙之大著述"，既以自己对宇宙人生的深刻直观与感悟去体验与论说，亦以思辩这一彻底的方法论和精神而达宇宙人生之客观与本原的精神。在这样一种体验和思辩之下，世界人生是否"果有合理的根据"，"抑出于盲目的动作，而别无意义存于其间欤？"，并不可知；叔本华及世界各大宗教所宣示之彻底解脱之可能与否，亦不可知："试问释迦示寂以后，基督尸十字架以来，人类及万物之欲生奚若？其痛苦又奚若？吾知其不异于昔也。然则所谓持万物而归之上帝者，其尚有所待欤？抑徒沾沾自喜之说，而不能见诸实事者欤？果如后说，则释迦、基督之自身解脱与否，亦尚在不可知之数也。"而在这段著名的言说之前则是以思辩而质疑叔本华之解脱说：既然"一切人类及万物之意志，皆我之意志"，则叔本华言一人之解脱，而未言世界之解脱，"实与其意志同一之说，不能两立者也"。无生主义（解脱）既不可能，"生生主义"（所谓"最大多数之最大福祉者"）在其思辩中亦"仅归于伦理学者之梦想而已"。要之，无论是无生主义还是生生主义，以及世界人生之"合理的根据"，王国维思辩所及，皆在既有义理未及之处，而探及宇宙人生之本原处。如此，其论析之最终结果则是有关宇宙人生之既有义理的不可信，而世界人生之本体性的"大义理"亦终不可知。这一思辩的方法与精神在王国维论析叔本华与尼采理念的继承与转化关系时亦贯穿其中，这一深入的比较和论析最终使其认识到无论是叔本华之"天才"，还是尼采之"超人"，最终皆是一种"自慰藉之道"，而其譬之于叔本华与尼采"役夫之昼"与"国君之夜"的譬喻，则是思辩与义理的深刻结合，这一深刻结合是王国维对叔本华与尼采哲学的独到体验与深入理解。可以说，思辩是王国维在其义理探究中运用得最为广泛亦最为深刻的一种方法和精神，而王国维以思辩这一彻底而客观的方法论与精神所探及的，则是对人类既有义理之质疑，及宇宙人生之客观精神之不可知。其所欲求的客观与绝对精神的"可信"，最终因其探究的深入而成为"不可知"。

四

充足理由原则、直观经验论以及思辩，既是思维方式，也是人类观察与探索世界的最具确然性与必然性的方法论，从而亦是人类理念最普遍、最深刻的精神体现。而本文所论及，亦只是王国维义理探究与文本运思中最具普遍意义与彻底精神的方法论与精神。作为方法论与精神的运行，此三者在王国维文本中相互关联，其思辩立足于充足理由原则与直观经验论，而其充足理由原则与直观经验论的运行中亦贯穿着思辩的精神。正是以此相互关联的彻底与普遍，确然与必然的方法论与精神，一种"可信"的方法论与精神，王国维试图探究人类存在与本原的一种绝对与客观的精神，一种"可信"所及的"可爱"，即以"可信"求"可爱"。这样一种精神和努力在其带有前期学术总结性的《国学丛刊·序》（1911年）中得以较为全面和系统地阐述。在他看来，学术研究应将科学之真、史学之实、文学之美作一整一而本原的探究，这一探究就方法论而言，则"为一学，无不有待于一切他学，亦无不有造于一切他学"，立足于本体论而言，"夫天下之事物，非由全不足以知曲，非致曲不足以知全。虽一物之解释，一事之决断，非深知宇宙人生之真相者，不能为也"。故"事物无大小，无远近，苟思之得其真，纪之得其实，极其会归，皆有裨于人类之生存福祉"。这是学术研究的一种理想与本真的状态，也是王国维自始至终所致力于而欲置身其中的一种状态，在这一状态之下，无论从方法论还是从本体论的角度而言，是"可信"与"可爱"的内在交通与深刻系结。而具体考察其文本与理念，"可信"与"可爱"二者呈现一种相互牵缠而悖反的状态。即其所求之"可爱"须是"可信"的、可实证的，而"可信"，就笔者所读解的王国维前期文本而言，"可信"在王国维那里具有二重复合的含义。一者，其《静安文集·自序二》中所言之"可信"，即其早期所译介的实证论哲学，所谓"知识论上之实证论，伦理学上之快乐论，与美学上之经验论"（主要指以培根、洛克、休谟等为代表的英国经验派哲学），是一种实在经验界的"可信"；二者，在王国维的理念世界与文本运思中，其所求之"可信"实已超越了现实经验层面，而深入先验或超验的终极领域，即王国维所求的是从可见到不可见，从现实经验层面到先验本体领域整体的"可信"。如此，其"可信"中便必然含有"可爱"的内涵。同样，"可爱"在王国维那里亦须以"可信"为内在深层根据和验证，所谓"伟大之形而上学，高严之伦理学，纯粹之美学"，亦须含有实证理性之客观精神，即其"可爱"中既有超验终极的本体内涵，又须立足于实在经验的客观性，上文所论析王国维以"可信"之于"可爱"的求证，同样亦可看作其对于"可爱"内涵的客观与本原的"可信"的验证。如此，"可爱"以"可信"为深层根据，"可信"以"可爱"为终极本原，那么在王国维那里，无论是"可信"还是"可爱"，皆为求得从经验实在到超验本体的整体与本原的统一。在王国维文本中，二者牵缠而交错，且共同服从于一个整一而本原的终极目的。而这，实为人类理念的一种理想状态。

此外，从王国维义理探究的内涵来看，其以"可信"所求证的正是"性""理""命""自由""意志"等人类既有义理的客观和本原，而在此

"可信"的方法论与精神的验证之下，却是对人类既有义理的抽空与还原：如上文所引述，"性之为物，超乎吾人知识之外"；"理"作为人类义理的根据，其客观意义是不存在的；作为"命"的体现的"自由意志说"与"意志本体论"只不过是一"空虚之概念"；叔本华之"天才论"与尼采之"超人论"亦只是其"自慰藉之说"；存在之根据不可知，解脱亦不可能……则王国维以"可信"的方法论与精神对人类既有义理的抽空与还原，是所有这些"可爱"的内涵作为一种客观与绝对精神的质疑与悬置。然而，在王国维的理念世界中，其所求之"可爱"，又存在着另一种特质和形态，这便是源自东方古代文化源头的"至境"的圆满、高远、纯粹与绝对，一种既合于至高之道又合于至善之德的自由本体。在《孔子之学说》《孔子之美育主义》中，同样是置于"宇宙第一原因"之下的义理探究而立足于时间、空间、因果律等自然界普遍之原理之上，而充足理由原则、直观经验论潜在于上述自然原理之下，然而，在王国维对以"仁""道"为本体的东方义理的阐释以至崇扬中，其立足点便已基本转换为东方义理之本体，而上述"可信"的方法论与精神则在此以东方义理为内涵的"可爱"中退隐。同样，从某种意义上说，在王国维对从苏格拉底到叔本华的西方哲学、美学以及伦理学理念的译介与研究中，西方文明中的宗教、上帝、道德等理念，转化为合于至高之道与至善之德的自由本体，在其理念中与东方内涵的自由本体融合为一。在如此的义理探究中，其所崇扬之"可爱"便与前文所论析之"可信"的方法论和精神相悖反。

"以可信求可爱"，然而在这一探求之下却是"可信"与"可爱"的牵缠、交错和悖反，这一文本解析似乎可以说明王国维"可信"与"可爱"命题中内涵之关联，而无论是"可信"还是"可爱"，其终极目的皆在探求作为生存本原与价值支点的客观精神与绝对理念。这或许是立足于王国维文本而对其"可信与可爱"命题内涵的较为全面和切实的解析，由此解析而可探及王国维的深层理念世界。

【原载于《山东社会科学》2001 年第 3 期】

"探其本"与"第一义":
王国维美学之本及其现代性转型研究

引 言

　　王国维美学作为中国现代美学的奠基,其现代性内涵和本质,已为学界所公认。学者们从各个角度与层面界定王国维美学,探究其美学的现代转型、其现代性内涵及其与现代性的意义关联。如夏中义从现代人本主义的层面界定王国维美学,强调从人本忧思和生命价值的角度理解和阐释其美学本质,刘小枫从生存论层面解读王国维美学,潘知常从生命美学的角度界定王国维美学的现代性,杜卫则从思想和方法论意义上阐述王国维美学的现代性。与上述论点相近和相似的观点还有很多,如富华的《人本自觉与学术独立》即是在夏中义关于王国维美学的人本主义观点的基础上对王国维学术与个体生命意识进行探讨[1],陈望衡《王国维的美学本体论》认为正是王国维"第一个构建了美学本体论,作为学科的美学才在中国真正建立"[2]。人本主义美学、生存论美学、生命美学以及美学本体论,所有这些研究都试图从较为深入的层面探究王国维美学,并以此界定王国维美学与现代性的关联。而早在一个世纪之前,王国维对自己美学的深度及其根本性的特点就有了清醒的认识,在集其美学大成的《人间词话》中认为自己的"境界说"与传统"兴趣说""神韵说"的不同在于其"探其本"的内涵和深度[3](卷上之9),其《人间词话·未刊手稿》也自评其词是于"第一义"处超越古人[3](未刊手稿之7),同样的意涵在王国维其他文本中也有所表述。对思想与创作个体而言,一个人的诗词创作与其理论、观念是内在相通而相互支持与包含的,那么就王国维美学思想而言,本文认为,正是"本"的探究,"第一义"的转换,才构成王国维美学的根基,这也正是王国维美学转型的根本所在。本文认为，探讨王国维美学的现代性必须从其美学之本进入，王国维美学的现代性转型正在于其美学之本的转换。但以上有关论述并未对王国维美学的根本作系统明晰的分析，王国维也未曾明确定义自己的"探其本"和"第一义"的含义。本文即在前人探讨的基础上进而提出并论证：王国维美学的根本——所谓"探其本""第一义"是什么？其美学立论和言说的基础是什么？这一根本是在何种层面和意义上与现代性关联的？笔者将对王国维美学及其相关文本作更为深入和系统的梳理，从根本处、"第一义"处，从本原与始基的层面上分析王国维美学根基及其与现代性的关联。本文不仅是就以上诸说的接着说，也是希望对王国维美学研究从根本处有所突破。

在进入正式论述之前，笔者认为有必要提出一个王国维文本中的现象，这一现象对于王国维美学之本的探究亦有独特的意义，可以使我们从另一个角度更为深入地认识其美学根本。即在王国维某些文章中，他往往跳出所论述的主题，而走入另一个与自己的论题看似悖离或相距甚远的问题，如在《红楼梦评论》中，他跳出自己"意志"与"欲望"的"立脚地"而质疑自己的"立脚地"："然所以有世界人生者，果有合理的根据欤？抑出于盲目的动作，而别无意义存乎其间欤？""世界人生之所以存在，实由吾人类之祖先一时之误谬。"这一虚妄和无意义的假设，实在悖离了其意志论的立足点，是对其立足点的质疑与反思；在其以"势力之欲"为立足点的《文学小言》中，又跳离其欲望与意志的立足点，而跳到康德的问题："岂真如汗德所云，实践理性为宇宙人生之根本欤？"即使在其他方面、其他学科（社会学、教育学、哲学等）的论述中，这一思维现象也同样存在，如关于近世教育思想与哲学之关系的论述，他的探讨并非直接论述教育与哲学，而是从人类自古以来所面临的最原始的问题入手："人所以为人之价值存于何点乎？人何为而生斯世乎？心与物体之关系如何乎？人何由而得认识外界乎？又真伪之判决于何求之乎？"[4]等。这里值得说明的是，所有这些悖离、跳离和自我质疑，既是其自我质疑和悖反，也是其文本本身立论的深入和补充，所达至的是根本层面，是回归到第一意识、原初意识的层面。而这一特异的思路和现象从另外的角度和层面启示我们，立论也好，悖离也好，王国维的探究所注重的是"哲学上之研究所以终无穷期"者[4]——即终极、永恒、本体的问题，他的研究是为了"唯真理之从"，而并非只是为了立一家之言，成一家之说。他首先是一个思想者,而并非仅是一个学问家,他的学问是建立在其思想探索根基之上的。

与其文本中自相悖离的现象相关的,是王国维美学的不成体系和芜杂,这一点也是学界共识。虽然有学者根据王国维美学的理论形态、思辨基点、核心概念及其相互之间的关系而总结出其美学的"准体系"特性,但一个明显的事实是,在他的美学研究中从未成系统地探讨美、美感、审美主客体、审美关系及自然美、艺术美、社会美等美学概念,也从未从认识论、伦理学、心理学、社会学等角度出发界定自己的美学,进而构建自己的美学体系。相反地,美学、哲学、文学、教育学、伦理学、社会学等内容往往在王国维文本中交叉存在,并跨越多方面的问题。王国维美学和学术探讨的内容很广泛,其所涉足的领域也相当芜杂,涉及对西方哲学、美学尤其是康德、叔本华美学的译介与研究,希腊、德国、英国、俄国、荷兰、法国等西方哲学、美学、文学、教育学等学科的译介,中国古代哲学的梳理,其中自然也包括王国维本己的纯理论性美学学说的创立,但同时王国维美学更关注国人精神的苦痛与救赎,理想的人格与人生范式的构建,以至涉及当时的学术论争与辨惑。无论是译介还是论争以至构建,所有这些探讨都贯穿着一个根本的立足点,围绕着一个根本目的——探究生存的本质内涵,所谓"世界人生之根本""宇宙人生之真理"。这样一种渊深和根本的探究正是王国维美学思考的起点和立足点,他的所思所想都是围绕着这一存在之始基、人的生存之本展开的,甚至其所译介与研究的哲学、教育学论著等都可以作为这一目的和主体的注脚,与其美学研究互相沟通与阐释。自我悖离与质疑,无意于构筑体系的译介与研究,如此一种学术现象,说明一个问题,即对王国维而言,他所作的美学译介与研究,他的思考,他的治学,与其说是一种构建,不如说是一种探究,一种寻觅,而这种探究和寻觅,正是为了"探其本",为了"第一义",为了探究"宇宙人生之根本",为了解决"人人所有之问题,而人人未解决之大问题",而不是为了构建某种学问和体系。他并非为美学或某种学问、体系而研究美学,而是为探究世界人生之根本而探究美学。

同样,关于王国维的学术研究,学界注意到其兼通中西而又强调学术独立的学术立场。对此问题,本文认为,无论强调兼通中西还是强调学术独立,王国维的立足点都在于真正关乎"宇宙人生之真理",在于真正解决"宇宙人生之问题",以此达到"偿我知识上之要求而慰我怀疑之苦痛"

的最终目的。在《奏定经学科大学、文学科大学章程书后》一文中，王国维所论述的西洋哲学之于中国哲学、诸子哲学之于儒家哲学、文学之于哲学、教育学之于哲学、经学科与文学科以及"群经"之间的相互交通、不可分离的关系，恰恰是立足于"宇宙人生之真理"的解惑目的，在其《论近年之学术界》和《奏定经学科大学、文学科大学章程书后》等文中一再表达和强调这一目的的言说。而王国维一贯坚持的"学无新旧，无中西，无有用无用之别"的主张，也正是立足于"夫天下之事物，非由全不足以知曲，非致曲不足以知全，虽一物之解释，一事之决断，非深知宇宙人生之真相者，不能为也。"以及"事物无大小，无远近，苟思之得其真，纪之得其实，极其会归，皆有裨于人类之生存福祉"[5]这一信念之上的。即使转述和译介叔本华的"直观说"，他所关注的重点也是立足于叔本华哲学来源于"人人耳中目中之宇宙人生"这一存在根本："彼以天才之眼，观宇宙人生之事实""然其所以构成彼之伟大之哲学系统者，非此等经典及哲学（指婆罗门教、佛教及柏拉图、康德之哲学——引者注），而人人耳中目中之宇宙人生即是也。"[6]在这里，所有观点和论述都指向一个目的："真"与"实"，"宇宙人生之真相"与"宇宙人生之问题"，这一目的作为其执信一生的学术理念与信念而贯穿其治学过程始终。可以说王国维的学术独立与兼通的主张，正是为其"真"与"实"、"宇宙人生之问题"和"宇宙人生之真理"终极与根本的探究。也就是说，正是在关乎"宇宙人生之真理"的意义上，王国维才强调学术的独立与兼通。正是立足于这一基点，王国维提出"异日发明光大我国之学术者，必在兼通世界学术之人，而不在一孔之陋儒"[7]以及"异日昌大吾国固有之哲学者，必在深通西洋哲学之人，无疑也"[8]。需要指出的是，"真"与"实"、"真相"与"真理"，所指的是"天下万世之真理"而非"一时之真理"，即王国维所言之真理，是一种根本性、终极性的真理，而王国维治学的终极目的即在此对"天下万世之真理"的追究。同样地，王国维对学术独立性的强调，对哲学与美术的神圣性与尊贵性的强调，也是立足其探究宇宙人生之问题的终极目的的：哲学、美学、美术（即艺术）、文学、学术，虽然"无与于当世之用者"，但其所关乎的是存在之本——"天下万世之真理""宇宙人生之真理"，其独立性与尊贵性即在此根本、永恒和终极的意义。总之，王国维对学术独立与兼通的强调，是立足于存在之本的根本层面的，是立足于宇宙人生之问题的解决和宇宙人生之真理的探究上的。而与王国维治学的独立与兼通理念相关和一致的，是王国维的美学研究，它不是孤立的，而是与其同时期的哲学、教育学、心理学、伦理学等的研究相通，是相互阐释的，它们共同立足于一个大的基点——"宇宙人生之真理"，它们皆是王国维以之探究宇宙人生的一种途径。笔者认为，这才是王国维学术与美学研究的真正意义所在，亦是其美学和学术研究的根本初衷。

自我质疑与悖离，美学思想的杂乱与不成体系，立足于根本层面对学术独立性的强调，所有这些从另外的角度和更为深入的层面启示王国维——美学之本在于回到原始根基而重新探究生存之本，在人生"第一义"处，在世界人生的始基处"探其本"，即存在的真实与本质，这种探究才是王国维美学的根本所在。也正是在这一重新探究和确立根基的本体论的意义上，王国维美学才真正具有现代性内涵和性质。就这个意义而言，王国维美学的现代性即在其作为新的基点——生存之本基点的开端，也就是王国维的美学思想与审美理念是一种根基性内涵的重新开启，在此意义上，王国维美学是审美现代性的开拓。这一基点突破了传统美学伦理化、道德化的视界与目的，是在新的知识结构、学术视野和宇宙观的背景之下，美学的新的发端与开创。

关于现代性，既有政治社会的、哲学文化的，或者物质文化与精神文化的各种层面、观念、内涵的界定，也有启蒙现代性和文化现代性——对现代性的呼唤和对现代性的反思、批判的前后阶段的划分。而穿越现代性的各种阶段和形态，审美现代性的内涵和意义是在叔本华、尼采、弗洛伊德、海德格尔、马利坦等人的界定之下的，是在意志论、生命哲学、精神分析哲学、存在哲学等思想和理论内涵的范畴之中的。它意味着对现代化进程各种物质尤其是精神弊端的反思和批判，对现代人生存困境的洞透，从而重新回到生存的根本处去关注人自身的存在和意义，重新关注人安身立命之本的设定——这，可以看作现代美学之本。在此意义上观照王国维美学，则王国维属于这个脉系的中国支流。与其同时代启蒙人物的理念和思路不同的是，处于前现代历史阶段和社会形态中的王国维，越过政治和社会层面的启蒙而直达生存本体层面的洞透。这正是王国维美学与审美现代性的契合之处，即在对生存的根本层面重新审视的意义上，王国维美学与审美现代性是契合的。但是，同样也不同于西方现代性对现代文明的反思与批判，王国维美学现代性的基点是传统文化背景之下的，既立足于新的知识背景对传统文化的反思与观照的基础之上，也是对传统美学内涵与西方哲学、美学理念的转化与整合。从各学科的译介、研究到当时的学术论争与辨惑，从对国人精神痛苦的关注与救赎到理想人格与范式的构建，从纯粹美学理论研究到哲学、教育学的相互阐释，王国维既彻底质疑与探究既有理念，对传统文化、观念、根性、视角、思维方式加以学理性、现代性的反思与观照，也对东西方异域文化进行整合与转化。正是在这样一种多重理念、文化的质疑、探索、阐释、整合中，在其本己穿越时代、社会而直达宇宙人生的体悟、思想中，王国维突破、超越传统伦理道德与政治社会的界限而直达对生存本质层面的追本溯源——"世界人生之根本""宇宙人生之真理"的探究。那么，置身于世界与本土历史文化现代性转型的大境遇中，在相异的文化背景之下，在错落的精神层面上，在对生存本质的重新领悟与洞透的根本层面上，王国维美学与西方审美现代性交错而契合了。即，王国维美学与审美现代性的关联是根本的、契合的，但其历史文化和思想背景及其美学内涵则是交错的，二者是时代、社会与文化层面上的交错，是根本层面上的契合。如前所述，现代性最基本的特性之一就是对生存根本的重新审视，由此而确定新的安身立命之本，正是在这一意义上，王国维美学内蕴了审美现代性的内涵。

"探其本""第一义""哲学上之研究终无穷期者""宇宙人生之真理""宇宙人生之问题""人人所有之问题，而人人未解决之大问题"，都意味着王国维美学以至学术探究的深度及其根本性、始基性与终极性。刘小枫说："审美精神是一种生存论和世界观的类型。"[9](《编者前言》)根本而言，美学是对终极实在的探索，是对感性生存的本体论位置的思考和探寻。那么，王国维是以何种生存之本，何种"宇宙人生之真理"为其美学以至学术的根基呢？而且，这一生存之本在王国维美学的不同侧面有怎样不同的阐释和延展呢？本文将探究王国维美学根基，亦将系统论析其根基不同侧面的内涵在其美学理念中的阐释和延展，同时亦将论及这一本原和始基层面的探究如何开启王国维美学的现代性转型。

一、"探其本"与"第一义"——关于王国维学术与美学根基的重新探讨

关于王国维美学立论的根基，学界有不同层面和角度的理解及言说。

夏中义与潘知常认为王国维学说是建立在叔本华意志论和他自己的"忧生"哲学基础上的；王攸欣则认为王国维美学未曾有本体论根据，王国维从叔本华那里接受的意志论哲学在其美学中是心理意义的，而非本体论意义的；佛雏在评述王国维的《红楼梦评论》时将王国维美学根基理解为"非理性的悲观哲学"；周一平认为王国维关于美的本质的理解是重直观轻理性的，认为王国维的美学是"堕入了形式主义和反理性主义的泥潭"而未免"荒诞"；陈鸿祥从文学的角度解释"第一义"，认为王国维的"第一义"是以"境界"为始，为"探其本"，为"第一义"，以"趣味"为末、为面目，同时也指出"第一义"含义甚广，既有康德、叔本华、尼采之义，也有老庄、释迦之义。笔者认为，以上论说从不同角度在不同程度上触及王国维美学的某种深度，但其理解和论述或有所偏离，或阐述较为模糊，同时亦不够系统和明确，由此，我们认为，王国维美学立论的根基还需更深一步的探究和更全面的论析。众所周知，王国维哲学美学研究是自觉地接受叔本华意志论的影响，然而，笔者通过阅读和考察王国维大量文本认为，在王国维对世界根本——"世界之合理的根据""宇宙人生之真理"的理解中，存在不同侧面的解读。一方面，王国维作为一个具体的生存个体，其所体悟的存在之本并不仅限于叔本华意志论哲学，他在认同叔本华意志本体理念的同时，也与东方释道哲学关于世界人生的色相空无理念相互沟通、阐释与转化，从而形成王国维本己所理解的存在之本。具体而言，叔本华意志论与东方佛道哲学已经交融转化为王国维本己意义和内涵的存在解读——"欲望"、"势力"、"保存自己及种姓之生活"、"欲生之心"、"生活之欲"、"势力之欲"（所谓"生活之欲之苗裔"）、"食色之欲"、"一己之利害"等相近的理念或概念。这些理念或概念的内涵在王国维哲学、美学、教育学、心理学的不同篇章中相互关联、相互阐释："人之有生，以欲望生也。"（《去毒篇》）"以人心之根柢实为一生活之欲"，"食色之欲，所以保存个人及其种姓之生活者，实存于人心之根柢，而时时要求其满足"。"人之　生，唯由此二欲（引者注：食色二欲）以策其知力及体力"（《人间嗜好之研究》），"顾吾人虽各有特别之性质，而有横于人人性质之根柢者，则曰生活之欲"（《教育偶感四则》），"人有生矣，则不能无欲；有欲矣，则不能无求；有求矣，不能无生得失。""人之所以朝夕营营者，安归乎？归于一己之利害而已。"（《孔子之美育主义》）总之，叔本华意志论、佛道哲学色相空无学说在王国维这里已经交融转化为一种新的存在本体——欲望本体。纵观王国维此一时期的哲学、美学、心理学、教育学的文本，可以说，"欲望"是其理解世界人生的最基本元素，它作为存在的根柢，作为世界人生的根柢而先验存在："此可知生活之欲之先于人生而存在，而人生不过此欲之发现也。"[10]但本文也要指出叔本华意志论的影响在王国维理念中的深层存在。意志与欲望一样作为王国维对世界本体认知的基本元素，意志论则多为王国维对叔本华学说的直接借鉴或引用，他以意志、欲望、痛苦、罪恶等存在元素理解并认可叔本华的意志说，在他以欲望为先于人生的根本元素的同时，他也指出："一切物之自身，皆意志也。"[6]"意志为精神中之第一原质，而知力为其第二原质。"[6]在他指出"此可知生活之欲之先于人生而存在，而人生不过此欲之发现也"的同时，他紧接着也告诉人们："此可知吾人之堕落，由吾人之所欲，而意志自由之罪恶也。"[10]"人类之堕落与解脱，亦视其意志而已。"[10]在王国维对叔本华的阐释和其本己的理解中，意志同样作为先验和根基的要素而决定存在的一切。那么，就存在根基的体悟与认知而言，意志本体与王国维本身所转化、认同的欲望本体是共存并在的，在王国维文本的具体语境中，在其存在理念的深层，二者是相互阐释、互文共意的。具体而言，在王国维那里，欲，即"生活之欲"，它既是盲目意志的体现，又是人的本质的表现。正如王国维解释叔本华学说时所说："夫吾人之本质，既为意志矣，而意志之所以为意志，有一大特质焉，曰：生活之欲。何则？生活者非他，不过自吾人之知识中所观之意志也。"[6]而吾人之意志，吾人之知识，都是为了生活之欲的满足："吾人之本质，既为生活之欲矣。故保存生活之事，为人生之唯一大事业。……吾人之意志，志此而已；吾人之知识，知此而已。"[6]这一解说可以看作是王国维对欲望与意志关系的阐释。它们作为存在的基本元素与根柢，共同构成了王国维对世界人生之根据——世界本质的理解与阐释："生活之本质何？欲而已矣。"[10]"然则人生之所欲，既无以逾于生活，而生活之性质又不外乎苦痛，故欲与生活与苦痛，三者一而已矣。"[10]"呜呼！宇宙一生活之欲而已！而此生活之欲之罪过，即以生活之苦痛罚之：此即宇宙之永远的正义也。"[10]在王国维的理解中，"宇宙""世界""生活"的本质皆是欲望与意志，欲望与意志既是一切存在的根柢，也是一切存在的本质。而王国维学术与美学的立论与探究即基于此根基与本质，即王国维学术与美学的研究是基于对存在本质的深层悟解与认知，王国维学术与美学研究的根本特性，也是其原初与终极目的所在。

另一方面，王国维对西方哲学的"物质物力说"（叔本华）、"第一原因"（康德）、一元论之"理"（斯宾诺莎）的译介，对传统哲学"道""天""理""法""仁""诚"等理念的分析，以及在对二者的比较与关联、阐释与沟通中所形成的思维方式的彻底性、根本性，也是其治学理念的根本特色，同样影响王国维美学言说与立论的彻底与根本；同时这样一种思维特性与其原初性和始基性的探求，与其"宇宙人生之真理"的探究又是同构而相伴的。"欲望""意志"根基，"宇宙人生之真理"，"世界人生之合理的根据"，"人人所有之问题，而人人未解决之大问题"，"哲学上之研究所以终无穷期者"，不同的说法和提法，在王国维文本和理念中是一回事，它们是根本一致的，都意味着人存在的根本性——本体性，意味着回到本原和根基的探究，即王国维所谓"探其本""第一义"，它们都是立足于世界人生根本层面而作为王国维学术和美学的共同基点。应该指出的是，对王国维存在之本的生成而言，以上所论述传统与近现代、东方与西方多重哲学与理念的影响是交叉、交错且糅合一体的，王国维对它们的接受与其本己的生命与生存体验是相融合而互动的。也就是说，这一根基，对王国维而言，是上述多种因素的化合和创用，王国维"探其本""第一义"的根本意识，是上述根基内涵与其思维方式、方法论的化合与转化。本文将要论析的是，这一存在之本在王国维不同美学、理念和学说——关于美的根基与性质的理念、悲剧理念、关于审美主体的理念以及"游戏说""嗜好说""古雅说""境界说"——中又有不同的延展和阐释，诸如"欲望与意志本体""生存的真实与本质的暗示""最完全之世界"的求得等，而所有这些延展和阐释又在生存本体层面上内在关联和根本一致。

王国维对美学现代性的开启，正是突破传统政治与道德层面而立于这一根本与始基层面的。正如王国维所分析，中国哲学历来之所固有者，只是道德哲学和政治哲学，即使先秦两宋间的形而上学，也只不过是为了固道德哲学的根柢而已[11]；在古代艺术哲学、美学和诗论中，也贯穿着两条线索：重教化者，最终归趋依附于"圣"与"经"（所谓"征圣"与"宗经"），正如王国维所言，诗歌、戏剧、小说等都以惩人劝世为目的[11]；重艺术者，则皆在声律兴象的层面上徘徊。而王国维对存在之本的探究，则突破道德哲学和政治哲学的固有视角，突破古代艺术与美学的两个固有流向，而深入生存根本层面，试图以美和艺术的探究、以学术的探究而触及世界人生之根本。在近现代历史境遇中，融合西方知识和思维方式，王国维深入生存本质层面而重新立论，从而使其哲学、美学等学术研究立足于新的基点而具有了现代内涵和意义。不仅如此，与欲望、意志之本伴随而来的人类本有的困境、孤独和有限在王国维各美学理念和学说中亦得以深刻阐释。

以上为本文对王国维学术与美学根基的整体论证，以下则具体阐述此一根基在王国维美学理念和学说中的具体体现。

二、"势力之欲"或"根本之欲"——新质的审美根基

王国维对世界本质的理解首先体现在其对美的根基的阐释上。如前所论，王国维既然认为欲望、意志为世界本体，那么"美"与科学、政治一样皆根于欲望——生活之欲、势力之欲、根本之欲，文学、美术、哲学、科学及一切知识之欲之所为，是为了"得永远之势力"[12]。就科学与政治而言，王国维认为科学之成功与政治之系统，皆"其基址则筑乎生活之欲之上"[10]。这一观点在王国维其他文论中有相近的阐述，如《文学小言》认为科学与政治、社会"皆以厚生利用为旨"，《论哲学家与美术家之天职》认为政治、实业的功用即在于满足"生活之欲"，等等。欲望与意志作为存在的根柢而关乎艺术与美，在王国维的审美理念中，美既是立足于欲望之根柢，也是意志的客体化：一切嗜好"固无非势力之欲之所为也"[12]，"若夫最高尚之嗜好，如文学、美术，亦不外势力之欲之发表"[12]。在《红楼梦评论》中，王国维引用叔本华关于艺术的论说支持自己的结论，并认为其说"最为透辟"："故美之知识，断非自经验的得之，即非后天的，而常为先天的；即不然，亦必其一部分常为先天的也。……此由吾人之自身即意志，而于此所判断及发见者，乃意志于最高级之完全之客观化也。"[10]这一理念更为普泛地阐发在《孔子之美育主义》中，其是如此推及的："世之所谓道德者，有不为此嗜欲之羽翼者乎？所谓聪明者，有不为嗜欲之耳目者乎？"立足于如此"势力之欲"，在王国维看来，中国历来之哲学家、诗人而欲为政治家，其原因即在于："夫势力之欲，人之所生而即具者……而知力愈优者，其势力之欲也愈盛。"[11]文学艺术的创作也是成人之游戏，"以发泄其所储蓄之势力"[13]；那么，立足于"势力"

立说,文学也成为势力与游戏的事业,而不再是扬善惩恶、传播伦理道德的工具;对于国人"空虚的苦痛"的医治和拯救,也同样是立足于"势力之欲",而不是道德伦理的说教。不仅如此,在王国维那里,即使是文学与美学的道德性甚至神圣性的规定也是立足于这一"根本之欲"或"势力之欲"的,这一理念贯穿在《文学小言》《论哲学家与美术家之天职》等论及文学、美学的篇章中。在王国维看来,"宇宙人生之真理"的探得正是基于文学家、哲学家、美术家不带任何功利色彩的、纯粹的、根本的"势力之欲"之发表,由此推论,可以说"真正之大诗人"基于生存本有的"势力之欲"而体现为对人类情感以至道义的一种自觉的选择和承担:"若夫真正之大诗人,则又以人类之感情为其一己之感情。"[12]"彼其势力充实,不可以已,遂不以发表自己之感情为满足,更进而欲发表人类全体之感情。"[12]总之,文学、美术(以至哲学、科学)的产生、创作、作用及其神圣性、真理性、纯粹性在王国维那里皆根于"势力之欲",即其神圣、真理与纯粹不是出于一种道德情感,而是出于一种"势力之欲",不是根基于社会政治与道德的理性层面,而是根基于生命本能层面。

同时,在王国维审美理念中,存在着另一层面的美的境界,这一境界的达成则在于超越这种"根本之欲"或"势力之欲"而达到一种"入于纯粹之知识""实念之知识""知之我""无欲之我"之境:"独美之为物,使人忘一己之利害而入高尚纯洁之域,此最纯粹之快乐也。"[14]"美术之价值,存于使人离生活之欲,而入于纯粹之知识。"[10]"兹有一物焉,使吾人超然于利害之外,而忘物与我之关系。此时也,吾人之心无希望,无恐怖,非复欲之我,而但知之我也。"[10]"无欲故无空乏,无希望,无恐怖,其视外物也,不以为与我有利害之关系,而但视为纯粹之外物。此境界唯观美时有之。"[15]总之,超越欲望与意志,美的境界达成的是"不随绳墨而自合于道德之法则"[15]的理想之境,而王国维在这一"知之我""无欲之我"的理想境界中求取的是最大限度的自由:"之人也,之境也,固将磅礴万物以为一,我即宇宙,宇宙即我也。"[15]值得说明的是,这一审美境界的设定是以传统理念中既合于道又合于德的东方内涵的审美境界为背景,糅合了西方相关学说,诸如康德审美无功利理念、叔本华"无欲之我"说、席勒"美丽之心"说,转化而成的一种新的基点之上的审美境界——超越欲望与意志基点的理想境界。

如此看来,在王国维的审美理念中存在两个层面的关于美的阐释:立足于欲望与意志之根本和超越此根本的阐释。但无论是根基于还是超越于"势力之欲""根本之欲",欲望与意志根基皆为王国维审美理念深入生存本质的立论,是其汲取异域思想源泉,在新的知识结构和生存体悟之上的审美根基。这一立论根基的转化开启了一个具有新的内涵和意义的审美世界,王国维美学其他诸说如"游戏说"、"嗜好说"、"境界说"、悲剧理念、天才观等皆立足于"势力之欲"与"意志之客观化"的根基而探究生存本质的各个层面与侧面的内涵。就王国维美学的现代性而论,本文认为,王国维审美理念现代性的深刻之处即在于这一立论基础的转化。具体而言,王国维对美的根基的重新立说,既突破了传统美学对美的道德功利性的设定而开启了一个新质的审美世界,又在新的基点上形成新的道德性与神圣性内涵。王国维对文学、艺术独立价值的自觉意识,对文学、美学自古以来的一种政治功利、道德功利的意识和角色的批判,也正是立足于这一新质的审美根基,而反对、批判传统与其审美观念中各种各色的"餔餟的文学""文秀的文学""以文学为生活"等将文学视为社会政治或伦理道德的工具的功利主义。无论是对美的根基的探究,还是对传统功利论美学思想的批判,王国维美学转型、美学现代性的根本即在此新质根基的重新设定,在这一审美基础的立论决定了其他诸说的本体层面上的界定。

三、王国维美学诸说的本体论阐释

承前所论,以下将探究王国维美学诸说立足于新质的根基之上的不同内涵、不同层面和侧面的阐释及延展。就"游戏说"而言,本文认为,"游戏说"是王国维立于美的根基在文学艺术创作层面上的阐发。这一理念既源自席勒的"游戏说",又基于叔本华的意志论。而二者转化生成的王国维本己意义的"游戏"可以解释为既出于"势力之欲"之过剩,又毫无功利目的而只忠实于作者感情与体悟之真的"势力之欲之发表","诗人视一切外物,皆游戏之材料也"[3](未刊手稿之50)。"文学者,游戏的事业也。人之势力,用于生存竞争有余,于是发而为游戏"[13],"若夫最高尚之嗜好,如文学、美术,亦不外势力之欲之发表。……文学美术亦不过成人之精神的游戏"[12]。所有这些皆为一种立基于"势力之欲"之上而无关于任何功利目的的、纯粹的艺术和哲学活动。王国维的"游戏"理念又包含了道德、道义的严肃内容在其中:"然其游戏,则以热心为之。故诙谐与严重二性质,亦不可缺一也。"[3](未刊手稿之50)所谓"天才的游戏"亦须具有"锐敏之知识与深邃之感情"[13]。值得指出的是,此一"游戏"理念中的道德、道义的内涵已经超越了传统社会政治与道德伦理的含义而指向一种人类意识,所谓"人类全体之感情",则其所谓"游戏"的文学艺术创作实为"人类全体之喉舌"[12]。而这一道德、道义的严肃内容,同样是立足于"势力之欲"的根基上的,正如笔者前所引述的,"真正之大诗人"感情的发表是立足于"彼其势力充实,不可以已"的"势力之欲"之上的。而与此相关的艺术活动如鉴赏等,与创作、发表一样,同样是基于这一立论基础,基于"势力之欲"的发扬:"彼之著作,实为人类全体之喉舌,而读者于此得闻其悲欢啼笑之声,遂觉自己之势力亦为之发扬而不能自己。"[12]"创作与赏鉴之二方面亦皆以此势力之欲为之根柢也。"[12]无论是创作、发表、赏鉴,还是其中所蕴含的道德性与神圣性,王国维"游戏说"不同侧面与层面的内涵皆是立足于"势力之欲"的根基之上的。总括王国维游戏说的相关内容,无论是《人间词话》还是《文学小言》,以及《人间嗜好之研究》等文的有关论述,可以说王国维意义的"游戏"既是基于纯粹的"势力之欲",而无任何社会、道德功利目的,又实际承担了人类生存内涵——生存本有的苦乐悲欢、情感、欲望、"势力"甚至命运的重担,在王国维那里,"势力"与欲望作为存在根基,决定了存在的一切内涵。如此,无论是文学还是"美术",王国维意义的"游戏"所欲发表的是"人类全体之感情",其所触及、所欲达至的是"宇宙人生之根本"。那么,这一立基于"势力之欲"的"游戏"理念则使王国维关于艺术与美的创作超越任何社会、政治、道德的功利目的而具有了存在本体的内涵,而其中的道德性与神圣性也立足于这一本体的根基而达至更为深广与根本的层面。从而也不难看出,王国维的"游戏说"中实亦内蕴了现代性的意义在其中。

"嗜好说"可以看作是王国维立于美的根基而在文学艺术审美普及层面上的阐发,是王国维基于关注国人的精神疾苦而提出的精神解救法。《去毒篇》与《人间嗜好之研究》是这一学说的集中体现。无论是各种生活中的嗜好,还是宗教、美术,皆是王国维针对国人"无希望,无慰藉"的"空虚的苦痛""消极的苦痛"等精神苦痛的解救:"虽嗜好之高尚卑劣万有不齐,然其所以慰空虚之苦痛而与人心以活动者,其揆一也。"[12]"嗜好之为物,本所以医空虚的苦痛者"[12],这一解救同样是基于生活的根本之欲——"势力之欲":"一切嗜好虽有高卑优劣之差,固无非势力之欲之所为也。"[12]无论是博弈、戏剧、宫室、车马还是文学、美术,"此数者之根柢皆存于势力之欲"[12],嗜好则为"遂其势力之欲者",以医国人"空虚的苦痛","故嗜好之为物,虽非表直接之势力,亦必为势力之小影,或足以遂其势力之欲者,始足以动人心,而医其空虚的苦痛"[12]。而《去毒篇》针对国人精神的空虚与苦痛,所提出的宗教与美术的解救也是为了"鼓国民之希望""供国民之慰藉"的。这一解救同样是立足于欲望之基的:"人之有生,以欲望生也。欲望之将达也,有希望之快乐;不得达,则有失望之苦痛。"王国维所提出的下流社会之宗教与上流社会之美术的解救,正是基于其所置身于并体会到的国民的欲望"不得达"的失望与空虚这一生存根本的苦痛。总之,无论是"游戏"还是"嗜好",以及其对应于游戏与嗜好的各种精神解救,皆基于"势力之欲"之根基,正如王国维自己所言:"今吾人当进而研究种种之嗜好,且示其与生活及势力之欲之关系焉。"[12]而这一研究的目的则在于以此解救国民的精神困苦。立基于"势力之欲",王国维所推崇的是文学、美术、创作、鉴赏等高尚的嗜好,以及宗教这一现世"暗黑局促之生活"[16]中给予劳苦无告之民以希望与慰藉,给予人们"光明永久之生活"[16]之意义的终极的安慰。

"境界说"是王国维对历代诗艺的一种探索性概括,也是其对诗学理想的重铸,在《人间词话》《宋元戏曲史》中有相互关联的论述与界定。若就根基论而言,综合、比较几种说法,则王国维意义的"境界"是把对存在本质的洞悟融化于传统"意境"这一概念中,正如王国维自己所阐释的:"沧浪所谓兴趣,阮亭所谓神韵,犹不过道其面目,不若鄙人拈出'境界'二字,为探其本也。"[17](定稿之9)"言气质,言神韵,不如言境界。有境界,本也。气质、神韵,末也。有境界而二者随之矣。"[17](删稿之13)由此推演,本文认为,王国维"境界说"的立说基点,其诗学理想重铸的根基即在于其生存本体层面的立足点,所谓"探其本也""力争第一义处"。这一基点使王国维的"境界"与以往同类诸说如"兴趣""神韵"之偏重于读者审美感受层面的"道其面目"相比,更深入宇宙人生根本处、存在的本体层面。正如王国维借友人点评而论自己的词作为"凿空而道,开词家未有之境"[3](未刊手稿之7),王国维意义的"境界"也同样是一种立足于"宇宙人生之根本",超越前人之说的"凿空而道"。较之古人之说,王国维"境界说"的含义注重的是对生存本真的体验、领悟与表达,在情与景、气韵与兴趣的会意中,体悟与洞透宇宙人生之"本"与"第一义"。诸如其"隔与不隔"论,"入乎其内、出乎其外"说,其对李后主词所作的评价,对五代、北宋词与后人词意境高下的比较等,皆突破了"气韵""兴趣""形""神""虚""实""传神写照""得意忘象"等古典美学范畴与命题的表层含义,而立足于宇宙人生的根本层面去领悟与阐述。其"境界说"所内含的,已超越传统"境界"的含义而包含了生存深层的意义,存在本质洞悟的内蕴。同时,立足于生存根本层面,王国维"境界说"同样也突破"言志""兴观群怨"的伦理视界而蕴含了生存的根本意识和内容。其对"真"的境界与情感的强调,其"宁失之倡优,不失之俗子"的论调,都是立足于欲望的本真层面而求得人生的真境界。正是立足于这一本真根基,王国维多次激赏元曲文章的"自然"与"意境",其原因即在于元曲的不矫揉造作,远离一切道德伦理说教,一切社会政治以至道德的功利、功名意识,而只是"以意兴之所至为之",但却以此而道出人生的真实内容,而充实"真挚之理,与秀杰之气"[18]《元剧之文章》,进而,对于历代文人士夫所鄙视的淫词、鄙词,对于出于离人、孽子、征夫之口的民间创作,以及"托体稍卑"的元曲,"专作情语而绝妙者"的文人艳词,王国维都大加推崇,因为无论是这些作品中的情欲表达,还是羁旅离愁,甚至其"卑陋"的思想情感与"拙劣"的艺术结构,都是"感自己之感,言自己之言"的"出乎自然"[18]《序》"感情真者"[13]之作:"写景如此,方为不隔"[3]《卷上之41》;"然无视为淫词鄙词者,以其真也。"[3]《卷上之62》就境界说而言,"自然"与"真"是王国维的两个重要概念,然而,笔者认为,基于存在本体层面的立足点,这两个概念在王国维这里已经超出了其千年延承的原本的古典意义,而具有了生存本体的含义,即"自然"与"真"在王国维的具体言说中表达的是欲望本体的真实与根本,"欲望"的直接表达不仅意味着性情的真实,更意味着人生内容的真实,所谓"道人情,状物态"[18]《元剧之文章》,这才是王国维意义的"自然"与"真"的根本含义。总之,这种体现至情至性的"拙率"和"生香真色"[17]《删稿之19,20》,这种内蕴了生存本真的"自然"与"真",才是王国维"境界说"的重要因素和理念。以此因素和理念,王国维的"境界说"才真正"探其本",而达至"第一义"。对于那些"非不华瞻,惜少真味"[17]《删稿之6》的雕琢、敷衍的"游词""浮词""俗子之词",王国维否弃、批判的原因也在于其远离生活本真或者巧于辞藻的华瞻、粉饰,或者浮于人事的酬答、美刺与投赠。

总之，无论从哪一个角度和层面去阐释和界定"境界"，王国维所强调的都是其"入人之深"[17]（附录之56）"所见者真，所知者深"[17]（定稿之16）的深刻含义。王攸欣认为王国维"境界说"是"叔本华理念在文学作品中的显现"，全面深刻地体现了王国维对叔本华的接受和化用。本文认为，更加准确地说，"境界说"是王国维融汇传统佛道哲学与西方近代哲学，立足于新的世界观与新质的美学根基之上，对古典美学范畴的重新论说，是对古典诗学深入生存本体层面的重新阐释。这一古典艺术与近代哲学、传统诗学与现代理念的融合，体现出东西方审美理念的更为沉潜、圆通的交融。而无论是融通古今境界的含义还是对境界的重新阐释，王国维"境界说"的根本都在于"探其本"的立说根基。聂振斌指出，在近代文论和美学领域，王国维"境界说"的意义在于其"加强了中国文艺批评的美学色彩和哲学深度"[19]（P144）。笔者认为，不局限于此，王国维"境界说"更为根本的意义在于其立论根基的转化，就这个意义而言，王国维"境界说"是中国诗学与美学体系在近代历史文化转型期的新的发端、新的开创，其"境界说"的现代意义也即在于其新质的立论根基。

四、形式性与普遍性，"直观"与"实念"——王国维对美的性质的界定与论说

如果说关于美的根基及其相关学说的阐释是立足于欲望、意志，那么王国维对美的性质的界定则深及美的客观性与彻底性，在其美学思想中阐述为相互关联的两个方面，即美的形式性与普遍性。较之传统文论关于美的本质的政治道德性和社会功用性的规定，王国维对美的性质的这一界定是其美学现代性的又一方面的体现。就美的形式性而言，王国维认为，美之为美，完全取诸形式诸因素，无论是优美还是宏壮，无论是建筑、雕刻、音乐还是图画、诗歌或戏曲、小说，美的本质就是"美之自身"[20]。这一本质存在于事物的形式之中，而与事物的材质无关："故除吾人之感情外，凡属于美之对象者，皆形式而非材质也"[20]，"一切之美，皆形式之美也"[20]。正是基于美的形式的意义，而超越现实层面的利用、利害关系，所以，王国维说"美之为物，不关于吾人之利害者也"[15]。"美之性质，一言以蔽之曰：可爱玩而不可利用者是已。"[20]那么，王国维所自创的"古雅说"则是其"美在形式"这一理念的进一步发展和深化，是其关于

艺术形式的进一步论述。这一理念来自康德的美是不涉及概念和利害欲念
的"感情直观的纯形式"之说，在此理念基础上王国维进而发展独创"古
雅说"。在王国维的界说中，"古雅"为表现优美、宏壮等所需要的方法、
手段、技巧等形式因素，是"优美""宏壮"之外的"第二形式之美"，
"形式美之形式美"。对于"古雅"这一形式性的含义和界定，王国维阐释
为"优美及宏壮必与古雅合，然后得显其固有之价值"。就性质而言，"古
雅"如同王国维对优美、宏壮的规定，同样是"可爱玩而不可利用"的。
同时，美的形式又是超越时间、空间与物之实体的，而属于"物之种类之
形式"，即种类形式的抽象，"代表物之全种"，因而具有普遍性："美之对
象非特别之物，而此物之种类之形式"[6]，"若不视此物为与我有利害之关
系，而但观其物，则此物已非特别之物，而代表其物之全种；叔氏谓之曰
'实念'。故美之知识，实念之知识也"[6]。另外，与美和艺术的"物之一
种之全体"的普遍性相关的，是王国维在译介叔本华学说时也介绍并接受
的"直观说"。他认为，"美术之知识全为直观之知识"，无论建筑、雕刻、
图画、音乐还是诗歌，皆"在在得直观之""其价值全存于其能直观与
否"。对这一观念，王国维阐述为："科学上之所表者，概念而已矣。美术
上之所表者，则非概念，又非个象，而以个象代表其物之一种之全体，即
上所谓实念者是也。"[6]

美术的直观所把握和表达者，同样是"物之种类之形式"——美的普
遍性。总之，美的直观说与普遍性，从两个不同的侧面进入美的"实念"
世界。进一步探究美的形式性与普遍性的根源与根基，则需回到康德与叔
本华来看王国维关于美的性质的论说。王国维关于美的性质的观念来源于
对康德、叔本华美学思想的综合理解，进而创化为自己关于美的性质的界
定与解读。在康德那里，超越利害之上，无感官欲望的审美观照，是从现
象的必然而通向本体的自由的唯一途径；在叔本华那里，意志是世界的本
质、终极根源，理念是意志的直接客体化，所谓"美之自身"，按照叔本
华的观点，就是理念（即本质），理念的客体化就是美的对象，唯有不依
赖因果律的直观才能真正认识理念（本质），因此，唯有具有直观特性的
审美观照，才能把握本质的东西，才能达到理念："艺术的唯一源泉就是
对理念的认识，它的唯一目标就是传达这一认识。"[21](P258) "考察理念，考
察自在之物的，也就是意志的直接而恰如其分的客体性，这就是艺术，就
是天才的任务。"[21](P258)基于对康德、叔本华相关理念的理解，在王国维对

美的性质的界定和阐释中，无论是美和艺术的直观理念，还是美的形式的普遍性，"物之种类之形式"的理念，都来源于一种本质的世界——康德的"本体"世界与叔本华的"理念"世界，王国维所谓"实念世界"。王国维对美的形式性的界定，即来源于康德对美的自由与本体性的规定，而其对美的"实念之知识"与"物之种类之全体"的普遍性的阐释，以及关于美术与美的直观观念则在于对这一"本体""理念""实念"世界的表达和把握。而研究形式诸因素如何能成为美的种种知识，同样属于"实念"领域之内的事，即在王国维对美的性质的规定中，美的形式性与实念理念在根本的层面上是相通的。总之，王国维对美的形式性和普遍性的规定和立说，体现了他美学学说的客观性与彻底性，其客观和彻底在于美的性质的"本体""理念""实念"世界的规定性——本体层面的规定性。

这种对"美"的形式性、普遍性和根本性的规定，也决定了与"美"的性质相关的美的价值和意义的规定："美之价值，存于美之自身，而不存于其外"[20]，"美之为物，不关于吾人之利害者也"[20]，"唯美之为物，不与吾人之利害相关系，而吾人观美时，亦不知有一己之利害"[6]。而其"古雅说"的提出进一步提高了"美"的独立价值，强化了其审美理念的超功利性："美之性质，一言以蔽之：可爱玩而不可利用者是已。虽物之美者，有时亦足供吾人之利用，但人之视为美时，决不计及其可利用之点。其性质如是，故其价值亦存于美之自身，而不存乎其外。"[20]较之传统美学的功利性——从政治、道德的实际需要出发，从探索美的社会功用来回答美的本质和意义，强调美与善的联系的理念，诸如儒家"美善相乐"说，墨家、法家、道家对美的否定，所谓"非乐"（墨）、"圣人为腹不为目"（道）、"文学者非所用，用之则乱法"（法）等学说，王国维对美的性质和价值的理念、本体、实念层面的规定，则使美具有了自由与绝对的价值。这一美的性质和价值的新的内涵的规定性，即使在某些现代美学流派看来，王国维的理解也过于"唯心"，但也正是这种"唯心"的本体性的解读，使美摆脱了某种政治的、道德的、物欲的狭隘界限，而具有精神的、理想的、普遍的、自由的人生意义。王国维关于美的形式性、普遍性、根本性的规定所昭示的美的超利害性的意义，使其美的理念更接近于审美现代性的内涵。不仅如此，王国维关于美的形式性与普遍性的界定，及其"美术之价值，存于使人离生活之欲，而入于纯粹之知识"的价值观，也不同于科学知识、道德观念的普遍性，不受现实世界"充足理由律"即因果律的制约,而是超越现实世界的一切制约,属于自由、绝对的精神世界,所有这些美的性质的规定性与现代美学所谓"审美可以使人们去本真地'是'""以审美而构建超越之境与生命意义"的理念,在根本的层面是相互契合的。康德、叔本华美学是西方古典美学向现代美学转化过程中的一环,王国维借鉴而创化的关于美的性质的本体层面的重新界定,以及相关内容的阐释,包含了王国维美学现代性转型的意义。

五、生存的真实与本质的暗示——王国维的悲剧观

对于王国维的悲剧观,学者一般认为是王国维对叔本华悲剧理念的照搬,而无自己的创见,如夏中义所言:"王氏笔下的'悲喜剧论'似属舶来品,只具译介性,未见再创性,故不宜纳入王氏美学'体系'。"叶嘉莹在论述王国维《红楼梦评论》时对其悲剧观有所提及,也同样认为王国维借以评论《红楼梦》的悲剧理论舶自叔本华。佛雏虽然论及王国维的悲喜剧理论,但其论说的理论基础(马克思主义文艺观,尤其以阶级论为论说的立足点)过于单一,因而对王国维及其悲剧理念所涉及的文本如《红楼梦》等的理解与阐释有所偏离。笔者通过梳理分析王国维文本,认为,一方面,王国维悲剧观立足于西方悲剧理念,如《红楼梦评论》中,王国维自己也表明对《红楼梦》阐发的理论依据"全在叔氏之立脚地";《宋元戏曲考》中对元杂剧的推举,也是立足于西方悲剧理念,他对元杂剧高度评价的主要原因之一即在于元杂剧的悲剧性,而其悲剧性的立足点则在于意志论:"剧中虽有恶人交构其间,而其蹈汤赴火者,仍出于其主人翁之意志。"[18]《元剧之文章》如此看来,无论是王国维自己还是研究者,皆认为其悲剧理念源自西方尤其是叔本华。另一方面,笔者认为,虽然王国维全盘接受西方尤其是叔本华的悲剧理念,并大量应用于其本己文本的论述中,但他毕竟是立足于东方传统文化的根基,在东方文化的背景之下接受西方尤其是叔本华悲剧理念的,其接受中必然渗入了深刻的东方文化的因素,所以,"悲剧观"或"悲剧思想"作为一种思想,在王国维那里未必成熟,也未形成体系,但作为一种理念或观念,却有其理解、接受与阐发的独特内涵,有其个体情感、体验、意志、人格的辐射在其中,因而有探究的必要。综观王国维文本,笔者认为,悲剧理念之于王国维更是一种生存哲学的,他在其中所寻求的是一种对世界人生根本问题的解答,也可以说王国

维是以悲剧来阐释生存哲学，他认为艺术作品所阐释的是人生，而不仅仅是作品本身。其悲剧内涵，不只是甚至不是戏剧意义的，其悲剧理念更注重的是艺术作品中所体现的生存的悲剧内涵与本质，这才是王国维悲剧理念的本质所在。如研究者所注意到的，王国维最为推崇叔本华的"第三种悲剧"说，所谓："由于剧中之人物之位置及关系而不得不然者；非必有蛇蝎之性质与意外之变故也，但由普通之人物、普通之境遇，逼之不得不如是；彼等明知其害，交施之而交受之，各加以力而各不任其咎。"[10]而对这一界定与理念，王国维有自己的体悟与阐释：这种"通常之道德，通常之人物，通常之境遇"中的悲剧，揭示的恰恰是人生的本质："彼示人生最大之不幸，非例外之事，而人生之所固有故也。"[10]"躬丁其酷，而无不平之可鸣，此可谓天下之至惨也！"[10]而无论是人物、境遇与道德的"普通"还是"通常"，及其所造成的悲剧，都意味着人生中所固有的悲剧的普遍性，正是在这种"普通"与"通常"的人物与境遇中，在这种普遍性中内含生存所固有的悲剧本质，"人生之所固有故也"。在王国维看来，这正是《红楼梦》及其他文学艺术作品所揭示的世界人生之真相，也正是这种悲剧理念所阐发的生存所本有的根本的真实。王国维称此类悲剧为"悲剧中之悲剧""彻头彻尾之悲剧"，这也不只是在艺术层面上的肯定，所谓"悲剧美的最高典范"，而是着重于这类作品所揭示的生存真实与本质所蕴含的悲剧的彻底性和普遍性，就在这种"通常"中，人人难免，无所遁逃。与此相关的一点是，叔本华所遵守的还是悲剧的古典规定，即悲剧主人翁须是高贵者，是大人物，而王国维则舍弃了这一规定，更注重悲剧所内蕴的生存本质，及这一本质的普遍存在。如他所取作研究对象的《红楼梦》《窦娥冤》《赵氏孤儿》，他所着意的皆是所谓"普通之人物、普通之境遇"所揭示和内蕴的生存内涵。总之，在王国维那里，真正的悲剧即是关于世界和生存的本质的暗示。需要指出的是，在王国维论及悲剧的篇章中，潜在于悲剧内涵之下的是"意志"与"欲望"的立足点与生存论根基。王国维关于悲剧的阐述是立足于"生活之欲之先人生而存在"，立足于"生活之本质何？欲而已矣"这一生存的先验的根柢之上，这一"世界人生之根据"的本质之上。王国维的悲剧观更注重的是悲剧的本原性因素，如原罪、苦痛、罪恶、惩罚等，而所有这些与"生活之欲"、与"意志自由之罪恶"是同源的。关联于前述王国维对"世界人生之根据"的理解，宇宙或世界人生的本质即为一"生活之欲"，宇宙人生即一永恒的大悲剧:"呜呼!宇宙一生活之欲而已。而此生活之欲之罪过,即以生活之苦痛罚之,此即宇宙之永远的正义也。"而"宇宙之永远的正义"恰恰体现在它的原罪、苦痛、惩罚的悲剧性上。人类悲剧的造成即在于"生活之欲"的先验存在与"意志自由之罪恶"的本性。那么,在王国维看来,《红楼梦》的基本精神就是,它以最成功的悲剧之笔展现出由于"生活之欲""意志自由"而造成的不堪忍受的巨大苦痛,昭示人们看破人生本质,拒绝生活之欲而走解脱之路:"又示其解脱之道不可不由自己求之。"《红楼梦评论》是王国维论述悲剧最完整的篇章,在王国维论及悲剧的其他篇章中,亦皆立足于"欲望"或"势力"来解释悲剧,如《人间嗜好之研究》以"势力"阐释悲剧(与喜剧)的创作与欣赏,《宋元戏曲考》以"意志与世界的冲突"论元剧的悲剧性,《人间词话》中关于李后主词"担荷人类罪恶之意"的言说,所谓"人类罪恶"之下潜在的仍是"意志"罪恶的根源;另外,在《叔本华之哲学及其教育学说》中,王国维完全复述了叔本华的意志本体论和对人的欲望和痛苦状态的描摹:生活的本质,既是欲望,也是苦痛,生活、欲求、苦痛,三者"一而已矣",三者恶性循环,"如环无端""不知其所终"。而这种欲望与意志的根柢之于人的生存而言,"其存于人之根柢者为独深,而其希救济也为尤切"。由此,可以推知悲剧在王国维那里的终极意义。王国维的解脱观,不仅仅是对悲剧世界的解脱,而是对世界悲剧本质的彻底解脱,悲剧的意义即在此"救济"的根本诉求之中。但正如王国维所反复强调的,审美中的解脱又是不彻底的、暂时的:"美术之务,在描写人生之苦痛与其解脱之道,而使吾侪冯生之徒,于此桎梏之世界中,离此生活之欲之争斗,而得其暂时之平和,此一切美术之目的也。"[10]

还有一点值得指出的是,王国维悲剧理念不同于叔本华理念的独特之处,还在于他以传统文化中佛道哲学的色相空无之说阐释他所理解和接受的西方的主要是叔本华的悲剧理念。在王国维的悲剧理念中,佛道的"色相"之说与叔本华的"意志—欲望"说共同阐释的是人生的本质——苦痛,如《红楼梦评论》中王国维所援引的老子之说:"人之大患,在我有身",庄子之说:"大块载我以形,劳我以生",与其所理解的叔本华哲学"生活之本质何?欲而已矣""生活与欲望与苦痛,三者一而已矣",是互相沟通互相释解的,二者的相互沟通与阐释共同形成了王国维的悲剧理念:人生最大的悲剧就是生存本身,悲剧乃人生固有的本质,"人生之运命固无以异于悲剧"[12]。同样地，叔本华的"解脱"理念与《红楼梦》中的"茫茫大士""渺渺真人"所象征的空无哲学在终极意义上是相通的，即人生甚至世界的最高理想在于彻底解脱之境——这也是王国维关于悲剧精神的终极指向。所有这一切可以看作是王国维在传统文化的背景之下对西方悲剧理念的东方化阐释。然而，在王国维的悲剧理念中，不只是对西方悲剧理念的东方化阐释，同样存在着对传统文化内蕴的西方化和现代性的释解。王国维对李后主悲剧人生的阐释体现了其悲剧理念的现代性质和内涵。在李后主身上，其诗词的"以血书者"与"赤子之心"呈现一种内在于生存的悖论的统一，然而，李后主生命中悖论的悲剧意蕴意味着生存本有的悲剧性的美质。正是在"生于深宫之中，长于妇人之手""阅世愈浅，性情愈真"的李后主身上，王国维体验到了其"俨有释迦、基督担荷人类罪恶之意"。正是在这一意义上，王国维认为李后主的词较之前人"眼界始大，感慨遂深"，对李后主生命悖论的体验、挖掘与阐释说明了在王国维的悲剧理念中已经存在着现代性内涵，一种深入生存本质的审美现代性。前述王国维对《红楼梦》《人间词话》和元曲的现代角度的解读，以及其中标举文学应该描写普遍人生的理念，其肯定"第三种悲剧"为悲剧的最高形式的理念，都是极具现代意识的识见。而从其对《桃花扇》的评论以及对某些传统戏曲的评论可以看出，王国维对剧作成为描写兴亡之感、黍离之悲的工具，对剧中所体现的"先离后和，始困终亨"的祸福观是不以为然的，认为这些皆非真正的悲剧，只是"借侯、李之事，写故国之戚"，只是政治和伦理道德、世俗欲求的体现，并非"以描写人生为事"，只具有"政治的，历史的，国民的"价值和意义，并不具有"哲学的，宇宙的，文学的"价值和意义，即真正的悲剧内涵和意义。

那么，就王国维悲剧理念的现代意义而言，一方面，在学术学理的层面上，王国维的悲剧理念"是在新潮流（向西方学习先进思想）影响下，冲破中国文学批评的封闭状态，用西方美学新观念、新方法，观察、分析中国文学实际的最先尝试，开阔了中国人的审美眼光"[19](P124~125)，其悲剧研究"确立了近代悲剧观，显示了中国文艺美学由古典形态向近代形态的重大转折"[22]。另一方面，突破这种学术、学理层面的阐释，更深入地看，可以说王国维悲剧理念的现代意识是涉及生存的根本层面的，而非仅是学术或艺术层面的；其悲剧理念是立论根基和立足点的转型，是立足于近代生存论哲学根基之上，而洞透人类生存普遍的、本有的困境与悲剧本质，其悲剧理念对传统文论中文以载道、劝惩教化的固有思想的冲决跨越的意义也是立足于这一根本层面的,而非仅仅具有学术或理论层面的意义。正如李昌集所言:王国维悲剧理论的"根本意义不在其理论本身正确与否,在其体现了一种现代意识,一种从'古典思维'中挣脱而出的对人生、对生命之价值的现代反思"[23](P733)。

另一方面,我们不得不注意到王国维悲剧观的超越现代性之处。虽然王国维悲剧理念的阐发是在近代历史背景之下,在新的思想潮流的影响下,对美学新观念、新方法的引进与创化,但其对悲剧的探究超越了近现代的时空制约,是对整个宇宙人生本质的体悟。无论是对《红楼梦》还是李后主的人生悲剧,以及《赵氏孤儿》《窦娥冤》的悲剧内涵的解读,王国维的阐释都是立足于宇宙人生永恒的悲剧本质这一终极背景之上的。就悲剧理论看,无论是对西方悲剧理念的东方化阐释还是对传统文化内蕴的西方化和现代性阐释,在王国维那里,二者是本体层面的沟通和关联,在这一深层的沟通和关联中,王国维以之探究的是生存的终极本质内涵,而超越了"现代"这一时代意义。在中西文化的共同观照之下,王国维所寻求的是"其希求救济也为尤切"的超越世界悲剧本质的永恒的拯救。

六、"宇宙人生之真理"的直观与洞悟及"最完全之世界"的求得——王国维的天才论

"天才"是王国维对审美主体的通常称谓,在王国维文本中,凡论及审美主体处皆指天才,或曰,凡论及天才处皆意味着审美主体。如王国维阐释叔本华学说时所言:"独天才者,由其知力之伟大,而全离意志之关系,故其观物也,视他人为深,而其创作之也,与自然为一。故美者,实可谓天才之特殊物。"[6]以及"彼之知力的修养与审美的创造力,皆达最高之程度",大致而言,"天才"在王国维那里即指文学家、美术家、哲学家,而在不同的语境中又有不同的称谓,或称之为"天才",或称之为"赤子",而"超人"则是王国维译介尼采哲学时对尼采天才观的转述。这些称谓在不同的篇章和语境中其界定和内涵也有所不同,但其根本的含义则是一致的。就王国维关于天才的界定而言,夏中义认为:"王氏眼中的'天才'实有双重身份。首先,'天才'是审美力与艺术造型技能的人格表征,即只有天才才具备审美力与艺术技能";其二,"将'天才'奉为卓绝

大师的代名词"[24]。另外，专门论证王国维天才观的蔡锺翔与李哲理的《天才·超人·赤子——从王国维的作家论看中西文化的融合》亦认为："文艺创作依仗天才，古人固已反复申论，但王氏所介绍的叔本华的理论（引者注：关于天才的理论）则深入到了艺术思维的层面。"[25]就王国维有关天才的论说来看，本文认为夏中义与蔡锺翔、李哲理对王国维天才观的理解还不够全面，因为王国维天才观的深刻与现代性转型之处不仅仅在于其人格与思维层面的界定与论说，还在于在更为根本层面的界定与阐释，在于其立论根基的转型。即王国维对天才的论说是立足于本体论层面的根基而关联于宇宙人生的直观与洞悟的。通观其文本，本文认为王国维从两方面界定与阐释"天才"：一则为直观而洞悟宇宙人生之哲学家、美术家、文学家；二则为超越存在的一切限制的超人。在王国维文本中，凡论及天才处，无论是哲学家还是美术家、文学家，皆是直观宇宙人生而葆有人格之真之精粹的审美主体。直观宇宙人生，使其"能入"而"能出"："诗人对自然人生，须入乎其内，又须出乎其外。入乎其内，故能写之。出乎其外，故能观之。"[3](卷上之60)使其"所见者真，所知者深"，"大家之作，其言情也必沁人心脾，其写景也必豁人耳目。……以其所见者真，所知者深也。"[3](卷上之56)而葆有人格之精粹，包括天才之学问、修养、感情、德性等内蕴与界说，如《文学小言》所谓天才须有"锐敏之知识与深邃之感情"，有"高尚伟大之人格"，有"莫大之修养"，须"济之以学问，助之以德性"，《人间词话》则阐释了天才的深邃而丰富的"内美"与"修能"，如对李白之气象，苏轼、辛弃疾之胸襟与雅量的高度赞赏，《屈子文学之精神》阐述了作为天才的屈原的人格特征，而其"大诗歌"的产生则须是"南人想象力之伟大丰富"与"北方之朋挚的性格"之结合，另外《文学小言》《人间词话》《宋元戏曲史》等对各类文学家（诗人、词人、戏剧家、小说家）的论述，以至对孔子、康德等古今中外哲学家人格风范的阐述皆是天才精粹人格的体现。所谓葆有人格之真，在王国维那里则是指天才人格中的一个重要方面，即"不失其赤子之心""天才者，不失其赤子之心者也"[26]。"故自某方面观之，凡赤子皆天才也。又，凡天才，自某点观之，皆赤子也"[26]，此一关于天才的理念来自叔本华《关于意志与表象的世界》，而在王国维的进一步理解与创化中，堪称"赤子"者乃诗人、词人，"词人者，不失其赤子之心者也。故生于深宫之中，长于妇人之手，是后主为人君所短处，亦即为词人所长处"[3](卷上之16)，"纳兰容若以自然之眼观物，以自然之笔写情。此由初入中原，未染汉人风气，故能真切如此"[3](卷上之52)。总之，王国维的天才理念既综合了古今天才人格的精粹，又根基于对宇宙人生的直观与洞透。另一方面，在王国维另一篇相关的文章《叔本华与尼采》中，则表述了其对"天才"的另一种认识和解读，这一解读使王国维的天才观突破人格层面的界定而进入更加深入的层面。该文主要论析尼采与叔本华学说的渊源流变关系，从其中大量篇幅论述二人的天才观可以看出。叔本华的天才与赤子说、尼采的赤子与超人说，王国维将其概述为："天才存于知之无所限制，而超人存于意之无所限制。"而在引述尼采之"灵魂三变说"——"骆驼—狮子—赤子"之说时，王国维借用了尼采对赤子的界定："赤子若狂也，若忘也，万事之源泉也，游戏之状态也，自转之轮也，第一之运动也，神圣之自尊也。"在王国维的译介和转述、理解和阐释中，这类"天才"是一种超越时间空间、超越充足理由原则与道德律、超越存在的一切限制与束缚的超人："而限制吾人之知力者，充足理由之原则；限制吾人之意志者，道德律也。"[26]"由叔本华之说，则充足理由之原则非徒无益于天才，其所以为天才者，正在离之而观物耳。由尼采之说，则道德律非徒无益于超人，超道德而行动，超人之特质也。由叔本华之说，最大之知识，在超绝知识之法则。由尼采之说，最大之道德，在超绝道德之法则。"[26]对比王国维本己的天才观可以看出，尼采的超人说最终并未为其所接受，他所接受的是叔本华的天才说与尼采的赤子说，他所着意的仍然是天才的人格内涵，其评论诗词，也着意于人品对文品的决定作用。但是，叔本华、尼采关于天才的这种根基处的立论，却给王国维的天才观以本原层面的启发，其天才观中不仅重视人格内涵，其人格内涵之下则是本体论的立论根基，无论是哲学家、文学家、美术家还是诗人、词人，其"天才"的根基即在于本体层面的规定，以及"宇宙人生之真理"的洞悟的内涵。本文认为，这才是王国维"天才"理念的更为根本之处。这一新的本体论的根基，与老子、庄子之"赤子说"相融合，成为王国维理解与阐释天才的根本立足点。宇宙人生之真理的探求，生存根本处的立论，正是王国维天才观的深刻之处，也正是在这一本体论的层面上，王国维的天才观才具有了超越前人及转型的意义。

承前所述，在王国维那里，"天才"有更为深广的生存本体层面的内涵和根基，具体而言即如上所述其关于天才的根基为传统道家哲学与西方

近代哲学，尤其是叔本华、尼采哲学的整合。其取于老子、庄子之说中的
"婴儿"或"赤子"的天才理念在混沌中蕴含的是"道"的本体。老子关
于赤子与婴儿的论说如"专气致柔""含德之厚""精之至也""和之至
也"[27]（十章、五十五章），庄子的赤子之说如"和之至也""共其德
也"[28]（《杂篇·庚桑楚》），以及庄子的"真者，精诚之至也。不精不诚，不能动
人"[28]（《杂篇·渔父》）的"贵真论"，无不为王国维天才观渊深的思想源泉与深
远的观念背景。而尼采的"赤子说"同样从根本层面上规定了赤子的内
涵，所谓"万事之源泉也""游戏之状态也""自转之轮也""第一之运动
也""神圣之自尊也"。不难看出，中西赤子之说的确存在着本体层面的暗
合。老庄与尼采赤子说的本体论内涵在王国维天才观尤其是其关于"天才
赤子"的论说中融合转化而潜在体现。另外，正如前述，叔本华、尼采对
"天才"的规定和论说同样作为王国维"天才观"的本体论根基。在他介
绍叔本华、尼采学说时，曾转释叔本华关于天才的理论，认为"于是我所
有之世界，自现象之方面，而扩于本体之方面，而世界之在我自知力之方
面而扩于意志之方面"，而王国维更进而引述他人的论说以证实自己的结
论，如在《叔本华与尼采》一文中，其引述叔本华之说："惟知力之最高
者……端端焉力索宇宙之真理而再现之。……彼牺牲其一生之福祉，以殉
其客观上之目的，虽欲少改焉而不能。"以及引述并认同文特尔朋论尼采
之说："然其性质之根柢，充以无疆之大欲……于是彼之理想实往复于知
力之快乐与意志之势力之间。"这一关于天才的理念在《红楼梦评论》中
亦有含义相近的引述："真正之天才，于美之预想外，更伴以非常之巧力。
彼于特别之物中，认全体之理念，遂解自然之嗫嚅之言语而代言之"，在
王国维对叔本华、尼采天才观的阐述中，天才是"知力之伟大"与"意志
之强烈"者[26]，是超越时间空间及存在的一切限制，超越"秦皇、汉武"
"成吉思汗、拿破仑"的精神界之超人，而"最完全之世界""客观上之
目的""全体之理想""无疆之大欲""知力之快乐与意志之势力"，由现
象而扩于本体，由知力而扩于意志，叔本华与尼采关于天才的本体层面的
规定与界说，也是王国维言说与阐释天才的本原层面，而意志与欲望仍然
是其界定与解读天才的根本基点。

　　同时，立足于根本的本体世界，天才的痛苦也是本体层面的痛苦，是
与生俱来而无法挣脱无处逃离的。在《叔本华与尼采》中，王国维对永恒
困境之于"天才"的著名言说即是"天才"永远无法挣脱的痛苦："呜

呼!天才者,天之所靳而人之不幸也。……若夫天才,彼之所缺陷者与人同,而独能洞见其缺陷之处。彼与蚩蚩者俱生而独疑其所以生。一言以蔽之,彼之生活也与人同,而其以生活为一问题也与人异。彼之生于世界也与人同,而其以世界为一问题也与人异。然使此等问题,彼自命之而自解之,则亦何不幸之有!然彼亦一人耳,志驰乎六合之外而身局乎七尺之内,因果之法则与空间时间之形式束缚其知力于外,无限之动机与民族之道德压迫其意志于内,而彼之知力意志非犹夫人之知力意志也?彼知人之所不能知,而欲人之所不敢欲,然其被束缚压迫也与人同。……彼之痛苦既深,必求所以慰藉之道,而人世有限之快乐其不足慰藉彼也明矣",这里,"无限之动机""无穷之意志""无疆之大欲"与因果、时空以及"民族之道德"等对天才的束缚压迫也正是人类困境的体现,王国维以天才存在的痛苦阐释了人类存在本有的困境。在同一篇章中王国维转用《列子·周穆王》的"役夫论",其同样是从本体的层面理解天才的苦痛与其学说之间的关系:"叔氏之天才之苦痛,其役夫之昼也;美学上之贵族主义,与形而上学之意志同一论,其国君之夜也。尼采则不然。彼有叔本华之天才,而无其形而上学之信仰,昼亦一役夫,夜亦一役夫,醒亦一役夫,梦亦一役夫",无论是"役夫"之昼还是夜,梦还是醒,无论对叔本华还是尼采学说的体悟,这种对生存本有的形而上的痛苦的言说,实在可以看作是王国维的夫子自道。同样地,《人间词话》和王国维其他文学、美学论著中所论述的诗人、词人对世界人生的感悟,体现了"天才"不同侧面和层面的痛苦。最著名的即是王国维对李后主其人及其词作的阐释:其所谓"以血书者",所谓"后主则俨有释迦、基督担荷人类罪恶之意",由此认为李后主之词"眼界始大,感慨遂深",其"大"和"深"之处,其"人类罪恶之意"即是指在其词中内含的生存本体的痛苦,这种痛苦有命运、有人为、有一切无法言说的因素造成的"不得不如此"的境地。又如《红楼梦》中的人物所处的境地,所谓"第三种之悲剧"。而把天才论的根基推进到本体论的层面,由天才的痛苦而来的人类生存的根本局限性与困境的体悟、洞透与阐释,则蕴含了王国维天才观的现代内涵。

　　总之,王国维的天才观来源于其对西方近代与中国古代哲学家、美学家相关学说的解读与体悟,是东西天才观的融合与转化,是老子与庄子的"赤子说"、叔本华"天才说"、尼采"赤子说"与"超人说"的融合与转化。而其天才观的本体层面的根基则影响和辐射到王国维本己天才理念的理解和阐释，王国维词论所谓"诗人之眼"，所谓"通古今而观之"[17]（删稿之37），所谓"高蹈乎八荒之表，而抗心乎千秋之间"[29]，所有这些艺术的观审，皆超越一人一事的局限，而把握宇宙人生之本质。另外，与"天才说"有关的"内美"与"修能"、"能入"与"能出"等相对的范畴，皆是关联于"天才"观察人生，体悟生存自身所具有的内涵、修养与才能，关乎天才对宇宙人生的参悟与洞透。王国维所谓天才的人格、修养也是深入宇宙人生之根基而论述的，在《人间词话》《文学小言》等论及作家、诗人、词人人格、修养的内容中，其论述赤子诗词的"性情之真"，其论述天才之诗章"入于人者至深，而行于世也尤广"[17]（附录之16）之说，所谓"真"与"深"与"广"，其内涵皆植根于人生根本内容，亦无不与其对宇宙人生的直观与洞透直接或间接、潜在或显在地关联。前所引述"大家之作"之"其言情也必沁人心脾，其写景也必豁人耳目"之说的根基也在于"以其所见者真，所知者深"的人生根本内涵。不只如此，这种关于天才的生存论基点上的立论使王国维对古代各类天才的阐释深入形式之下而探及美之于生存的根本层面，即美之于生存的意义。从孔子所体现的生存至境——生存的终极理想到屈原、陶渊明、杜甫、苏轼之"自足千古""高尚伟大"之人格典范，以至李后主与纳兰容若的"赤子"人格，所有这些天才的人格风范中所蕴含的美之于生存的意义在于，他们或以文学、或以哲学、或以美术、或以道德而直接触及生存之根本——"宇宙人生之本真"。其推崇"为文学而生活"而拒斥"以文学为生活"，从审美层面来看，体现了其审美理念的超功利性；而在其超功利性的审美理念之下则寄寓生存之美、生存之纯粹的价值取向，一种纯粹与美的生存理念，即把文学、哲学、美术本身作为目的，而达致"宇宙人生之本真"。在王国维那里，这才是天才的根本意义所在。另外，纵观王国维所有对天才的阐释，无论是其本己意义的天才的内涵，还是其对西方哲学美学诸如康德尤其是叔本华、尼采天才观的译介与解读，"势力""欲望""意志"的根基与人格、德性、修养、感情的内蕴，以及"宇宙人生之真理"的直观和洞悟、"最完全之世界"的求取，所有这些共同构成了王国维意义的"天才"，一种立足于本体根基而达至审美化的自由人生的境界。那么，不同于传统人生典范，也不同于现代人生典范，而独具王国维意义的是，所有这些天才，这些生存典范都是古典与现代理念的结合。其天才观既体现了人格与道德完美的古典意义，又深入根本层面而体现了生存论层面的现代意义。所以，立足于本体层面的根基，王国维的天才观同样超越了现代与非现代的界定而具有纯粹与永恒的意义。

结　语

本文从本体层面论析了王国维美学根基及其现代性意义，并探讨此一根基在其美学诸说的延展和阐释。潘知常谓："任何一种美学的完成都与一定的美学问题密切相关，而且与一定的预设前提（引者注：美学考察的根据、标准、尺度）密切相关。"[30](P27)接续此一意义而言，任何一种美学的转型亦必与一定的美学问题与预设前提密切相关。而处于近现代历史文化发端与转型时期的王国维美学则并非作为古典美学的完成，而是作为中国美学的转承与现代美学的开启。本体层面的探究与立论根基的转换则是其现代性开启的根本问题和预设前提，亦决定了其现代性的深层内涵和意义所在——审美根基的设定决定了其美学观念与内涵构成，亦决定了其学说性质的转换。刘小枫在分析现代人的精神气质转化问题时曾转述舍勒的相关理论："舍勒对现代性问题的决定性把握是：如何重新调整和校正人的生存根基和精神气质。"[31](P24)黑格尔亦言："哲学的工作实在是一种连续不断的觉醒。"[32]《导言》那么，在近代历史文化大转折时期，王国维美学与学术根基的重新探究和立论，同样意味着新的历史文化境遇中的一种根本层面的觉醒与现代意义的转型。由此推及，王国维美学现代性转型的意义不仅在于其美学文学等学科方面的意义，诸如其美学"带来中国文学批评中本质的改变"，"他以文学作为探索人生问题的工具，有助于把文学从道统的附庸中解放出来"[33]，甚至于不仅仅在其思想和方法论意义的转型，更在其突破传统伦理视界与理路而进入生存本体层面的探究和立论，在其立论基础的转化。本文认为，这才是王国维审美理念现代性的根本之处。而这样一种根基层面的转化使其对传统文论中文以载道、劝惩教化的固有思想与社会道德政治功利目的的冲决跨越也是根本的。较之同时代美学研究者，生存之本的重新探究和本体层面的重新立论亦是王国维审美理念现代性的深刻之处。

另外，回顾前文所论析的王国维美学中存在的几处矛盾、悖离的现象，则王国维所关注的"人人所有之问题，而人人未解决之大问题"，其所要解决的"知识上之要求"与其"怀疑之痛苦"是亘古的、永恒的、终极的，而其美学研究的彻底追究、自我悖离和不成体系亦开启了后人另一个角度的思考，正是在其追根究底的探索中，在其对自己立论的悖离和质疑中，在其不成体系的美学探究里，蕴涵了一种根本性的提问和质疑，一种生存原初层面的困惑和觉醒，对生存本质和生存的永恒困境的体悟、觉醒以及困惑，所有这些使其对存在之本的解读，超越现代性与非现代性的界面而直达生存根本层面。而前所论其关于美的根基与性质的论说，其悲剧理念，其天才观，以至其"游戏说""嗜好说"等道德、道义的严肃内容，亦皆立足于此一本体根基而超越现代与非现代的界定。可以说，"探其本""第一义""世界人生之根本""宇宙人生之真理"，此一本体之本，既是王国维美学转型与美学现代性的根本所在，也是王国维美学超越现代性的根本所在。进而本文想指出的是，正是这种超越使他的学术更加纯粹纯正，不仅突破古代道德政治的功利目的，而且也少有现代的功利色彩与内涵，从而使他的治学不同于近现代大多数学者。然而，我们也看到王国维彻底与根本的追究所导致的更加深远的悖论，人的存在不可穷尽，这种不断深入与无穷的探索与追问所导致的可能是其治学和探究自身无法解决的悖论（前述王国维美学及其学术研究中所存在的自我质疑与悖离及其不成体系的现象已暗含了这一思维悖论）。但是，如果我们的眼光超越这一思维层面和悖论存在，那么，对一个真正的思想者而言，正如艾耶尔所说："哲学的进步不在于任何古老问题的消失。"[34](P19)正是对于人类存在的古老而根本问题的不断追问与质疑，才会引致对其本质与内涵思考与探究的不断推进与更为深刻的把握。作为一个真正的思想者，王国维即是这追问和质疑中的一环，在近代中国社会历史发生全面根本的质变的大剧变、大转折时期，在思想、文化、学术随同历史转型的时期，其回归根本的追究、提问和质疑，不仅意味着一种精神的内在根本转型，也意味着王国维美学对于中国美学的现代性转型，更意味着无穷追索的本原、永恒与终极的意义。本文认为，此为王国维美学根基探究的更为深远与超越的价值与意义所在。

参考文献

［1］富华：《人本自觉与学术独立——论青年王国维的个体生命意识》，《嘉兴学院学报》2003 年第 4 期。

［2］陈望衡：《王国维的美学本体论》，《长沙电力学院学报》2000 年第 4 期。

［3］王国维：《人间词话》，上海：上海古籍出版社 1998 年版。

［4］王国维：《述近世教育思想与哲学之关系》，《王国维文集》（第 3 卷），北京：中国文史出版社 1997 年版。

［5］王国维：《王国维文集》（第 4 卷），北京：中国文史出版社 1997 年版。

［6］王国维：《王国维文集》（第 3 卷），北京：中国文史出版社 1997 年版。

［7］王国维：《王国维义集》（第 3 卷），北京：中国文史出版社 1997 年版。

［8］王国维：《王国维文集》（第 3 卷），北京：中国文史出版社 1997 年版。

［9］刘小枫主编：《现代性中的审美精神》，上海：学林出版社 1997 年版。

［10］王国维：《王国维文集》（第 1 卷），北京：中国文史出版社 1997 年版。

［11］王国维：《王国维文集》（第 3 卷），北京：中国文史出版社 1997 年版。

［12］王国维：《王国维文集》（第 3 卷），北京：中国文史出版社 1997 年版。

［13］王国维：《王国维文集》（第 1 卷），北京：中国文史出版社 1997 年版。

［14］王国维：《王国维文集》（第 3 卷），北京：中国文史出版社 1997 年版。

［15］王国维：《王国维文集》（第 3 卷），北京：中国文史出版社 1997 年版。

［16］王国维：《王国维文集》（第 3 卷），北京：中国文史出版社 1997 年版。

［17］王国维：《王国维文集》（第 1 卷），北京：中国文史出版社 1997 年版。

［18］王国维：《王国维文集》（第 1 卷），北京：中国文史出版社 1997 年版。

［19］聂振斌：《王国维美学思想述评》，沈阳：辽宁大学出版社 1997 年版。

［20］王国维：《王国维文集》（第 3 卷），北京：中国文史出版社 1997 年版。

［21］叔本华：《作为意志和表象的世界》，北京：商务印书馆 1997 年版。

［22］杨健：《王国维悲剧思想之演变》，《哈尔滨学院学报》2004 年第 5 期。

［23］李昌集：《中国古代曲学史》，上海：华东师范大学出版社 1997 年版。

［24］夏中义：《"天才说"：从王国维到叔本华》，《社会科学》1994 年第 1 期。

［25］蔡锺翔、李哲理：《天才·超人·赤子——从王国维的作家论看中西文化的融合》，《社会科学战线》1996 年第 5 期。

［26］王国维：《叔本华与尼采》，王国维：《王国维文集》（第 3 卷），北京：中国文史出版社 1997 年版。

［27］《老子》，沈阳：辽宁民族出版社 1996 年版。

［28］《庄子》，沈阳：辽宁民族出版社 1996 年版。

［29］王国维：《王国维文集》（第 1 卷），北京：中国文史出版社 1997 年版。

［30］潘知常：《生命美学论稿》，郑州：郑州大学出版社 2002 年版。

［31］刘小枫：《现代性社会理论》，上海：生活·读书·新知三联书店 1998 年版。

［32］黑格尔：《哲学史讲演录》，北京：生活·读书·新知三联书店 1956 年版。

［33］程国赋：《王国维文艺思想研究的世纪考察》，《学术交流》2005 年第 2 期。

［34］艾耶尔著，李步楼等译：《二十世纪哲学》，上海：上海译文出版社 1987年版。

【原载于《文史哲》2008 年第 2 期】

无法言说的真实

——由《颓败线的颤动》探及鲁迅意识的或一层面

学界对于鲁迅的内在世界，对于鲁迅的精神哲学，及其内、外在境遇与时代、民族、历史的关系的研究，愈益深入。如有论者将鲁迅本身的内在现实和历史积淀，其个体的精神态与民族的精神史的深层渊源关系加以探析。而以这种深远沉重的哲学内蕴所构建的艺术文本，则使我们看到了一个"民族灵魂里最深奥的东西"，这种"民族灵魂里最深奥的东西"在《野草》中尤得以隐晦曲折而又深邃精微地反映，在这里，感性的、具体的人生和社会历史、个体的精神态与民族的精神史融汇、互渗为渊深的象征和表现。这里，笔者拟就《颓败线的颤动》作一番考察，以探寻在鲁迅的个体心理和精神深处是如何积淀和体现着一个民族灵魂里最深奥——也最沉重的东西，而在生存论的意义上，这深奥者和沉重者又意味着什么。

可以说，《野草》中的每一篇章皆是黏附于各种现实因素和矛盾冲突之后的情绪、思绪和感悟，《颓败线的颤动》同样如此。据有关学者的研究和与此有关的鲁迅书信、日记中所披露的内容可以得知，鲁迅写作此文的动机是起于失望和愤懑于某些青年的"忘恩负义的灵魂"。而对自己失望和愤懑的表达，鲁迅采用了人类精神史上较为普遍的牺牲——被弃的原型：某一无名妇人为养活女儿而出卖自己的身体，终遭成年后的女儿及其一家人的遗弃。荣格认为，原型是"一种记忆蕴藏"，它"来源于同一经验的无数过程的凝缩"，因而是"某些不断发生的心理体验的积淀"[1]。"女性出卖肉体的牺牲与被弃"这一原型在东方文化中是一种较为普遍和久远的母题，在佛经故事、民间传说和文人创作中被不断地复制、改编和演绎，从而沉淀成为一种文化语指和符号。仅从文人创作看，从隋唐五代到明清，便有《霍小玉传》《李娃传》《灰阑记》《救风尘》《杜十娘怒沉

---

① 荣格著，冯川、苏克译：《心理学与文学》，北京：生活·读书·新知三联书店1987年版。

百宝箱》《娇蕊记》等作品以不同的故事从不同的角度演绎着同一内涵。但除了个别篇章，如《霍小玉传》《杜十娘怒沉百宝箱》，大部分是以大团圆结局的，即作出牺牲或曾被遗弃的女性终于夫贵妻荣，享尽荣华富贵。而在西方文化中，对此现象又有不同的体味和感知，《羊脂球》《复活》《德伯家的苔丝》等，其主题皆是多意义、多层面的，但从女性的牺牲与被弃这一视角看来，与其说其中寄寓了作家对人性不同层面的思考和探析，不如说作家是以女性的遭遇和处境来剖析人性的内涵，而在剖析中蕴有作家对人性和命运的困惑。在远为古老的《圣经》中记载了这样一段传说：人们将某一正在行淫的妓女捉拿到耶稣面前，意欲唾弃和石击她，耶稣言说："你们中间谁是没有罪的，谁就可以先拿石头打她。"比上述文本更为沉重和彻底的是，这一言说由人性层面而达人的罪性存在的领悟。由此可见，同一母题，由于文化和传统的不同，东西方民族的理解和认知亦不相同。荣格认为，尽管原型一方面是"某些不断发生的心理体验的积淀"，但另一方面，原型又"不是由内容而是仅由形式决定的……原型本身是空洞的、纯形式的……一种被认为是先验的表达的可能性"。① 经过某一文明中一代代人的心灵沉淀，原型的形式中实已蕴有丰厚而深刻的历史文化内涵，而这种既具先验性、民族记忆性又是形式的、空洞的原型恰恰构成了某一文明中人们世代知觉与领悟的先在。由此，鲁迅选择"女性的牺牲与被弃"这一母题作为文本载体，一方面有其具体的、既定的民族文化心理背景——其深层意识与东方文化中的这一母题有悠久的、深刻的联系——从而便也有了此背景之下的深层心理积淀的内涵；另一方面，处于一个古老文明的衰落与新生的特定时代和生存境遇中，作为一个民族心灵的先觉者，又必然会在其意识的或隐或显处出离这些心理背景和内涵而达到对人的存在的、更为根本的体悟和感知。在这里就有必要提出这样一个问题：若要表达自己牺牲的痛苦和对忘恩负义者的愤懑，鲁迅为什么要选择这一古老普遍却又尴尬、悖德的母题去言说？作为一种潜在自况（作者自我——文本主人公），他为什么不以妇人的其他牺牲方式，如帮佣、乞讨等去表达自己的牺牲？本文认为，"忘恩负义"给承受主体带来的不只是单一层面的感慨，《颓败线的颤动》的情绪和感悟远比愤懑和痛苦更为复杂微妙，也更为深邃沉重。可以说，《颓败线的颤动》一文既承载了鲁

---

① 荣格著，冯川、苏克译：《心理学与文学》，北京：生活·读书·新知三联书店1987年版。

迅作为生存个体的极为丰富的心理现实，也潜隐着更为久远和沉重的文化心理积淀——探入本民族以至人类的集体无意识层面，而由此又开启了更为根本和渊深的生存本体论的内容。而三者——心理现实、集体无意识和生存感悟——之间又存在着复杂玄妙的牵缠和转化。对《颓败线的颤动》的心理内容和生存感悟的考察和探析，有助于我们认识在一个社会历史与文化的大转折时期，现代中国最痛苦的灵魂是如何承载这民族灵魂中最深奥、最沉重的一切。而通过这样一个敏悟而深奥、孤独而沉重的灵魂，我们——作为一个民族——就历史地领会了自己的存在——一个民族心灵的历史总是在其文化伟人身上得以最丰富、最深沉地呈现。

《野草》的深刻和真实皆来自象征。对象征的体验使我们获得对不可说的真实的体验。在《颓败线的颤动》中，真实显示出人的生存世界的基本性牵缠："……在初不相识的强悍的肉块底下，有瘦弱渺小的身躯，为饥饿，苦痛，惊异，羞辱，欢欣而颤动……"鲁迅在这里没有任何道德评价，只是描述，而这种客观而冷静的描述恰恰触及生存的真实——生存中所本有的牵缠与悖谬：抚育女儿的责任使"她"选择了出卖肉体以换取食物，出卖肉体的同时却又潜隐着自己本能需求的满足："驰缓，然而尚且丰腴的皮肤光润了；青白的两颊泛出轻红，如铅上涂了胭脂水……"对这段描述，有的研究者认为表现的是无名妇人"为尽着养育女儿的责任而产生的自慰"①。然而无论从文字表层还是从文本深层，我们都不能忽视那更为隐秘的本能需求的满足。而在"她"的潜意识中，这种满足却已是一种犯罪，这潜隐的罪感来源于那统治人类意识深处的、古老而渊深的匿名权威（或称为集体无意识或道德意识）："灯火也因惊惧而缩小了。""'还早哩，再睡一会罢！'她惊惶地说……"需要说明的是，匿名权威与集体无意识、道德意识在人类久远的文化心理中是沉淀而合一、纠缠一体的，而在人类的意识深处，它们却又隐匿不见。在文本中，其纠缠呈现为"惊惧""惊惶"这一意识状态，这种状态恰恰意味着匿名权威以良知和道德的名义在人的意识深处监督着人。而人类自存在以来，责任、道德与欲求、本能的冲突和牵缠便是人类生存的　种基本事实和境况，它们共同构成了人类生存的悖谬之境，人的欢乐、欲求、痛苦、罪孽皆在于且根源于这一基本事实和境况。在《颓败线的颤动》中，身躯的"颤动"和"波

---

① 孙玉石：《现实的与哲学的——鲁迅〈野草〉重释》，《鲁迅研究月刊》1996 年第 9 期。

涛"的"弥漫"便表达了这一生存的真实境况。"颤动"中隐含着所有隐秘的和显的欲求、情绪、意识、无意识，"波涛"由"颤动"引起，而"波涛"的"弥漫"却隐喻着从内在到外在，从本能需求到心理隐秘的整个的生存境况："然而空中还弥漫地摇动着饥饿，苦痛，惊异，羞辱，欢欣的波涛……"真正的象征所言说的是超出象征物本身的关涉整个生存境遇的真实世界。在文本中"颤动"与"波涛"作为象征越过语言界限而言说那灵魂的与隐秘的真实——牺牲与罪感的牵缠："饥饿，苦痛，惊异，羞辱，欢欣……"——欲求，本能，责任，道德，痛苦，以及女儿的饥饿，灯火的惊惧，空中的波涛……所有围绕着这妇人的内在和外在的一切便构成了生存的基本处境。在这里，内在的真实隐含着外在的真实，外在的真实映射着内在的真实。所有这些，皆是同一母题的过去文本中所未曾触及的。如果说以往文本中东方文化更注重伦理层面的道德说教与祸福宣示，西方文化更注重人性的剖析与道德的反思，那么鲁迅文本的深刻之处则在其超越了道德层面的宣教，甚至人性层面的探寻而直达灵魂与隐秘的真实，从而揭露了生存中的牵缠与悖谬，开启了生存的真实境遇。这正是鲁迅作为一个民族灵魂先觉者的敏悟和深刻之处。然而，亦不难看出，潜隐在这真实之下的是那无以言说的迷惘，《颓败线的颤动》那冷静和客观的描述中亦透露出深深的迷茫和悲凉，其不带任何道德判断和评价的描述正意味着他对人与生俱来的、缠绕着人的一切的迷茫，其潜在的自况又透露出生存深处的无所依托的悲凉。所以，《颓败线的颤动》在言说生存真实的同时也言说了生存最原本的遮蔽，那潜隐在文本主人公意识深处的罪感，既源于人类古老文明文化心理中的匿名权威，更源于生存的渊源和原本的、茫然不知其所来的遮蔽。而在文本后半部分，在老妇举手向天，天地回应的颓败线颤动的意象中所言说的同样是人所面对的生存之本原和真实的巨大奥秘，这奥秘如此沉重，它同样不离人的罪性存在和生存本有的牵缠，如老妇那充满悖逆和张力的潜意识的漩涡所言说，而那"人与兽的，非人间所有"的无词的言语即是生存中一切牵缠的本真表述，而这无法言说的真实同时也就意味着生存本有的遮蔽。总之，超越一己的痛苦和对忘恩负义者的愤懑，鲁迅以"牺牲—被弃"这一古老母题言说的是人根本的罪性存在和生存牵缠，而从中领悟那生存的无法言说的真实。

　　由古老的牺牲—被弃原型而达到对人存在的罪性的领悟，进而达到对生存本真的体悟，那么，是由于何种现实境遇和心理背景才使鲁迅对生存有如此沉重而本真的发现和言说？笔者认为，促成一篇作品形成的，并非单一的现实原因，作品背后所有有关个体境遇的一切：历史、文化、时代、社会、家庭及个体特具的心理与精神内涵等，皆构成其文本的广大而微妙、实在而空茫的现实心理背景。研究鲁迅有关的书信、日记、作品，借鉴有关论者的研究，可以得知，形成《颓败线的颤动》的现实心理背景的，不单单是周作人的绝情或青年的忘恩负义，而是二者的杂芜，更加之以鲁迅为之奉献一生的民众的麻木不仁，所有这些在鲁迅的意识中杂然共处，纠缠一团，带给他以无以言说的痛苦、沉重和迷茫，交织而催生了《野草》中有关篇章尤其是《颓败线的颤动》的成文。然而，在这里，笔者要再一次提出前面已提的问题：既然是叙说自己的牺牲—被弃的痛苦，鲁迅缘何要选择这样一个尴尬、悖德的题材去言说——他为何要让自己的主人公以出卖肉体的方式去谋生和牺牲，而不是以其他方式，如帮佣、乞讨等？在这样的言说中，"牺牲"就鲁迅而言意味着什么？进而，鲁迅的痛苦仅仅缘于自己的牺牲却被弃吗？他对自己的牺牲究竟有怎样的领悟？从自己的现实境遇与古老原型的暗契中，鲁迅领悟到怎样的生存真实？

先来看鲁迅的牺牲意识。但凡一个衰败而孕育着新生的大时代的觉醒者和先驱者，在其意识的或隐或显处都存有一种深沉的牺牲意识。鲁迅的牺牲意识则比同时代的人更为深邃和沉重。在《我们现在怎样做父亲》《随感录·四十》《随感录·四十九》等文中，基于对社会的发展进步和生命延续的庄严奉献意识，鲁迅是这样表达他对社会、历史、后代、异性的牺牲意识的："所以后起的生命，总比以前的更有意义，更近完全，因此也更有价值，更可宝贵；前者的生命，应该牺牲于他。""所以觉醒的人，此后应将这天性的爱，更加扩张，更加醇化；用无我的爱，自己牺牲于后起新人。""我们既然自觉着人类的道德，良心上不肯犯他们少的老的罪，又不能责备异性，也只好陪着做一世牺牲，完结了四千年的旧帐。"在进化的路上，"老的让开道，催促着，奖励着，让他们（引者注：少者）走去。路上有深渊，便用那个死填平了，让他们走去。""少的感谢他们填了深渊，给自己走去；老的也感谢他们从我填的深渊上走去。——远了远了。"在这里，笔者之所以不厌其烦地摘录鲁迅的有关文本，除了自己深深的感动和崇敬的感情因素，更重要的，是可以从中探触到鲁迅牺牲意识背后的复杂情绪：一方面是牺牲的自觉和欣慰，在这些表达自己的牺牲意识的文字中，"应该""自己牺牲""感谢"等语词，是那么欣然而畅快地说出，然而另一方面，正是从这种欣然和畅快中，笔者却又感受到了那牺牲背后难言的沉重和悲凉。那么，是什么使鲁迅如此欣然地牺牲自己而又如此悲怆？而在这牺牲意识的深处又是怎样的自觉和自我体认？在这里，证之以鲁迅本人的叙说和剖白：在《两地书》之二九、六二、八三、九五、一一二等篇中，鲁迅不止一次地提到、涉及自己为青年、为他人的尽心与尽力，自己的甘愿被"使役"，因"常想给别人出一点力"，所以"拼命地做，忘记吃饭，减少睡眠，吃了药来编辑，校对，作文"。但与此同时他也意识到伴随自己的牺牲而被弃的存在，在他写于1922年的《即小见大》这篇杂文中，他认识到"凡有牺牲在祭坛前沥血之后，所留给大家的，实在只有'散胙'这一件事了"。此文是由北京大学反对讲义收费风潮中冯省三事件而发，那时，鲁迅对牺牲者的处境已有如此悲凉的认识，那么，这其中是否潜含着鲁迅对自己作为一个先驱者——牺牲者的体认呢？写于1925年3月的《牺牲谟》，更是以鲁迅不得不直面的那些背叛自己的牺牲的事件给他带来深刻创伤为背景的，这其中包括八道湾的纠纷和青年的利用与弃绝。而在写于1926年前后的《两地书》之二九、六九、九三、九五、一一二等篇中，鲁迅不止一次地提到自己的被利用、被使役却又在这之后甚至几乎同时被嘲弄、被诘责、被攻击、被造谣、被棒杀，所有这些弃绝和背叛，带给鲁迅的是"悲愤""蔑视""愤怒""怨恨"，甚至，"想报复"。然而更具鲁迅本己色彩也更具生存本体论意义的，是鲁迅感到了自己牺牲而被弃之后的"无聊"，鲁迅在上述信件中不止一次地提到这使他愤懑、痛苦而又无奈的"无聊"，"无聊"中其实包蕴了所有以上的心理内容并超越这些内容而洞达生存本体论的体悟。

　　欣于牺牲却终遭弃绝，这牺牲是如此悲凉和无奈，然而使鲁迅感到更为沉重的却不是外在的现实处境，而是内在的灵魂真实，这便是那深潜于其意识深处的几乎是先验的罪感。这罪感在他的许多篇章中隐现。在《我们现在怎样做父亲》中，他引用了易卜生剧作《群鬼》中阿尔文夫人母子的对话，欧士华对他母亲说："我不曾教你生我。并且给我的是一种什么日子？我不要他！你拿回去吧！"阿尔文夫人母子的处境和言词即是鲁迅潜在的自况——无辜却已有罪，而其自述这一段描写所感到的"震惊戒惧"更让读者体味到他那深深的罪意识——甚至自认为罪之源，而不仅仅是无辜；在《狂人日记》中，他更是自认为"有着四千年吃人履历的我"。其自我体认中的血液之先天不洁，已有不少论者从文化的层面和意义上研究论证。笔者以为，人被抛于世，属于民族或人类整体的，便也属于个体。对于先觉者而言，其先觉的沉重之处便在于他意识到文化的或历史的罪责在其生存中——在每个个体的生存中——本然存在，无可逃脱，他注定已然且一生都要负载历史或文化的罪责而存在，正是在这一意义上，鲁迅的牺牲意识才如此沉重和悲凉，而那貌似超脱的"无聊"之言，实亦潜隐着深邃的痛楚和无奈——那深重的无以解脱的罪感。牺牲却被弃，让鲁迅感到痛苦，却也让他反思自己的牺牲，从而引发出那牵缠着杂多因素的罪感，这罪感反射于创作中，便如《颓败线的颤动》中妇人的"惊惧"与"惊惶"中所隐含的罪感和屈辱。所以，可以说正是亲情、不义青年对自己的弃绝，社会、麻木大众对自己的孤立，与鲁迅意识中那存在而隐匿不见的匿名权威暗契——被弃的事实暗中引向且契合了他潜在的罪感。"罪感就是这种受内部法庭谴责和指控的意识；它与惩罚的期望混合在一起。"① 鲁迅牺牲的自觉和欣慰在其潜意识中正是要以牺牲——自我惩罚而使自己得以从罪感的重压下解脱出来，同时实现其奉献社会和民众的本愿。

在《野草》中，这罪感以象征得以更为本真地言说："生命的泥委弃在地面上，不生乔木，只生野草，这是我的罪过。"（《题辞》）这可以说是鲁迅对自己作为罪性存在的概括性的自觉和自况。"连我自己，因为我就应该得到咒诅。"（《过客》）"我的上帝，你为什么离弃我?"（《复仇·其二》）在对自己的诅咒中，在对上帝离弃的痛苦中已经潜隐了那无法言说的先在的罪感。《颓败线的颤动》则是这一复杂体验和领悟的最为微妙而深邃的表达。鲁迅以一种古老的母题表达了对人的罪性存在的牵缠和迷失。

然而不止于此，《颓败线的颤动》文本更为痛苦和难言的罪感的根本原因在于"性"，文中所隐含的罪感与痛苦，隐秘和真实皆源于它。对此文的探析，"性"是一个无法回避、无法绕开的问题。正如某些神学家、哲学家及诗人所洞悟，在某种意义上可以说，"性"是人类存在中一切悖谬和牵缠的根源。"亚当的神话表明，所有的罪孽都归于一种独一无二的根源。"② 那么，在鲁迅的意识深处，"性"究竟意味着什么？它又使鲁迅

---

① 刘小枫主编：《20 世纪西方宗教哲学文选》，上海：上海三联书店 1991 年版，第 1468 页。
② 刘小枫主编：《20 世纪西方宗教哲学文选》，上海：上海三联书店 1991 年版，第 1468 页。

有怎样的领悟？在传统观念，尤其东方传统观念中，性——尤其性的不贞、不洁，便意味着罪孽。就鲁迅而言，一方面，从其有关文本的论述中可以得知，鲁迅本人的性观念是科学的和理性的；另一方面，传统观念作为匿名权威而潜藏于文明个体的意识深处，以其惰性、隐秘性甚至潜在的神圣性掌握着一个民族的大多数，掌握着一个民族的深层心理。而其先觉者们，处于传统观念之中，他既从理智上明了，又不能从中抽离，他在其中挣扎、痛苦，而在其潜意识中，却往往只有认同和俯就。这种情状在鲁迅那里亦得以隐曲而真实地体现。王晓明先生的《无法直面的人生——鲁迅传》中关于鲁迅在与许广平的交往、相爱到同居的整个过程中所表现出来的紧张、尴尬便可以看出鲁迅对传统道德的下意识认同。这认同投射其文本写作中，鲁迅选择出卖肉体的牺牲——被弃原型，同样可以见出"性"所带来的隐秘的、潜在的罪感在文本中的隐现，前文所引《颓败线的颤动》中"惊惶"与"惊惧"意象中所蕴含的一切情绪和意念正是源于"性"这一根源，古老、隐秘而沉重——传统文化心理和道德的深层积淀正是鲁迅人生和写作的深远背景，就这一角度而言，鲁迅是囿于传统文化和道德的。然而，同样是源于"性"这一古老的根源，"性"—"罪"却牵引出了生存本有的杂多因素的牵缠，亦如上文所引"惊惧"与"惊惶"意象中内在与外在的一切牵缠和迷失。这正是以往同一母题的作品中所未曾触及的，鲁迅以同样的母题揭蔽的是过去被掩盖的真实，而达到对生存本真的领悟。这又是鲁迅文本及其感悟出离传统之处。无论是囿于传统还是出离传统，无论是东方文化心理的深远背景还是现实生存境遇的本真领悟，鲁迅的文本中承载的是那古老沉重的一切，以之言说的是生存的罪性——本真存在。在他极力挣脱传统纽带的束缚，打破传统观念的枷锁，在他着手对这个民族的僵化的古老文明进行重构的同时，那深潜于这古老文明中的匿名权威和道德戒律却将他引向对自己的罪性存在的领悟。鲁迅，这位 20 世纪的文明古国的先觉者将那块惩罚的石头掷向了自身，也便掷向了人类的整体存在。综上，对自己的罪性存在，鲁迅从文化层面到生存层面皆有深深的体认和领悟，在文化层面的对自己先验地和本然地所处的历史和文化的罪责的体认、领受和承担，在生存层面的对生存的本然的牵缠与迷失的体味与领悟，所有这些，皆深潜于鲁迅的意识深处，甚至先验地本然地占有了他的生存。这正是鲁迅不同于其他观念型作家的真实和深刻之处。正因为如此，他在现实境遇中牺牲而被弃的痛苦只能通过选择一个牺牲肉体而被弃的妇人的形象来表达，而不可能是其他，如帮佣、乞讨等，后者可以表达某种观念，却不足以表达鲁迅所体悟到的生存深处的牵缠与悖谬，古老与隐秘，以及生存个体领受这一切的沉重和痛苦。所以可以说，在鲁迅的意识深处，无名妇人的出卖肉体和鲁迅本人的奉献自身的牺牲，皆是一种源于罪责的牺牲。其牺牲的痛苦不仅在于被弃，更在于他所自觉到的奉献者自身血液的不洁——根于人的本然的罪性存在的不洁。那么，是否可以由此推测，缠绕鲁迅一生的虚无正是源于一种深沉而强烈的罪感，而这种罪感又由其道德意志意识到罪的无法根除而陷入绝望和虚妄中呢？这里需要说明的是，由"性"而来的罪感与鲁迅所体悟到的生存本然的罪感在其意识中是纠结并存的，并不存在一种逻辑或层理的关系，或者也可以说，性欲本能的罪感作为引发剂而引发了鲁迅更深意识层面的生存本有的罪感，而恰是这种囿于传统的感受却引导人探触其生存根本处的罪性。多种和多层面的意识与领悟的牵缠——匿名权威、道德意识、集体无意识与生存领悟的牵缠，自古以来便在人类意识中纠结缠绕，又有谁能说得清呢？

在写作《颓败线的颤动》的同期，鲁迅作过一篇译文序《〈穷人〉小引》，其中有一段著名的言说："凡是人的灵魂的伟大的审问者，同时也一定是伟大的犯人。审问者在堂上举劾着他的恶，犯人在阶下陈述他自己的善；审问者在灵魂中揭发污秽，犯人在所揭发的污秽中阐明那埋藏的光耀。这样，就显示出灵魂的深。"而越过"残酷""慈悲"等道德判断，"甚深的灵魂"显示于人的，"是在高的意义上的写实主义者"。这是他对陀思妥耶夫斯基及其作品的理解，但其中不也同样内含着鲁迅自己的切身体验，对自己生存境遇的领悟吗？在陀氏的作品中，他看到的是人的"全灵魂""甚深的灵魂"。在自己的生存中，他同样洞悟到人的"全灵魂""甚深的灵魂"——生存中无法言说的真实，那隐秘的、本然的一切，正如《颓败线的颤动》所显示、所言说。在鲁迅译述厨川白村《苦闷的象征》中亦有这样一段话："倘不是将伏藏在潜在意识的海的底里的苦闷即精神的伤害，象征化了的东西，即非大艺术。"而"大艺术"乃是"作家将自己的心底深处，深深地而且更深深地穿掘下去，到了自己的内容的底的底里，从那里生出艺术来的意思。探检自己愈深，便比照着这深，那作品也愈高，愈大，愈强。"这段话同样可以说明鲁迅的文本内涵以及其中所折射的人格和精神内涵。而鲁迅文本的更为深广的意义却不仅仅在于其个体境遇和精神的显现，更在于在这样的显现中，呈现的是民族的以至人类的精神内蕴——其精神态和精神史——在现代的当下境遇的言说中潜隐的是人类文明的古老渊深的潜在意识和心理内涵。这种多重多义的显现和言说蕴含着对人类整体生存的思考和领悟。荣格认为，文学艺术的创作过程，就是神话母题（即原型）被翻译成现代语言重新显现的过程，而原型的纯形式性又为现代人的言说提供了表达的可能性。那么，在 20 世纪的中国，置身于新旧文明的裂变和变迁中，置身于东西方文化的冲突与吸纳中，置身于传统生存根基的动摇和重新寻找生存依托的历史境遇中，鲁迅将这种牺牲—被弃的原型从集体无意识的深渊中提取出来，以自己的重重心理与人格体验投射其中，以个体的生存断片透显生存的难以窥透的复杂性，以象征言说的暧昧与多义性开启了生存的真实性。其中对牺牲—罪性存在—生存真实的复杂感悟与言说，传统心理与观念在其中的隐匿和显现，现实个体精神的痛苦和悲凉，都使我们感知和领悟到在人类文明前行的历史上，一个民族灵魂深处那最古老、最深奥、最沉重的东西是如何在其先知先觉者身上沉潜、隐显和转化的，从而去历史地领会本民族以至整个人类的存在内涵。

【原载于《鲁迅研究月刊》1999 年第 7 期】

论冰心的良知意识与人格模式

在 20 世纪的历史和社会境遇中，在旧的传统延续和新的传统生成的过程中，不同于其他现代作家或隐或显的人生困惑和人格缺憾，冰心以其圆满的价值承载的良知角色，以其近乎完美的人生和人格模式，成就了其独特的存在和价值。何以成就这一独特现象？若从文化、人格与社会传统和体系间的相互关联、渗透的关系来探寻，或许能让我们从冰心这一个体身上见出旧传统的承续和存在与新传统的生成之间的微妙转化，从中见出现代社会价值与意义构成的复杂内涵。

一

冰心是被"五四"新文化运动"震上文坛"的。"五四"是一个传统摇撼、社会动荡、问题迭出而价值重建、思想自由的时期。各种问题不断被提出，各种思潮和主义不断被引进和介绍，各种策略不断出现。冰心的创作触及当时社会的很多问题，如家庭问题、青年问题、劳苦人民问题、妇女问题、人生观问题等，以至于冰心成为其时"问题小说"的首席作家。而实际则是当时的社会问题触发了青年冰心对人生观的全方位思索。而此时形成观念且贯穿一生的，则是其女性观和爱的哲学。冰心女性观的独特之处在于，在"五四"倡导妇女反抗、叛逆、出走，张扬妇女个性、独立的时期，她却理性地认识到，妇女要想得到社会的认可，须"从空谈趋到实际""从放纵趋到规则"，要"改良家庭"，注意"家事实习""儿童心理""妇女职业"等女性的实际而又传统的职责，而这一切又须用"实用的""稳健的""平常的""通俗的"等方式去实现。① 而在冰心此时此类的小说创作中，便隐含着一种体现其此类观念的"新贤妻良母主义"

---

① 谢婉莹：《"破坏与建设时代"的女学生》，《晨报》，1919 年 9 月 4 日。

的模式，如《两个家庭》《别后》《第一次宴会》等。在这种模式里的女性心态平和、观念平实、生活幸福，既是新式女性的生活方式，而其观念和生活的根柢却又未曾悖离旧式女性的观念和角色——在外在的新式女性的生活方式之下，此类模式中的女性主人公身上内在突出的特点则是一种人伦理性化了的女性角色：妻性和母性。而这一切，冰心又是以一种天然的女儿心性去叙说，透过"女学生""新式—女性"的文字表层，不悖离旧式女性的心理、观念。此类模式也包括《寄小读者》《往事》等集子，在对童年生活的回忆中，在向小读者的叙说中，同样有一种冰心式的女性意识的隐在流露。

如果说冰心的女性观是她此时心理和观念的有意无意的显现的话，那么其"爱的哲学"则是她有意营构的人生现实与终极的归宿，其文本中社会层面上的青年问题、劳人苦难问题、反战情绪等，最终融归于爱的窠臼。冰心追求的是一种回归天然的爱，这一点与新道德的要求一致，也与读者对新道德的期待和认同吻合。此外，冰心笔下的爱也并未悖离传统道德的内涵，如孝与慈、人伦亲情以及隐忍的爱，相反，二者之间存在一种暗契。正是以这样一种"爱的哲学"，冰心弥合了新道德的爱与旧伦理的人伦理性。

就此时的接受群体来看，一方面他们向往打碎旧文化、旧伦理的枷锁，回归人性的天然，建立更人性、更科学的新道德；另一方面文化传统作为集体无意识又隐秘地支配着读者的接受意识，旧的价值观念和伦理意识仍占据其观念和心理的深层。如此，冰心所着意营构的"爱"，既在现实层面抚慰其低迷消沉的心灵，也在显在意识层面满足其对于新道德的要求，更与人们潜意识中积淀已久的传统道德心理和观念有一种暗中的妥协和契合。而其文静、稳健、理性的女性观念和意识，也同样在这几个层面得到接受者全面且深入的认可和赞赏。她被视为"荷花""秋水""海鸥""夏日的清泉"，她的作品"无一篇不令人受绝大的感动"①，她的爱被认为是"圣洁圆满的"②，她的人格被看作是"超然高举，一尘不滓"的③，是"向上"而"健康"的，如此一种互动和对应的接受模式，成就了冰心

的良知角色和人格模式。正如接受美学的创立者所言："文学和读者间的关系能将自身在感觉的领域内具体化为一种对审美感觉的刺激，也能在伦理学领域内具体化为一种对于道德反映的召唤。"① 而在价值层面来看，此时冰心的观念和意识既属于新观念，又不悖离旧道德，既不完全现代，也不完全传统，而新与旧两种价值准则和观念系统皆可供其依附，她在两种价值准则之内而不外在于任何一个价值系统。也恰恰是这样一种观念形态与接受大众的显在和潜在、新观念与旧意识的观念形态相一致，成就了冰心的良知角色和人格模式。历史地看，冰心的人格模式从形成之时起，便植根于深厚的文化土壤中。

二

　　二十世纪三四十年代是整个社会日益走向政治化的时代，文学也随整个社会的变革而日趋政治化。无产阶级运动成为文学主潮，马克思主义文艺理论得到广泛传播和运用。此时文学的基本面貌是由左翼文学、京派和海派文学决定的。在整个时代和文学的大背景中，此时的冰心既不属于左翼，也不属于京派、海派，亦非自由主义作家，她的创作、观念和人生姿态仍以其特有的内涵和表达方式一如既往地葆有一个东方女性理性清明的特征。

　　由于政治形势的变动，意识形态话语的加强，以及生活的颠沛流离，冰心该时期的创作明显减少，但从中仍可梳理出其观念和人生追求的大致线索。此时冰心的女性观，既是其早期女性观的延续，又在政治焦虑和民族危亡的背景下，其笔下的理想女性更加呈现出一种稳健、笃实的东方女性的内在品格。此外，就东方女性所难以割舍的家庭情结而言，冰心的观念也更加成熟，如《我的同学的母亲》便体现了一个东方女性处理家庭伦理问题的清明理性，而写于此篇前后的《西风》《相片》等作品，则以女主人公的人生缺憾（家庭生活的不完整和欠缺）与之形成鲜明的对比，《我们太太的客厅》更以所谓洋式家庭中人们生活和精神的空虚和浮靡而遭到冰心的嘲讽。从这样的描述和对比中可见，处于整个社会的政治氛围

---

　　① H. R. 姚斯、R. C. 霍拉勃著，周宁、金元浦译：《接受美学与接受理论》，沈阳：辽宁人民出版社 1987 年版，第 51 页。

和战争背景之下，重视女性平实健康的精神状态和世俗幸福，仍是冰心关注的女性生活和人生方式。

作为冰心人格础石的"爱"，也并未在民族战争的浪潮中泯灭，而是走向成熟和深沉。此时冰心所持有的"爱"，既是其前期爱的内涵的延续，如 20 世纪 30 年代初创作的《第一次宴会》《南归》等；而在民族战争的背景下，冰心笔下的爱也注入了鲜明的民族精神和现实内容，爱国精神和民族气节构成其此时情感和意识的重要方面。如果说 20 世纪 20 年代的冰心呈现的是一个东方女性爱的纯洁、理想的一面，那么此时的冰心则体现了东方女性爱的深沉和成熟。

以上可视作冰心在二十世纪三四十年代政治和战争背景中的人生角色和人格模式的基本选择和体现，也是其既定的人格模式在此时的延续和丰富。但在那个特定时代的政治文化语境中，公众关注的焦点在那些政治意识鲜明、政治情感进步的作品，而这种普遍的政治文化心理使公众"对于那些不是以他们所珍视的某种政治思想为基础的艺术作品是漠不关心的"[1]。由此不难推知，如同"五四"时期其人生角色处于公众关注的中心是由当时的社会现实和公众的接受心理所致，此时冰心的走向边缘也同样是社会趋势使然。早在 20 世纪 20 年代，蒋光慈、草川未雨等人便运用马克思主义文艺理论，从社会学视角批评冰心及其作品为"暖室的花"[2]"贵族性的女性""市侩性的女性"[3]"不敢正视人生"[4]，及至 20 世纪 30 年代，左翼批评家阿英、茅盾等更意识到在这种意识形态语境之下，冰心"不再引起轰动"，"她的影响必然的要因社会的发展而逐渐丧失，所以，到了近来，她的影响虽依旧存在，可是力量是被削弱得不知到怎样的程度了……"[5] 在这种情况下，冰心早期形成的女性意识和观念则转化为一种人生姿态。一方面，由于自身性情和东方女性潜在的政治情结的传统意识，使她与社会政治形势保持一定的距离，甘居边缘，正如她自己所认识

① 普列汉诺夫著，曹葆华译：《普列汉诺夫美学论文集》（卷 1），北京：人民文学出版社 1983 年版，第 495 页。

② 蒋光赤：《现代中国社会与革命文学》，《民国日报·觉悟》，1921 年 1 月 1 日。

③ 蒋光赤：《现代中国社会与革命文学》，《民国日报·觉悟》，1921 年 1 月 1 日。

④ 草川未雨：《〈繁星〉和〈春水〉》，转载自李希同：《冰心论》，上海：北新书局 1932 年版。

⑤ 范伯群、曾华鹏编：《冰心研究资料》，北京：北京出版社 1984 年版。

到的"歇担在中途"①，而以其"坚定的信仰，深厚的同情"② 为"平凡的小小的人"贡献其"平凡的小小的花"③。与轰轰烈烈的社会政治相比，冰心更倾向于以其自我人格持守那平凡实在的生活和人生，体现其人生追求的东方女性的传统内涵和"本分"。另一方面，冰心并非一个超脱独立的作家，既定的人格模式和东方女性的理性使其必须在社会现实中有所附着，她并未远离主流意识形态，而是主动靠拢，她写有《新年试笔》《分》《冬儿姑娘》等含有较明显的政治和阶级意识的作品，也由此受到茅盾、阿英等主流批评家的关注和欢迎。如此，即使在身处边缘时期，冰心仍与时代和社会的主流精神保持着恰当的关系，由此，冰心在现实和自我之间取得了内在和外在的平衡。

纵观二十世纪三四十年代冰心的创作和人生姿态，基本是其既定良知和人格模式的延续，而作为其人格构成内涵的女性意识和爱的理念亦在新的历史境遇中有所丰富和变化。

三

由于社会历史的原因，文学与政治的密切关联是整个 20 世纪中国文学的主要特色之一。20 世纪 50 至 70 年代，文学表现出更为强烈的意识形态化走向，文学观念向重视政治意识、社会政治生活经验倾斜，作家被置于一系列政治话语渗透、政治权力的支配之下，他们被施以一系列规范性要求。在这样一种时代和文学的大背景下，冰心的创作内容和题材也随之转向，其文学观念和人生姿态亦有所转换。她大量报道社会主义建设中的新人新事，她作为友谊的使者出访亚非拉各国，写作大量国际题材的作品，她倡导并创作了大量的少儿作品。而贯穿其中的观念也与时代精神的要求一致。同时其作品中作为叙述者"小我"的情感、观念也已几乎全部转化成"大我"的情感和观念，体现出一种昂扬向上的"时代精神"，一种"历史乐观主义的精神"，其曾有的温婉抒情的个体则隐匿不见；其曾经推崇的贞静稳健的东方女性的内涵也让位于"铁姑娘"式的时代新人的形

---

① 冰心：《冰心全集》，上海：北新书局 1932 年版。
② 冰心：《冰心全集》，上海：北新书局 1932 年版。
③ 冰心：《冰心全集》，上海：北新书局 1932 年版。

象；其爱的哲学和理念转化为对党、国家、集体的爱，其爱的内涵也转化成对国际国内劳动人民的爱，其所呼吁的"和平"亦带有明显的意识形态色彩。总之，她的爱已转化为一种政治情感鲜明的意识形态化的"爱"，一种符合时代精神和主流话语的"爱"。同时，如同那个时代所有"小资产阶级"出身的作家一样，冰心不断地检讨和反思。叙述风格的转换，女性观和"爱"的内涵的转变，贯穿其文本中的"时代精神"与其中时隐时现的检讨和反思共存……所有这一切，无不与当时的社会政治气氛和文艺观念的要求相吻合。这种观念姿态与"五四"时期在新旧观念间的弥合与平衡不同，亦与二十世纪三四十年代与时代主流精神的不即不离迥然相异，这种观念姿态的转换意味其人生姿态的转换——对主流话语的主动而审慎的靠拢。

然而，尽管如此，二十世纪五六十年代，对冰心（及同类作家）仍然存在着两种微妙、交叉的评价。她曾与那个时代国统区归来的作家一起，被划为"小资产阶级作家"，被认为"资产阶级思想占主要成分"①，她的"爱的哲学"被认为"没有多少文章可作"，她早期对弱小者的同情，被看作是"用对劳动人民的'同情'来表现自己"②。此外，冰心在世界观、生活经验方面的努力（深入工农兵群众）也得到了首肯和欢迎③，她被认为是自觉改造且在中华人民共和国成立以后的创作中，在生活、思想、感情等方面显示了"重大进展"的作家④，她也因改造了其"超阶级的""爱的哲学"而在其中注入"战斗的感情"和"新内容"而得到欢迎和赞同⑤。

四

进入新时期以来，亲情和爱又回到了冰心的文本中。此时冰心以耄耋

---

① 臧克家选编：《中国新诗选 1919—1949》，北京：中国青年出版社 1956 年版。
② 张毕来：《新文学史纲》，北京：作家出版社 1955 年版。
③ 如《文汇报》1954 年 8 月 7 日蔚明《访冰心》："今天，她和她笔下的人物以及她的读者，都一同进入了光辉灿烂的新时代。在她的作品里，没有忧郁、哀愁，而是充满了光明和欢悦……"另如《光明日报》1954 年 9 月 26 日《为孩子们创作像乳汁一样的作品——访谢冰心》。
④ 范伯群、曾华鹏：《论冰心的创作》，《文学评论》1964 年第 1 期。
⑤ 范伯群、曾华鹏：《论冰心的创作》，《文学评论》1964 年第 1 期。

之身，写作大量的回忆录、散文、杂感以及小说。一个世纪的沧桑一一看过来，无论是忆念故人、友人还是同辈、同行，冰心的回忆录皆体现出一种谦逊真诚、与人为善的襟怀；其亲情散文与几十年前内涵与风格一脉相承，温婉深情，却又多了一些世事沧桑过后的达观；其抒情写景的散文既体现出对生命和生活的热爱，又可见其冰清玉洁的风骨；更为可贵的是，老年的冰心写了大量的杂感、随笔，以其真诚和勇敢关注社会现实和民族的未来；教育问题、知识分子待遇问题、拜金主义、分配不公等问题和现象皆在她的笔下得以反映。

　　透过文本我们可以看出，此时的冰心意在倡导和弘扬本民族的传统美德。有研究者总结了新时期冰心创作在这方面的努力："第一，强调整体精神，强调为社会、为民族、为国家的爱国主义思想。""第二，推崇仁爱原则，强调'厚德载物'和人际和谐。""第三，提倡人伦价值，强调个人在人伦关系中的权利和义务。""第四，追求精神境界，向往理想人格。"①笔者以为这样的概括是准确的。所有这些观念，皆是中国传统道德理念在新的时代和文化语境中的体现。值得注意的是，这种弘扬民族传统美德的观念在新的语境之下的表述，以及在这表述中所隐含的潜在的文化心理。在新的政治环境和文化语境下，冰心以肯定的态度描写中国人传统的文化心理。对民族传统美德的弘扬与民族文化本位的心理内涵相融合，构成新时期冰心良知意识的一个方面，而晚年冰心的良知意识仍在时代精神和传统文化心理层面与接受者的价值观念相吻合，《空巢》的获奖和《远来的和尚》等的受欢迎似可说明这一点。

　　一个世纪以来，历史和社会表层的新的文化因素与其传统文化和心理因素相融相渗，形成新的文化和精神传统。而对经历了一世风雨的冰心（及其同时代人）而言，新的传统已作为一种心理积淀植根于冰心的人格意识中，成为其良知意识的核心和基础，与其一贯的人格操守相融合，成就了晚年冰心的人格形象和良知角色，也是其一生人格与良知的总结。

五

　　总之，爱心、纯真、善良、正直、崇高、真、善、美……这些评价所

---

①　杨昌江：《论冰心新时期以来的创作》，《学习与探索》1997 年第 5 期。

构成的近乎完美的人格形象，是冰心在20世纪的社会历史进程中，所成就的良知意识和人格模式。所谓良知，"对良知的更为通常的看法是把它看作体现了一个社会、一种传统或一种宗教的要求、规范和理想"①。所谓人格，即文化要求于人的角色，是人与社会关系中的伦理关系、道德关系的一种自我塑造过程，而对人格的更为全面的看法是，它包括一个人的外部和内部自我，表现了一个由表及里，包括身心在内的真实的个人。由此看来，良知与人格的内涵与外延有其交叉重叠处，可以说良知是人格的肯定部分，代表了人格中与社会、传统、宗教、文化相一致的部分。不难看出，在冰心身上，良知和人格是较为完美地整合而统一的，在其人生的每一阶段，都表现出一种对社会和文化肯定的倾向，这肯定便是20世纪文化语境中的独具冰心特色的德性人格和理性人格。这种德性人格和理性人格在冰心身上是完美统一且不可分离的，就其内涵而言，这种人格模式是以爱为基石，而各种观念、情感和意识则保持其平衡与和谐：情与理、美与善、个性与社会伦理要求、情感与社会道德原则、现代意识与传统观念等构成一个平衡和谐的人格世界；就其与社会、文化的互动与关联而言，这种人格模式更为深层的呈现便是在时代精神的现代之表与文化心理的传统之根间的微妙关联、交错中寻求、保持一种均衡、和谐的状态。从上述分析可以见出，正是以这样一种姿态，冰心在社会时代表层和传统根基深层的意义上成就其良知角色和人格模式。而冰心身上所内蕴的那种女性的人格模式和人生姿态中也同样具有这种德性人格和理性人格的特色。这种德性人格和理性人格是一种有意识的心灵层面的良知和人格模式，也是社会道德层面的良知和人格模式。也即，冰心的良知意识和人格构成中始终有一种"道德情结"，是将社会道德因素与其个性品质修养紧密结合。正是在这一层面和意义上，冰心的文本和为人体现出人类共同珍视的美德"一个真善美同一的世界"②。然而，也正是在这样一个人格世界中，蕴有传统的道德人格模式的底蕴，这便是冰心人格构成深层的中和之美与中庸之德。正如上述所论，冰心人格中的中和之美表现为各种观念、情感、意识和谐与平衡，而就构成其良知和人格础石的"爱"而言，也是中国传统乐

①　默里·斯坦因著，喻阳译：《日性良知与月性良知》，北京：东方出版社1998年版，第8页。

②　傅光明、许正林：《冰心散文：一个独特的艺术世界》，《文学评论》1994年第2期。

感文化的"生生大德"与西方基督教文化的"神圣之爱"以及印度宗教中的"梵"的超越的互渗、融合，而决非各种爱的理念的冲突、悖裂。

在 20 世纪 30 年代初期，茅盾便指出冰心思想的"中庸"状态。① 综观冰心一生，这中庸也是其良知和人格的基本状态。其一生所持的观念、意识、姿态，皆取现实社会中所应取的常态和理性，而非悖离这一切，也少有超越。冰心所奉行的"清明理性"，实为一种 20 世纪现代社会、历史和文化境遇中的中庸之德。这中庸之德有其深厚的文化背景。孔子曰："中庸之为德也，至矣!"何晏注："庸，常也，中和可常行之德也。"康德也说："真正的道德只能建立在原则的基础上，这些原则愈具有普遍意义，就愈加崇高，也就愈加高尚。这些原则并不是抽象推论的规律，而是一种存在于每个人胸怀之中的情感意识，即人类美的情感和人类尊严的情感。"② 从这个意义上说，冰心良知和人格中的真善美的因素恰恰体现在这些普遍、庸常、中正、平实而又崇高的人类原则和情感之中。此外，中庸也意味着"中正之道"，"中者天下之正道，庸者天下之定理"。所谓"道"，即"人群大生命之共同趋向"③，而冰心所奉行的那些人生准则，既合于现世的具体的"时代精神"，也合于普遍的、永久的"人类之道"。冰心从一走上文坛便以其"性道合一"的传统人格底蕴得到社会和大众的深深认同和热烈赞赏，她的文笔和人格被看作是"健康的""圆满的"，此类评价，贯穿冰心人生始终。由此可以见出，在几千年的文化背景中，在 20 世纪走向现代化的中国，这种中庸的人格模式在更为根本的文化心理层面上得到社会与大众的深层认同和潜在塑造。然而，以冰心的学识、素养，在文学上应取得更大的成就，但遗憾的是，冰心一生的创作在题材的开拓、主题的深入、人物的塑造及人性的挖掘方面，她创作的起点也几乎是其终点，这一缺憾，固然由于其一生生活的优裕，生活圈子的狭小，个人道路的顺达，但其道德人格的约束——追求人格完美的"性道合一"的心理定势，是否也在更深的层面上限制了她呢？德性人格与理性人格，中和之美与中庸之德，构成冰心一生良知意识与人格模式的文化底蕴。

---

① 茅盾：《冰心论》，《文学》1934 年第 3 卷第 2 号。
② 康德：《论美和崇高情感》，莱奥·巴莱特、埃·格哈德著，王昭仁、曹其宁译：《德国启蒙运动时期的文化》，北京：商务印书馆 1989 年版，第 265 页。
③ 钱穆：《中国文化特质》，汤一介主编：《中国文化与中国哲学》(1987)，北京：生活·读书·新知三联书店 1988 年版。

在 20 世纪中国的历史境遇中，在社会与文化的传统与现代因素的交错与关联中，冰心成就了其道德人格与良知角色的新模式。这一模式是以传统人格底蕴为根基、随时代而变化的过渡性人格和良知，它既是本民族的精神气质与过去时代的关联，也是其在现时代的集中体现，亦将在社会进化过程中得到定型和延续。从这一意义上来说，这种过渡性人格是现代社会价值与意义的必要构成部分。然而，在冰心的良知角色和人格模式的构成中，少有现代意义的承担与探索的成分，更多的是古典意义的抚慰与顺从，这是冰心过渡性人格和良知的一种特质，也是其人格构成中现代性内涵缺乏的一种遗憾。

【原载于《福建论坛》（文史哲版）2000 年第 5 期】

论中国现代文学史的性质及其分期

关于中国现代文学史的定性和分期，近20年的新文学研究在解构政治定性说后可谓众说纷纭，其中有的把现代文学史的开端由1917年或1919年追溯到晚清以至晚明，从以社会史为基准的界定进展到以文学的内部演变规律为基准的界定。虽然这些界定各有自己的理由和准则，为现代文学研究开拓了疆域，理清了现代文学与古代文学的某些内在机制和必然联系，但是从总体上看，笔者认为晚清或晚明都缺乏足够的历史根据和思想逻辑来确证它们是现代文学的转型期，只能说晚明的文化思想体系和文学结构已有新因素的萌动，而晚清文学变革则是为中国文学的现代转型作了充分的预演，但新文化形态和新文学形态尚未从传统文化、文学结构中剥离出来。如果把社会发展史和文学内部演化规律结合起来作为基准，以此来界定中国现代文学的性质和分期，那应该定在1917年文学革命前后。这不仅是因为从此中国文学由古典向现代全面转型，中国文学从晚明的量变、晚清的部分质变到此时已开始发生全方位的质变，这是个既合乎历史规律又符合逻辑规律的演变过程，而且从此中国社会发生的结构性变化也为中国现代文学的诞生提供了深刻的时代背景，文学自身的嬗变已成为势所必然了。自此以后所发生的一切文学现象，皆属于现代中国历史范畴中的现代文学，这是笔者主张的大历史视野下的中国现代文学。

与现代文学史的定性及分期相关，在这里有必要探讨一下现代化与现代性的内涵及其关系问题。就其功能层面来说，现代化是社会或文学嬗变的动态规律，展示出社会或文学发展的总体趋向，而现代性则是现代化的结果，是对社会或文学的一种性质判断；就其内涵来说，现代化与现代性是同质同构的，没有现代化的运作就没有现代性的内容，而现代性的内涵正是现代化的产物，不过社会现代化虽然带动了文学现代化，但是它们所"化"的结果从形式到内容都有明显差异。因此我们在考察文学的现代化与现代性的内涵及其关系时，既要注重社会现代化与文学现代化的趋同关系，又要重视它们之间的特异关系，既不要把社会的现代性等同于文学的现代性，也不要把文学的现代性疏离于社会的现代性。特别应该关注的是，中国社会的现代化和文学的现代性与西方资本主义社会及其文学现代性的关系。由于"现代化在理论方面基本上是属于民族国家转变的理论"（蒂普斯语），所以社会国家的现代化主要包括以工业化为基础的科学技术、经济结构、社会组织、政治运作等一系列领域的深刻转换，但东方社会的现代化与西方社会的现代化相比既非同步又极为曲折，"按照竹内好的说法，对东方来讲，现代性首先意味着东方在西方的政治、军队、经济的支配下的臣服"。这就如酒井植树在《现代性与其批判：普遍主义与特殊主义问题》一文中所说，"东方只有等到它成为了西方的对象的时候才开始进入现代时期。因此，对于非西方来说，现代性的真谛就是对西方的反应。"更为严重的是，古老中国面对现代化和现代性之时正是西方现代性发生深刻危机的时刻，即现代性本身自 19 世纪上半期始已发生不可逆转的分裂，一方面是作为工业革命、科技进步以及资本主义带来的社会变革产物的现代性；另一方面是以反资本主义的浪漫主义为代表的作为美学概念的现代性，而这两种现代性在相互冲突、相互分裂的演化中使 20 世纪初的西方现代文明只剩下一堆"破碎的偶像"（艾略特语）。面对西方现代性的分裂与崩溃的后果来建构中国物质文明和精神文明的现代性，难免造成中国现代性的诸多矛盾、困惑和悖论。现代化与现代性关涉文化精神领域，包括观念形态、思维方式、价值原则、人生取向、美学追求等，而这些文化精神和文化观念既与近现代以来的启蒙主义、理性主义思潮相联系又与非理性主义思潮相贯通，也就是说在中国文学由古典向现代转变的历史关头，不只是受到西方以笛卡尔、斯宾诺莎、莱布尼兹等为代表的理性主义的巨大冲击，与此同时也受到以尼采、叔本华、柏格森等为代表的非理性主义的强烈渗透。在这些理性与非理性冲击和渗透下，中国文学不仅本身发生了现代化转换，呈现出复杂的现代性，而且它又同中国社会形态的现代化发生了密切联系，其性质和内涵承载着现代性的文学，并带来中国文学现代性的复杂特征。

　　每个时代有每个时代的文学，文学的现代化最终取决于社会的现代化。关于文学与社会文化的关系，乔那森·卡勒在《文学理论》中指出："文学就是一个特定的社会认为是文学的任何作品，也就是由文化来裁决，认为可以算作文学作品的任何文本。"也就是说，特定社会有特定的文学，而文学的性质并不能够孤立地确立，受到社会性质的限定和制约，文学的内涵也并非自生自长的，它是由社会、历史、文化因素的关系来决定的；同样，文学的质变不可能仅仅由文学内部发生，即使文学内部有了现代性因素的萌动，也必须有社会历史提供良好的机遇和条件，故中国文学的现代转型必然在中国社会的现代转型背景下，现代文学一定发生在现代历史中。据此，笔者确信中国文学的全面现代化转变不是发生在晚清时期，而是发生于中国社会历史激变的"五四"时期；中国文学的完全质变不是发生在晚清文化改良时期，而是发生于以经学为中心的传统观念和知识系统崩溃而现代文化观念和现代知识结构确立的"五四"时期。诚然，世纪之交西方的科技理性和人文理性，特别是进化论挟带着巨量的新知识、新价值、新思维冲击并席卷了已开始解体的中国社会的文化思想界，康有为将今文经学作了新的阐释，在梁启超、严复、谭嗣同等人的思想中确立了"动"与"变"的进化观念，鲁迅的《摩罗诗力说》《文化偏至论》等既含有理性主义又蕴藏非理性主义。虽然这些现代文化思潮造成晚清文化先驱的内在紧张和精神分裂以及无法解决的困惑，但毕竟推进了中国社会思想意识和文化观念朝着现代化方向迈步。由于社会和历史条件的限制，晚清至民初并未完成文化观念和价值原则的现代性转变，唯有到了 1915—1917 年的新文化运动和文学革命兴起，西方的现代性文化思潮才以摧枯拉朽之势扫荡了不合时宜的中国传统观念和知识结构，从外到内地驱动着中国思想文化发生了质变；而这一质变使文学赋予了知识和价值重整，亦即中国现代文学一开始就代替了传统经学同样核心的功能。这种功能的建立是基于历史的需要和际遇而来的文学与政治意识形态的紧密联系，在其初始时期则是由于与启蒙主义理念的紧密联系而建立起来的，而后是因为与救亡爱国的强烈政治使命意识紧密相关而确立起来的。也许有人认为这仍然是文学传统的载道功能的现代延续。但必须承认，一方面，现代文学所载之道，无论是个性主义、人道主义、现代主义，还是社会主义，其内核已发生了质变；另一方面，不能否认这样一个事实，我国近现代文学的变革与发展，始终与近现代的政治历史、社会思潮的变化，与知识者寻求救国道路的历程相一致，单靠文学自身的力量是无法实现文学真正的变革的。上述足以说明 1917 年是中国现代性文学的真正开始，是现代文学根本区别于古代文学的分水岭。

就文学自身的发展变化而言，1917 年开始的文学革命对于传统文学观念及文本形态进行了有力的批判和扬弃，导致了传统文学观念和格局的崩溃，并以全新的现代性的文学观念及其文学样态予以置换，开创出一个能与世界现代化文学对话的新时代。就这一点来看，此前的晚清至民初的文学状况，虽然在观念上已蕴含了诸多现代性的因素，如康有为的"以复古为解放"的启蒙文学观、严复的"开民智"的文学主张、梁启超的"人性"文学观和"新民"文学观以及重功利的新小说观、王国维的非理性重美感的纯文学观以及深受叔本华悲剧理论影响的悲剧美学观。这些文学观念源于西方的理性与非理性文化思潮，具有浓淡不同的现代色彩，但总体来看，它们并未完全摆脱传统文学思维的框架，没有形成全新的现代文学理论话语。另一方面，体现在当时创作中的现代性因素与非现代性因素杂糅在一起，而现代因素则越来越多。如在晚清风行的小说中即呈现这样一种状况：作者们一方面汲汲营求所谓时代性义题，表现出强弱不一的现代民主意识、自由意识、人道意识和爱国意识；另一方面却凸显出根深蒂固的传统意识的偏狭。他们一方面坚持批判现实主义的创作原则，暴露、谴责官场的腐朽黑暗和社会的不平与怪相；另一方面却显得批判深度不够，力度不足，夸张过度，失去真实品性。他们一方面营造诗歌的"新意境"；另一方面又要求诗歌不出离"旧风格"。总之，当时的文学样态既具有现代性特征又没有摆脱传统文学的规范。与此同时，涌现的一些革命性的创作，尽管它们在形式、题材、修辞等方面努力进行改革，追求西化，但其功利主义、群体意识的文学观念，甚至否定文学的观念，是狭窄的，其旧瓶装新酒的审美选择也是狭窄的，而当时旧的文学格局仍旧维持着，它们既未能完成文学的变革，也未能实现自身的精神蜕变。只有到了"五四"新文化运动时期，文学开始了从内到外的变革，新的价值系统和规范体系开始形成，这一局面才真正打破。文学革命引起了文学观念的裂变，文学格局的重整，同时也造成了文学史的改观，使中国文学史真正开始了现代化的新征程。上述又进一步说明1917年才是中国现代性文学的发轫期。

统观中国现代文学，无不是以"五四"文学开创的多元复杂的现代性传统而展开的。一方面，无论从其观念、形态，还是从其格局来看，现代文学已确然是一种不同于旧文学的新文学；另一方面，现代文学内部亦始终存在着两种悖反的现代性的内在紧张，具体表现为现代性的重功利文学观与现代性的重艺术文学观的对峙，这种内在紧张构成中国文学现代性的丰富内涵和张力。就重功利文学观的现代性追求来看，其传播的过程恰是现代文化意识在中国扩张的过程，而重艺术文学观对现代性的追求，则是立足于人的主体性与目的性的。从价值理性出发，对现代社会中压抑人的工具理性与历史理性的疏离与批判，同样也是现代性的一种审美展开。所以，现代文学的发生、发展包含了复杂的因素，它既是现代性的一种必然推论，同时又是现代性复杂的、辩证的展开。

【原载于《山东社会科学》2001 年第 3 期】

中　编

无路之苦：彷徨与遁逸①

——"五四"文学中的精神还乡

绪　论

对整个人类的存在而言，20世纪的喧嚣、骚动和剧变意味着一场触及生存根基的巨大裂变，即在摆脱旧世界桎梏的艰难道途中，在人类文化的重新积淀中，现代人类的精神面临着失却故乡而重新寻求故乡意义与价值的深远问题。"一方面，这是自然主义——生物学或社会学的过程；另一方面，也是形而上学——实体的过程。"② 20世纪的人类即处于这样一个物质—精神、存在—意义的大转折中。

中国人同样处在这一世界的生存境遇中。对中国人而言，"五四"时期尤其具有这一境遇的典型意义。"五四"是这样一个时期，它同时拥有过去遗骸与未来胚芽，它既是过去的终结又是未来的开端，它是断裂，却又拥有最丰富的社会文化形态和信息。而此时的阶级、阶层的分崩离析和社会的动荡解体，已不同于以往任何时期，在表层的动荡和离乱之下潜隐的是文化的断裂和变迁。几千年来中国人的传统根基第一次被深深地撼动，而这意味着生存根基的动摇和失落。对中国人的生存而言，"五四"意味着存在的困境与痛苦，精神的流离和迷失。处于这样一个历史和现实的境遇中，对中国作家而言，他们既处于传统文化的积淀和延续中，处于西方近现代文化和意识的冲击和吸纳中，又处于挣脱传统纽带与寻找新的依托的艰难道途中。历史的、现实的、文化的境遇使他们又一次面临人类生存的永恒困境与永恒难题：归向何方？何为依托？生存根基在何处？精神故乡在何处？"五四"作家们苦苦求索的是："谁是我最大的安慰者？"（王统照《谁是我最大的安慰者》），"来从何处来？去向何处去？这无收

---

① 《无路之苦：彷徨与遁逸——"五四"文学中的精神还乡》为作者的硕士毕业论文。
② 张文杰等编译：《现代西方历史哲学译文集》，上海：上海译文出版社1984年版。

束的尘寰，可有众生归路？"（冰心《迎神曲》），其精神深处的芜杂与困惑，逃遁与彷徨，无所信仰、无所归依的幻灭与寻向传统文化的寄托……所有这一切，无不在其文本中潜伏和显现。对其进行整体的历史观照，则这一切体现了雅斯贝尔斯的论断："人类精神发展史上最伟大的现象是终结和开端一齐发生的变迁，它们是处在新旧之间的真理。"① 本文尝试透过这些情绪的、观念的、意识的、无意识的表述和因素，透过这些生存和命运的追问和求索，去探寻"五四"时期文学中的精神还乡主题，从而看出在历史、社会、文化的转折中，在现代社会的发生和基础阶段，现代人寻求和奠定自己的生存根基和精神故乡这一人类精神的"新旧之间的真理"。而现代人精神故乡的基础即奠基其中，这是本文对其探求的愿望所在，也是意义所在（假如本文的努力尚有些意义的话）。因为根基和故乡，是人之为人的根本所在，它本有当下和永恒的意义和价值。

　　人的精神故乡，也即其生存根基所在，是给人以最深沉、最切实的安慰和寄托之处。它既是人类存在的根本，又是生存的价值定位和精神指向；它既是人企盼回归的终极所在，也是人安身立命的现实栖居。即它是由回归生存本源的感悟而对人类存在的理想状态的企盼，对人的生存而言，回归即意味着对其现世生存的超越，其本质出处——本真、本源，即作为人存在的终极所在、理想所指。人的永恒的精神故乡，便在永恒的回归与超越处。对它的寻求，是对人存在的根本处境的觉悟和反思，它来源于世界的不完满，人本身的不完美，生存的缺陷和有限等事实，而这一切存在，带给人的是"非在家""非本真"的感觉，家——故乡的寻求由此而起。所以本文将从探讨作家作品对现实的生存感悟入手，缕析其精神故乡之所源所在。

　　而在具体文本中，精神故乡的指称又有所不同：道、自由、永恒、无限、万全、自然、美、家、安慰、上帝、天等。本文在分析和论述时，也将引用和引述这些指称，并引进和借用有本质规定意义的语词，如道、本体等。在文本中，其精神故乡的寻求，或明确指称，或作为潜隐意向而存在。

　　限于篇幅，本文只能探及"五四"文学中精神还乡现象的部分作家作品，具体而言即鲁迅、周作人、废名、许地山、冰心。本文将从其文本中

---

　　① 张雄：《历史转折论》，上海：上海社会科学院出版社 1994 年版，第 71 页。

探及作家个体的精神故乡所指所在。精神故乡的追寻，毕竟是关涉个体存在的终极事件。本文分三部分对上述作家作品进行分析和探究：①鲁迅在迷惘与坚定、执着与彷徨中走向精神故乡；②周作人、废名寻求理想生存而返归传统母体中的困惑与失落；③许地山、冰心返归传统宗教寻求对生存的理解，并试图从中寻到人的生存根基，以及这一生存理想与现实人生的间离。

一

不只在"五四"时期，且在整个 20 世纪的中国，鲁迅都是一个最复杂、独特的存在。他作为生存个体所展示的生命和精神存在状态，他的文本所展现和内蕴的独特世界，无不呈现出多种冲突的两极对立状态，他是"燃烧起人们的心的诗与力"与这背后的"一种不可捉摸的虚无与无限的冷酷"①的巨大矛盾统一；他期待并坚信"生物界正当开阔的路"，"人类的渴仰完全的潜力，总是踏了这些铁蒺藜向前进"，"生命不怕死，在死的面前笑着跳着，跨过了灭亡的人们向前进"（《随感录·四十九》《生命的路》），他同时也表述自己相信"唯'黑暗与虚无乃是实有'"（《两地书·四》），"倘说为别人引路，那就更不容易了，因为连我自己还不明白应当怎么走"（《写在〈坟〉后面》），他"彷徨于无地"（《影的告别》），甚至对自己的存在，他也迷惘而绝望："然而我至今终于不明白我一向是在做什么，比方做土工的罢，做着做着，而不明白是在筑台呢还在掘坑。"（《写在〈坟〉后面》）……他的个性心理、精神世界呈一种两极对立的张力关系和"悖论的漩涡"②。然而这种复杂的精神呈示，也正意味着他的独异和深刻。"五四"是一个觉醒的时代——民族文化的以至个人的觉醒，然而真正作为生存的人而觉醒，洞悟人的根本生存困境，直面并承载起生存一切的，唯有鲁迅。鲁迅那复杂的精神形态，正是源于生存的根本的洞悟和痛苦。这种洞悟不仅表现在《野草》这类作品中，也潜隐于其蕴含启蒙意图、启蒙理性的作品中，如《祝福》《白光》《在酒楼上》《孤独者》《伤逝》，在启蒙意蕴的背后，潜隐着无法摆脱的生存困境。其文本中表层

---

① 薛毅：《无词的言语》，上海：学林出版社 1996 年版，第 76 页。
② 孙玉石：《现实的与哲学的——鲁迅〈野草〉重释》，《鲁迅研究月刊》1996 年第 1 期。

的显象世界之下潜隐的是广大深幽、不可捉摸的生存世界。

无聊和悖谬是鲁迅所洞悟的人类生存困境。

一个明显的现象是，鲁迅作品中出现了那么多的无聊，"无聊赖"——无赖的人，无聊赖的生活，无聊赖的情感，无聊赖的命运，无聊赖的生存，无聊赖的意蕴。在鲁迅那里，"无聊"究竟意味着什么？无聊的生存是怎样一种状态？祥林嫂（《祝福》）是无聊赖的，她生存于其中的鲁镇是由各种因素——社会的、文化的、人性的因素——织成的一张束缚其命运，摧压其灵魂的灰暗而阴沉的天罗地网，这天罗地网既无法把握，又无法冲破，连她最后的寄托——灵魂的有无也终于消亡于模棱两可的不确定中，她生存于无所聊赖中，也最终死于无所聊赖。陈士成（《白光》）是无聊赖的，他的一生被拘束在"黑圈"与"白光"（银子）中，他无法脱离它们却又把握不住任何一方，它们是他生存价值的体现，又是他残忍命运的使者，它们诱惑他、拨弄他而将他引向茫然，在这无定的诱惑中他的前程只能像"受潮的糖塔一般，刹时倒塌"，且，"这前程又只是广大起来，阻住了他的一切路"，在无路可走的茫然，他走向了死亡。狂人（《狂人日记》）的无聊赖在于他进入的是一种生存的不确定状态。一方面，历史的重压和现实的逼迫摧压着他，另一方面，历史和现实的压迫又是隐隐约约、闪烁不定的，它在时时处处，又在无法确定中，进而，狂人的疯狂和清醒皆无法确定，外在于他的世界与自身的存在皆无法确定。吕纬甫（《在酒楼上》）在"绕了一点小圈子又飞回来"之后，终于意识到这世界是无聊的，他试图在无聊中做些无聊的事以充作这无聊生存中的寄托，然而这无聊的寄托也最终落空。魏连殳（《孤独者》）的无聊在于他所置身的"无物之阵"中，他在其中左冲右突，一切的出路和反抗最终被消解掉，他走向自己反面的复仇意味着他最终失败于无物之阵——无聊中。总之，"无聊赖"在鲁迅的文本中，既意味着生活的无所寄托这一显义和常义，更潜隐着人物命运、境遇的无法把握而又无从挣脱。对生存而言，这种不确定是一种无声的吞噬，不仅蒙昧者在昏睡中被吞没，即使觉醒者所寻求的意义和价值也无从实现和寄托，最终也只能陷入一片不确定的沼泽中而无力拔出。进一步而言，"无聊"在鲁迅那里意味着不确定中的无所归依：祥林嫂的灵魂，陈士成的前途，狂人的境遇和感觉，吕纬甫的寄托，魏连殳的抗争，这一切皆无所归从，无法确定。正是在启蒙理性的文本中隐伏着启蒙理性所无法解答的生存困境，那么，这困境是由历史、现实、文化的因素所造成，同时又是潜隐在这实在因素中生存的根本状况。在鲁迅的文本中，无聊这一困境的现实性和当下性也意味着它的本然性，它本然地置于生存中而通过现实和当下的生存体现出来。

在这无聊赖的生存中，绵延的是人生存深处的孤独，人与人之间的孤独无依。人亲手造成的孤独，亦在无聊的生存中。这孤独亦无处不在，它在代与代的传递中，也在人们的爱中，在相关或不相关的个体中。前者如魏连殳哭其祖母，祖母的孤独不同于连殳，然而人生存的孤独状态却绵延无已，连殳所哭的正是这个广漠而绵延的孤独，是这缠成孤独之茧的"丝"——这"丝"无从所来，从而本然存在。后者如涓生与子君的爱，即使相爱的灵魂最终得到的也是隔离二人，淹没二人的巨大的虚空，他们最终各自孤独，爱，挽救不了各自孤独的命运，相反却被那彻底的、根本的孤独所消解，这由相爱到孤独的过程是那么自然地、本然地发生，当子君得到无爱的事实时，她"眼光射向四处，正如孩子在饥渴中寻求着慈爱的母亲，但只在空中寻求，恐怖地回避着我的眼睛"。这里，可以见出孤独是如何置于二人之间，曾经相爱的灵魂最终无法依托，子君在"严威的冷眼"中独自"负着虚空的重担"，负着那残酷的、无爱的真实，走向死亡。涓生在虚空中怀着深重的忏悔，然而，孤独是根本的，空虚是根本的，由相爱到无爱的真实是涓生无法解释的，子君的死使涓生的感受延及广大的世界和生存："四周是广大的空虚，还有死的寂静。死于无爱的人们的眼前的黑暗，我仿佛一一看见，还听得一切苦闷和绝望的挣扎的声音。"就是这样，孤独无从所来，又由人亲手造成，那么，只能说，孤独是本然地置于生存中，孤独造成人生存的空虚无依，然而人无法挣脱。孤独带给鲁迅的体验恐怕不仅仅是个体的孤独感，而是那广无涯际、本然存在的孤独，那么，祥林嫂、陈士成的命运，吕纬甫、魏连殳的挣扎便在这一片孤绝的境地中无所归依而走向毁灭。

在鲁迅的文本中，悖谬同样将人置于生存的困境而无可逃脱。在无聊赖中存活一生的祥林嫂最终也死于无所聊赖——魂灵之有与无的悖谬。魂灵之有将她带入地狱而任人争夺，魂灵之无又使她不能与死掉的家人团聚。无论魂灵的有还是无，她的精神都无所归处，有和无带给她的都是毁灭，而这魂灵有无的悖谬又实在根其生存的无依。对陈士成而言，他的命运只能夹在"黑圈"与"白光"之间，"黑圈"像一条致命的带子勒住他的一生，"白光"则以闪烁不定的诱惑夺去了他的生命，无论他奔向哪一方，他都无法挣脱这无路可走的命运。而历史与现实不确定的摧压，"吃人"情境和感觉的闪烁不定，造成的是狂人角色体认的悖谬，"吃"与"被吃"的紧张对立转化成存在其自身的永远无法解除的角色悖谬。一方面，狂人身上纠结着清醒与疯狂的悖谬。再则，狂人是"食人民族"集体罪证的发现者，同时又悲哀地发现自己已先天地陷入了"有四千年吃人履历"的境地，他是受害者，又是助虐者（"我未必无意之中不吃了我妹子的几片肉……"），是发现者，又是参与者，而这种角色的悖谬几乎是宿命的、先天的、无法挣脱的。《伤逝》中面对和处于恋爱的事实，涓生处于真实与虚伪之间的悖谬，真实换来的是虚空的沉重，谎话同样令爱沉重，真实与虚伪皆源于无爱的事实，源于人性和情感所无法解答的困惑，源于生存，涓生无法选择。如果说鲁迅文本中"无聊赖"的困境将人置于无可把握的不确定中，那么其作品中的悖谬则将人置于无法选择而又无可逃脱的绝境，无聊的不确定使悖谬成为可能，而悖谬则使生存更加无法把握，二者共置于生存中而构成生存的虚妄之境。祥林嫂、吕纬甫们为鲁迅展开的便是这样一个生存世界，他们的命运和生存便在这种困境中展开，透过种种现实的、历史的、社会的、文化的因素，从当下的、现世的生存中，鲁迅洞悟到人无家可归的本然而永恒的困境——虚妄。

　　这一困境在《野草》中以幻觉、象征等更为形上和本原的形式加以呈现。《影的告别》中"不知道时候的时候"和"无地彷徨"的境地，《死火》中息息幻灭，或将冻灭，或将烧完，时间、空间、存在、显现，这些最基本的生存构成因素也不能被确证和确信，生存最基本的依托也令人怀疑。另如《希望》中的"没有真的暗夜"，《这样的战士》中的"无物之阵"，皆意味着人生存的无可把握的境地。而《野草》中意象的恐惧和茫然，《秋夜》中夜半的笑声（——却原来在自己嘴里），《墓碣文》中蒙蒙如烟的场面（"口唇不动，然而说"），这种如来自无何有之乡的幻觉和意象，透出的是生存于蒙昧混沌、茫然无依中的恐怖和紧张。《野草》中不断出现两个相悖的词语和意象的排列，如"爱与仇，人与兽，爱者与不爱者"，如"眷念与决绝，爱抚与复仇，养育与歼除，祝福与诅咒"……这种排列构成的是超乎任何分别之上的世界，是洞透一切实存的形态、观念而达潜隐其下的虚妄之境。总之，在《野草》中，超越现实描述和逻辑思辩，鲁迅以深刻的心理体验体悟到生存深处的虚妄，又以深幽的意象和象征承载之。

　　生存的感悟不仅是靠整体意蕴来表达，作品中零星而杂多的意象其实更潜隐着作者混沌而深刻的感悟，而作者文本中大量反复出现的同一类型的意象更透露出作者在此意象中所蕴藉的独特而深刻的意蕴。"笑"和"哭"便是鲁迅文本中最常出现且蕴含各种怪异、荒诞意味的意象。《狂人日记》中各式的"笑"，如"吃人"一样无处不在而又无法把握；陈士成在闪烁不定的"白光"中掘出的人骨是"笑吟吟地显出笑影"；《野草·秋夜》中那夜半的笑声原来正在自己嘴里……所有这些笑，造成的是神秘、紧张、恐怖的氛围，这样的笑在闪烁不定中透出主体无可把握的沉重和茫然。而"哭"在鲁迅文本中恰是"轻枕简捷的事"（《伤逝》），另如《铸剑》中的妃、臣们的哭，《野草·求乞者》中求乞者的哭……所有这些哭，都是轻松的、虚假的，是空洞的、冷漠的。"哭"，在鲁迅笔下的生存世界里同样背离了它的本意而荒诞不经。人类的这两大最基本的感情表达在鲁迅的某些文本中，彻底变异和失真，这便包含着生存处于不真实、非本真中的特征。

　　再如，月光之冷刻，之沉重（《狂人日记》《孤独者》），眼光之怪诞（《狂人日记》），声音之不可捉摸（《野草》《白光》）等意象，它们既可以看作是创作主体潜意识的瞬间感受，又是作者意识与深沉理性的凝结，而潜意识与意识，瞬间感受与深沉理性的凝结便交织构成创作主体的生存体悟。所以，鲁迅作品中意象的失真和怪异是最终源于并体现着生存的不确定和悖谬，生存的虚妄之感的。

　　整体意蕴的无聊赖、悖谬，个别意象和幻觉的怪异、失真、荒诞，所有这些，形成生存的虚妄之境，它们本然地属于存在，属于人的命运、情感、人性，属于潜于这一切之下的、更为根本的生存。这是鲁迅文本中那沉重、阴郁的氛围，那无可选择而又无法解脱的命运，那无处不在而又无所把握的紧张和恐惧的情绪所隐或显的。

　　总之，在"五四"这一特殊境遇中，在历史和文化的遗骸和胚芽之间，在生存的迷惘与意义的困惑中，在有意的、自觉的启蒙理性的实施中，也在潜意识的形上感悟上，鲁迅洞透了生存的虚妄这一根本困境。在虚妄中，人的生存无可把握，人存在的意义和价值无从体现，人的存在失去了根基，人无家可归。对生存困境的这一洞悟和直面，正是鲁迅在生存论上的贡献所在：几千年来，未曾有人敢于触及生存的如此本源，如此绝境，人们总是以各种理性的、文化的、宗教的纽带维系自己并避开这一根本困境。应该说明的是，鲁迅决非非理性的人，而正是在他自觉地以理性去解决历史、文化和现实的问题，以理性去实施立人理想，以理性去重新寻找和建构生存的根基时，遇到了生存的根本困境，或者说，对生存的根本困境的发现，是融主体的理性探寻和形上感悟于其中的，所以，这是一种置身和直面生存的深透的洞悟。超越了理性和非理性，鲁迅是一个立足生存的真诚的人。由于篇幅所限，本文只能涉及鲁迅生存意蕴较为深厚的几篇作品，在这里忍不住做一个旁逸斜出的推测，即，在鲁迅的那些较为纯粹的启蒙理性作品中，如未庄世界，咸亨酒店、华老栓的茶馆等这样一些世界里是否也潜隐着鲁迅的生存的根本洞悟，从而对这样的世界表达较同类作品更为深刻和沉重呢？

正是在生存的虚妄中，在对生存无家可归困境的巨大震颤中，鲁迅窥见了人的生存根基——人的精神故乡。即，就鲁迅而言，生存的虚妄恰恰启示着人存在的意义，启示着自由，启示着人的精神故乡。"他是在以'虚无'为背景投身于一项未来行动时，看到自己自由的可能性的。"① 他洞悟到自由和意义在虚妄中，它们与虚妄同源同在，而这正是道之所在。在虚妄和无根中，他走向自由和意义，走向根基和故乡。他以"走"创造自由和意义，而同时他的"走"也承载迷惘与彷徨。而这在鲁迅那里，也正是道之所在，故乡之所在。而道在鲁迅那里从未得以悬设和阐释，他也从未明言自己已达道境，他只是不停地"走"，在"走"中体悟道，这不停地"走"，恰恰意味着道在鲁迅那里的真实存在。所以，毋宁说，道在鲁迅那里永在而永不可企及，它离生存最近又最远，道即生存本身而又在生存中隐而不显，所以，就鲁迅而言，体道和寻道只能在"走"中，道之所在即根基和故乡之所在，故乡亦在"走"中。故乡永远在路上而没有终点和实体性目标（如"黄金世界"和"天堂"），这便是鲁迅的精神还乡之途。

走与复仇是鲁迅精神还乡途中既指涉当下又指向超越的两种意向。

走。过客不停地走向前方，因为有"前面的声音"在呼唤（《过客》）；类同地，枣树"默默地直刺奇怪而高的天空"（《秋夜》），战士不断地举起投枪（《这样的战士》），"我"在没有希望也没有"真的暗夜"

---

① 威廉·巴雷特著，段德智译：《非理性的人》，上海：上海译文出版社1992年版，第240页。

中而"一掷身中的迟暮""肉搏这空虚中的暗夜"(《希望》),在这些意向背后,同样潜隐着"前面的声音"——这正是一种将人召唤向其本源,召唤人回归的声音,"呼声由远及近,唯欲回归者闻之"①。然而同时,这回归却又呈现为"无地彷徨":"白天""黑夜""你""黄金世界",皆非"影"之所愿往,所愿住,它最终彷徨于无地(《影的告别》)。过客的走没有缘起,没有目的,没有方向,没有停顿和休憩,他"只得走",他只剩了"走"。"我"厌烦,否弃一切求乞的手段而只能用无所为和沉默求乞(《求乞者》)。由此,"前面的声音"和"无地彷徨"是潜隐于回归故乡的鲁迅体内的两种形而上的悖性存在,它们同时纠结于鲁迅身上。在本真的声音所召唤的走中也有迷惘,"走"的无目的、无方向、无始无终正意味着"走"的迷惘,然而这正是人被抛入存在的本态。在彷徨中也有声音的召唤,影的弃绝一切,过客的本然的走便潜隐着本真本源的召唤,无所为和沉默的求乞"至少将得到空虚",而"空虚"中原有自由,在"空虚"之下同样潜隐着召唤。就是这样,迷惘中有趋向回归的坚定,坚定中有巨大的永恒的迷惘。在这样的彷徨而走、走而彷徨中,鲁迅没有外力的依恃,没有悬设的栖所,他置身存在的虚妄中一无所有,他被本然地抛入存在而无所遮蔽地呈现在大道中,然而,"那在召唤中被剥夺了栖所和遮蔽的自身却通过呼唤被带回本身"②。正是如此,他无栖所、无遮蔽,执着而又迷惘,然而他却走在回归的路上。

复仇。复仇是鲁迅文本中的一个重要意象。然而,在他那里的复仇,却不仅仅具有社会的、个体的、心理的含义,不仅仅是——甚至不是——具体的、实义的复仇,也不仅仅是由启蒙的失败和失望而来的复仇。启蒙的现实为复仇意向提供具体语境,具体的个体感受则提供具体的心理场景,其意向所指,是具体语境和心理之后的更深远、更广大处——不仅是人与世界,更是生存与道。即,复仇所指,是透过具体、有限而指向虚妄,在此中体悟无限,体悟那广大深远之道。复仇,也是他回归故乡的走。在复仇意象中,有创造和体现意义的向虚妄反抗,也有终归虚妄的迷惘。

《野草》集子中,《颓败线的颤动》《复仇》《复仇·其二》《题辞》等

---

① 海德格尔著,陈嘉映、王庆节译:《存在与时间》,北京:生活·读书·新知三联书店1987年版,第325页。

② 海德格尔著,陈嘉映、王庆节译:《存在与时间》,北京:生活·读书·新知三联书店1987年版,第326页。

篇章，既有"将血一滴滴饲过去"而终遭弃绝的启蒙者的失望以至憎恨的现实心理内容，也有被弃绝、被钉杀之后的"大悲悯""大欢喜"和"无词的言语"，这种体验便不仅仅是失望，不仅仅是由失望而来的憎恨所能承载和包蕴的。在"大悲悯""大欢喜"中，"无词的言语"所蕴含的，正是得道的体悟。具体的、有限的人间境遇，启示的是生存本源处的虚妄和自由。深夜无边的荒野中，照见且并合"过往的一切"所见是虚妄；在被赏鉴、被钉杀的弃绝中见出虚妄，由死亡和腐朽见出虚妄，然而在这样的虚妄中，主体却体验到了"大悲悯"和"大欢喜"，那么，主体所见便不仅仅是虚妄，而是与虚妄同在的自由。而"大悲悯"和"大欢喜"恰是对虚妄的承载，这种承载蕴藉的是站到虚妄中生存的勇气，是直面虚妄的勇气，而人存在的自由、意义和价值便在这承载和勇气中显现。所以在鲁迅那里，复仇，是向虚妄的复仇，在复仇中，人实现了生存的自由，体现了其存在的意义和价值，然而，在这自由的实现中，同样伴随着迷惘，耶稣在"大悲悯"和"大欢喜"中问："我的上帝，你为什么离弃我？"伟大而颓败的老妇人举双手向天，"口唇间漏出人与兽的，非人间所有，所以无词的言语"，这一动作和无词的言语中透出的是无涯无际的大迷惘，《题辞》和《复仇》的决绝，亦蕴含着对存在虚妄的迷惘，承载虚妄而向虚妄复仇、创造自由，在创造自由中又伴着生存深处的永恒的迷惘，鲁迅的通过复仇的回归之途便是如此沉重和艰难，然而根基和故乡便在这承载和迷惘中。

如果说反抗虚妄的复仇既创造自由又伴随迷惘，那么，终归虚妄的复仇则体现了鲁迅在生存虚妄中的困惑和无奈。如由启蒙的失败而陷入虚妄中的魏连殳，从欲有所为并甘心为此"求乞""冻馁""寂寞"到"躬行先前所憎恶所反对的一切，拒斥先前所崇仰所主张的一切"的"胜利"；如以真实换来生存虚空和沉重的涓生，最终"将真实深深地藏在心的创伤中，默默地前行，用遗忘和说谎做我的前导……"；如《铸剑》中的复仇，复仇者与被复仇者，仇者与友者的头最终无法区分，合葬一处。所有这样的复仇，都意味着人的存在被虚妄淹没，意味着虚妄的胜利。以虚妄向虚妄复仇，是决绝，更是迷惘，是由迷惘而来的决绝。在对一切价值和意义的弃绝中，透出被虚妄淹没的无奈和惶惑，透出意义的迷失。

如同他的"走"，鲁迅在向虚妄的复仇中走向他的生存故乡。在这途中，既有自由和意义的创造和显现，也有无所依恃的迷惘甚至被虚妄所淹没。人作为个体孤独面向虚妄是如此艰难和痛苦，然而"他不肯喝那没药调和的酒"（《复仇·其二》）。鲁迅是如此决绝地把自己抛入虚妄而不寻向任何传统母体的纽带以求遮蔽和慰藉。

在回归生存故乡的路途上，鲁迅走的是一条"道成肉身"的路，他"不是站在神圣的庙堂里，而是生活在包围庙堂大门的旋风中"①。他的迷惘意味着他的回归不离当下生存，即洞悟到生存"无家可归"的真实，他没有逃回任何一种传统母体中（如文化的、宗教的母体）去寻求解释和安慰，而是作为现代的、当下的生存境遇中的个体，作为彻底的生存意义的个体将自己置入真实生存中——当下生存与形上虚妄的二重境地，以自己的生命和存在呈现生存与回归的本然状态：置身有限的生存，不离现世和当下而指向永恒和无限，创造自由而承受迷惘，那么，是否可以说，鲁迅身上所呈现出来的那种多种冲突的两极对立的状态，那种"悖论式漩涡"的心理绝境，实为他体悟到并将自己抛入生存的绝境中，在其中承受迷惘、孤独甚至被虚妄淹没的痛苦所致？而这现代中国最痛苦和最孤独的灵魂，其痛苦和孤独亦来自生存根基处的虚妄无依。然而，道即在这迷惘和自由中，在这不离当下的永恒的趋赴中，"道成肉身"即体现在这坚定和迷惘中。

如此彻底地洞悟到生存无家可归的虚妄，鲁迅走在路上，走向他的精神故乡。没有上帝，没有天堂，没有黄金世界，也没有现世的"母亲""家园"的期待，没有传统家园的慰藉和依恃，没有实体性的观念、对象和目标，有的只是无根的虚妄和与虚妄同根同源同在的自由。他走，领受、显现和创造自由，凸现人存在的意义和价值，承载无所依恃的巨大的迷惘，他走在路上，走且彷徨，执着且迷惘，在"前面的声音"的召唤中，在"大悲悯""大欢喜"的体悟中，他执着，同时伴有源于生存深处的迷惘。在无地彷徨终归虚妄的迷惘中，却又执着于那源自生存本源处的召唤。

二

在这文化与价值的迷惘与困惑中，在存在与意义的双重迷失中，不同

---

① 伍蠡甫主编：《现代西方文论选》，上海：上海译文出版社1983年版。

于鲁迅的精神还乡之途，另有一些作家或重新返归或本然置身传统文化和信仰中而重新寻觅存在的根基与意义依附。就他们自身而言，又各以不同姿态和途径来表达其精神故乡，或因叛逆、逃离传统桎梏而重返传统文化，以传统文化和精神载其旧梦，以此旧梦作为其生存根基和精神指向，如周作人；或由现实生存中逃逸、由人生大苦而入庄禅化境，作为其精神之乡，如废名；或由东西方古老宗教信仰和情怀熔铸新的生存理想，以此作为生存模式和现实生存的超越指向，如许地山；或以爱为根本和核心，融无限之爱与道之本体为生存根基与指归，如冰心。伽达默尔说："理解是把自身置身于传统的进程中，在这一过程中过去和现在不断融合。"① 由于所置身的生存境遇的缘故，这些作家的话语、观念呈现出现代性与传统性交叉的状态，但其情感寄托，精神指向，是归向传统文化母体的。所以归根到底，其精神根基的寻求亦是重归这母体。而这意味着什么？对现代人而言，传统文化和信仰中蕴含和沉淀着怎样的生存和精神根基？在他们那里，又有何新质的东西？而这些新质的东西又怎样与传统根基融归于一？

读过周作人散文的人，大抵都有这样的感受，在他冲淡、飘逸的风格和情趣里透出的是浓浓的苦味，他自己也"不自讳言其苦""拙文貌似闲适，往往误人，唯一二旧友知其苦味……近见日本友人议论拙文，谓有时读之颇苦闷，鄙人甚感其言……"（《药味集·序》）那么，这是怎样一种苦呢？这苦中透出的又是怎样的生存感悟呢？可以说，"五四"是一个多种情感、信息、能量释放的时代，各种现象、事件，无不触及作家敏感的心灵，然而，或许由于气质使然，不同于其他作家"爱的苦闷""生的绝望"的叫喊，周作人是以清醒的理性作人间关怀的，但是，"五四"这一特殊情境同样使他探触到生存的各种困境。周作人的散文，写尽了人生的方方面面，生、老、病、死、爱、憎、离、合、取、舍，各种人生困扰无不在他的视界之内，也无不触发他的或微妙或深幽或旷邈的感触。《苦雨》《唁辞》《若子的病》《若子的死》《日记与尺牍》《一个乡民的死》《卖汽水的人》等，在平易的叙述、近似淡漠的情绪中蕴藉的是于生存之残酷与无奈的深沉叹息和悲凉之感，且作为一个启蒙者，他更感到现代人灵魂无所慰藉的悲苦，这悲凉之感又化为人生的寂寞感沉潜于他的意识深

① 北京大学中文系等合编：《东西方文化评论》（第三辑），北京：北京大学出版社1991年版，第46页。

处："其实在人世的沙漠上，什么都会遇见，我们只看见远远近近几个同行者，才略免掉空虚与寂寞罢了。"（《有岛武郎》）这是他所感悟到的生存根本的寂寞，它在他生存的每一时刻、每一情境中都或远或近或隐或显地陪伴他——无论他写人、状物、记事、抒情，无论他或喜或哀或散淡或忧虑，其中都蕴含着一种挥之不去的寂寞感。"我已明知我过去的蔷薇色的梦都是虚幻，但我还是在寻求——这是生人的弱点——想象的友人，能够理解庸人之心的读者"（《自己的园地·序一》）。生存的根本的寂寞感，实在是周作人文中苦味之"质"之内蕴。苦中之大苦，也是生存于他而言最根本的东西。

现世生存给予周作人的是寂寞之苦，那么，他从历史中又看到怎样的生存呢？他在中国民众的精神奴役、中国社会的铁板一块，进而从人对人的、现实对人的无声的吞噬中（如他在《夏夜梦·狒狒之出笼》《谈酒》《奴隶的言语》《怎么说才好》《与友人论国民文学书》《关于三月十八日的死者》《诅咒》《吃烈士》《养猪》中所见所感），看到了中国人生存的卑怯、龌龊和残酷，而从现世的这一切，他看到的是历史的巨大阴影，看到历史在现实深处活动的僵尸，他不断在现实中发现"明季情形""崇弘时代""永乐乾隆的鬼"，他在《重来》《黑背心》《我们的敌人》《代快邮》《历史》中，忧惧和感叹历史可怕的积淀和重演。那么，在历史的轮回和遗传，"业"——种姓的轮回和遗传的慨叹下面，可以听出周作人怎样的生存之感呢？我想，是否可以这样说，周作人对历史的这种阴暗情绪从根本上动摇了他对自身存在的真实信念，因为历史不仅仅是一种客观的存在、法则或连贯性，它更植根于人的内在性之中，所以，对历史的意识就是对生存的意识和对真实自我的意识，而周作人在《酒后主小引》《历史》等篇章中也悲哀地认识到这一点："凭了遗传的灵""我恐怕也是痴呆症里的一个人"，"我读了中国历史，对于中国民族和我自己失了九成以上的信仰与希望"，"我恐怕也是明末什么社里的一个人"，通过对历史的考察、探究，周作人对自己所置身的文明产生怀疑和动摇，而这对一个文明人而言，便意味着生存根基的失落。

旧文明已失去它作为生存根基的意义和价值，新文明尚未成形，各种主义和学说纷至沓来。在这样一个喧嚣、驳杂和茫然的境遇中，作为个体的人的生存，周作人有一种深深的无根、无路感。《寻路的人》《山中杂信》《歧路》《自己的园地》等篇章便显示出对这种无根、无路感的焦虑和困惑。《山中杂信》称自己是"无所信仰、无所归依的人"，"各种思想"不能调和统一起来，造成一条可行的大路。他多次感叹自己在人世喧嚣与荒凉中，寻路却"没有方向"，而只能"站在歧路中间"。《寻路的人》认为：生存便是"在悲哀中挣扎着正是自然之路"，"路的终点是死，我们便挣扎着往那里去，也便是到那里以前不得不挣扎着"。总之，生存的无根、无路使他感到生存的盲目和无意义。所以，生存在周作人那里，便是在人生的喧嚷和困扰中，在人世的沙漠与荒野上，无方向、无目的，在生的路上不得不挣扎地走。这走，负载着历史的巨大阴影——生存深处的寂寞。

　　周作人对生存的这种感悟是从一个现代人的理性出发，从启蒙者的理想出发，由具体的生存情境和状态去感知的，寂寞感和无根感在他那里多是言语中潜隐的一种感觉、一种情绪，一种融感觉、理性以及些许的形上感悟为一的感触。同样的悲苦和寂寞，在废名那里则是抛撇了具体的现世生存而在一种化境中参悟到的。

　　废名笔下的日子是悠远而寂静的。在这样的日子中的人生却多是残缺和悲苦的，如浣衣母辛苦的一生经历了丧失、失子、丧女之悲（《浣衣母》）；三姑娘母女的失去亲人（《竹林的故事》）；陈老爹的失业与无奈（《河上柳》）；王老大父女的艰难（《桃园》）；阿妹短暂而悲苦的一生（《阿妹》）。在废名的文本中悲苦却终作为潜隐的因素而消融于寂静和悠远，透出的是无限的渺茫——这样的生存是沉入深深的寂寞中的，寂寞同样悠长而深沉。悲苦中潜隐寂寞，寂寞带来"不欲明言"的莫名悲苦，悲苦与寂寞便是废名所悟到的生存本来状态。这样的日子又置于空旷中——空旷是笼罩废名作品的大氛围，这空旷不仅是人置身其中的空间空旷，也是横亘古今的时间空旷。一切置于空旷，一切又消融于空旷，甚至人的命运：李妈的儿子最终回来了没有？三姑娘最终嫁得一个什么样的夫婿？王老大的阿毛病好了没有？柚子以后的路该怎么走？阿妹寂寞地躺在山上，火神庙的和尚孤寂地生与死。而在《桥·碑》中，小林孤零的身影置于夕阳、旷野中，面对"阿弥陀佛"的石碑和曾是戏子的和尚，命运和启示在他面前，而这一切源于空旷，又终归于空旷。在这空旷中，一切无由来，无由去，一切皆不得而知，一切在寂寞中生，往寂寞中去，这寂寞便是亘古的寂寞。那么，悲苦亦来自无何有之乡，来自生存本源处。《桥》的基调是平和、愉悦的，氛围是淡远、宁静的。《清明》篇中有这样一句："琴子微露笑貌，但眉毛，不是人生有一个哀字，没有那样的好看。"这里，小林、琴子们的心境亦是平和愉悦的，那么"哀"从何来？为何而哀？哀无所来，亦无所哀，哀却在琴子的眉间——哀与生存是同源同终的。同样，在废名的其他作品中，悲苦亦是自然地伴着人的生存，无始无终。李妈们、三姑娘们、陈老爹们似乎是本然而永恒地处于那潜隐的渺远的悲哀中。

这空旷中的存在无法解释，一切都无始无终、无缘无故。废名只是淡然地描述，他不作解释、不参破、不道出。或许他认为，寻觅原因和解释便是妄执，存在本然地包孕着一切奥秘，那么，不参破或许就是一种参破？无解释或许就是一种解释？在这无法参破、无从解释的空旷中，生存的根基在何处？废名在《桥·桥》篇有这样一段描写：同一座桥，经过十年的风雨和修葺，小林十年之后过桥竟与他十年之前过桥的景物、情境无二致，这使他不由得感叹："这个桥我并没有过"，"我的灵魂还永远是站在这一个地方"。世事沧桑，人事流转，然而大化的点化，使他感到这是一个"不迁不住"的世界，一切都"往而弗迁""静而弗留"（僧肇），所以，他的灵魂也便难以渡桥到彼岸——没有归处。亘古的寂寞和悲苦永伴着人，人何以为家？

综上，无论以理性观照，还是以庄禅参悟，无论是具体生存中的一种情绪、感触，还是大化之境中的悟道，周作人、废名皆从人生的悲苦和寂寞中感悟到生存的虚妄——人世寂寞中的无路可走与人置身空旷中的渺小无依。但是，这里的虚妄不同于鲁迅所洞悟到的虚妄。周作人的无路可走不同于鲁迅的无地彷徨，废名的空旷无依也不同于那无可把捉的无聊赖。对周作人而言：一方面，他以清醒的理性（兼以感觉或本能）意识并认识到人存在的寂寞和无根；另一方面，他又以这理性（和生存的本能）避开对这寂寞和无根的深入、彻底的直面。与此相类，废名以庄禅之道达生存亘古的寂寞和悲苦之悟，他又以庄禅之境为家化入空旷而避开对生存于绝境中的感悟。他们皆未将自己置于生存的绝境，未置身于那对整个世界的巨大空虚或深渊的战栗和畏惧中，未置身于无家可归的绝望中，即他们未曾真正将自己以现代人、作为孤独而自由的个体去感知和洞悟现代境遇中的生存。情感、感性和理性将他们牵引回逃离处，也许是下意识的一种本能使他们保持着与传统母体的一种纽带联系，在这纽带的牵引中，他们找到了安全和归宿，他们的精神回归故乡——在传统文明的母体中重新营造梦境。

就周作人而言，他早期的文艺观不仅仅是文艺理论、文艺创作的专论，其中更承载了他对理想的人、理想的生存的憧憬。在《人的文学》《平民文学》《个性的文学》《新文学的要求》《生活之艺术》《抱犊谷通信》等文章中，他构建了人的理想生存，他设想个体的生存，人类整体的生存，他甚至勾勒了新文明的大同世界。在文中他提倡和主张"平民的贵族化"、"凡人的超人化"、"本能的人与内面生活"的"高深"与"向上"、"个人主义的人间本位主义"的人道主义、"文学家的新宗教"、"自由真实的生活"、"大人类主义"……总之，他试图在文学中构建一个人性的因素与健全的理性，感性存在与内在欲求统一的真正具有人的生命价值与审美价值的精神世界——生存世界，绝对真实自由的、理想的生存境界。但深味人间寂寞，生存盲目和虚妄的周作人也清醒地意识到这理想的生存境界不可能实现。对人所不得不面对的死，对这无安慰的盲目和虚妄的人生，对伴随人生的本有的困窘，他又一次以清醒的理性去观照，并从中寻得安慰。所谓"大约我们还只好在这被容许的时光中，就这平凡的境地中，寻得些许的安闲悦乐，即是无上幸福"（《死之默想》）。而在悲哀中挣扎的"终点是死"的"自然之路"上，人也只有"缓缓地走着，看沿路风景，听人家谈论，尽量享受这些应得的苦和乐"，无论是往天国，还是下地狱（《寻路的人》）。所以周作人是想在盲目和虚妄中，在寻不到方向的路上而"尽量享受"生存的一切。这是一种人间关怀的理性，是一种由现代理性、古典理性、启蒙理性调和融一的立足于人间生存的理性——这理性中所透出的却仍有一种挥之不去的无奈和苦涩。尽管如此，周作人也仍然从这理性中寻得了安慰，以"尽量享受生存和些许的安闲悦乐"而慰藉那生存根本的寂寞和悲苦。然而理性的安慰同时也意味着逃避——周作人以其理性回避了生存虚妄的直面，从而逃避了深入彻底的生存根基的探索，即，他解悟到以生存的虚妄而最终逃入其人间理性中寻求解释和安慰。而生存根基的寻求却不是仅靠理性，更不是靠逃避就可以寻到的，它更需要置身虚妄的勇气，需要背负虚妄而前行的勇气，需要"无地彷徨"的勇气，而这一切，周作人以他可以享受暂时的安闲悦乐的人间关怀的理性而遮掩和避开了。

周作人所预设和寻求的理想生存和人间关怀的理性在现世生存中需要有某种生存方式来承载它，而在这里，在生存和文化的意义上，方式、形式也意味着内涵——它是文化内涵（同时也意味着生存内涵）的弥久的积淀和凝聚。那么，周作人所寻到的闲适人生的生存方式便不仅仅意味着某种方式，它更具有生存根基的意义。"当社会动荡或社会变迁导致固有的文化价值体系崩溃时，人们会去寻找新的价值依托或文化共同体，而这种寻找过程又不得不受制于寻找主体的生活条件与社会地位，他们因此而只会寻找那些与其固有的社会地位及价值观念较相适宜的精神寄托。"① 一方面，周作人怀着新质生存理想，另一方面，他又置身于旧文化的积淀和纽带中，处于存在意义的困惑与迷惘的境地而寻求绝对自由，而又试图逃避困惑与迷惘，不肯将自己置身于"无地彷徨"的生存绝境，那么，他只能将这生存理想寄托于旧文化的母体，将那纯粹的自由与美的生存境界移至现世生存中，他避开了生存的虚妄而走向闲适人生。

一个情趣和文化的世界展现在周作人的笔下：草木虫鱼、世态风情，精致而广博、素淡而温馨，周作人的作品呈现了一个文化博览的世界，他却并非为了博览而博览，他在平凡琐碎中，在回忆和憧憬中体味生活的各种"滋味"，各种瞬间的美妙，而他从这零星的滋味和美妙中寻求自由，寄托生存理想。他构想了各种生活美景："焚香静坐的安闲而丰腴的生活"（《北京的茶食》）。"喝茶当于瓦屋纸窗之下，清泉绿茶，用素雅的陶瓷茶具，同二三人共饮，得半日之闲，可抵十年尘梦"（《喝茶》）。以及坐乌篷船的"理想的行乐法"（《乌篷船》），喝酒的一刹那间的"悦乐"（《谈酒》）等。在这美妙的境地和瞬间，他"在不完全的现世享乐一点美与和谐，在刹那间体会永久"（《喝茶》），"昏迷、梦魇、呓语，或是忘却现世忧患之一法门；其实这也是有限的，倒还不如把宇宙性命都投在一口美酒里的耽溺之力还要强大"（《谈酒》）。和谐、永久、安闲悦乐等实皆潜伏着对精神之乡的寻求，从文化享受中寻求无限和永恒，寻求自由和理想，然而这些闲适话语中所透出的苦涩和无奈，却又透露出周作人的文化享受实为文化夹缝中的精神逃逸，是生存惶惑和无奈中的暂时解脱，而他原来所怀抱的新质的生存理想，所崇信的健全的理性和人文精神，已在这古雅和闲适中，在淡远和幽趣中，在他向传统母体的倾斜和回归中失落、偏离。

弗洛姆在《对自由的恐惧》中说："如果整个个体化过程所依赖的经

---

① 李向平：《救世与救心》，上海：上海人民出版社 1993 年版，第 6 页。

济、社会和政治条件不能为个人实现提供基础，而人同时又失去了那些给他以安全的联系，那么，这一脱节现象就会使自由成为一个难以承受的负担。"那么，从《寻路的人》到《十字街头的塔》，从新质的生存理想到闲适人生，怀抱新理想而逃回传统母体，终于失落于传统母体，寻求自由而不免惶惑，这一"周作人现象"，大约可以从中得到解释。

理性和人间关怀是周作人通往精神之乡的桥。理性以人生、人的生存为基石，回归于人的生存；人间关怀升华为理性的生存理想，二者融合体现于闲适人生。闲适人生是周作人在寂寞悲苦的生存中，在盲目虚妄的境地中走向他精神故乡的路途，也是他灵魂的现世寄托。在这路途上，理性使他对生存真实有所理解，有所支撑和安慰，人间关怀的需要使他将生存理想实施于具体生存之中，但理性也使他回避生存的虚妄之境。作为生存的个体他不愿将自我抛入孤独无依的境地而最终依附于传统文化纽带，周作人的精神还乡之途最终走向传统文化母体，从而逃避了生存本源的直面。他寻求自由，但自由恰恰成为他难以承受的负担，成为令他茫然和怀疑的东西，他最终逃避了自由；他构筑生存理想，却由无所附着而最终归附于传统文明，在归附中偏离和失落；他拒绝迷惘，在他的闲适中却潜隐着无以名状的迷惘。寻找与逃避是周作人精神还乡之途的悖谬存在，而他所逃避的正是他所寻求的。避开生存本源，逃避直面生存的虚妄，便也避开了真正的自由，偏离了真正的精神还乡之途，因为自由就在虚妄中，还乡即在当下的"走"中，而"那将人予以摧毁的东西也是使他趋向生存的东西"（雅斯贝尔斯语）①，人正是在这被摧毁的巨大战栗中回归生存根基——精神之乡。

再来看废名。

一方面，废名置身生存的、亘古的悲苦和寂寞中，置身大空旷的生存境地；另一方面，这空旷孕育一切、消融一切，时空的变迁使他感到在他寻向生存之故乡的路上，永远有一座桥难以渡过，"我的灵魂还永远是站在这一个地方。"此后他也不断有这一过桥的感受："这一个桥永远在一个路上。"（《五祖寺》）就是在这样无所归处的处境中，废名寻到了一个精神回归的境地，这便是《浣衣母》《火神庙的和尚》《竹林的故事》《桃园》《菱荡》《小五放牛》《毛儿的爸爸》及《桥》等篇章中的生活场景。

① 方朝晖：《重建价值主体》，北京：北京广播电视大学出版社1993年版。

这场景中的人皆抱朴含真、混沌自然，如受了委屈后的驼背姑娘，"呜呜咽咽地哭着。她不是怪妈妈，也不是恼哥哥，酒鬼父亲脑里连影子也没有，更说不上怨，她只是呜呜咽咽地哭着"（《浣衣母》）。此外，如《火神庙的和尚》的仁义——不仅是人的，且是兽的；聋子的寡言忠厚（《菱荡》）；王老大父女的相濡以沫（《桃园》）；程妈母女的相依为命（《竹林的故事》）；赵志祥一家的悠闲适意等。人性如此稚拙仁厚，人的生存方式亦是古风盎然——和谐的伦理、真挚的情感、朴拙的方式、安分随缘的命运。事则平淡琐碎：种田、种菜、洗衣、拜庙、做长工、打零工等，或叙述一二故事，或描述一个场面。而人与事置于幽深、旷远之景中，构致如唐人绝句、宋人小令般的意境，这意境中蕴含的是"道"，无论是古朴敦厚的人性，还是平淡琐碎的故事，皆有道隐于其中。挑水砍柴，无不妙道。而人，正如李健吾所指出的：并非形象的存在，而是一种"抽象的存在"（《画梦录》）——其古拙质朴、随运任缘恰是一种至人境界，"茫然彷徨乎尘垢之外，逍遥乎无为之业。"李妈一生坎坷艰辛，然而其为人却几乎达大德之境，以至于人们在她那里"他们有了这公共的母亲，越发显得活泼而且近于神圣了"（《浣衣母》），三姑娘的纯净如清泉亦净化了人们的心灵，"然而三姑娘是这样淑静，愈走近我们，我们的热闹便愈是消灭下去，等到我们从她的篮里拣起菜来，又从自己的荷包里掏出了铜子，简直是犯了罪孽似的觉得太对不起三姑娘了"（《竹林的故事》）。这样的德和境又是纯性自然，而非有意为之，其生存亦如是。这里，废名寻到的是"自然之道"，人、人性、人的生存皆出于自然，处于自然，最终融归自然，而与生俱来的悲苦，寂寞亦卸解、消融于自然，在废名那里，孕育无始无终的悲苦和寂寞的空旷化为与人相亲相依的自然。

死，是通达道的境界的最大障碍，而面对死，道亦得以最终体现——终极体现。在废名那里，生既已寻常，死亦属寻常。"李妈算是熟悉'死'的了，然而很少想到自己也曾死的事。眼泪干了又有，终于也同平常一样，藏着不用。"（《浣衣母》）"至于'死'——奇怪，阿妹很小很小的时候，就知道这件事，——仿佛，确实如此，很欣然地去接近，倘若他来。"（《阿妹》）"春天来了，林里的竹子、园里的菜，都一天一天地绿得可爱，老程的死却正相反，一天比一天淡漠起来……到后来，青草铺平了一切，连曾经有个爸爸这件事几乎也没有了。"（《竹林的故事》）"你妈妈在哪里呢？""在好远。""你记得你妈妈吗？""毛儿没有答出来，一惊，接着哈哈大笑——老四的喇叭首先响了。"（《桥·芭茅》）死在平常中，在欣然中，在淡漠中，在嬉玩中。死被搁置起来，被欣然接受，被青草铺平，被笑闹遗忘。死，同样归于琐碎平淡的日子，归于空旷、自然。那么，死，亦蕴含着自然之道：生死无变于己，存在只缘自然。死亦平常，死亦空旷，死在道中，道在死中。

综上，在亘古的悲苦和寂寞中，在生死流变而又不迁不住的空旷中，废名寻到了一个亦俗亦道的境地：在这里人们过寻常的日子，做寻常的事，平淡琐碎，一个凡俗之境。在这凡俗之境中，生死存亡浑然一体、混沌自然而皆属寻常。那么，道即在凡俗中，凡俗中蕴藉的是"不断不造，任运自在"的禅境，混沌中蕴藉的是"归精神乎无始，而甘冥乎无何有之乡"的至人之境，而悲苦寂寞在此凡俗混沌中得以卸解。将生死存亡视为凡俗，凡俗正是道之所在。

置身形而上的寂寞和悲苦的大空旷中，在废名通往精神之乡的途中，一方面有那永远无法渡过的桥在路上；另一方面，他走入了一片既凡俗又超脱，既混沌又纯净的化境。面对人类生存的亘古的空旷，面对那无法渡过的桥，他试图重新觅到那维系人与自然的原始纽带而重返自然。事实上，废名作品环境的封闭性及一切的自然谐和便表明废名是在营造一个重返自然的梦境，一个重返伊甸园——庄禅化了的伊甸园的神话。所不同者，伊甸园本然地和平安宁，混沌寂寞，无须思虑，没有悲苦，也没有自由——或者不存在自由与否的问题。而废名试图将悲苦和思虑卸解于自然，以重返混沌寂寞而达大自由。但天堂一旦失去，人就不能重返，原始纽带一旦割断，就不能再修复。人之为人，正在于他生存于这种悖论：一方面，人类的存在便意味着自由；一方面，人无往不在非自由中；另一方面，人渴望返归自然，以期突破个体存在的有限性而得大自由，而在返回自然的同时，人恰恰失去人之为人的存在，自由便也无所谓存在。因为人之为人不仅仅在于他是自然的一部分，而回归自然更在于他须超越自然，人作为人的自由，便在这超越中。废名作品中那时隐时现的无法渡过的桥的感慨，那深藏在至乐之境下的无法名状的莫名的惆怅，是否意味着伊甸园的无法重返，家的无法找寻呢？正如他自己所承认的，他的作品和现实生活隔着模糊的界，废名试图寻回生存的"道"——生存根基，但他的"道"却最终封闭在梦境和神话中，他避开了生存的悖论存在，而在超妙和谐的化境中悟道，避开生存的真实存在，而在返朴归真的梦境中寻道，即使这梦境和化境不离凡俗之事，但其实他作品中的凡俗之事却又正是封闭在梦境中的。那么，面对真实生存，废名何以为家？——他的家在自然之道中，自然之道却使他避开了真实生存，他无以为家。

综上，置身社会现实的动荡与冲突中，置身各种生存板块的碰撞、浮游中，置身存在与意义的迷惘与失落中，在寻向精神故乡的路途上，周作人、废名在所寻求的方式甚至内容上有或多或少，或表或潜的差异，但在寻向生存根基的深层，他们是默契的。他们皆欲寻求生存的大自由，一者欲在现世的具体生存中求得，一者欲在融归自然中求得，但这自由的求得，又都是在超脱现实存在而寻求，周作人企盼在纯净和谐、审美的人生中求得自由，废名幻入混沌自然中从而置身于大自由。如此，周作人走向闲适人生，废名走入大化之境。在生存的动荡之境，在新文化尚未生成而旧文化已在裂变的境遇中，在存在与意义的无所附着中，他们重新寻回传统文化的纽带而遁入传统文化母体，以此作为生存根基，作为精神的故园。从文化意义而言，传统文化的确是他们精神的故园，但就置身天地的孤独个体的生存意义而言，传统文化是否就是生存的根基，超越的指向呢？而避开生存的虚妄和迷惘境地，避开那"不完全的现世"，绕开那无法渡过的桥，避开当下的生存的承担和走，而逃入传统的人生模式，逃入梦幻的化境，则他们所寻到的家却离开了生存之根，恰恰是在闲适人生中，在混沌自然中他们失落了自由，或者说，他们以闲适人生和大化之境逃避了真正的自由——那在当下存在中，而与虚妄同根、同源、同在的自由，从而，便也逃避了走向真正的精神故乡和生存根基——家乡和根基，就在置身虚妄，不回避迷惘而承担当下的走中，在没有任何实体性观念、目标和对象的悬设而承载全部生存的永远的走中，永远的路上。周作人、废名未曾真正作为现代意义也即当下生存的孤独个体去感知和洞悟当下根基的生存，那么，他们也就未曾作为生存的孤独个体去承担生存，走向真正的精神故乡。

三

动荡的时局、浮游的生存、混沌的价值和意义，导向怀疑，也导向信念。鲁迅在无所依恃的虚妄中，承载亘古且巨大的迷惘，以彷徨表达坚定，以否定表达肯定，走向他的精神故乡，而他的故乡即在当下，在走中；周作人、废名返归传统文化母体，在有所依恃中却透出离家失居的深深的迷惘和怀疑；许地山、冰心则在如此境遇中返归传统宗教，从古老的宗教体验中寻求对生存的理解并找到生存的依恃——生存的家或根基，他们走向生存的肯定和信念之家、之路。

这肯定和信念来自置身生存的巨大的苦难感，在中国作家那里更多的是困苦感，苦难或困苦既是面对现实生存对生存本源产生怀疑的动因，如周作人、废名，而对另一些人而言，苦难或困苦也是他们对生存本源产生信赖的动因，如许地山、冰心。苦难在许地山作品中表现为各种生存困境，即许地山在多种生存困境中体悟到生存的潜在困苦。他在人与人的不可通约中，在"街头巷尾之伦理"中，发现生存那无可名状又无法把握之苦。音乐家的不被理解（《信仰的哀伤》），恋人的爽约（《你为什么不来》），无意之珠与有意之贝的参差（《荼蘼》），许地山在生活的细微处探触人的灵魂深处痛苦的颤动，而这痛苦来自生存的无以名状，在《街头巷尾之伦理》中，在畜与人所遭受的毒打与虐待中，在看各种热闹的麻木的人群中，在街头巷尾的每一处动作和意图里，许地山看到了人与人之间的敌意和冷酷。生存的隔膜与不可通约如《蛇》中所喻："在你眼中，它是毒蛇；在它眼中，你比它更毒呢。"

甚至在爱中，许地山也透过表层现象而探触其深层的痛苦。《爱的痛苦》中爱之后的人性扭曲，《爱就是刑罚》中爱与孤零的悖论存在，而《万物之母》《三迁》则以悲惨的意象呈现爱的大苦，亦即生的大苦，爱在世间，或不能，或不得，或被摧残，冥冥之中是什么拨弄人的存在而使爱与生处于如此悲惨之境？

他感到生存有如牢狱，美、理想、面具皆是生存的牢狱，却又皆为人所造，并为人所离不开——人无往不在牢狱中却又自造牢狱，如《美的牢狱》《乡曲的狂言》《面具》所示，人为什么要如此生存？这种生存的悖论存在又是缘何而起？

隔膜之苦、爱之苦、牢狱之苦，这一切在许地山看来本然地属于生存，这一切皆源于生存的无明与悖论。在散文集《空山灵雨》和短篇小说集《缀网劳蛛》中，存在与命运渺茫，不可把捉，甚至荒谬。人就像海上的浮舟，只能在无涯的生存之海随着波涛颠来簸去（《海》）；就像雨后的蝉，不断挣扎而不知置身何处（《蝉》）；就像银翎，背负使命却把握不了自己的命运（《银翎的使命》）；就像缀网劳蛛，每天都要织自己的命运，却"不晓得那网什么时候会破和怎样破法……"(《缀网劳蛛》),"无忧花"多怜本身及其引出的一连串的事件和命运,更透出存在的荒谬、无意义(《无忧花》)。而人的造作、妄执便纠结在存在的渺茫甚至荒谬中,造成生存的盲目无明之网。《命命鸟》中敏明所见塔中之景便是生存盲目的生动象征。人们既可以相互爱着,又可以相互恨着,爱与恨皆无缘由且无常,而且,蕴含着人性与生存的悖论,而人性与生存的悖论更透出生存的妄执。人在这网中生存渺茫、悖谬,人却无时不在制造这网,而造作仍是盲目的。如爱、美、理想,面具之于人,如《空山灵雨》及《缀网劳蛛》等许多篇章所展示的。

由上可见,悖论是世间一切苦之源。爱、恨、隔膜、自缚等,这一切皆源于生存的悖论,它与生俱来、不可抗拒,是人类置身的永恒困境,许地山在文中透过有宗教蕴意的生活场景把握到这一永恒困境——冥冥中是什么在牵掣、操纵、导引、扭转人的生存和命运?许地山文中隐含着这一莫名力量的存在,他感觉到它,描述它,并试图触及这一生存的终极力量,但最终他仍是茫然回顾。

如果说生存的困境在许地山那里是以寓言的形式潜隐在作品中,是隐含着的生存困境。那么在冰心那里,她则将这困苦和困惑明示出来。她不明白人为什么要有战争,为什么要相互杀虐,为什么生命随时有可能遭践踏,为什么人性如此残酷(《一篇小说的结局》《一个军官的笔记》《鱼儿》《三儿》等)。她不明白为什么人有贫富智愚的差别,生存的不完满、非同一性由形下到形上困扰着她。人性的恶与差异使冰心感到痛苦和困惑。

而将人的生存置于茫茫宇宙中,置于生存永恒的过往中,冰心从另一层面感悟到生存的有限性。在《繁星》《春水》及其他篇章中,她感到人生如残花之一瞥,如灯火之明灭,如舞台之虚幻,如《最后的使者》所言:"从世界之始,至世界之终,这一端是空虚黑暗,那一端是飘渺混沌。人类的生命,只激箭般地从这边飞到那边,来去都不分明……"而死作为一个永恒而无定的定数罩在这一切之上,人生注定是向死的旅行,"我们都是长行的旅客,向着同一的归宿"(《繁星·一二》)。"纵然天下事都是可怀疑的,但表示我们生命终结的那十字架,是不容怀疑,不能怀疑的。在有生之前,它已经竖立在那里,等候着我们了……"(《十字架的园里》)在这迅忽又漫长、由死注定的旅行中,她感到自我的不能确定

（《我》）。既感到命运的罩定（《圈儿》），又感到命运的飘忽不定，不由自主（《繁星·七》）。如她在《春水·一六二》中所言："生命的小道曲折着，踽踽的我不自主地走着。"这里，命运的飘忽无定正是在将"小村""远山"和"我"置于宇宙大时空之下时所感触到的。她感到生存与命运的相悖（《问答词》《除夕》）：奋斗与不奋斗，希望与不希望，现在与将来等。而使这悖论存在的终极原因，正是"时间"和"死"，或者说"时间"和"死"在生存的意义上意味着同一件事。"这不自主的奋斗，无聊赖的努力，仍须被时间缚住！"（《除夕》）而死，则破坏一切，终使人的愿力、奋斗及一切成为虚空（《"无限之生"的界线》）。在对生存、命运、时间、死感悟之后，冰心被更为空远的情绪笼罩，这便是寂寞：由"我"的寂寞到宇宙的寂寞，如小说《寂寞》和散文《往事一·一〇》，"小我"的寂寞如微波扩及整个宇宙。当小小失去妹妹之后，他感到："这时月也没有了，水也没有了，妹妹也没有了，竹棚也没有了。这一切都不是——只宇宙中寂寞的悲哀，弥漫在他稚弱的心灵里。"由失去寄托（妹妹）的寂寞，扩延及宇宙的寂寞。在这浩邈的寂寞背后，恰是冰心失家和寻家的寂寞。《往事一·一〇》中，"母亲的爱""寂寞的悲哀"和"海的深远"在"我"的心中引起的"不可言说的惆怅"之下，是否也意味着精神家园的飘渺和深远，意味着它的若即若离，时隐时现又无可把握呢？——它是在母亲的爱中，还是在海的深远中，或是寂寞的悲哀的深处呢？

　　大概可以这么说，冰心是"五四"作家中生存感悟普泛的一个，她从人生的悲惨中，从生存和命运的无定及悖性中，从人与宇宙的寂寞中，从残花，从灯火，从大海，从宇宙，她无处不在感悟，或零星，或空茫，或浩渺。总之，便是那"渺渺茫茫无补太空的奇怪情绪"（《烦闷》）。这种奇怪情绪使她"不能升天，不甘入地"，使她不满足于生存的倏忽不定，不满于其有限性，非同一性，而试图透过有限的生存寻其无限的生存家园。

　　综上，许地山与冰心，一者在有限的现世洞见永恒的困境，一者将生存置于永恒中而见有限的存在。二者皆是一种宗教体验中的存在。这种体验在某种意义上来说是开放的，向着生存的无限深远空邈处。同时在某种意义上又是封闭的，这种宗教的超然同时又意味着与当下人生的间离，对实在人生的封闭。许地山不甘于生存的无明处境，冰心不满于存在的有限性，他们都在寻找超越无明和有限的、永恒的精神家园，他们所寻到的家园既是苦难人生的无限慰藉，又终悬于苦难人生之上。

"他的彻底是他怀疑的根。"（茅盾《落花生论》）在某种意义和程度上，这句话是成立的。许地山的彻底使他洞悟到无明和悖论这一生存的永恒困境，他又试图探寻超越这困境。

这是怎样的本体世界？这又是怎样的趋赴和回归？在许地山的文本中，这一本体世界未尝明确地显示过，它时而显现，时而隐失，无法言明，无可把握，它隐在无明和悖论之后，无明与悖论倒是更为明确的存在。或者可以这样说，许地山所回归的本体世界即在无明中趋赴及其方式中，"在他每一个存在方式中，人是关联他自身以外的某些东西"（雅斯贝尔斯语）①。许地山作品中的趋赴方式即关联他所要回归的生存家园。这是一种置身无明而试图与天道、本体融一的存在与回归，通过本体的存在而获得自己的存在。在许地山文本中，回归的方式大致有二。

第一，无差别心。在佛道哲学中，无差别才能破执着，破除认知的局限，超越一切对立和界限，使精神到达澄明之境。庄子所谓"凡物无成与毁，复通为一。唯达者知通为一"（《齐物论》）。对于感悟到生存的无明和悖性而欲超越这困境的许地山而言，无差别正是破除执着而接近本体的一个妙门。正如他在《愿》中所表达的："但我愿做调味的精盐，渗入等等食品中，把自己的形骸融散，且回复当时在海里的面目，使一切有情得尝咸味，而不见盐体。"盐以无形而回归海中，无形无骸正是道的境界，融散之后恢复的，正是道的本体世界，他泯灭光明与黑暗，过去、现在、将来之界限，而将一切融一，在这样的境界中体味"道"的存在，将这一境界落实于颠簸困苦之人生。便如惜官所说："人间的一切的事情原来没有什么苦乐的分别。你造作时是苦，希望时是乐，临事时是苦，回想时是乐。我换一句话说：眼前所遇的都是困苦，过去，未来的回想和希望都是快乐。"（《商人妇》）正是以这一境界，惜官、尚洁们超越世间之苦与乐、幸与不幸而趋达平和清宁之境，即使身处渺茫和无明，许地山亦从中寻到回归于道的境界。

第二，弃绝物累。佛道认为人之无明即在他受骗于所依附的事物，受骗于永远不确定的存在，卷入绝对的短暂易逝的物流之中，只有摆脱一切

---

① W. 考夫曼著，陈鼓应、孟祥森、刘崎译：《存在主义》，北京：商务印书馆1987年版，第143页。

依附，克服一切无益的渴望才能回归天地大道。洞悟到人生的无明和悖性困境的许地山所寻求的解脱之道亦契合于此。要摆脱无明，只有弃绝物累——外在于我之物。《鬼赞》所赞美的是弃绝一切感官，一切情智的无血无肉、无喜无悲之"福"，《山响》所盼望的是早早褪下天衣，回归"天橱"的"休息"，《愚妇人》中樵夫歌中所唱的是："草木青青不过一百数十日，到头来，又是樵夫担上薪。""百虫生来不过一百数十日，到头来，又要纷纷扑红灯。"一切都在生生不息，却又终归灭亡，所以，老妇人六十年的希望在许地山看来正是人世无明中的迷梦。感官、血肉、情智、不可思议之灵的"天衣"、生养等，在许地山看来永远伴随生存的缺陷、烦恼，皆为无明世界中的迷失、盲目。"生命即是缺陷的苗圃，是烦恼的秧田；若要补修缺陷，拔除烦恼，除弃绝生命外，没有别条道路"（《债》）。那么，敏明与加陵的从容赴死正是洞透爱的盲目、无常、困厄，而弃绝这无明的情爱，弃绝一切障碍，走入极乐世界。由此，弃绝物累为的是摆脱无明困境，回归天道本体。但是，《七宝池上的乡思》中的少妇宁肯舍弃极乐世界而重回人间，享人间情爱，《空山灵雨》中的许多篇章在禅机佛理的妙悟中又弥漫着温馨的人间气息，这似乎与许地山弃绝世间一切而回归天道矛盾，这一切该怎样解释呢？

可以说，无差别心，弃绝物累，纵然有出世的甚至彻底的倾向，而许地山的意图却是在人间寻求天国之境，是在无明中融归于道。网无不破，花亦有残，舟如不系，这些皆为人生存的本然困境。许地山所要寻求的是在残破和渺茫中接近天道本体：这便是补网与不系之舟的自适境界。命运像网，何时会破，结成何种形状，皆不可知，但结网、补网却是人的本分；命运如海上漂泊之舟，漂向何处不可知，但尽力划舟却是人的本分（《海》）；命运的残花，即使被虫伤，尽力地开却是它的本分（《缀网劳蛛》）。这就是许地山构筑的理想生存：置身无明，尽力而为却亦不得不为，而此"为"又是随顺境遇而为，这是一种"无为之为"与"为之无为"之境，人便在此境界中自适。在许地山看来，顺乎命运之"为"便是顺乎天道，便也以此回归天道，因为顺命之为中蕴有天道："你所在的地方无不兴隆、亨通。"（《缀网劳蛛》）这里，生的巨灵便是隐在无明之后的天道力量。那么，惜官、尚洁们的随顺境遇，包容人生一切尽力而为，便也是在渺茫中回归天道，这是一种"安时而处顺，哀乐不能入"的境界。同时，在安时处顺中播撒着爱。在许地山文本中，奉献、圣爱与自适，随顺自然是统一的、契合的。与此类似的还有《空山灵雨》中的某些篇章，如《愿》《债》《落花生》等所欲寻求达到的境界。此外，如《补破衣的老妇人》之包容痛苦、补缀命运而享受人生。《再会》之随顺命运而坦然自足。《生》之容受一切，孕育一切而奉献一切亦空亦实之境。这种境界正如《鬼赞》所唱："人哪，你在当生，来生的时候，有泪就得尽量流；有声就得尽量唱；有苦就得尽量尝；有情就得尽量施；有欲就得尽量取；有事就得尽量成就，等到你疲劳、等到你歇息的时候，你就有福了！"享尽人生与弃绝人生在许地山这里是相契相合的，它们契合于"有福"——终极的"道"。一方面，弃绝物累和随顺生存在许地山的生存契合中的确是矛盾的；另一方面，生存既要弃绝，又要享有，在享有中弃绝与命运和自然相悖者，在弃绝中包容与生俱来的一切，二者皆是一种天然的生存。许地山便以这样的生存达到恬然自适的精神故乡，在无明中接近和回归天道。那么，《七宝地上的乡思》实为尽享人间之情，而温馨之情与禅机妙理在其他篇章中似乎也不矛盾而相互契合。

将《空山灵雨·弁言》和《心有事·开卷的歌声》放在一起，似乎可以寻出许地山创作的缘由和动机，那就是在"生本不乐"中，在"哀与怨"的生存中回到似忆似幻的回忆之乡——梦乡。《空山灵雨》中的篇章便是在回忆和梦的温馨中潜隐生存的苦境——无明和悖性，而又在苦境中展开人生。回忆之乡中的人生寄托着许地山构筑的精神故乡。类此，许地山的小说创作同样展现他所要寻找的理想境界。许地山所做的，是置身无明而回归道的本体的尝试，这尝试将佛道的虚静、随顺自然，基督的容忍博爱奇特地糅为一体，在无明中随顺，自然自适，在随顺人生、归化自然中播撒爱，许地山在宗教体验及其体验的整合中寻求对生存的理解，寻求生存的信念——以此返归精神故乡——无明作为现实而永恒的背景。而同时，这种完美的人格甚至近乎神格的塑造，将他的精神之乡封闭在理想的天国中，他的精神故乡——他所欲回归的道最终悬浮于天国而与当下生存间离。

如果说东西方宗教的整合启悟许地山的是一条随顺人生、无为而为的回乡之路，即在随顺人生、无为而为中体验，回归精神故乡——天道本体的境界，那么同样具有宗教情怀的冰心则回归另一精神故乡——无限实在之本体。冰心在文本中，以"完全""无限""无限之爱""绝对""真理""大调和""万全""梵"等来指称这一生存与精神的终极目标。在冰心那里，这一本体是以爱照临一切的。即通过对爱的纯粹的感受，冰心体验到那作为本源和故乡的无限实在。超越寂寞、无所归处的生存之境，冰心寻求，归依无限实在之本体，母爱、童真、自然及万事万物则为这本体的载体，由于承载本体及其所辐射的爱，所以，世间万物无不发射出一种神圣超绝的光芒。

母爱是冰心所深沉讴歌的重要主题，而其深沉处便在于它启悟冰心的不仅仅是世俗、人性层面的意义，冰心更从这一永恒的人生现象中感悟到了它的本体、神性的意义。在《繁星》《春水》《寄小读者》《往事》等一系列篇章中，母亲是冰心灵魂的安顿处（《繁星·三三》《寄小读者·二八》），是她躲风避雨的港湾，一旦离开母亲，世界便变得空虚，心灵便无处寄托（《往事一·三》），所有冰心对母亲、母性、母爱的描述、赞颂之深处，都蕴含着深沉的生命体验，这生命体验又转化为生存根基的体验，正如《疯人笔记》中所表述的，母爱如"乱丝"，"从太初就纠住了我的心"，它与上帝、与爱、与世界一样永久，一样纠结在"我"的灵魂深处，在《超人》《悟》及《寄小读者》的部分篇章中，母亲更被看作无限的推动力和源泉。"世界就是这样建造起来的！"所以，在冰心那里，母爱是生存的亘古的根源，灵魂的永远的寄托，母爱所具有的是无限实在的本体的意义。所以在《烦闷》中，冰心将"他"所寻求的"永久之家"具象化为炉火、孩子、母亲。而母亲，是这图景的意义中心。没有母亲，孩子和炉火将变得无所归依。母亲带来人间温馨，更是神圣的归依所在。

童真也是冰心所讴歌的重要主题。同样地，在冰心那里，童真所承载的不仅仅是儿童的本性，更有神性的光辉。《世界上有的是快乐……光明》《爱的实现》中的孩子充当了爱的使者，解救灵魂的天使；在《圣诗·孩子》及《繁星》《春水》等篇章中，冰心对孩子的纯净、天真、沉默的赞美之下，是她对人生存的本真之源的寻求和本真状态的企盼。

冰心从自然与宇宙的情高拔俗、灿烂庄严中看到的是它的永恒性、自在性。在冰心那里，它是人存在的本源，是"生之源，死之所"（《繁星·三》），"我们都是自然的婴儿，卧在宇宙的摇篮里"（《繁星·一四》）。这本源同样辐射那无限本体的"万全之爱"的光辉，如《悟》等篇章所示：它启示人的人格和自我的建立（《山中杂感》《人格》《晚祷·二》）。启示信仰的皈依："嗟乎，粲者！我因你赞美了万能的上帝，嗟乎，粲者！你引导我步步归向信仰的天家。"（《寄小读者·二五》）。而

《月光》《海上》主人公"临感难收"以自杀投入自然的怀抱,《往事·二〇》对海葬的诗意向往。这里,弃绝生命的现实存在正意味着面对无生无死的茫然宇宙,人渴念突破个体生存的有限性,而投入无限的自然中。在冰心那里,自然的永恒性和自在性正是无限实在的本体的生动神圣且神秘的象征、具象化。

在冰心的文本中,"上帝"很少作为一种绝对、独一的本体力量而存在,而更多的是作为一种人格力量而存在,"上帝"意味着温暖、慈悲(《最后的安息》《一个军官的笔记》等),或作为一种宇宙力量而存在(如《晚祷·二》《春水·一四九》等)。"上帝"与宇宙同在,启示生存的根基和指向。由此看来,"上帝"在冰心精神世界中,并非严格意义的宗教的"上帝",如黑格尔所谓"绝对真者","除它之外,无独立者"[1],毋宁说上帝的存在同样折射了无限实在的本体的存在。

甚至在死亡和黑暗中,冰心亦体悟到那无限实在的本体,死亡是"沉默的终归,永远的安息"(《繁星·二九》),黑暗是"心灵宇宙的深深处,灿烂光中的休息处"(《繁星·五》)。而死亡和黑暗的宁静境界体现了本体世界潜隐的爱和慰藉。

综上,母爱、童真、自然、上帝、黑暗、死亡等,无限实在之本体在世间一切显现出来——以爱的形式和内涵辐射出来。且显现者在冰心的笔下又是相互交融,相互映现,母爱蕴有自然的亘古和"上帝"的神圣,"上帝"蕴含着母爱的慈悲与宇宙的广大,自然中亦透显着慈爱与神圣,童真中亦含有神圣与超绝,黑暗与死亡中显示的是庄严的宁静,归家的温馨。所有这一切又归拢于爱的光照之下,且这一切自身辐射着爱。神圣、庄严、超绝而又慈爱、宁静、温馨,归拢于爱又辐射着爱,这就是冰心的以爱辐射出来的本体世界,她所欲回归的"精神故乡",它意味着慰藉、本真、本源,意味着根基、超越、终极指向,它既是宇宙的目的因又是其生成因。这一本体世界既以爱辐射世间一切存在,则爱启示着无限实在,爱是载体、形式,又是本体、自体。在冰心的文本中,这一本体世界呈现为爱的世界,爱与本体融合为一。而同时,世间一切存在又透显着爱与本体的意义和存在,爱、本体、万物在广大的存在中融合为一。从非严格的意义上可以说它们构成了冰心"三位一体"的精神故乡,它们相互融合,

---

① 黑格尔著,长河译:《宗教哲学讲座》,济南:山东大学出版社1988年版,第77页。

相互承载，相互辐射，用冰心的话来说便是："我就是你，你就是我，你我就是万物，万物就是太空……"，"万全的爱，无限的结合，是不分生—死—人—物的……"（《"无限之生"的界线》），"你是大调和里的生命的一部分……"（《问答词》）冰心在生存本源处造就了一个以"爱"融贯一切的本体世界，又在万物的结合与统一中获得这一融归本体的体验。

黑格尔说："对于我们的意识来说，宗教是这样一个领域，在其中，世界的一切谜都已被猜破，比较深刻地考虑着的思想之一切矛盾都已被揭露，感觉上的一切痛苦都已平息，它也就是一个永恒真理、永恒宁静、永恒和平之领域。"[①] 那么，在非严格的意义上，冰心的本体世界即达到这一境界。在这一世界中，苦难得到慰藉（如《最后的安息》《一个军官的笔记》），无定的命运，彷徨的奋斗转化为融于"无限之爱"，奔赴"无限结合"的事业（如《问答词》《"无限之生"的界线》），无所归处的灵魂回归这一广大神圣的永恒真理、永恒宁静、永恒和平的领域。

这是一个肯定和想象的世界。肯定在于，冰心从她所构筑的本体世界出发而对一切存在加以肯定，在于她将本体世界看作一种永远的确实性，它展现了并照临暂时的现实的存在；想象则是基于一种对生存故乡的深沉渴念的想象，对另一个更高领域的实在性的期待；想象和肯定皆在于对希望的东西的肯定，对尚看不见的东西的信念。这一切在冰心所营造的"爱"的本体世界中得以体现，在某种意义上，冰心对这一切的展示和反映，实为一种期冀和想象，期冀和想象则意味着肯定。即现实存在的不完满，苦难和无家恰恰启发这样一个肯定的本体世界，正如冰心所说：面对"激箭般的岁月"和"空虚"的生存，只有求得"暂时蒙蔽"和"痴狂沉醉"，用希望的金斧"劈开了黑暗，摧倒了忧伤，领着少年人希望着前途，老年人希望着再世，模糊了过去，拒绝了现在，闪烁着将来，欢乐沉酣地向前走——向着渺茫无际的尽头走"（《最后的使者》）。"爱在右，同情在左，走在生命路的两旁，随时撒种，随时开花，将这一径长途，点缀得香花弥漫，使穿枝拂叶的行人，踏着荆棘，不觉得痛苦，有泪可落，也不是悲凉。"可以说，这是一种基于返归生存家园的需要而对更高存在的期待，是一种以这存在的爱的辐射于人间而拒绝现世存在的不完满的想象和肯定。对应于现世存在，这想象和肯定既是一种渴慕的、遥远的、彼岸的东

① 黑格尔著，长河译：《宗教哲学讲座》，济南：山东大学出版社 1988 年版，第 1 页。

西，而对它的确定又使冰心将它们化为生存根基和本源的东西。

那么，在这样一个本体世界中，本然地属于生存的否定性的因素，则或得以解释，或得以慰藉，或得以转化。一方面，这是在不完全的世界中对意义和价值的构筑和肯定；另一方面，恰恰是肯定性与想象性又意味着这一本体世界的虚幻性与封闭性。它所封闭与虚幻的，正是所试图理解与解释的，所试图慰藉与转化的。即冰心最终以这本体世界的肯定性和想象性——同时便意味着它的先验性与自足性——避开了生存中本然的否定性的因素——它同时亦属于当下存在。

美国学者希尔斯在论述传统宗教时说："过去的伟大事件之理想和整个时代之理想，经过千百年之后，便构成了人类最深的先入之见的根基。"（《论传统》）千百年来，在置身社会动荡，生存根基动摇，存在与意义迷惘的处境中，人更易回返那过去的"伟大事件之理想"，而寻求对存在的理解，生存的最终安顿处。如五四时期的冰心、许地山。由于各种主观与客观的原因，如文化、经历、环境、心境等，他们所寻求的精神故乡未尽相同，而由于置身于同一个大时代，同样拥有寻求超越的宗教情怀，他们的追求又有相近相契处。这便构成了他们精神家园的既相异又相契。他们趋赴那本体和天道，许地山在随顺自然中体悟天道之境，冰心在爱的感受中证悟了本体的存在；许地山以无为而为趋达天道，冰心以奔赴无限结合之事业融于无限之爱而回归本体；许地山在无为体道中施爱于人间，冰心在博爱中体悟道之本体，等等。而在寻向精神故乡或表或潜的层面上，他们是相通相类的，生存的苦厄和困境，现实生存的不完满使他们走向对现世、对生存的肯定之路，许地山在人生存的无明之境中肯定人之为人的作为，冰心面对生存的空虚和短暂而求得"暂时的痴狂沉醉"，即以爱而肯定现世生存；许地山的肯定是对无明之境的消解，冰心的肯定是对所希望的东西的信念；而生存的困境便在这肯定中得以解释，得以转化和消融。所以，回归到传统宗教中去寻求对生存的理解和信念，在对传统宗教的整合中寻得精神的故乡，这种对传统家园的依恃，是对生存根基的渴念和慰藉，而在生存的根本意义上，这样的肯定又意味着逃避和封闭，对当下生存的某种程度的封闭，对生存中否定性因素的逃避，对永恒困境，永恒迷惘的逃避。那么，"过去的伟大事件之理想"对现代人的存在意味着什么？在这"先入之见的根基"处现代人寻求什么？如何整合这"先入之见的根基"与现代人的生存？许地山、冰心的求索留给现代人的思考是深远的。

马克思说："在不同的所有制形式上，在生存的社会条件上，耸立着由各种不同的情感、幻想、思想方式和世界观构成的整个上层建筑。……通过传统和教育承受了这些情感和观点的人，会以为这些情感和观点就是他的行为的真实动机和出发点。"就精神故乡生存根基的寻求而言，同样可以从这一句话中得到解释。在生存根基被摇撼，在作为人的存在价值、意义的迷惘中，或浅或深地交融着各种现代心理、情感、观念、思想，企求着生存故家和根基的安慰，寻求着与道统一，融归天道的大自由，周作人、废名、许地山、冰心们又重新返归传统文化母体寻到安全、慰藉，寻到精神故乡。周作人、废名、许地山的精神故乡在某种意义上是相通相类的，在闲适、随顺、化境中有同一的期待：以闲适、随顺和化境以达"道"之本体；即使冰心的爱，其中虽然渗透了较多的神性意味，但不难看出，她的"爱"仍然是立足于世间万物和生存的自然自足的，"道"即在此自然自足中。所以，他们所寻到的精神故乡非神学意义的，也非哲学意义的，而是文化意义的，这样的故乡，既非上帝之乡的绝对与超验，也非鲁迅式的身处虚妄之绝境的战栗，这故乡散发着人间的气息，散发着"家"的温馨、安慰，闪烁着生存的理想之光：闲适人生，大化之境，自然自适，爱的世界。他们所企求的本体与道的境界融贯其中，伴随生存的永恒的苦厄，困境在此消解、转化，迷惘亦消融于家的慰藉中。由此，或许可以说，他们找到了生存的家，找到了精神的故乡。而在生存的彻底的意义上，归属与附着，又使他们避开了生存的虚妄的洞悟，而将自由与天道封闭于神话、梦境、大化之境，真正的自由与天道则失落于这生存理想之外，失落于周作人、废名的闲适人生和大化之境中，失落于许地山、冰心理想生存的天国。人真正要在生存中扎根必须直面生存的一切：虚妄、迷惘、困境，根基、故乡意味着超越，意味着价值、自由和意义，同时也意味着永恒的迷惘和对生存所置身的永恒的承受。对于生存如此境遇中的人而言，故乡并非某一天可以到达的实体、观念，可以回归的对象性境界，它永远在途中，在"走"本身。如鲁迅所呈现者，如周作人们所回避者。

总之，鲁迅与以回归传统母体为根基者的不同即在于道成肉身的"走"与道成仙身的遁逸的质的区别，即前者作为孤独个体置于生存的极端之境而无所依恃，后者回归传统母体而使生存有所附着和归依；前者在无所依恃中迷惘、孤独、彷徨，而承载这一切而走，后者将这一切消解、转化为所归依者；前者彷徨而承载，无所依恃而走正是走向那显现而隐蔽的不可言说之"道"——人出于此而归于此的故乡，后者消解、转化终将道封闭于其所构筑的美妙之境；前者意味着当下的走和永远的行动，后者意味着对生存最终的逃逸与永远的憧憬和梦境。总之，洞透生存的无家可归之境且在此见到天道自由并走向它，正是鲁迅作为现代的、当下的、有限的人而同时又是永恒的、趋向无限的人的存在和意义，也是他与回归传统家园者们的不同所在。

值得说明的是，作为生存意义的根基与作为文化意义的根基其内涵既有重合处又各相异。在某些情境下，某一层次上，文化的根意味着生存的根。通过文化，人创造了自己的世界，在这个世界里，他感到安归家中；但就生存的根本和彻底的意义而言，人是丧失伊甸园的永远的流浪者，永远的无家可归者，永远的寻求者，生存即意味着人被置于绝对之境而趋赴无限，在"此"（现世、此在）而期求"彼"（超验、终极），人的不满和超越由此而来，人的无休止的求索由此而来。这里，文化的根基便不能替代和意味着生存的根基，如周作人们所寻到的传统文化母体的家，自有其存在的理由和意义，却不能作为生存的最终的根基和故乡。"故乡"或"道"在永远的"走"与求索中。

永无终结的结语

由于篇幅所限，本文无法涉猎五四时期其他作家作品中的精神还乡主题：在象征派诗人虚实纠结，支离破碎的意象、情绪和感觉之后是怎样的家园祈求？在孤独者的沉默与决绝、狂奔者的逃遁与寂灭、零余者的感伤与放逐之后是寻求怎样的"心欲的居所"？在庐隐、郁达夫、王统照、朱湘、徐玉诺等人的天问、地问、命运之问的玄想、冥想、思索中又寻向怎样的精神故乡？郭沫若的泛神论思想中有怎样的家园意向？甚至李叔同，甚至王国维，其出家和自杀作为五四时期寻求精神故乡的含意深远而沉重的事件又隐含着怎样的精神背景和内蕴？五四时期是一个如此浩荡的时代，躁动与惶惑，寻求与迷失，挣脱与归属；思想启蒙与人格建构，审美选择与艺术思维，价值取向与意识构成……所有这一切试图与努力在精神和生存根本处都有着对精神故乡和生存根基的求索。"艺术和哲学的终极目的都是'在'，其任务都是追问'在'的意义。"（海德格尔语）① 而"五四"如此典型的生存境遇，尤将"在"、"在"的意义、"在"归何处的当下而永恒的问题暴露于存在者面前。这一意义和问题延至今天，也将延至永久——它是人类根本的、永恒的问题，困境永恒，虚妄永恒，迷惘永恒，自由亦永恒，对生存根基——精神故乡的寻求也是永恒的，它没有终止的一天，它永远在路上，永远在追问中，这便意味着人类的精神故乡永远在路上，在追问中，"只因为我们能追问和论证，我们才在这大化的"② 运数中担当起了发问者的"角色"。对家园、对故乡的追寻是人类存在的永恒命运，也是生存的永恒意义所在。

参考文献

一、图书

［1］帕斯卡尔著，何兆武译：《思想录》，北京：商务印书馆 1985 年版。

［2］黑格尔著，王造时译：《历史哲学》，北京：商务印书馆 1963 年版。

［3］弗洛姆著，孙依依译：《为自己的人》，北京：生活·读书·新知三联书店 1988 年版。

［4］约翰·希克著，何光泸译：《宗教哲学》，北京：生活·读书·新知三联书店 1988 年版。

［5］别尔嘉耶夫著，徐黎明译：《人的奴役与自由》，贵阳：贵州人民出版社 1994 年版。

［6］雅斯贝尔斯著，李瑜青、胡学东译：《苏格拉底、佛陀、孔子和耶稣》，合肥：安徽文艺出版社 1991 年版。

［7］荣格著，冯川、苏克译：《心理学与文学》，北京：生活·读书·新知三联书店 1987 年版。

［8］佛克马、伯顿斯编，王宁等译：《走向后现代主义》，北京：北京大学出版社 1991 年版。

［9］汉斯·昆著，杨德友译：《论基督徒》，北京：生活·读书·新知三联书店 1995 年版。

［10］K. 拉纳著，朱雁冰译：《圣言的倾听者》，北京：生活·读书·新知三联书店 1994 年版。

---

① 北京大学中文系等合编：《东西方文化评论》（第三辑），北京：北京大学出版社 1991 年版，第 51 页。

② 俞宣孟：《现代西方的超越思考》，上海：上海人民出版社 1989 年版，第 107 页。

[11] 泰戈尔著，康绍邦译：《一个艺术家的宗教观——泰戈尔讲演集》，上海：上海三联书店 1989 年版。

[12] 铃木大拙著，陶刚译：《禅与日本文化》，北京：生活·读书·新知三联书店 1989 年版。

[13] 刘小枫：《20 世纪西方宗教哲学文选》，上海：生活·读书·新知三联书店 1991 年版。

[14] 刘小枫：《诗化哲学》，济南：山东文艺出版社 1986 年版。

[15] 刘小枫：《拯救与逍遥》，上海：上海人民出版社 1988 年版。

[16] 许苏民：《文化哲学》，上海：上海人民出版社 1990 年版。

[17] 《复旦学报》（社会科学版）编辑部：《断裂与继承——青年学者论传统文化与现代化》，上海：上海人民出版社 1987 年版。

[18] 中国现代文学研究会：《在东西古今的碰撞中对"五四"新文学的文化反思》，北京：中国城市经济社会出版社 1989 年版。

[19] 孙周兴：《说不可说之神秘》，上海：生活·读书·新知三联书店 1994 年版。

[20] 严耀中：《中国宗教与生存哲学》，上海：学林出版社 1991 年版。

[21] 吴俊：《鲁迅个性心理研究》，上海：华东师范大学出版社 1992 年版。

[22] 刘昶：《人心中的历史》，成都：四川人民出版社 1987 年版。

[23] 王岳川、刘小枫、韩德力主编：《东西方文化评论》（第四辑），北京：北京大学出版社 1992 年版。

[24] 崔建军、孙津：《诗与神的对话》，海口：海南出版社 1993 年版。

[25] 龙泉明：《在历史与现实的交合点上》，西安：陕西人民出版社 1992 年版。

[26] 叶庭芳：《论卡夫卡》，北京：中国社会科学出版社 1998 年版。

[27] 尼·别尔嘉耶夫著，雷永生、邱守娟译：《俄罗斯思想》，北京：生活·读书·新知三联书店 1989 年版。

[28] 列夫·舍斯托夫著，董友等译：《在约伯的天平上》，北京：生活·读书·新知三联书店 1989 年版。

[29] 荣格等著，张月译：《人及其表象》，北京：中国国际广播出版社 1989 年版。

[30] 马斯洛等著，林方主编：《人的潜能和价值》，北京：华夏出版社 1987 年版。

[31] 王岳川：《后现代主义文化研究》，北京：北京大学出版社 1992 年版。

二、期刊

[1] 席扬：《许地山散文论》，《文学评论》1992 年第 3 期。

[2] 王学富：《冰心与基督教》，《中国现代文学研究丛刊》1994 年第 3 期。

[3] 邬冬文：《论 20 年代新浪漫文学中的生命宇宙化主题倾向》，《江海学刊》1993 年第 6 期。

［4］孙郁：《周作人的审美追求与现代社会之抵牾》，《天津师范大学学报》（社会科学版）1992 年第 4 期。

［5］杨剑龙：《论"五四"小说中的基督精神》，《文学评论》1992 年第 5 期。

［6］谭桂林：《佛学与中国现代作家》，《文学评论》1993 年第 4 期。

［7］马佳：《摇曳的上帝的面影》，《中国现代文学研究丛刊》1989 年第 4 期。

［8］罗成琰：《废名的桥与禅》，《中国现代文学研究丛刊》1992 年第 1 期。

［9］郭济访：《论道家思想对许地山的影响》，《中国现代文学研究丛刊》1992 年第 1 期。

［10］李华：《象征主义对中国现代散文的影响》，《中国现代文学研究丛刊》1992 年第 3 期。

［11］刘岸山：《论冰心前期创作的浪漫主义倾向》，《扬州师范学院学报》（社会科学版）1990 年第 3 期。

［12］赵树勤：《精神分析与"五四"小说现代化》，《湖南师范大学社会科学学报》1988 年第 5 期。

［13］赵学勇：《论"五四"文学创作的情绪特征》，《兰州大学学报》（社会科学版）1989 年第 2 期。

［14］胡绍华：《废名的小说与禅道投影》，《东北师范大学学报》（哲学社会科学版）1991 年第 6 期。

王国维理念世界探究①

目 录

---

① 《王国维理念世界探究》为作者攻读南京大学中国现当代文学专业的博士毕业论文。作者为 99 级博士生，导师为朱寿桐教授。

绪　论

对王国维的思想和精神世界的研究，学者多从学术学理层面进入。夏中义的《世纪初的苦魂》重在探讨王国维美学世界，理清王国维美学思想的再创与独创之处，并将王国维美学界定为"人本—艺术美学"，这一界定中即蕴含着夏中义对王国维精神世界的探析，并进而论及王国维后期回归传统文化的"价值位移"；叶嘉莹的《王国维及其文学批评》不但从王国维的文学批评世界，而且从王国维本人性格及其与时代的关系探析其精神历程；佛雏的《王国维诗学研究》除探究王国维诗论之外，也较为全面地介绍了王国维前期思想的其他方面，如王国维的"伦理观"、"悦学理论"、治学的"方法论"等；王攸欣的《选择、接受与疏离——王国维接受叔本华，朱光潜接受克罗齐美学比较研究》则重在理清王国维美学思想与叔本华哲学之关系。以上论著皆从王国维学术的一个层面或侧面切入其思想或精神世界。本文探究王国维思想根基性的内涵，进而探寻其安身立命之根本。具体而言，即探析其前期精神世界的本体理念、道德理念、审美理念——这三者分别对应人类价值世界的真、善、美三大基本范畴，以及王国维后期所进入的科学理性世界和所回归的传统世界，对所有这些理念的探究，皆为理清王国维的立身之基。为此，笔者选用了"理念"这一概念作为本文立论的基础。

所谓"理念"，其最早发源地是古希腊，在希腊文中指的是"非物质的、永恒的和不变的本质"。柏拉图则进一步阐释"理念"为"现实的原型"，是真实本身，是表象世界的本质、原理。可见的世界是模仿和"分有"了它而形成的。黑格尔将"理念"阐释为"绝对精神"，是"理性的概念""真理的概念"，是意识和思想中的真理，"理"即真理，"念"即意识、概念、思想。而"理念"是不同于感性的观念和表象的。在叔本华那里"理念"则为摆脱意志和欲望，由纯粹直观而得的世界本质即意志的直接客体化，文学与哲学的目的是要达至直观理念的精神境界。叔本华的理念之说来自柏拉图，他同样认为"理念"是理想的永恒的，"理念"是最真实最客观最完美最理想的。以上诸说虽有歧义，但所有关于"理念"

的定义无不立足于思想与观念及概念的理想性与真理性甚至本体性，"理念"永远是高悬于人的存在之上的本原与终极的悬设，舍勒认为："人只有这样的选择，建构一种好的、理性的或糟的、反理性的关于绝对的理念。为自己的思想意识建构一个绝对存在之域，是人之本质，这种建构与自我意识、世界意识、语言和良知一起构成了一个不可分割的结构。"本文对"理念"的界说和运用基于以上诸说，而相关于具体研究对象。笔者认为，具体到个体的理念世界，则"理念"既是思想的一种表达，一种对存在本原、真实、理想、绝对之境的寻求和设定，所谓"抽象理想最高之境"（陈寅恪语），而在其下又有个体的情感、意志和人格的内涵和支撑。此为笔者选用"理念"一词而非选用其他词汇如"思想""观念"等用以探究王国维精神世界的原因。而对于王国维而言，其治学的过程也即其探索宇宙人生的过程，也是以其探索、以其理念立身的过程，而并非纯粹的学术活动。"理念"在王国维那里，既为"抽象理想最高之境"，而这"抽象理想最高之境"中又蕴含其情感、意志、体验等人格内涵。其前期哲学、美学、文学、教育学及其他文本以及后期认同并回归传统文化的文字便是其理念世界的载体。就"理念"一词所涉及的概念而言，"本原""纯粹""绝对""还原"等皆列于理念世界之范畴，而王国维文本中的"至善""仁""天""道""纯粹""美"等即在此范畴之中。本文试图探析，之于东西方文化、传统与现代文化，王国维所构建的理念——"抽象理想最高之境"究竟处于何种地带？而王国维悲剧性的终结与其所构建的"抽象理想最高之境"有何关联？其理念世界与其人格支撑有何关系？历史的裂变和转型使王国维成为开启中国现代性的先驱之一，相对于中国现代化进程的科学性、物质性与实用性特征，在中国现代性思潮与理念的主流之外，王国维所构建的理念世界提供了怎样的价值指向和存在意义？又提示了中国文化现代转型怎样的价值和精神困境？

本文还涉及"价值""现代""现代性"诸概念，在此一并作出解释——就本文所使用的含义而言：所谓"价值"，一般来说，"价值一词最广泛的用法"，是表达与描述性属性相对的批评性属性，"它同存在或事实形成对照"。某些认知主义者认为，"价值或善是一种形而上学属性，它既不能通过日常经验观察到，也不能由经验科学对象造就"。例如，黑格尔认为，价值即本体论上的完满。而从不同角度与层面切入，则对价值又有不同内涵的理解和规定，如有学者认为，价值"它既涉及现实世界的意义，也指向理想的境界。具体而言，价值观总是奠基于人的历史需要，体现了人的理想，蕴含着一般的评价标准……"与这种落实于历史与现实需要层面的价值观相反，有学者认为："价值系统的建立并不建构在社会结构及其变迁之上，价值系统来自整体的人的反省思考与人对宇宙的深层思考。"笔者认为，以上说法各有其合理和可取之处，价值既在人的精神深层来自"整体的人的反省思考与人对宇宙的深层思考"，亦不能脱离人的历史和现实需要，一个价值系统的建立，恰是由于社会结构及其变迁，立足于历史与现实的境遇与需要而对宇宙和人本身所作的深层探究和思考。更为全面地考察，对于文化而言，价值构成了一种文化的基本结构，文化的核心和枢纽，是一种文化形成和传承的根基，对于个体而言，价值成为个人思想、理念、人格、情感和生活观念的基本定位因素，它作为稳定的思维定式、倾向、态度，决定着人的选择、行为、精神、观念。价值论构成人的文化理念、道德意识、信念信仰、意志选择的元理论。自古至今，人类最高的价值即真善美古老的"三位一体"，通过本文的探究发现，王国维理念世界建构便是以此"三位一体"的价值世界为根源的。

　　而对"现代""现代性""现代化"，西方与东方学界对之有多种内涵和层面的规定和界说，本文亦将引述和论及。而相关于本文的论题，对上述理念，本文的引证和论述侧重于精神与文化方面，并以舍勒的理论作为基本界定："现代性不仅是一场社会文化的转变，环境、制度、艺术的基本概念及形式的转变，不仅是所有知识事务的转变，而根本上是人本身的转变，是人的身体、欲动、心灵和精神的内在构造本身的转变；不仅是人的实际生存的转变，更是人的生存标尺的转变。这才是舍勒的哲学人类学的根本关注之点。"

　　笔者认为，近现代中国从社会政治结构、经济结构到文化变迁所发生的是全面的、历史的、根本的质变，置于这一质变深处的则是人们从外在社会秩序到观念、义理和心理层面的混乱和脱节，中国人一向身处其中的精神和理性世界日渐趋向解体以全崩溃，文化思想领域存在着从文化认同到价值意义、意识形态的全方位危机。对文化而言，它既意味着裂变，也意味着整合，既是结束又是开创，对于个体而言，知识者既承受着传统文化的崩溃而导致的意义危机，又深刻地体味到"现代性"的种种困扰与虚无。从根本而言，这一"几千年未有之大变局"的质变之根本在于个体与群体的立身之本基础的重新设定。王国维，作为这一特定时代西方文化对东方文化冲击下的一种存在典范，不同于从魏源到严复、康有为、梁启超在政治、社会理念层面的努力，他始终以学术立身，且以治学自觉整合人类文化理想性的东西而试图达致圆满与纯粹。他试图在东方与西方文化、传统与现代之间寻求一条自由之路，然而，所有的整合与最后的回归皆归于失败，发生在王国维身上的这一切意味着什么？他一生都在执着，却无所归属。他执着于纯粹，这纯粹之下却是深重的悖裂。对于将自己的存在完全理念化的人，如王国维者，其理念的困境意味着其生存的困境。无论就其理念还是就其人格而言，他既曾经走出传统，而无法真正回归传统，又走不到现代。而最沉重的，其自我终结的选择又意味着什么？笔者认为，作为现代历史与文化始基的中国近代所发生的巨变中最本质的即是人的安身立命的根基的变化。正如舍勒所言："从根本上，现代性关涉个体和群体安身立命的基础的重新设定。"现代现象中最为深刻的变化就是人的实存本身的变化。而"中国社会的现代化转型，使汉语知识界面临双重紧张，即不仅是传统与现代的冲突，亦是中西文化机体异质性的冲突"。王国维以其一生的理念世界的构建和寻找，以其一生的执着和悖裂，以其充满矛盾的存在，留给后人如此深重的思考。而王国维理念研究的现代意义在于：探寻中国现代历史转型期一个不可重复的存在。而所有在一定历史时期不可重复的个体存在都是具有典范意义的，其包含的历史意义和时代意义往往远远超越于对象本身。王国维就是这样一个孤独的精神个体。

随着探究的深入，困惑也越来越多，越来越深，越来越纠缠不清，毕竟王国维留给世人的是太复杂、太沉重的思考，是历史的、文化的、精神的、人格的、形上的，以至于整个存在的大疑问、大痛苦、大困境。而这种疑问和探究永无终结。

关于本文的理论依据，本论题即为一生存论的探究，为求得自己分析和立说的切实，笔者参照了哲学、美学、心理学、文化学、社会学、历史学等中外理论著作，同时立足于史实和文本，以求对研究对象作切实的分析和论证。

引论——历史境遇与个体生命历程

一、王国维之死及其个体生命历程简介

（一）王国维之死

1927 年 6 月 2 日上午，清华大学国学研究院教授王国维自沉颐和园昆明湖，结束了其五十年的生命，也结束了其辉煌的学术历程。而王国维之死所引起的巨大的反响和持久的探讨及争议，所留给人们对于中国近现代历史、社会、文化等问题的思考，却持续至今。且作为一个一生质朴少华、专心治学的"粹然学者"，其死的影响之大，及于日本和欧洲。事过境迁，四分之三个世纪后，后人总结、回顾 20 世纪中国文化史上的大事，认为"就一时的轰动和之后的影响而言，王国维自沉无疑是 20 世纪文化界经久不衰的话题，与之差堪比拟的大概只有周氏兄弟失和和周作人下水……"笔者相信这种说法可以说是学界共识。

之所以如此，是因为王国维的死带给人们各方面的困惑与争议，其遗书，其死因，以及围绕着他的自杀，对他的人格、生命历程及治学成就的追忆与探讨，进而对其生存与死亡的大背景——中国近现代历史转型与起始时期的一系列社会、文化、政治问题的思考与探析等，都是人们经久不衰的议题。今天回头看王国维之死所引致的聚讼大致有两个方面：直接关于王国维死因的和由王国维死因所导致的对其人格、人品、学术及其与世变、世道之关联的探究，而这几者又是密切相关的。所以，在这里有必要将王国维的学术研究、理念世界、道德人格等作一概要介绍。

王国维所生活的年代（1877—1927），从社会形态上言，是从晚清到民初，是中国历史由古代社会向现代社会转型的时期。在此前后的一段历史时期之内，中国历史从社会结构与形态、政治制度、经济基础到文化系统，都在发生剧烈的变迁。西潮东卷，中西文化碰撞激烈，传统文化失落，价值失范，道德系缆丧失，人们在价值观念、思想意识、心理深层，在世界观、人生观、社会政治取向等不同的精神领域和层面发生或激烈或

潜隐的变化，人们的观念意识、生活方式产生了深刻解体和失落，以至带来巨大的混乱与震撼。总体来看，传统社会结构，文化与价值体系受到猛烈冲击，近代中国从政治制度、经济形态到观念意识、生活方式全面发生根本的转变。中国进入了现代历史进程的始基阶段。这是一个社会巨变，文化与价值取向多元、承前启后的年代，也是一个在各个领域造就大师、产生巨人的年代，王国维恰是这样一个生逢其时的博古通今、学贯中西的大师、巨子。就治学而言，王国维生前在哲学、美学、文学、史学等多种学科、多个领域所取得的成就是世所公认的。他被誉为"新史学的开山"，"开拓学术之区宇，补前修所未逮"，故其著作可以"转移一时之风气，而示来者以轨则也"。"先生之学博矣，精矣，几若无崖岸之可望，辙迹之可寻。"即使在 60 年之后，人们仍然认为："二十年代的中国学术界，最有地位的人，要算梁启超、胡适和王国维三位。但究其根底，王国维的学术贡献最大。"大致说来，王国维一生的学术研究与理念探究分为前后两个时期，早期致力于引进、译介西方美学、哲学、教育学、心理学等学科，并开哲学、美学、文学、教育学、心理学等学科现代性研究的先河，同时以西方文化与理念来观照、理析传统文化，并在此基础上创建自己的理念世界；后期，由于世变，其治学转向史学与国学，以科学理性的方法而治传统史学与国学，其理念则回归与依附于传统文化母体。

作为一个纯粹的人文学者，治学是其人格的体现与寄托。但是，由于时代和自身的原因，对王国维人格的评价则要复杂得多。一方面，他被认为是"精深谨严之学者"，"道道地地、扎扎实实的君子"，"情感最丰富而情操最严正之人"；另一方面，他被认为不明时势，"精于考古而昧于察今"，直到半个多世纪之后，仍被看作"遗老""落后"以至"反动""旧时代的牺牲者"。但就其人格的道德内涵来看，无论民国学术圈还是遗老圈，无论是旧道德者还是新道德者，对其操守的高洁与道德的圆满均敬仰钦佩。而王国维一生所构建的是一种圆满纯粹的理念世界与生存的理想境界，由此而成就的是一种"全而粹"的人格，一种圆满的存在。这种人格形态，对旧道德而言如此，对新道德而言亦未必不是如此。

但王国维最终选择了自杀。王国维的死把他一生所构筑的生存的理想境界，把他整合中西文化精华与人类理想的理念世界全部打破，把其人格以至人生所有的矛盾全部暴露出来。关于王国维的死因，大致说来有四种代表性说法：其一为"殉清""尸谏"说，以罗振玉等一班遗老为主；其二为悲观哀时说，以民国圈中的学者为主；其三为罗振玉逼债说，外人之猜测，郭沫若也持类似的观点，但认为王国维是被罗振玉逼死的；其四为殉文化说，以陈寅恪、梁启超、浦江清为主要代表。后人的解释也大致不出以上几种说法。这些说法关联于历史、时代、社会、文化、个体等多种因素，那么，王国维究竟为什么而死？是什么导致他的死亡？对他的遗言"五十之年，只欠一死，经此世变，义无再辱"的理解和阐释一直以来同样是聚讼纷纭，那么，这短短的几句话究竟有什么深重的内涵？死是对其一生的总结，由他的死而逆向追溯其一生所持守的人格与理念，其人格与理念对其死亡有怎样的导向？王国维的悲剧亦是一种"全而粹"的人格在历史转型期的悖论与悲剧，那么，其"全而粹"的人格之下是怎样的价值世界的悖裂与困惑？其一生所致力于构建的纯粹圆满的理念世界又与他最终对死亡的选择有怎样的内在深刻的纠结？不止如此，王国维曾经以其学术研究，以其个体存在在一种根本的意义和层面上向文化、理念以至生存层面的现代性开启，却又最终背离了现代历史与文化的走向，在这个意义上，王国维的一生及其死亡对中国历史的现代性转型又意味着什么？对这些相互关联与纠结的问题，本文试图作出自己的探究，而对作为学者的王国维，本文则侧重于对其理念世界的探析，与之相关的，本文亦将论及其个体人格、个体境遇等微观背景，以及社会政局、文化氛围、世事变迁等宏观时势与历史背景，即围绕其理念世界作全方位的观照。

（二）王国维生命历程简介

1. 社会历史宏观背景

王国维一生所处的半个世纪，正值中国近世动荡频仍、变革最骤之际，如下所列仅仅是其荦荦大者：

1894 年，甲午战争。

1895 年，公车上书。

1898 年，戊戌变法。

1900 年，庚子义和团运动及八国联军侵华。

1911 年，辛亥革命推翻帝制。

1919 年，五四运动。

1926 年，北伐战争开始。

2. 王国维一生学术与生活概况

1877—1898 年，童年与少年时代，浙江海宁，传统文化教化。其中 1893 年、1897 年两次参加乡试，不中。

1898—1911 年，青年时代，上海，接触并研治"新学"。其中于 1901 年，留学日本东京物理学校半年；1898 年前后，译介日本与欧洲的自然科学；1903—1907 年间介绍并研治西方哲学、美学、教育学等，并以新的观点和视角梳理中国传统文化。

1906—1913 年，转治文学，主要论著有《人间词》甲乙稿（1904—1906 年）、《人间词话》（1908 年）、《宋元戏曲史》（1913 年）。

1911—1916 年，日本，转治经史小学。

1916—1923 年，上海，期间曾任哈同花园仓圣明智大学教授，为友人编书志，与沈曾植等遗老往来切磋。

1923—1927 年，北京，受命任逊帝"南书房行走"。

1925—1927 年，北京，任清华大学国学研究院教授。

1927 年 6 月 2 日，北京，自沉于颐和园昆明湖。

（三）王国维的知识结构与思维方式

以上所述为王国维所置身的宏观社会历史背景及其个体生命历程，而对一个学者而言，对其理念世界的探求便不能不涉及其知识结构与思维方式。这两者与学者，尤其是人文学者的理念探究与人格构成密切相关。知识结构往往在某一层面甚至更深层面融入个体的本己人格，成为其人格的重要构成部分，而直接影响个体的理念世界构建，且参与其人生、学术的把握、抉择与取舍；而思维，正如弗洛姆所说，思维则并非纯粹是一种智力问题，而是与一个人的人格结构有密切关系，从而也与其理念世界的构成直接相关。而越是涉及伦理、哲学、政治、心理或社会问题，思维与人格构成的联系便越密切和深刻，其对学者个体理念世界探究的影响也越直接和深入。

之一：知识结构。从王国维少年时代所接受的教化与青年时代所接触与涉及的信息、知识、文化、观念等来看，王国维一生的知识积累、知识结构可以分作两大板块：东方传统文化、西方传统与近现代文化。就前者而言，青年王国维已具备深厚的国学根底。据其《静安文集》自序及其弟子回忆。十六岁之前，已读毕四书五经，且多能背诵。十六岁入州学，不喜帖括之学，而喜读史汉、骈文，于四史、文选、唐宋古文、两鉴皆通晓，打下了扎实的传统文史根底。无可置疑，其中的义理、教化也自然渗透其心理、精神与观念以及意识与潜意识中。就后者而言，1898年到上海之后，王国维所接触与接受的西学影响与滋养可归类为两大方面：人文科学与自然科学。据王国维研究专家陈鸿祥先生考证，早在1900年，王国维便已译述了近代科学三大文明之一的"势力不灭论"（即德国物理学家、生理学家赫尔姆霍茨关于能量守衡与转化定律），又译述了对近代理论自然科学有决定性影响的康德"两大天才假说"："星云说"与"地球自转由于潮汐而受到阻碍的理论"。除此之外，王国维翻译的自然科学著作还有《日本地理志》《农事会要》《算术条目及教授法》等。而其真正的兴趣是与宇宙人生紧密相关的人文社会科学。从1898年起，王国维便广泛阅览、译介、引进并研究西方人文学术诸多学科与领域，涉及西方哲学、美学、伦理学、心理学、教育学、社会学、逻辑学等各个方面，具备深广的人文科学素养。就其所受西学影响的知识结构进行分类，又可分为人本主义哲学和实证哲学两大方面。这一时期，由于"人生之问题，日往复于吾前"（《静安文集续编·自序》之一，1907年），他接受了康德、叔本华以及尼采哲学，并潜心研究和多方面介绍，这种研究和介绍的广度与深度在当时的中国可谓第一人。康德哲学既是古典哲学的终结，又开启了现代人本主义思潮，叔本华、尼采哲学则已经是现代人本主义思潮的重要支流，他们关注与探究的是对人类存在根基的重新寻求，对人类既有价值的颠覆和重新估定。所有这一切给予王国维的是"宇宙人生之真理"的启发，给了他对存在的形而上的领悟，对存在根基的追本溯源，对人类既有价值的质疑、悬置与重新整合的理念基础与人文冲动，而这些作为一种根本的动机、欲求渗透其人格、情感、意志，从而作为其理念探究的根基。与此同时，他也接触并翻译了大量西方经验主义哲学，如洛克、休谟的著述，以及实证主义者如斯宾塞等人的著作。所有这些经验主义与实证论著述中，既有科学理性精神的渗透，亦有科学方法论的自觉运用与介绍，体现了建立在近代科学理性与方法论基础之上的人文与社会科学的基本观点和体系，给了他实证科学与理性的洗礼。而前面所介绍的王国维所接触与译述的自然科学著述对其思维的科学理性训练以及对其理念探究与人格形成的影响自不待言。综括来看，可以说，王国维青年时代所受的西学滋养与影响基本有三大方面：自然科学、经验主义与实证论哲学、人本主义哲学。自然科学与实证论哲学给他以科学理性精神的影响与方法论的训练，而人本主义哲学则渗透他的人格、情感、意志而直接影响其理念探究。

总之，早期王国维的知识构成可以说既有深厚的旧学根基，又受过较完整的从自然科学到人文科学的西学滋养与训练，而这些学养皆共同构成其治学的起点。不仅如此，在其译介与研究过程中，其中科学与理性的知识、思路或曰思维方式，人本主义理念对宇宙人生根本的体悟和把握以及重新阐释，与其青少年时期所接受的旧学熏陶，以及旧学中的义理与价值理念的灌注，共同纠结而潜入其理念世界与人格构成中，这对王国维前期的价值世界的探求和后期进入以考证为主的科学理性世界，对其前期对存在根据的追根究底和其后期的回归传统文化母体，皆有潜在影响。

之二：在理清王国维知识结构的基础上，再来探究其思维方式。就其所接受的哲学影响来看，康德对超验知识的拒斥，叔本华对直观知识的强调，王国维对实证论与经验主义哲学的接触与涉猎，所有这些都使其重客观实证，将客观知识置于主观玄思之上。而近代科学思潮的影响，王国维对自然科学的接触与译介，则在更广阔的文化背景上加强其客观实证的取向。这一取向体现在文本中，表现为重逻辑、重直观、重经验的倾向与文风。王国维又将之运用于对传统文化的整理，对新的文化与理念的构建。如他指出古人"超乎经验之上以言性"的不科学、不客观的思维与义理特点（《论性》）。其对"理"的梳理则是从中西文化中关于"理"的语源、变迁的实在考证、考释入手，以及方法上的逻辑与思辩的运用而得证"理"的非客观性（《释理》）。而这样一种思维与论证方式同样运用于其他篇章中。

此外，王国维虽然寻求的是事实与经验世界的"可信"，但这种寻求的根本还是在于一种存在根据与价值依据的寻求。他最终要探求的是"宇宙人生之真理"，是价值领域的可信。所以，也可以说王国维所论证与界定的事实与经验世界的可信是以存在根据与价值依据的可信为根本的。从文本层面来看，通过解析王国维早期探究文哲之学的文本，发现其方法论的运用以充足理由原则、直观经验论和思辩为基本精神和探究原则。所有这些都是最具实证色彩与理性精神的方法论，但王国维以这样的人类最具确然性与必然性的方法论所要寻求的却不仅仅是事实经验界的"可信"，同时也是价值界的"可信"，是"可爱"者的"可信"。这种对"可爱"

者的"可信"性的探求，表现在王国维的行文中。每一种方法论都是既立足于实在经验领域，同时又触及不可见的先验领域。例如，通过考察分析王国维对叔本华"直观论"的理解，笔者认为，"直观"，在王国维的理念中，首先意味着追本溯源，即以"直观"而直达人类义理之根本处，这也就意味着，王国维以"直观"所求的是终极立论的"可信"。同样的，无论是"直观"还是"经验"，或充足理由原则，王国维以此所要达到的是一种对存在终极和本原的整体的探究和把握。而正是以此相互关联的彻底与普遍，确然与必然的方法论与精神，一种"可信"的方法论与精神，王国维试图探究人类存在与本原的一种绝对与客观的精神，一种"可信"所及的"可爱"。就王国维文本中"可信"与"可爱"的关联而言，在王国维那里，"可信"的内涵是从可见到不可见，从现实经验层面到先验本体领域的整体的"可信"，既是事实领域的也是价值领域的"可信"，而"可爱"亦须以"可信"为内在深层根据和验证。如此，"可爱"以"可信"为深层根据，"可信"以"可爱"为终极本原。总之，在王国维的观念与义理世界里，所谓"可信"不仅仅意味着科学理性精神，更进而深入地系结于作为存在支点的价值与理念世界，而"可爱"亦须有科学实证的验证与支撑。所有贯穿于王国维理念世界与文本中的这些科学理性精神和方法论的最终目的都是一种追本溯源，试图以此达到人类义理的根本处，存在根据的本原处。

综括以上分析，可以说王国维的思维方式是形上思辩与科学实证共存的。在王国维那里，形上思辩要经科学实证验证，方可为信；而科学实证亦需有形上体验与关怀为根基，方有生命，方可真正关切宇宙人生，即王国维的纪实求真要与人的存在相关联，在纪实求真中渗入形上关怀。可以以其文本为证：王国维以实证思维，以生物学与历史事实的反证质疑叔本华遗传说的不科学、不合理，"叔氏此说（指叔氏遗传说）非由其哲学演义而出，亦非由历史上之事实归纳而得之者也"，认为叔氏遗传说的根据"实由其自己之经验与性质出"（《书叔本华遗传说后》，1904 年）。与此同时，对于严复之切实关注于时代、经济、社会诸学的著述，及其与此相关的"学风"和理路，王国维又认为"非哲学的，而宁科学的也，此其所以不能感动吾国之思想界者也"（《论近年之学术界》，1905 年）。由以上两个相反的例证可以看出，对于学术研究，王国维所求的是求真纪实与形上本体的整一，科学实证与人文关怀的融合一体。正如王国维自己所说：

"夫天下之事物，非由全不足以知曲，非致曲不足以知全，虽一物之解释，一事之决断，非深知宇宙人生之真相者，不能为也。"故"事物无大小，无远近，苟思之得其真，纪之得其实，极其会归，皆有裨于人类之生存福祉"（《国学丛刊·序》，1911年）。这是学术研究的一种理想与本真的状态，也是王国维自始至终所致力于且欲置身其中的一种状态，在这一状态之下，无论从方法论还是从本体论角度而言，是"可信"与"可爱"的内在交通与深刻系结。从其情感与人格层面而言，无论对于"可爱"者还是"可信"者，王国维不仅要求事实真实与价值真实的统一，同时要求理智的确信与情感的认同统一。全方位和历时性地考察，不能不说如此一种思维方式恰恰源于其人格内涵，这样一种思维方式直接影响其理念探究，也可以说其理念探究直接取决于这样一种思维方式。

对王国维的思想与观念的探究，杨国荣在《理性与价值》中将其作为科学主义与人本主义对峙互动的思想家的个体范型来考察，这部著作虽然也注意到了"尽管王国维在理智上承认实证论的可信，并由此转向了实证的研究，但早期在情感上对形而上学的依恋偏爱，始终存在其意识的深层"，但作者更强调王国维治学自始至终的实证论取向。在这里，笔者再一次提出自己的看法，王国维求事实经验的"可信"，他治学的实证论倾向，恰恰是立足于他对存在与价值的客观与绝对性的探求，即，根本而言，王国维所求的是"可爱"者——存在根基与价值依据的"可信"，是以"可信"求'可爱'，是为"可爱"而求"可信"，而不仅仅是事实经验的可信，不仅仅是为实证而实证，或为某个实在的目的而求可信与实证。这正是王国维为王国维之所在，是其不同于康有为、梁启超以及严复的或家国社会，或科学理性的价值取向之所在。

后期王国维转向治史，在治史过程中所提炼与运用的"二重证据法""蝉联互证法""阙疑法"，便有早期所储备的国学根底和西方实证精神与方法论作为源泉。在某种意义上可以说，王国维的研究成果及其科学理性的治学方法是科学实证思维在史学领域的运用，是对近代西方科学方法与乾嘉学派的传统方法作了多重沟通的结果。不能忽视的是，他所进入的是科学理性世界，却同样欲在其可信的考证中求得可爱的价值支撑（具体分析见后期治学理念章）。

总之，王国维的思维方式，一方面汲取和受益于西方思想与文化中的理性思辩与科学实证的模式及理念，从而形成了科学实证与理性思维方式与倾向；另一方面，正如笔者多次指出的，王国维的这种科学实证与理性的思维方式与精神，他的求事实经验的"可信"，他治学的实证论倾向，恰恰立足于他对存在与价值的客观与绝对性的探求，即，根本而言，王国维所求的是存在根基与价值依据的"可信"。后面对王国维理念世界的探究和解析将会显示出，王国维对圆满与纯粹的价值理念的追求，以圆满纯粹为价值根基，又终究使其将理性思辩与圆满、纯粹的价值取向以及价值理路相结合。而传统的价值理想和理路体现为各种层面的人类理想和不同程度的完善，是一种对价值的绝对与圆满的要求。在西方文化中是一种对绝对与统一的渴念，在中国传统文化理念中则体现为"仁"（孔子）、"诚"（子思、周敦颐）、"圣"（孟子）的圆满，后世儒家则将这些原始概念阐释为"内圣"或"内在超越"的价值设定。如此看来，王国维理性与科学、思辩与形而上的思维方式并未跳出传统深层的价值根基与理路，而最终作为其精神结构的外围层面（具体分析见后期治学与道德政治理念论析）。此外，正如以上所作分析以及之后将要展开的论析，无论就思维方式还是价值取向，王国维已不完全置于传统理路之内，他已走出传统而具有了新的思维方式与价值取向。

另外应该指出，正如前所分析，从其人格表层而言，无论对于"可爱"者还是"可信"者，王国维都要求事实的真实与价值的真实的统一，理智的确信与情感的认同的统一。这种统一同时也是王国维对其治学以至于生存的一种理想状态的构想与期待。其前期所倾心的形而上学（"可爱"者），不能给他以理智上的确信，而其后期所从事的史学实证研究（"可信"者），又不能给他以情感的认同，以及终极价值的依托，他所构想与期待的理想状态终究无法达到。王国维理念世界探究与构建以至其一生存在的沉重，他最后的悲剧抉择，与此或许也有深刻关联。

二、"几千年未有之大变局"与人的实存类型的转变

毋庸置疑，近代中国（1840—1949）与世界一道，遭遇到社会历史由古典向现代转型的"大时代"，这对中国而言，更是"几千年未有之大变局"，此"变局"之大，之前所未有，之深刻，在于它是在社会政治结构、经济结构和文化变迁中全面发生的历史性根本质变。对这一质变，有学者将其总结为以下五个方面：①政治制度的转变，即以民主的近代法治国

家，取代传统的封建王朝体制；②经济形态的转变，即以开放的资本主义工业化市场经济取代传统的封闭的自然经济；③传统观念的转变，即人与人之间以社会契约型的权利义务观念，取代传统的伦理化的道德观念；④传统生活方式的改变；⑤传统语言文字的转变。虽然，这只是学术的总结，然而这总结的历史背景却是近代中国从政治制度、经济形态到观念意识、生活方式的深刻解体、失落，带来的巨大混乱、震撼以致根本转变。这样一种质变，不仅打乱了几千年天朝王国的迷梦，也打乱了中国文明史上"一治一乱"的治乱循环规律。从社会政治层面来看，近代中国动荡频仍，变革骤集，一个世纪内动荡、变革、战争、革命替换不已：鸦片战争（1840—1842），洋务运动（19世纪60年代），太平天国起义（十九世纪五六十年代），甲午战争（1894），戊戌变法（1898），庚子义和团运动及八国联军侵华（1900），辛亥革命（1911），五四运动（1919），北伐战争（1926—1927），第二次国内革命战争（1927—1937），抗日战争（1931—1945）。而这一质变的深层则在历史骤变和社会动荡之下，从外在社会秩序到内在观念、义理和心理层面，人们遭遇到较之以往朝代更迭更为深刻的混乱和脱节：社会失轨，道德失序，传统价值体系日渐解体，人生失去准则和方向，人们处于无可依傍的断层空间，中国人从根本上遭遇到生存根基的摇撼和失落。人们面临着生存方向的重新定位，内在心理与精神世界的裂变及外在生存方式的转变。或许这样一些具体的个案可以作为以上说法的注解，从社会上层知识者来看："曾国藩是封建传统的捍卫者，然而恰恰从他的身上开始，展现了传统的裂口。""从曾国藩到康有为等人都是从内心的分裂走向社会的分裂。"就知识者群体及个体的生存方式而言，士人社会活动领域和生存方式逐渐转变，随之而来的是士人立身观念和准则的变化。

就观念层面而言，近代以来，政统遭遇冲击与变革，道统式微，中国文人一向身处其中的精神和理性世界日渐趋向解体以致崩溃，文化思想领域存在着从文化认同到价值意义、意识形态的全方位危机。对于这一状况，李良玉在《儒学道统在近代中国的崩溃》一书中作了如下描述："第一，近代知识分子的知识观念开始变化。他们承认世界上存在比儒学道统，比君臣大义，比三纲五常有用的知识，这就是西方的近代科学；第二，近代知识分子对传统君权理论的政治信仰已经明显动摇。"从19世纪中期开始，"士绅文人日益接受西方的知识和价值标准，这使西方思想从中国文化的外围向其中心渗透。这种渗透引起了西方思想和本国思想倾向的大融合，最后产生了十九世纪九十年代中期思想的风云激荡"。而1919年之后的中国知识分子"已经明显地从对传统价值核心的怀疑，转向对它的彻底的否定"。另外，如张怀承在其《天人之变——中国传统伦理道德的近代转型》，许纪霖、陈达凯主编的《中国现代化史》等著作皆论及这一状况。近代思潮蕴含于学术活动中，后世学者将其归纳为经学、佛学、西学三个独立的源头，或归纳为旧学、新学或国学、西学，且各门学术与观点间相互交叉，互相包蕴。但无论经史，无论新旧，无论中西，皆是为寻求社会、国家与民族出路而形成的社会—文化或政治—文化设计和寻求答案的努力。无论是康有为的古经新解、大同理想，还是章太炎的经世思想，以及严复的富强思想与科学意识，甚至佛学的复兴，皆是从不同的角度和立场为挽救社会、民族与文化的危机所做的不懈努力。而辛亥革命之后以至五四新文化运动之后的思潮和思想运动，则致力于对传统道德观、价值观以及社会秩序的冲击，以科学和民主为核心价值观念，其目的是"建立一种清除了过去中国封建遗留物的科学和民主的新文化"。

就生存方式与人格定位和取向而言。此一时期，整个文化的义理取向以致个体的人生取向呈现出从理向势、从义向利、从价值理性向工具理性转变的趋势，知识个体的观念和价值选择、人生取向，亦由德性高下向功利化、实利化的人生转向，具体而言，即知识者个体的社会活动领域和生存方式的改变，与之相随的即其立身观念与准则的转变。对西学的倡导，以及对其社会价值的逐步肯定，使传统文化世代所传承的孔孟之学、圣贤之道日渐失去其至尊地位。对科技实用之学及其功用的看重，则对义理至上、道德为本的传统理念造成不可避免的强烈冲击。有学者考察晚清士人的社会角色、社会生存方式及文化观念的一系列变化：一则为"士人在人们心目中的传统社会形象发生了改变，以往作为道德表率、礼义化身的形象大为减弱"；二则"士人的生存形式和谋生职业依求利的价值取向而发生了变化，趋向商业化、多样化"；三则"士人在知识价值观上追求实用功利的趋向，由原来的只尚儒学义理及科举之学，转而愈益看重西学、艺学（即科技）等的实用功能"。从中或许能得知知识者内在义理与精神世界及外在生存方式的转变。

　　总之，近现代历史中人的这一转变既关乎理念准则，亦关乎其现实人格，即，这一"几千年未有之大变局"的质变根本在于个体与群体的立身之本这一基础的重新设定。本文试图通过探究王国维一生理念世界的构建与转变而探及其既纯粹又矛盾的生存，由此而探及现代人安身立命之基奠定的艰难历程，进而探及其理念世界与现代历史、文化的关系。

上篇：整合与对峙——王国维前期理念世界探究

第一章　王国维的本体理念

王国维真正开始自己的学术研究，是始于第一性始基的探究。在西方文化冲击而传统文化面临危机的晚清以至近代知识界，士夫文人们或者致力于"坚船利炮"的技术引进，或者奔走于制度与人事方面的变革，或者岌岌于政治——文化存亡绝续的整体性焦虑，却极少有更为彻底和深入的思考，如从本体论上思考问题。现实社会和政治的一切吸引了人们全部的注意力，即如康有为的"以元统天"的论说，谭嗣同的"以太"说，也并非致力于真正形而上的研究，而是以此来达到其政治目的。然而，这样一个酝酿着天翻地覆大变化的时期使王国维的探究立足于宇宙本原和变化的深沉思考，对存在根本的探究。这是王国维较之同时代人更为彻底也更为深刻之处，也是他作为一个学者的自觉的良知。这种探究意味着一种在更深层面上的良知和理性：既是为自己立身信念的确立找到绝对根据，同时也是从本体论的意义上找到社会的、文化的、人的根基。既如此，本文对王国维的探究亦从其本体理念的构建切入。

何谓"本体"？俞宣孟《本体论研究》引述《不列颠百科全书》谓：本体论是"关于'是'本身，即关于一切实在的基本性质的理论或研究"；并指出，这里的实在不是经验的实在，而是先验的实在；进一步而言，"本体论就是这样与经验世界隔绝或者先于经验世界的理念世界、绝对精神，纯粹理性的领域，它是纯粹的原埋，'第一哲学'"；本体，即人生存的终极根据，在王国维文本中，又称之为"世界人生之根据""宇宙人生之真理"。对于个体存在而言，这一"世界人生之根据"是每一个体在世立身的终极之本。对王国维而言，其道德理念、价值理念的探究，其学术研究以至人格构建，皆以此形上之本体世界为本原立足点。在本文中，"本体"与"生存"，"本体论"与"生存论"是相通而有时互换使用的。

对于这种本原和始基的探究，作为一个学者，王国维的自觉与深沉之处在于，他既没有跟着他的情感道德走，将他自幼浸淫其中的古圣先贤之说作为本体依据本身，而是作为其本体论思考的阐释对象；也没有跟着他所崇拜的叔本华走，而是把叔本华的理念也作为其本体探究的对象。这一过程表现为对传统义理先验本体规定的全面梳理，对传统理念所谓"道""天""理""法""第一原因""理法""本原"等的理析，与此同时亦展开全面而彻底的质疑，即对生存的根本依据的追根究底，亦即王国维所谓"世界人生之合理的根据""宇宙人生之真理"的追本溯源。在这探究过程中，呈现出质疑与构建同时进行的双向理路。

一方面，在王国维梳理孔子、子思、孟子、列子、老子以及康德、叔本华等学说时，在其进行学术的与客观的理析的同时，亦大致认同于前人之形而上学理念与终极之说，即认同于既有义理对于世界根据的解释，无论是孔子之"仁"，子思之"诚"，老子之"道"，周敦颐之"无极"，还是康德之关联于超验本体的知识论，及叔本华之意志本体说和物质物力说。但是，王国维的思考和探究却又越出了既有之"道""天"等所规定的义理范畴，在其多篇文章中对既有本体论作学理的质疑，从子思之"诚"到康德之"自由"、叔本华之"意志"。这一疑问和悬置转化为王国维自己的领悟，则世界之根据在王国维那里为一绝大且根本之疑问，而能集中代表其本己的探寻与思考，且糅合其个体感悟的，是《红楼梦评论》，在其对《红楼梦》这部"宇宙间之大著述"评析与阐释中，王国维亦提出绝大之疑问："然所以有世界人生者，果有合理的根据欤？抑出于盲目的动作而别无意义存乎其间欤？"在王国维看来，世界人生之存在，"实由吾人类之祖先一时之误谬"。而此"一时之误谬"则使人类之生存"反复至数千万年而未有已也"。对于世界人生的根据，或悬置，或以为来自于一种本体论的"误谬"。在王国维的追究之下，世界人生并无"合理的根据"存在，这一对存在的无根据，无意义的认识和体悟，使其进而质疑叔本华的意志本体论，以及对其立论"立脚地"的叔本华的意志本体说。虽然王国维最终肯定了《红楼梦》之于"解脱"的"伦理价值"，但在王国维本己的体悟中，世界人生之根据究竟何在，时间、空间、自然、命运、生死、生存究竟如何，并不可知："来日滔滔来，去日滔滔去，适然百年内，与此七尺遇，尔从何处来？行将徂何处？""宇宙何寥廓，吾知则有涯。面墙见人影，真面固难知。……人生一大梦，未审觉何时。相逢梦中人，谁为析余疑？吾侪皆肉眼，何用试金箆。"王国维追本溯源的结果，是对人类既有义理质疑与悬置，是存在的根据的最终不确定。

如此，其对存在内在与外在根据的抽空还原的努力，使人类所面对的存在的一切无可遁逃，又无可回答。这种义理探究既是其思维以"可信"求"可爱"彻底与客观的特点，也在理念层面体现出王国维对于生存本原与价值支点的客观精神与绝对理念的一种彻底与纯粹的要求，使王国维探究的内容和层面皆深于同时代人。

然而，在对生存根据彻底质疑与悬置的同时，王国维文本中却存在着另一种意向，即重新构建存在根据的努力。而在新的知识结构的起点上，在生存面临重新定向的历史临界点，王国维的这一努力是曾经试图把源自东西文明与古今人类精神深处的生存本体整合为一：绝对自由本体。在《孔子之学说》中，王国维即将儒家之"天道"与康德之"第一原因"，叔本华之物质、物力与意志，老子之"道"与斯皮诺若（今译斯宾诺沙）之"理"互相阐释，在王国维的理析之下，它们作为"自然之理法"，"宇宙本原之活泼流行之原动力"，共同存在于时间、空间与因果律的法则之下，"儒之天理，子思之诚，叔本华之意志，皆为宇宙之本原，发现万有之一大活动力，固不甚相异也"。而在其前期的哲学与美学研治中，亦可见其欲将东西与古今义理贯通的尝试和努力，即在王国维那里，无论儒、道、释，无论中、西义理，皆欲整合为绝对而纯粹的自由本体。

然而，这种统一的自由本体终究分裂为二：源自东方古代文化源头的"至境"本体，与源自西方近代哲学的"意志"本体。这在王国维同一时期的不同篇章中相悖而共存，也即，在其精神结构中，相悖而共存着不同的本体世界。

一方面，源自东方古代文化源头的至境是如此圆满、高远、绝对、纯粹，在王国维对古代儒家，尤其是原始儒家学说的阐释中，可见其对如此至境的期许。在对儒家学说中"仁""仁义""诚""天""理""道"等儒家既有概念和义理的阐释中，其所向往的本体至境亦在其中。在王国维的梳理中，"仁""天""道"相互交通，互相阐释，而共同构成自由本体的理想圆满绝对之境："孔子自'天'之观念演绎而得'仁'，以达平等、圆满、绝对、无差别之理想为终极之目的。"他所理解的孔子之"天"为："自客观上观之，则为天道，而自主观上言之，则吾理性也。自致知格物而穷物理，广修自己心以去私欲，而逍遥于无我、自然、绝对、无差别之理想界，是为其天人合一之观念，即绝对的仁是也。"而认为"仁"为："夫仁为平等、圆满、生生、绝对的之观念。自客观的观之，即为天道，即自然理也。自主观的解之，即具于吾性中者也。其解虽有异，至究竟则必须此两者合而为一，始能至无差别绝对之域。"以及"绝对云者，超乎相对或差别之境，以抵不变不灭之域，必无我自然，始能至之。此理想的天，即'仁'之观念。达此境地时，中心浩瀚，无所为而行者无不合于道"（《孔子之学说》）。在王国维的理解中，"仁""天""道""绝对"作为一种本体和存在之境界，是合客观法则与主观性情，融"天道"与"吾性情"于一体的，从而共同构成自由本体的理想之境，一种"平等、圆满、绝对、无我、自然、无差别"的"理想界"，一种"中心浩瀚，无所为而行者无不合于道"的"境地"，一种既合于高远之"道"，又合于圆满之"德"的境界："之人也，之境也，固将磅礴万物以为一，我即宇宙，宇宙即我也……此时之境界：无希望，无恐怖，无内界之争斗，无利无害，无人无我，不随绳墨而自合于道德之法则。一人如此，则优入圣域；社会如此，则成华胥之国。"（《孔子之美育主义》）此乃王国维对其所求至境本体的最充分表达。黑格尔认为，哲学的历史就是发现关于"绝对"的思想的历史；"绝对"就是哲学研究的对象。而通过梳理既有学说中的本体理念，通过对孔子学说的"仁""道""天"的阐释及其相互转化，王国维设定了一种无限与绝对的本体之"至境"。而王国维的阐释，是将西方自然科学的"理法"与古代圣贤学说糅为一体，从中可见其整合东西方本体理念的尝试和努力。

　　与此同时，在王国维译介、阐发和论析西方近现代哲学的过程中，亦吸纳之而转化为同一体系之自由本体。例如：王国维所理解的康德伦理学与宗教论是："汗德（即康德）之本旨决非有害于道德上之信仰及其超绝的对象（神）也。""汗德意中真正之上帝乃实现理想之自由力，即善意是也。""基督教之真髓乃永久之道德。宗教之目的乃人类正行之胜利也。"（"最高之善乃道德上必然之理想"）"天国之实现乃世界之目的，而历史之止境也。"（以上皆出自《汗德之伦理学及宗教论》）。宗教、道德、善意与神意的结合一体，乃西方本体与道德理念中的圆满之境，王国维既认同与推崇之，其认同与推崇的理念根基在于这一境界与王国维理念中的东方绝对自由本体的在根本之处的契合，二者皆是人类本体不同层面与侧面的圆满之境的实现。同样，在阐发孔子的美育说时，引用席勒的"美丽之心"说，用以论析孔子之学说，而席勒此说与王国维理念中的东方色彩（内涵的）本体之境是极为契合的："最高之理想存于美丽之心（Beautiful-Soul），其为性质也，高尚纯洁，不知有内界之争斗，而唯乐于守道德之法则，此性质唯可由美育得之。"由此可见，西方文明中的宗教、上帝、道德在王国维的论述中，转化为合于至高之道与至善之德的本体，而在王国维的理念中则与东方内涵的自由本体融合为一。

对源于东方义理的"仁"与"道"的本体性的重新阐释，对"绝对"之境的设定，对异域和异类价值理想的吸纳与转换，合于道而合于德，既是一种有为之境，亦是一种解脱之境，构成了王国维近代理想本体的一面——作为"至境"的理想本体。同时亦不难发现其本体之"道"与人性之"德"，理性与存在的整合与统一的努力。也即，王国维整合东西方本体理念为一体的理路仍然是东方传统的本体与道德的合———一种新的知识结构中的"天人合一"。

然而，在王国维本体理念的另一面，同时又存在着作为意志的本体。对于这一本体，王国维既从学理层面阐释，亦作为世界与人生之本原渗透于个人的体验与领悟中。在王国维阐释叔本华之学说时亦认同其意志本体说，他以意志、欲望、痛苦、罪恶……理解并认可叔本华的意志说，他对意志本体的认知，在《红楼梦评论》中，以本己的体验与领悟而得以更为深刻和具体地阐发：按王国维对叔本华的理解，"吾人之本质"既为意志，而意志之特质又为"生活之欲"，则意志与欲同为宇宙之本原，也共同作为世界之本体而为一体，"彼（叔本华）既由吾人之自觉，而发现意志为吾人之本质，因之以推论世界万物之本质矣"（《叔本华之哲学及其教育学说》）。在《红楼梦评论》中，根于叔本华的意志说，王国维则认为"宇宙一生活之欲而已"；而意志与生活之欲是先人生而存在的，"而人生不过此欲之发现也"。意志与欲的先验存在，也是人类罪恶与堕落的根源："然世界之根本，以存于生活之欲之故，故以苦痛与罪恶充之。而在主张生活之欲以上者，无往而非罪恶。"（《叔本华之哲学及其教育学说》）"此可知吾人之坠落，由吾人之所欲，而意志自由之罪恶也。"（《红楼梦评论》）而且意志、欲望与苦痛、罪恶既为世界之本体。这种本然的关联与状况又是永恒的："呜呼！宇宙一生活之欲而已，而此生活之欲之罪过，即以生活之苦痛罚之：此即宇宙之永远的正义也。"（《红楼梦评论》）意志、欲望、苦痛、罪恶及其惩罚，所谓"宇宙之永远的正义"，所有这一切，构成王国维所理解的意志本体世界，那么对于苦痛与罪恶的拯救，以至对于意志与欲望的解脱，便在于"美"——所谓"文学与美术（即艺术）"和"解脱"——"入于无生活之域"中。美之于意志与欲的作用在于："美术之为物，使人超然于利害之外，而忘物我之关系，此时也，吾人之心无希望，无恐怖，非复欲之我，而但知之我也。""美术之务，在描写人生之苦痛与其解脱之道，而使吾侪冯生之徒，于此桎梏之世界中，离此生活之欲之争斗，而得其暂时之平和，此一切美术之目也。"（《红楼梦评论》）而意志本体的至境，意志的最高目标最终在于彻底的解脱："最高之善，存于解脱。"所谓解脱，在王国维不同的文本中有大致相同的内涵："拒绝一切生活之欲者也。"（《红楼梦评论》）"灭绝自己生活之欲，且使一切生物皆灭绝此欲，而同入于涅槃之境，此叔氏伦理学上最高之理想也。"（《叔本华之哲学及其教育学说》）而意志与欲既先于生活而存在，既是形上的，则这一意志与欲的先验存在，又使解脱成为不可能。"此可知生活之欲之先人生而存在，而人生不过此欲之发现也。此可知吾人之坠落，由吾人之所欲，而意志自由之罪恶也。"对于自己的解脱说，叔本华释之以"天惠之功"："解救只能由于信仰，也就是由于改换过的认识方式才能获得，而这个信仰又来自天惠，所以好像是从外来的。"而王国维则用东方传统道、释之解脱之说去理解、阐释叔本华之解脱，认为彻底解脱在于"无"之境界："即真无矣，而使吾人自空乏与满足、希望与恐怖之中出，而获永远息肩之所，不犹愈于世之所谓有者乎！……自己解脱者观之，安知解脱之后，山川之美，日月之华，不有过于今日之世界者乎？"（《红楼梦评论》）在解脱的界说上，王国维本体论的立场则潜在地转化为东方传统道、释之基点，叔本华理念中本己脆弱的信仰的意向和内涵在王国维这里则完全消解。所以，解脱，在王国维那里是无从存在的——他以较之叔本华更为彻底和深入的追究拆解了解脱存在的根据，"究竟之慰藉，终不可得也"。而佛、道意义的解脱在王国维那里存在吗？下面这一段关于解脱的著名言说似乎可以解答这一问题："试问释迦示寂以后，基督尸十字架以来，人类及万物之欲生奚若？其痛苦又奚若？吾知其不异于昔也。然则所谓持万物而归之上帝者，其尚有所待欤？抑徒沾沾自喜之说，而不能见诸实事者欤？果如后说，则释迦、基督自身之解脱与否，亦尚在不可知之数也。"对人类精神史上的解脱的努力追问得如此彻底，然而，它既让王国维达到本体意义上的觉悟，也带给他同一层面上的绝望："平生苦忆契卢敖，东过蓬莱浴海涛。何处云中闻犬吠，至今湖畔尚鸟号。人间地狱真无间，死后泥洹枉自豪。终古众生无度日，世尊只合老尘嚣。"（《平生》，1904年）无论是以佛、道之"无"释解脱，还是指出真正之解脱之不可得，此二者为王国维较之叔本华（及世界各大宗教之解脱说）更为彻底与根本之处，也是其之于意志——解脱之本体之根本困惑之处。

从世间万物到自我本己，王国维皆体悟到欲之本然与生之盲目，如《蚕》对生存的这种境况的描述："蠕蠕食复息，蠢蠢眠又起。""嵩嵩索其偶，如马遭鞭筸。"而这一切却是本然的："岂伊悦此生，抑由天所界？界者固不仁，悦者长已矣。"且这一境况是"茫茫千万载，辗转周复始"。王国维以其本己的意志、情感、心智体悟到的是叔本华所谓"生存意志的原形"。另如对蛹、蚕、蝉的刻画，皆使王国维领悟到生存的本然："我身即我敌，外物非所虞。""大患固在我，他求宁非谩。"更为彻底的是，这种欲与盲目的本然状态使王国维意识到所谓"至境"亦置于这本然的困境之内，而终不可得："蓬莱自合今时浅，哀乐偏于我辈深。""金阙荒凉瑶草短，到得蓬莱，又值蓬莱浅。只恐飞尘沧海满，人间精卫知何限。"所谓金阙，所谓瑶草，所谓蓬莱，所谓仙人（"卢敖"），皆因生与欲的根深蒂固的本然状态而被质疑。

综上，在历史转型的临界点，超越制度、社会层面，甚至超越文化、人文层面的探索和设想，作为诗人与哲人的王国维，对自我根基的探索是要寻找那无限的、比个体自我伟大得多的东西，超越有限和终极的最大限度的自由，如此这种价值需求，导致一种深入存在自身核心的探索，以此作为人存在的根基与价值体系之根基。为此，王国维同时作两个方向的努力：通过抽空、还原而回归纯粹与客观本体，从而寻求作为理想价值体系依据的客观精神，这一努力的结果则是使本体悬置；与此同时展开对传统义理的追问与梳理，以此从人类自身和人类文化内部引出和彰显本来隐含在深处的理想因素，这一过程使本体呈现为"至境"与"意志"的对峙状态。王国维对人类既有本体理念爬梳探究的结果却是本体世界最终呈悖裂状态，其试图整合古今东西人类文明深处之本体为一体的努力最终因失败而破裂。黑格尔认为，根据就是被设定为全体的本质。从这个意义而言，王国维所探究的存在的根据却最终是对峙的、悖裂的，所设定的"全体的本质"是分裂的。他所预设的绝对与客观、圆满与纯粹，至境与解脱最终归置其所揭示的对峙与悖裂的本体世界。将王国维的本体理念与当时盛行的进化宇宙观作一比较，或许更能见出王国维本体世界的独特及其探究的深入。严复、梁启超所采纳与崇奉的社会达尔文主义的宇宙观使其倾向于民族主义的、实用主义的、现世的观点，在其宇宙观之下是一种现实的支撑。康有为、谭嗣同的进化宇宙观则表现在把进化的发展过程与社会变革联系起来，而其形而上学的源泉则仍然是儒家神圣真理，即他们确信"儒家神圣真理将继续作为变化模式的形而上学源泉。"较之上述不同形态的进化宇宙观，王国维对本体理念的探究更为学理化，更为系统，也更为纯粹和彻底，这种纯粹和彻底的梳理所揭示的却是一个矛盾而彻底的本体世界，一个进而也更为纯粹和彻底的存在的困境。这样一种本体理念注定了王国维从根本上无从解脱，即使在其后期主动回归传统本体理念，也无法为自己寻到最终的寄托，这一点从其后期游仙诗本体上的绝望可以得见。不能否认的是，在王国维理念世界中，又始终高悬"至境"与"解脱"为最高本体，生存的最高理想，在其不同内容的文本中，此二者仍然作为立论的深层根基，即使以不同的形态和面貌出现，其中的"质"是不变的。一方面固守"至境"本体，另一方面又不得不面对意志本体。对生存困境的彻底体悟，对最高本体的始终一贯的执着，此二者在王国维的理念和人格中相悖、纠结而共存。

第二章　王国维的道德理念

舍勒言："我主张哲学这种特殊认识方式本质上所必不可少的前提条件，是一种道德的立场。"这样一种道德的立场，关联的不仅是哲学上的认识，也同样关联人文社会科学其他方面的认识。就王国维而言，作为一个人文学者，落实到其文化理念的构建层面，也必然有其性理道德重新构建的意向。自古以来，对中国文人而言，一切本体论思考达不到彼岸时，即转向道德和人格建构。从老子的"道"到庄子的"神人""真人"，即是从本体的探究到价值理念、美学理念的思考，而舍弃了本体的根源性的思考，及至更在庄子之后的历代，"道"已纯为道德之学，所谓"内道""外德"，一者用于养身，一者用于待人。而不同于以往历史所提供给中国文人的人文环境，这样一个酝酿着巨变的大时代使王国维的思考也是多重的，在他就本体问题进行整合与思辩的同时，也对人所立身的道德根基作一根本的探究。而其对道德的思考也是得风气之先的，他引进西方伦理学的概念、理念，而西方理念给了他一种批判的视角和可能性，以此质疑与批判中国传统道德。应该指出，对于传统道德理念，王国维既不自觉地在感性层面对之有极深的依附，又在理性层面自觉地选取批判的视角。但其探究的目的已绝非为了"养身""待人"，而是对人之存在的更为本原的寻求，此为王国维出离传统而从根本上开启中国现代性的又一个方面。

如同其本体理念的理路，王国维道德理念的理路同样是悬置与构建并行的双向展开。一方面，他对前人道德理念的形而上基础"性""理""命"及"自由""意志"彻底追究和质疑以求其安身立命的道德根基的客观与纯粹，且其质疑深入前人义理未及之处，"性之为物"，乃"超乎吾人之知识外也"（《论性》1904 年）。"理"作为客观意义，"只是一幻影而已"，就其作为伦理意义而论，则认为"理性之作用，但关于真伪，不关于善恶"，从而亦否定了"理"作为人存在的内在和终极的根据与标准。对传统义理中关于仁义礼智作为道德法则的根据亦提出彻底质疑："今谓仁义礼智……不以自身以外之理由为根据，而为直觉的道德上之法则及观念，然如此道德上直觉的法则及观念，吾人如何而有之乎？自内乎？将自外乎？先天的乎？将经验的乎？"（《孟子之伦理思想之一斑》，1906 年）对康德的"自由"说，所谓积极的和消极的自由，王国维也从根本上否定之，认为此等"表面的自由，不过不可见之原因战胜可见之原因耳"。而最终"其为原因所决定，仍与自然界之事变无以异耳"。而叔本华所言之"意志自由说"，王国维亦认为"其在经验上之世界中，不过一空虚之概念，终不能有实在之内容也"（《原命》，1906 年）。性之善恶，理之客观与本原，自由之有无，在王国维的追究和质疑之下，皆悬置不论。

在彻底追究人类既有义理之客观性和本原性的同时，王国维亦致力于构建其道德理念。如同其自由本体和价值本原的探求，王国维所寻求的性理道德亦是本体性和思辩性的，即他试图在人的本体存在的基础上构建其性理道德之本原，以此作为其安身立命的最终依据。"伦理学者，就人之行为以研究道德之观念、道德之判断等之一学科也。为人间立标准，定价值，命令之，禁止之，以求意志之轨范，以知人间究竟之目的，即如何而可至最善之域是也。"（《孔子之学说》，1907 年）这一"立标准""定价值"的伦理学的终极依据则在于超验本体："据最可凭信之《论语》观之，则可以明道德为人之先天的自然。"孔子之言"天道","其实在人性之自然以立'人道'""'性'之根原即天，究理则知性，知性即知天。是为宋儒性命穷理说之渊源"（《孔子之学说》，1907 年），在道德的终极依据这一点上，他认同并承续前人的思路，且贯注于梳理子思、孟子以至后人如周敦颐、戴震等人思想的篇章中。

如同其本体理念的整合而悖裂，王国维道德理念构建的理路亦是由试图整合人类文化中理想的道德理念而最终走向悖裂。立足于其所设定的自由本体之上，相关其理念中共存的两种超验本体，其道德理念亦存在两种取向。一则为东方传统道德典范的至善之"仁"的圆满，一种"任天而圆满"的最高之善，以及与之相关的传统道德义理；一则为叔本华、尼采之意志与解脱的近代道德本体理念，以及与之相关的"新道德""新人类""新文化国"的道德理念。此二者在王国维的道德理念中或相互阐释而转化，或相悖而共存。

就前一道德境界而言，王国维以孔子之德为道德的圆满标准，"夫子之德，圆满无缺""孔子人物之伟大，道德之完全……"而孔子之"知斯道，安斯道，乐天知命"，任天而有为的德行"于道德实践上大有价值"（《孔子之学说》《孔子之美育主义》），则其他诸"德"亦以此为基点而转化，如在其对老子、列子诸学说梳理时，老子"无为"之德在王国维的理解中亦转化为"欲因之大有所为"，排斥"常名""常善"，亦是欲"实现其真善之理想"（《列子之学说》，1906 年）。从这一转化中不难看出王国维性理道德的理想所在——儒、道道德至境的合一。对于一个学者而言，王国维对孔子以至其他儒、道诸子的理解与阐释，也内含了王国维本己的性理道德的寻求与趋向。而"遵道理，顺自然之理法""依道德以立命安心"是其对孔子之德的言说，也是其崇奉一生的原则。

就后者而言，一方面，超越传统义理的性善、性恶论，王国维接受了叔本华、尼采学说的"欲"与"意志"作为存在与人性的根本理论，而对于存在和人性有更深入的相对性的理解，并以之为其道德理念的基点，进而作本己的阐发："道德之本原由内界出，而非外铄我者。"（《论教育之宗旨》，1903 年）"顾吾人虽各有特别之性质，而有横于人人性质之根柢者，则曰'生活之欲'。故凡可以保存吾人自己之生活及吾人之种姓者，其入吾人之知识中而为其行为之动机也，常什佰于他动机之势力。古今圣哲之所以垂教者，无非欲限制此动机而已。"（《教育偶感四则》，1904 年）其

同时期所作的《去毒篇》（1906 年）、《人间嗜好之研究》（1907 年）正是
立足于人性"势力之欲"的层面而试图为国人"无希望，无慰藉"之
"空虚的苦痛"寻求拯救之道。另一方面，立足于如此道德理念之基点，
王国维亦接受了叔本华的解脱说。解脱既为一种本体设定，又为一种最高
之德。"故善恶之别，全视拒绝生活之欲之程度以为断"，而"最高之善，
存于灭绝自己生活之欲"。总之，无论是"最高之善"还是"真正之善"，
皆是出自超于个物化之原理的意志本体。且关联于解脱，而认同叔本华之
禁欲说。对尼采所倡之"超人与众庶"的"绝不平等"的"新自然主义"
"新文化国""新教化"等说，王国维亦崇扬之，认为其思想"奇拔无匹"
"立想奇特"，赞扬尼采为"惊天震地古今最诚实最热心之一预言家也"，
另外对于其"欲破坏现代文明"之说，王国维"吾曹……宁赞扬之，倾心
而崇拜之"。实际上，人类传统的道德与文化基础在叔本华、尼采那里已
被瓦解，王国维亦意识到了这一点。在《叔本华与尼采》中，王国维指出
叔本华的知识论在于超绝知识之法则，尼采的道德论在于超绝道德之法
则，并指出二人之"欲破坏旧文化而创造新文化则一也"。而王国维在哪
一层面和意义上接受二人之道德理念？叔本华、尼采的道德理念与以孔子
为典范的道德理念在王国维那里又是怎样的关系呢？

　　在立足于自由之本体而求最大限度的自由，求最完全之世界的层面
上，"任天而圆满"的"至人"之德与"弃天而超绝"的"超人"之德是
相通的，但二者求得自由的路径却是相反的。一者"唯道是从""顺自然
之理法""依道德以立命安心"以达至境；另一者欲挣脱自然之束缚压迫，
弃绝一切意志与知力之法则，"彼固自然之子也，而常欲为其母，又自然
之奴隶也，而常欲为其主。举自然所以束缚彼之知意者，毁之、裂之、焚
之、弃之、草薙而兽狝之……"（《叔本华与尼采》，1904 年）以达至绝对
自由。一则"任天而圆满"，一则"弃天而超绝"，王国维道德理念呈现无
法调和的悖裂状态。

　　而落实其现实的道德取舍，王国维最终立足于道德的纯粹与圆满，一
种植根于生存的本体层面（所谓"宇宙人生之真理"），而中西道德理念相
互转化的纯粹与圆满：对传统道德的仁义礼智忠孝悌等义理，王国维虽然
质疑，但未曾全部舍弃，而是整理且吸纳，并以西方近代道德理念阐释
之，从传统义理之中发掘其于近代社会的伦理与道德价值与意义，"义之
于社会也，犹规矩之于方圆，绳墨之于曲直也。社会无是，则为鱼烂之

民；国家无是，则为无政府之国"。义关乎个人及社会生命、财产、名誉、自由，"此数者皆神圣不可侵犯之权利也。苟有侵犯之者，岂特渎一人神圣之权利而已，社会之安宁亦将岌岌不可终日"（《教育偶感四则》，1904年）。这种对传统义理的近代意义的阐释从其对孔子、子思、孟子等学说的纯粹学理的梳理中亦可得见。而这一点与其所称引的康德的"当视人人为一目的，不可视为手段"并不相悖，中国古代道德义理与西方近代道德理念在他那里是可以相互转化和阐释的，可以说对中国古代道德义理，王国维作了近代的和西化的理解，而对西方近代道德理念，王国维则作了传统的中国化的阐释。无论是西化的理解还是中国化的阐释，王国维所求的都是一种德的纯粹与圆满，一种作为人立身之本的纯粹之基，圆满之境。如此便可以理解当时盛行的"自由意志论"遭到王国维指斥的原因："人间自由意志论，虽为今日最有力之进取的学说，但失之极端，亦非无弊也。其弊则以意志能自由，为善亦能自由，为恶亦自由。故至争名趋势以陷于变诈虚妄，而不能安于吾之素位，龌龊卑鄙，逐世之潮流以为浮沉，是洵不知自己之力欲造运命而却漂没于世之潮流者……"（《孔子之学说》，1907 年）其反对的道德基准则在于孔子所体现的"任天而有为"的圆满之德，其指斥正是基于其道德的纯粹与圆满的取向。他对纯粹之德的持守，表现在重义轻利，反对一切功利的人生观与行为方式：无论是政治功利还是学术功利，康有为、谭嗣同的学说，以及当时的各种杂志，在他看来皆是"之于学术非固有之兴味，不过以之为政治上之手段""本不知学问为何物，而但有政治上之目的""近年之留学界，或抱政治之野心，或怀实利之目的"（《论近年之学术界》，1905 年）。在他看来，这种功利性的为人和为学不只是亵渎了为学的独立，亦违背了为人的纯粹，更为根本的，在他看来，这种行为背离了人存在的根基——宇宙人生之根柢。维新运动中，王国维对时事政局极为清醒，亦深切关注，然而，他却不属于任何一派。他的这种既关注又疏远现实的姿态也正是其试图保持"德"的纯粹的一种体现，对他而言，"德"的持守更重于政治立场的选择。即相对于外在功利追求，他更为重视内在道德的完善，所以，虽然致力于整合东西方道德理念，王国维现实和理想的道德取向仍然是传统和封闭的。而王国维一生以学术终其身，是否也意味着其对生存的纯粹的选择？基于这样一种德之纯粹的观念，他在教育学方面的多篇文章中所设想的"真善美完全之人物"，在"真善美"的"发达且调和"的人格与道德的内涵之下，是立足于"德"的纯粹与完全，而指向宇宙人生的终极理想，"唯真理之是从"，这既是一种近代意义的，也是一种根本意义的人格的圆满。不只如此，王国维道德理念的纯粹与圆满还体现在其道德取向的深刻矛盾中：众所周知，王国维始终倡导性情之真——立足于"宇宙人生之本真"层面上的"性情之真"，一种根本意义上的性情的解放，而同时，对"解脱"的终极取向又使他主张性情与欲望的禁锢。而无论是"真"的要求，还是"解脱"的取向，二者皆立足于生存的本体层面而致力于实现人存在的本真。历史地看，王国维道德理念的双向取向，既是向现代道德理念的开启，又是向传统道德理念的回转，且无论开启还是回转，皆本于"宇宙人生之本真"的理想。

据以上论析，王国维的道德理念呈现如此形态：在本体层面上，其道德理念整合而悖裂，同时在悖裂中持守一种纯粹与圆满的道德理想。就王国维道德理念的整体来看，存在着内在深刻的矛盾：相对于传统道德理念的"性善"基点，王国维道德理念的基点则转换为西方近代道德理念的"欲"与"意志"之本体，然而其现实的道德依傍依然为"至善之圆满"的道德理想，其对道德纯粹与圆满的持守又与传统道德理路相一致。其道德理念构建的方向——对东西方、古今道德理念的整合——是开放的，而实现的理路——立足于并趋向纯粹与圆满——又是封闭的。在存在根基的层面上开启道德的新方向，亦是在同一层面上向传统道德理念回转。

应该指出的是，正如以上分析所呈现的，在王国维的理念中，孔子既作为其"圆满之德"的典范（道德圆满的至境），又作为其吸纳、整合异域异类道德理念的根基，诸如他对西方传统以至近代道德理念的吸纳与转化，对中国道家道德理念的转化，及其现实道德取向，无不以孔子及其所代表的儒家道德理念尤其是原始儒家的道德理念为立足点。所以，无论在道德的感性取向还是在理性整合层面，一方面，面对新的历史际遇，王国维力图融合古今东西道德理念而为人类立法，另一方面，传统道德，尤其是儒家道德，仍然作为其性理道德吸纳、转化与取向的潜在根基。如此，王国维后期转向传统道德，便有其深层的理念与价值基础。

"现代人的精神发展以道德问题和他自己的再定向开始"，就王国维而言，在一种社会历史的末端和新的历史的开端，他所寻求与构建的性理道德在其力图对东西方文化的全面梳理与把握中。他力图确定宇宙的本体价值，从而主体的实现是对宇宙本体和人生真实的彻底觉悟，在此觉悟中实现主体道德的完善。无论在终极层面，还是在现实层面，这样一种终极的与形上的道德取向，决定了其道德理念的纯粹与圆满。然而，如同其本体理念，他致力于纯粹与圆满的道德世界的整合也最终走向了悖裂。那么，在王国维的道德理念中，有多少近代乃至现代的成分？比较同时期的道德思潮，王国维的道德理念又呈现出怎样的形态？这一形态又意味着王国维与其时代和历史有怎样的关系？据有关学者研究，处于历史与文化裂变的历史境遇中，近代学者的人性观和道德观皆转换为以现实的感性存在为基准，道德价值的根据转化为人的自然本性，而抛弃了传统性理道德理论的思辨性与本体性，即消解绝对本体，摒弃形上道德本体。具体而言，"利"与"欲"进入了近代学者们的思考范围，他们把由人的自然存在引申出的利益确定为人类道德行为最基本的原则，把"欲"看作人的自然本性，认为它不仅具有客观性，而且具有合理的道德价值，即道德原则的价值标准，是人的现实利益，如康有为、严复等人所有意推崇的正是一种功利主义原则。联系近代的现实和历史背景，不难看出，在性理道德方面，大多数近代学者由内在道德完善而返外在功利追求，这一取向与历史进程一致。而对王国维而言，绝对性与本体性在他的道德理念中是作为根基而存在的，没有这一根基也便没有王国维的道德理念。为此，他选择了内在道德完善——以主体道德的完善实现宇宙人生的本体价值，而排斥外在功利追求，其道德理念中对"欲"的禁绝亦关联其道德本体实现的意向。较之康有为、梁启超、严复等社会与政治层面的道德启蒙，王国维对古今东西道德理念的梳理更为学理化，也更为纯粹。他是从人的存在与本体层面来关注人的道德存在，以及人的一切存在，其所寻求的性理道德的最终目标是"对存在的超越性基础的表达"。就现实层面来看，王国维则更重道德的个体性与纯粹性。总之，王国维的道德理念既有与历史进程、与现实存在相一致的一面，也有疏离、超越和背离的一面。与其本体存在和价值本原的探求相同，王国维的性理道德探求，所取的亦不是与历史进程相同的路线，而是立足于存在的根本层面。将王国维的道德理念置于历史进程中考察，其道德理念亦处于传统与现代之间：对西方近代道德理念的吸纳，对东方传统道德义理与西方近代道德理念的整合。道德基点的转换使王国维的道德理念向现代开启，从而不同于传统道德。相对于现代道德伦理原则由彼岸移到此岸，现代道德的相对性与多元性，王国维对道德本原的预设，对道德纯粹性的持守，又使其道德理念最终没有走向近代以至现代道德。

第三章　王国维的审美理念

众所周知，中国古代虽有丰富的美学思想，但无美学。美学作为一门独立学科在中国出现，始于20世纪初，其创建者为梁启超、蔡元培、王国维。而较之梁启超、蔡元培美学的社会政治功利目的和背景——以美学救国，或以美学关乎社会变革，王国维美学更为学理化，也更为自觉。其学理化和自觉之处在于，如同其本体理念和道德理念的整合与构建，王国维审美理念的开启和构建同样是基于他对生存依据探究的深层动机，即他欲通过对美的世界的探究而进入生存根基领域，对将知识探求与生存本质相关联的王国维而言，对美的世界的探究同样意味着对生存理念的探究。所以，与梁启超、蔡元培美学理念体现在社会政治层面上的意义和功用不同，王国维美学理念从根本上体现了一种觉悟：人的觉悟和文的觉悟。

关于王国维的美学理论，前人已有大量的研究成果，主要论著有：叶嘉莹的《王国维及其文学批评》，佛雏的《王国维诗学研究》，聂振斌的《王国维美学思想述评》，夏中义的《世纪初的苦魂》等。对王国维的美学思想，评论者各有自己切入的角度，论析的立足点、视界，以及构建的体系。就笔者看来，所有论者的论析都甚为详尽，几乎论及王国维美学理念的方方面面，且又扩及与王国维美学有关的其他理论，且努力就王国维美学理念本身构筑一种体系。但笔者认为，就王国维审美理念本身而言，无论是其审美理念的立论基础还是其体系，其审美理念尚呈现一种准体系的形态，表现出一种过渡性和不成熟性。但这并不意味着王国维审美理念没有探究的意义和价值，恰恰相反，这种过渡性和不成熟性中内蕴着大量丰富的信息，不仅是有关审美理念的，更是审美理念之下的东西方异域文化之间的融通、转化、交错、纠结，可以说王国维的审美理念是一种根基性内涵的重新开启，是对审美现代性的开拓。

一、王国维审美理念的来源与主要内容

追溯王国维的文本，探析其审美理念的来源，大致为：就其所接受的

东方传统文化的熏陶而言，有佛、道哲学对世界感受的色、相、空、无，自然无为的价值取向，以心化物，物我不分以至天地之大美的自由与无限的审美境界。有儒家理念，尤其是以孔子为典范的原始儒家理念，其至大、至高，道、德圆通的境界，其理想高远，至善的追求和达成，也同样深刻地影响了王国维审美理念。就其所接受的西方文化的滋养看，对其影响较为深刻的有：一为康德审美超功利的理念。康德认为，美与事物的形式有关，而无关乎事物的内容和实质，"美是无一切利害关系的对象"，在生理快感和道德情感的一切愉悦中，唯有审美愉悦是"唯一无利害关系的和自由的愉快"，因为审美愉悦"既没有官能方面的利害感，也没理性方面的利害感来强迫我们去赞许"。而在康德看来，审美判断力是先验的、普遍的，所以又是客观的，审美愉悦的主观性与其客观性是一致的，"在共通感的前提下作为客观的东西被表现着"。二为席勒的审美游戏说。席勒认为，审美来自游戏冲动。这种冲动，不同于目的性的功利欲望，而是人从事功利活动剩余的一种精力（王国维称之为"势力"），因而"游戏"是一种自由活动，是超利害关系的，它既不受自然力量和物质需要的强迫，也不受理性法则的强迫，所以是纯粹的。而叔本华的唯意志论美学思想对王国维的影响最直接、最深刻，直接影响王国维对美的本体及性质的认识和规定，以至其审美理念的构建理路。叔本华审美理念中的具体观念对王国维审美理念的影响与渗透也较为全面，影响到王国维审美理念的多方面，如其天才观、直观论等皆被王国维所接受且引进其审美理念中。

笔者认为，无论就其审美理念的立论根基，及其关于美的性质、性能、价值、意义的论说而言，还是从其理念中对审美主体的本质规定来看，所有上述美学理论与理念对王国维审美理念产生的影响是交叉、交错且糅合一体的。王国维对它们的接受与其本己理念的生成与构建是互动的：就其所接受的传统文化滋养而言，一方面，王国维在新的知识结构和意义上阐释儒家理念，将儒家理念审美化，将以孔子为典范的原始儒家理念阐释为合于道又合于德的境界；另一方面，在王国维那里，老庄哲学与孔子美学相互转化而融合为一体，统一在"道"这一基本范畴之内，也即，王国维的审美理念实际已把老庄哲学与孔子美学结合为一，形成一种自然、社会，美在"道"中融通的美的理念。这里值得说明的是，王国维对传统理念的整合，"道"既是根基，也作为构架和体系，在他的理念中从未对儒、道、释进行特意区分，更未曾有意区分三者意义与价值的高下，而是作为本己理念的源泉而包含、汲取。这也可以看作是其"学无新旧、无中西"的文化理念在传统文化范畴内的体现。另一方面，王国维又汲取叔本华的审美理念，以"意志"与"欲"作为本体，美则在于其与这世界本体及本质的对立。如此，"道"之本体与"意志"本体，美与本体的融通和美与本体的对立，这样两种不同根基与形态的审美理念交错、杂糅而形成王国维本己的审美理念的根基与构架：意志为其审美理念立说的本体论的基础，而同时"道"也作为其审美理念理想之境的一种潜在设定。同样，在他论述美或文学的"游戏"性质时，一方面基于意志本体，另一方面，融通而高远之"道"则作为其"游戏"所应达到的理想之境或终极目的。就王国维审美理念中所贯穿的具体观念而言，同样是其所接受的理念的交错与糅合，如王国维"天才观"，既有老子"赤子"含义，也取康德对"天才"的艺术层面的规定，而叔本华、尼采对"天才"的规定和论说则作为其"天才观"的本体论根基。另，如在《人间嗜好之研究》《文学小言》等篇章中，王国维也是把"游戏"的观念与文学艺术超利害的观念和"天才论"联系在一起，并且糅进了叔本华的"生活之欲说"而加以发挥。老庄哲学关于"真"之于"美"的意义和规定与叔本华哲学关于"直观"之于"美"的意义和规定，交错、糅合而共同形成王国维审美理念中"美"的内涵的重要因素。再如将叔本华"无欲"之境与传统"无我"之境统一。在王国维那里，摆脱意志本体"脱此嗜欲之网"，"于是得所谓无欲之我"，而共同达成一种美的至境："无欲故无空乏，无希望，无恐怖；其视外物也，不以为与我有利害之关系，而但视为纯粹之外物。此境界唯观美时有之。""此时之境界，无希望，无恐怖，无内界之争斗，无利无害，无人无我，不随绳墨而自合于道德之法则。一人如此，则优入圣域；社会如此，则成华胥之国。孔子所谓'安而行之'，与希尔列尔所谓'乐于守道德之法则者'，舍美育无由矣。"（《孔子之美育主义》）

　　就王国维审美理念生成的理路而言，其直接受叔本华审美理念生成的影响，与叔本华审美理念的生成是一致的。在叔本华理念中，把世界划分为三个层次：意志—理念—现象，其间存在着一种从世界本质到现象的层递关系，意志是世界的本质、终极根源，理念是意志的直接客体化，是世界本质的直接体现，现象是理念的展开，意志的间接客体化，是一种"表象"。在他看来，唯有审美观照，才能把握本质的东西，才能达到理念。"艺术的唯一源泉就是对理念的认识，它的唯一目标就是传达这一认识"。

"考察理念，考察自在之物的，也就是意志的直接而恰如其分的客体性，这就是艺术，就是天才的任务。"在这一点上，王国维审美探究的理路与叔本华是一致的，这种一致是根本层面上的，即王国维审美探究的目的同样是终极实在性，要通过美而探究存在的根基性的东西，以审美理念的探究而至存在的本质层面。

无论就其审美理念的根基设定，就其理念生成或构建理路，还是就其审美理念的内涵与观念构成来看，王国维的审美理念是在新的历史与文化起点上主动汲取东西方文化影响而生成新内涵甚至新质的审美理念。这一理念不是中国传统美学理念的末流，而是近现代美学新的理念的开端。尽管无论就其理念的体系还是就其观念而言，都显示出初创期的不成熟、不自觉的状态，且在王国维那里，也未曾有意识地形成一种体系，但王国维对古今东西审美理念的汲取和整合，对异域异类理念主动而大胆的引进所生成的，毕竟是一种新质的东西。这一理念无论就性质、内涵还是形态而言，已经不是传统美学思想所能包含的，而是意味着一种新的美学理念的开始。

大致说来，王国维这种新质美学表现在以下几方面：对美学基本问题，如美的根基、本质、功用、种类、范畴，审美心理、审美主体等皆作深入的、根基性的探究，对所有这一切重新立论和论说。与审美领域密切相关的，这种重新论说同样推及文学领域，诸如文学的性质、作用、价值等，以及对其他艺术门类的见解。王国维美学译介和著述中所涉及的审美范畴有：优美、崇高、悲剧、古雅、境界，以及作为审美主体的"天才观"。关于优美、崇高的论说基本未超出康德等西方美学家的观点，而古雅、境界则是王国维汲取异域文化而与本土文化整合的、富有独创性的建树——一个完整的提出、论证与界定的过程。"天才观"与"悲剧说"则是王国维借鉴西人和古人的论说而融进自己见解的结果，更多的是再创的特色，但毕竟也融进了王国维自己的感受、体验及创见，在此，也作为王国维审美理念的内容作一探析。需要说明的是，由于王国维前期甚至一生都是致力于对一种存在依据和理想境界的探究和构建，如其本体理念和道德理念，其审美理念也致力于同一目的，即，其审美理念是与其本体、道德理念一起形成的，或者也可以说是随其哲学探究而起，而共同探求一种本原性和价值性的存在。因此在体式上，其审美理念或以专著或以论文的形式而作论述，或散见其他理念探究的篇章中，在此本文一并作一解析。

还有一个颇有意味的现象，即王国维审美理念是渐趋变化的，大致以1908年《人间词话》的发表为界，无论在内容上还是在形态上，其审美理念皆有所变化：1908年之前王国维所致力于的是对美学原理的哲学思辨，对美的本质、审美范畴等的探究，总之是一种根源性的追究和价值性的构建；1908年之后王国维则不再作美学原理的思辨，而是通过对诗词戏曲的批评发挥其美学见解，具有对审美经验的直观感受特点，从内容到方法都显示出中国传统风格的特色，而原理性和思辨性的东西潜在其直观感受和传统特色之下。所以，王国维后期美学尽管在形式上与传统美学相近，取传统美学的评点、悟解的方式，但实际内涵已经不同于中国传统美学理念，主要在于他把西方某些新观点、新方法融合到自己民族传统风格之中，产生了新义，使其美学见解走向更成熟。这种转向的个体原因正如王国维自己所言，因"疲于哲学"而想从文学中寻求"直接之慰藉"。如果说王国维前期想通过审美而探究本原性与价值性的存在，是出于一种形而上的需要的话，则其后期通过"美"而欲从其中寻求情感慰藉，则是出于一种情感的需要——以美的形式性、直观性和感性为自己提供直接的感情慰藉，对美的体悟也更为沉潜。而个体深层的情感慰藉只有从传统文化中求取，所以可以说《人间词话》和《宋元戏曲史》的产生一方面是文化融通的结果，另一方面，就个体精神历程言，也是王国维精神与情感走向的结果。但无论前期还是后期，其以美的探究和构建而求自由的生存境界是一致的，如其后期《人间词话》即是一种古今与东西文化之间的自由之境。这里不妨进一步作一推测：如果没有世变的发生，王国维也有可能走向传统文化，但不是以一种激烈的、对西方文化全盘弃绝的方式，而是以其对西方文化的深入融通和转化向传统文化渐趋转向，是一种圆满的融通与转化。《人间词话》所体现出来的东西方审美理念更为沉潜、圆通的交融，似乎可以说明这一推论。

下面就王国维审美理念作一概括论述。

关于美的根基，来源于王国维对世界本质的理解。如前所述，王国维既认为"欲望"为世界本体，那么"美"与科学、与政治一样皆根于"欲望"，对这一理念，王国维在不同篇章中有含义相近的阐释，或称为"根本之欲"，或称为"生活之欲"，或称为"势力之欲"，进而推演为"一己之利害"。欲望作为存在的根柢，"人心之根柢实为一生活之欲"（《人间嗜好之研究》，1907年）。"人之有生，以欲望生也"（《去毒篇》，

1906 年），"人有生矣，则不能无欲；有欲矣，则不能无求；有求矣，不能无生得失……""人之所以朝夕营营者，安归乎？归于一己之利害而已。"（《孔子之美育主义》，1904 年）。而这一欲望之根柢关乎艺术与美，则"一切嗜好固无非势力之欲之所为也"，文学、美术、哲学、科学及一切知识之欲之所为，也是为了"得永远之势力"（《人间嗜好之研究》）。文学、美术以至哲学、科学的神圣性、真理性、纯粹性在王国维那里皆根于"势力之欲"，即其神圣、真理与纯粹不是出于一种道德情感，而是出于一种"势力之欲"，不是根基于社会政治与道德的理性层面，而是根基于生命本能层面，这或许可以看作王国维审美理念现代性体现的一个方面。这一理念更为普泛地阐发在《孔子之美育主义》上，他是如此推及的："世之所谓道德者，有不为此嗜欲之羽翼者乎？所谓聪明者，有不为嗜欲之耳目者乎？"然而，立足于如此欲望的根基，王国维并未舍弃文学与美学的道德性甚至神圣性的规定。这种"根本之欲"或"势力之欲"最终达成的是一种道德性的甚至神圣的境界：真正之大诗人"彼其势力充实，不可以已，遂不以发表自己之感情为满足，更进而欲发表人类全体之感情"。这一理念贯穿在他的《文学小言》《论哲学家与美术家之天职》等其他论及文学、美学的篇章中。在王国维看来，"宇宙人生之真理"的探得，正是基于文学家、哲学家、美术家不带任何功利色彩的"势力之欲"之发表，可以说"真正之大诗人"基于纯粹的生存本有的"势力之欲"而体现出对人类情感以至道义的一种自觉的选择和承担："若夫真正之大诗人，则又以人类之感情为其一己之感情。"（《人间嗜好之研究》）王国维审美理念中文学、艺术的道德性更为超越的体现，在于美的境界的最终达成，也是一种"不随绳墨而自合于道德之法则"的境界。总之，在王国维那里，文学、艺术与美的根基在于欲望，而立足于如此根基，最终达成的则是神圣、圆满的境界与理想。王国维对美的根基的这一重新立说，既突破了传统美学对美的道德功利性设定，又在新的基点上形成新的道德内涵。另一方面，王国维以此"势力之欲"根基批判的是文学、美学自古以来的一种政治功利、道德功利的意识和角色，这一点则是王国维审美理念现代性的体现。

关于美的性质，综括王国维的有关论说，则有："一切之美，皆形式之美也。""美之性质，一言以蔽之曰：可爱玩而不可利用者是已。"（以上皆引自《古雅之在美学上之位置》，1907 年）"美之知识，实念之知识也。"（《叔本华之哲学及其教育学说》，1904 年）无论王国维关于"美"

取"形式"还是"实念"的含义，他对美的规定和立说，所取的是形式的普遍性，这种普遍性，不同于科学理性与道德理念的普遍性，不受理性规律和现实因素的制约，而是超越时空的，代表"物之种类之全体"，体现世界本质的实念的，因而属于自由、绝对的精神世界。这种对"美"的形式性、自由与绝对性的规定，也决定了与"美"的性质相关的规定："美之价值，存于美之自身，而不存于其外。"（《古雅之在美学上之位置》）"美之为物，不关于吾人之利害者也。"（《孔子之美育主义》）基于对美的性质的这一认识，王国维关于美的性质的论说有两个方向的延展，一则为在介绍和接受康德"美在形式"理念基础上而独创"古雅说"，一则为吸取席勒"游戏说"与叔本华"意志说"或"欲望说"而形成的"无用说"。

　　"古雅说"是王国维关于艺术形式的进一步论述，是其"美在形式"理念的进一步发展和深化。这一理念来自康德的美是不涉及概念和利害欲念的"感情直观的纯形式"之说（《判断力批判》），在此理念基础上王国维进而独创"古雅说"。在王国维的界说中，"古雅"为表现优美、宏壮等所需要的方法、手段、技巧等形式因素。是"优美""宏壮"之外的"第二形式之美"，"形式美之形式美"。古雅与优美、宏壮既互相区别，又联系密切。它们各有自己独立的价值，存在于不同审美领域：优美、宏壮既存于自然，也存于艺术中，而古雅只存于艺术中。从表现方面看，优美、宏壮是先天的、自然的，古雅则是后天的、经验的。古雅与优美、宏壮的联系在于古雅为"低度之优美"与"低度之宏壮"，与优美、宏壮之间是表现与被表现的关系："优美及宏壮必与古雅合，然后得显其固有之价值。"就性质而言，"古雅"如同王国维及其前人对优美、宏壮的规定，同样是"可爱玩而不可利用"的。就价值与性能而言，古雅则为"美育普及之津梁"。"古雅说"的提出进一步提高了"美"的独立价值，强化了其审美理念的超功利性："美之性质，一言以蔽之，可爱玩而不可利用者是己。虽物之美者，有时亦足供吾人之利用，但人之视为美时，决不计其可利用之点。其性质如是，故其价值亦存于美之自身，而不存于其外。"（《古雅之在美学上之位置》，1907年）

　　如果说"古雅说"是王国维在美的形式方面对美的性质的进一步阐述，那么，"无用说"则是其在美的性能方面对美的性质的进一步论说，而无论是"古雅说"还是"无用说"，都是对美的独立价值的强调。所谓

"无用说"，即王国维所谓哲学美术的超功利的"无用之用"，这一"无用之用"恰是人类一切知识、学问中"最神圣最尊贵而无与于当世之用者"，其神圣与尊贵之处在于其所志者为"天下万世之真理"。"无用说"的延展则包括"游戏说"和"嗜好说"。

1. 游戏说

"游戏说"是王国维在文学艺术创作的层面上对"无用说"的阐发。这一理念既源自席勒的"游戏说"（见前），又基于叔本华的"意志"或"欲望"的根基。而王国维本己意义的"游戏"可以解释为既出于"势力之欲"之过剩，又毫无功利目的而只忠实于作者感情与体悟之真的"势力之欲之发表"，"诗人视一切外物，皆游戏之材料也"（《人间词话》未刊稿之50）。"文学者，游戏的事业也。人之势力，用于生存竞争则有余，于是发而为游戏……"（《文学小言·之二》）。"若夫最高尚之嗜好，如文学、美术，亦不外势力之欲之发表。……文学美术亦不过成人之精神的游戏。"（《人间嗜好之研究》）所有这些皆为一种无关于任何功利目的的艺术和哲学活动。这种"游戏"又内含了道德、道义的严肃内容在其中："然其游戏，则以热心为之。故诙谐与严重二性质，亦不可缺一也。"（《人间词话》未刊稿之50）所谓"天才的游戏"亦须有"锐敏之知识与深邃之感情"充溢其中，正如笔者前所引述的，"若夫真正之大诗人，则又以人类之感情为其一己之感情。彼其势力充实，不可以已，遂不以发表自己之感情为满足，更进而欲发表人类全体之感情。彼之著作，实为人类全体之喉舌，而读者于此得闻其悲欢啼笑之声，遂觉自己之势力亦为之发扬而不能已"（《人间嗜好之研究》，1907年）。即，王国维本己意义的"游戏"既是纯粹的，无任何社会、道德功利目的，又实际承担了人类生存内涵——生存本有的苦乐悲欢、情感、欲望、"势力"以至命运——的重担。王国维"游戏说"的根基既在"欲"，所欲达致的又是宇宙人生之真，其"游戏说"同样既吸取了西方近代理念的因素，又内含了纯粹、超越的要求。

2. 嗜好说

至于"嗜好说"，可以看作是王国维在文学艺术审美普及层面上对其"无用说"的另一面含义的阐发，是王国维基于关注国人的精神疾苦而提出的精神解救法。这一解救同样是基于生活的根本之欲——"势力之欲"，无论是宫室、车马还是文学、美术（艺术），"此数者之根柢皆存于势力之欲"，嗜好则为"遂其势力之欲者"，以医国人"空虚的苦痛"。王国维所推崇的是文学美术创作、鉴赏等高尚的嗜好。

总之，无论是"游戏"还是"嗜好"，"无用说"体现出王国维审美理念超功利内涵，及其对文学艺术独立价值的自觉意识，并以此而检验、批判传统审美理念的道德与政治的功利性。

关于审美主体，正如前面所述，王国维的天才观既有老子的"赤子"含义，也有康德在艺术领域对"天才"的界说，而叔本华、尼采对"天才"的规定和论说则作为其"天才观"的本体论根基。康德认为"天才就是那天赋的才能，它给艺术制定法规""天才是天生的心灵禀赋，通过它自然给艺术制定法规"。在王国维论述文学、美学的有关篇章中引述并运用康德关于"天才"的这一理念。但是，不仅如此，在王国维那里，"天才"有更为深广的生存论的内涵和根基：其取于《老子》中的"婴儿"或"赤子"的"天才"理念在混沌中蕴含的是"道"的本体。在他介绍叔本华、尼采学说时，曾转释叔本华的理论，认为"于是我所有之世界，自现象之方面而扩于本体之方面，而世界之在我自知力之方面而扩于意志之方面"。且天才如叔本华者，"然彼犹以有今日之世界为不足，更进而求最完全之世界"（《叔本华与尼采》）。这可以看作王国维对"天才"的生存论上的理解，这一理解作为王国维本己"天才说"的生存论基础。而这一切古今中外"天才"理念的交叉、交错且糅合一体，与王国维对它们的接受互动而形成王国维本己的"天才观"。在王国维具有独创性的文学、美学论著中，"天才"的含义大致有二：一则为有"锐敏之知识与深邃之感情者"，有"高尚伟大之人格者"，其修养"济之以学问，助之以德性"者（《文学小言》，1906 年），此类天才有文学家、哲学家、美术家为之典范；另一则为洞透人生而葆有人格之真的"赤子"，"天才者，不失其赤子之心者也"。"故自某方面观之，凡赤子皆天才也。又，凡天才，自某点观之，皆赤子也。"（《叔本华与尼采》，1904 年）而堪称"赤子"者乃诗人、词人，"词人者，不失其赤子之心者也。故生于深宫之中，长于妇人之手，是后主为人君所短处，亦即为词人所长处"。"纳兰容若以自然之眼观物，以自然之舌言情。此由初入中原，未染汉人风气，故能真切如此。"（《人间词话》）不仅如此，王国维"天才"理念的更为根本之处在于，无论是哲学家、文学家、美术家还是诗人、词人，其"天才"的根基即在于本体层面的规定。而立足于根本的本体世界，天才的痛苦也是生存论上的痛苦，是与生俱来而无法挣脱、无处逃离的。在《叔本华与尼采》中，王国维对永恒困境之于"天才"的著名言说即为"天才"永远置身无法挣脱的痛苦："呜呼！天才者，天之所靳而人之不幸也。……若夫天才，彼之所缺陷者与人同，而独能洞见其缺陷之处，彼与蚩蚩者俱生而独疑其所以生。一言以蔽之，彼之生活也与人同，而其以生活为一问题异。然使此等问题，彼自命之而自解之，则亦何不幸之有！然彼亦一人耳，志驰乎六合之外而身局乎七尺之内，因果之法则与空间时间之形式束缚其知力于外，无限之动机与民族之道德压迫其意志于内，而彼之知力意志非犹夫人之知力意志也？彼知人之所不能知，而欲人之所不敢欲，然其被束缚压迫也与人同。……彼之痛苦既深，必求所以慰藉之道，而人世有限之快乐其不足慰藉彼也明矣……"（《叔本华与尼采》）这种对生存本有的形而上的痛苦的言说实在可以看作是王国维的夫子自道。同样的，《人间词话》和其他文学、美学论著中所论述的诗人、词人对世界人生的感悟体现了"天才"不同侧面和层面的痛苦。最著名的即王国维对李后主其人及其词的阐释："后主之词，真所谓以血书者也。""后主则俨有释迦、基督担荷人类罪恶之意"，由此王国维认为李后主之词"眼界始大，感慨遂深"，其"大"和"深"之处即在于其词中蕴含着的生存论上的痛苦，这种痛苦有命运、有人为、有一切无法言说的因素造成的"不得不如此"的境地，有如《红楼梦》中的人物所处的境地，所谓"第三种之悲剧"。与"天才说"有关的，另有"内美"与"修能"、"能入"与"能出"等相对的范畴，关联于"天才"观察人生，体悟生存自身所具有的内涵、修养与才能，关乎"天才"对宇宙人生的参悟与洞透。

王国维审美理念的另一独创之处在于其"境界说"。《人间词话》是王国维美学成熟的标志，而"境界说"则体现出东西方审美理念的更为沉潜、圆通的交融。对此说，后人进行了大量的考证与释解，如叶嘉莹从佛典与训诂中考察其之于"境界"的渊源与关联，佛雏从传统美学理念中探寻"境界说"的渊源，从此说与叔本华美学的关系探究王国维"境界说"的独特内涵。王国维虽然在《人间词话》中提出"境界"之说，但未明确定义，只是在不同篇章中以感性或理性的词句表述之。就《人间词话》文本看，正式解释"境界"的有三条要目："词以境界为上。有境界则自成高格，自有名句。五代、北宋之词所以独绝者在此。""境非独谓景物也。喜怒哀乐，亦人心中之一境界。故能写真景物真感情者，谓之有境界；否则谓之无境界。""……沧浪所谓兴趣,阮亭所谓神韵,犹不过道其面目,不若鄙人拈出'境界'二字,为探其本也。"在《人间词话》乙稿的序言中,王国维对境界有更为详细的解说:"文学之事,其内足以摅己,而外足以感人者,意与境二者而已。上焉者意与境浑,其次或以境深,或以意深,苟缺其一,不足以言文学。原夫文学之所以有意境者,以其能观也。出于观我者,意余于境,而出于观物者,境多于意。然非物无以见我,而观我之时,又自有我在。故二者常互相错综,能有所偏重,而不能有所偏废也。"今人对其"境界说"较为普遍的理解为:"王国维标举的'境界'乃是指真切鲜明地表现出来的情景交融的艺术形象。"这一说法代表了大多数论者的看法,叶嘉莹、佛雏等对"境界"的理解应该说也是作如此解。与"境界说"相关的有"隔"与"不隔"、"写境"与"造境"、"有我之境"与"无我之境"等一系列相对的范畴。"境界说"不仅是王国维对历代诗艺的一种探索性概括,也是其对诗学理想的重铸,而这一重铸的根基即在于:"境界说"立说的基点在于生存本体层面,所谓"探其本也","力争第一义处"(《人间词话》未刊手稿之7),这一基点使王国维的"境界"比以往同类诸说如"兴趣""神韵"之偏重于读者审美感受层面的"道其面目"更深入宇宙人生根本处。

对王国维的悲剧理念,学者一般认为是王国维对叔本华悲剧理念的照搬,而无自己的创见,如夏中义:"王氏笔下的'悲喜剧论'似属舶来品,只具译介性,未见再创性,故不宜纳入王氏美学'体系'……";叶嘉莹在论述王国维《红楼梦评论》时对其悲剧观有所提及,她也同样认为王国维借以评论《红楼梦》的悲剧理论舶自叔本华;佛雏虽然论及王国维的悲喜剧理论,但其论说的理论基础(马克思主义文艺观,尤其以阶级论为论说的立足点)过于单一,因而对王国维及其悲剧理念所涉及的文本如《红楼梦》等的理解与阐释便有所偏离。通过理析王国维文本,笔者认为,一方面,王国维的悲剧观的确立足于西方悲剧理念,如《红楼梦评论》,王国维自己也表明其对《红楼梦》阐发的理论依据"全在叔氏之立脚地",而认为《红楼梦》的美学价值所在即是其"大背于吾国人之精神"的悲剧精神;而《宋元戏曲史》之对元杂剧的推举,也是立足于西方悲剧理念,他对元杂剧高度评价的主要原因之一在于元杂剧的悲剧性,他认为"明以后传奇无非喜剧,而元剧则有悲剧在其中","其最有悲剧之性质者,则如关汉卿之《窦娥冤》、纪君祥之《赵氏孤儿》,剧中虽有恶人交构其间,而其蹈汤赴火者，仍出于其主人翁之意志，即列之于世界大悲剧中，亦无愧色也"（《宋元戏曲史·元剧之文章》）。如此看来，无论是王国维自己还是研究者皆认为其悲剧理念源自西方尤其是叔本华理念；另一方面，笔者认为，虽然王国维全盘接受西方尤其是叔本华悲剧理念，并大量应用于本己文本的论述中，但他毕竟是立足于东方传统文化的根基，在东方文化的背景之下接受西方尤其是叔本华悲剧理念的，其接受中必然渗入了深刻的东方文化的因素，所以，"悲剧观"或"悲剧思想"作为一种思想，在王国维那里未必成熟，也未形成体系，但作为一种理念，或观念，却有其理解、接受与阐发的独特内涵，有其个体情感、体验、意志、人格的辐射在其中，由此而有探究的必要。

综观王国维之文本，笔者认为，悲剧理念之于王国维更是一种生存哲学，他在其中所寻求的是一种对世界人生根本问题的解答。如同王国维其他审美理念，其悲剧理念同样立基于欲望（"生活之欲"），而以解脱为最高理想之境。王国维的悲剧理念更注重的是艺术作品中所体现的生存悲剧内涵与本质，如研究者所注意到的，王国维最为推崇叔本华的"第三种悲剧"，所谓："由于剧中之人物之位置及关系而不得不然者；非必有蛇蝎之性质与意外之变故也，但由普通之人物、普通之境遇，逼之不得不如是；彼等明知其害，交施之而交受之，各加以力而不任其咎。"（《红楼梦评论》）而对叔本华的"第三种悲剧"，王国维有自己的体悟与阐释：这种"通常之道德，通常之人物，通常之境遇"中的悲剧，揭示的恰恰是人生的本质："彼示人生最大之不幸，非例外之事，而人生之所固有故也。""躬丁其酷，而无不平之可鸣，此可谓天下之至惨也！"在王国维看来，这正是《红楼梦》或其他文学艺术作品所揭示的世界人生之真相，也正是这种悲剧理念阐发了生存所本有的根本的真实。还有一点也应指出，即叔本华所遵守的还是悲剧的古典规定，即悲剧主人翁须是高贵者，是大人物，而王国维则舍弃了这一规定，更注重悲剧所内蕴的生存本质，如他所取的作为悲剧的研究对象——《红楼梦》《窦娥冤》《赵氏孤儿》，其中的主人公皆是"普通之人物、普通之境遇"，所揭示的则是意志与世界的冲突，"非例外之事，而人生之所固有故也"。总之，在王国维那里，真正的悲剧即是关于世界和生存的本质的暗示。不仅如此，王国维悲剧理念不同于叔本华理念的独特之处，还在于他以传统文化中佛道的色、相、空、无之说阐释他所理解和接受的西方主要是叔本华的悲剧理念。在王国维的悲剧理念中，佛道的"色相"之说与叔本华的"意志—欲望"说共同阐释的是人生的本质——苦痛。《红楼梦评论》中王国维所援引的老子之说"人之大患，在我有身。"庄子之说"大块载我以形，劳我以生"与其所理解的叔本华哲学"生活之本质何？欲而已矣""生活与欲望与苦痛，三者一而已矣"是互相沟通，互相释解的。同样，叔本华的"解脱"理念与《红楼梦》中的"茫茫大士""渺渺真人"所象征的空无哲学在终极意义上是相通的，即人生甚至世界的最高理想在于彻底解脱之境。所有这一切可以看作是王国维在传统文化的背景之下而对西方悲剧理念的东方化的转释。然而，在王国维的悲剧理念中，不仅包括对西方悲剧理念的东方化阐释，同时存在着对传统文化蕴含着的西方化和现代性的释解。其对李后主悲剧人生的阐释体现了其悲剧理念的现代性质和内涵。在李后主身上，其诗词的"以血书者"与"赤子之心"呈现一种内在于生存的悖论的统一，然而，李后主生命中悖论的悲剧意蕴意味着生存本有的悲剧性的美质：正是在"生于深宫之中，长于妇人之手""阅世愈浅，性情愈真"的李后主身上，王国维体验到了"俨有释迦、基督担荷人类罪恶之意"。正是在这一意义上，王国维认为李后主的词较之前人"眼界始大，感慨遂深"，对李后主生命悖论的体验、挖掘与阐释说明了在王国维的悲剧理念中已经存在着现代性的内涵，一种深入生存本质的审美现代性。

二、王国维审美理念的现代性分析

审美理念可以说是王国维理念世界中最具现代性意义的范畴，其现代性意义的根本之处有二：一是基于生存论上的立论。具体而言，一则在于引进叔本华"欲望"说为其审美理念立论的根基；一则在于其审美理念中对生存困境的现代意蕴的洞透。正如以上论析，整体看来，王国维审美理念的现代性在于立基于欲望而欲探究生存本质，所谓"世界人生之真理"。较之同时代美学研究者，王国维审美理念现代性的深刻之处在于其立论基础的转化。王国维对美的性质与根基的立论转化为"欲望"根基。这一审美基础的立论决定了其他诸说的生存论上的界定，如上所论，王国维关于美的性能（"无用说"），关于审美创作与欣赏（"游戏说"与"嗜好说"），其"天才观"、"境界说"、悲剧理念等，皆立足于"势力之欲"的根基而探究生存的本质。"欲望"根基即为王国维审美理念深入生存本质的立论，而其整个审美理念所欲达致的是"世界人生之真理"。由这样一种根本的立论基础和终极的目的性,王国维审美理念的现代性更为显著地体现在以一种新质的审美根基和目的而反对、批判传统与当下审美中各种各色的功利主义。王国维对《红楼梦》的悲剧意识的肯定即在于其"大背于吾国人之精神"——那种世间的、乐天的、功利的、实用的精神,而把《红楼梦》置于中国传统文化传统精神的对立面来肯定。对于中国文化中的传统心理"哲学家、美术家而欲为政治家",及其在当下的表现——汲汲乎唯功利、实用之是求,王国维则明确反对,推崇、强调哲学、美术的独立地位与价值。就其审美理念而言,无论是"形式说""古雅说",还是"无用说""游戏说",以及其悲剧理念,皆立足于"形式—理念—精神自由"的理路,而反对文学艺术的任何一种功利目的——社会、政治、道德的功利意识,拒斥"餔餟的文学""文绣的文学""以文学为生活"等将文学视为社会政治或伦理道德的功利目的的工具,呼吁文学的独立价值。这一点,毫无疑问是文学自觉的先声。

二是在于其审美理念的为感性立法,重设感性的价值论地位,对"美"的性质和规律的重新立说。这一立法的学术背景始于对康德哲学的引介(《汗德之哲学说》,1904 年),这一引介在理论上把"审美的(论感情)""理论的(论知力)"与"实践的(论意志)"三者分立。这一介绍和论述的构架意味着王国维对审美独立性的突出和强调,即在王国维那里,审美,已同知力和意志处于知识论的同等地位。其后在《论哲学家美术家之天职》(1905 年)、《奏定经学科大学文学科大学章程书后》(1906年)等文中进一步确立了"无用之学"的哲学与美术的价值论上的地位——独立于政教伦理而获得自身价值。"天下有最神圣最尊贵而无与于当世之用者,哲学与美术是已。""夫哲学与美术之所志者,真理也。真理者,天下万世之真理,而非一时之真理也。""若夫忘哲学美术之神圣,而以为道德、政治之手段者,正使其著作无价值也。"这一立法精神贯彻其审美理念中:一则为对美的形式性、独立性、超功利性的捍卫,这三者是相关的,美的形式性与超功利性紧密相连,对二者的强调意味着对美的独立性的强调,而对美的独立性的强调也必然以其形式性与超功利性为基点。具体来看,这一点一方面体现在其对美的形式性的强调,在引介康德、叔本华美学理论之外,又独创学说而论述古雅之美—形式之美的价值;另一方面体现在拒斥"餔餟的文学""文绣的文学""以文学为生活"

等将文学视为干禄求荣的工具，或以文学创作而托于忠君爱国劝善惩恶的伦理功利目的，呼吁文学的独立价值。王国维为感性立法的更为彻底和深入的层面在于其对"真文学"的尊崇，对通俗文学的激赏。其一反历代士大夫之摹古自高的积习，而独为文学之"真不真"之论；其二反士大夫对通俗文学的鄙视，而作《宋元戏曲史》为"词曲一道"立说。纵论其文学上之真价值，考索评论不遗余力，"其意以为当与楚骚汉赋魏晋六朝唐人之诗并尊而无愧"。王国维所推崇的"最真之文学"，"皆感所不得不感，言所不得不言，真情充溢乎文词，不期然而合自然之声音节奏耳"，且"无居名之心"者。无论是"或妇孺之所讴歌，或贤圣发愤之所作，或出于离人孽子之口"，诸如屈子、渊明、子美、子瞻贤圣之作，"不失其赤子之心"的李后主和纳兰容若之词，以及所谓"淫词""鄙词"者，"……然无视为淫词、鄙词者，以其真也。五代、北宋之大词人亦然。非无淫词，读之者但觉其亲切动人。非无鄙词，但觉其精力弥满"。同样的理念亦体现在《宋元戏曲史》中，"元曲之佳处何在？一言以蔽之，曰：自然而已矣。盖元剧之作者，其人均非有名位学问也；其剧作也非有藏之名山，传之其人之意也。彼以意兴之所至为之，以自娱娱人。关目之拙劣，所不问也；思想之卑陋，所不讳也；人物之矛盾，所不顾也；彼但摹写其胸中之感想，与时代之情状，而真挚之理，与秀杰之气，时流露于其间"。"其文章之妙，亦一言以蔽之，曰：有意境而已矣。何以谓之有意境？曰：写情则沁人心脾，写景则在人耳目，述事则如其口出是也。"（《宋元戏曲史》第十二章《元剧之文章》）无论是"贤圣""赤子"之作，还是离人孽子之作，其共通之处在于"真"，其中所体现的"意境"，无不为尊崇感性的最直接的生命体现。因此之故，"一空依傍，自铸伟词，而其言曲尽人情，字字本色"的关汉卿被王国维推举为"元人第一"。而对于无病呻吟的文学，王国维斥之为"游词""浮词""凉薄之词"："可知淫词与鄙词之病，非淫与鄙之病，而游词之病也。""词人之词，宁失之倡优，不失之俗子。以俗子之可厌，较倡优为甚故也。"（《人间词话》未刊稿之40）

　　无论是其审美理念的生存论根基，还是为感性立法，王国维在生存论与价值论的层面上开启了审美理念的新质内涵。几乎与王国维同一时期，蔡元培提出"以美育代宗教说"，而关联蔡元培所提出的立论背景来看，与其说是审美的，不如说是政治功用性的，即蔡元培所关心的是以什么救国的问题——以宗教，以科学，抑或以美育？较之蔡元培，王国维则在更为根本的生存层面，更为纯粹的意义上开启审美现代性。而较之传统文论的社会功利性，道德伦理化的性能，所谓"兴观群怨"（《论语》）、"美善相乐"（《荀子》），所谓"尚用""尚质"（《墨子》）者，王国维的审美理念则是从生存论和价值论的根本层面上对传统理念的背离及对审美的重新界定，是一种根本意义上的人的觉悟和文的觉悟，较之王国维，蔡元培的思路则仍未走出传统文论的功利性目的。

不只如此，这种生存论基点上的立论和立法使王国维的美学理念深入到形式之下而探及美之于生存的根本层面，即美之于生存的意义。正如刘小枫所言："对他来说，艺术并非仅是一种艺术现象，而是一种生存现象。"在王国维审美理念中，潜在种种提供审美化个体自由人生的不同层面的范本：从孔子所体现的生存至境——生存的终极理想，到屈子、渊明、子美、子瞻之"自足千古""高尚伟大"之人格典范，乃至李后主与纳兰容若的"赤子"人格。在所有这些人格风范中所蕴含的美之于生存的意义在于，他们或以文学，或以哲学，或以美术，或以道德而直接触及生存之根本——"宇宙人生之本真"，其推崇"为文学而生活"而拒斥"以文学为生活"，从审美层面来看，体现了其审美理念的超功利性。而在其超功利性的审美理念之下则寄寓生存之美，生存之纯粹的价值取向，一种纯粹与美的生存的理念，即把文学、哲学、美术本身作为目的，而达致"宇宙人生之本真"。不同于传统人生典范，也不同于现代人生典范，而独具王国维意义的是，所有这些生存典范同样是古典与现代理念的结合。

然而是否如此即如有的学者所言：对王国维来说，"审美在整个知识谱系中，就不再只是一个独立的与其他知识领域并行的存在，而是一个最终具有发言权的决定性的精神领域了。这，事实上就潜在地构成了一种审美主义的逻辑，使得感性与自然生命为自身与外界立法找到了最好的理由"。审美在王国维理念世界中是否是一个"最终具有发言权的决定性的精神领域"？感性与自然生命在王国维那里是否成为其为自身和外界立法的根基？

刘小枫在《现代性社会理论绪论》中总结现代性的审美性的实质为三项基本诉求："一、为感性正名，重设感性的生存论和价值论地位，夺取超感性过去所占据的本体论位置；二、艺术代替传统的宗教形式，以至于成为一种新的宗教和伦理，赋予艺术以解救的宗教功能；三、游戏式的人生心态，即对世界的所谓审美态度（用贝尔的说法，'及时行乐'的意识)。"其对审美现代性的规定与本文对"现代性"的取向一致，故以此为参照来看王国维的审美世界：其审美理念既开启了以上诸项诉求，又并未彻底归属于这些诉求。

就王国维审美理念中的本体性根基而言，如果说现代性的审美性理念在于其以审美的角度涉及现代人"安身立命的基础的重新设定"，而现代性的审美性"乃是为了个体生命在失去彼岸支撑后得到此岸的支撑"，那么，王国维审美理念的非现代性恰在于这一基础的终极性和本原性并未改变，王国维意义的"感性"的一个大前提和本体论基点是终极真理。感性在王国维理念中并未也无法取代本体论的位置，其整体理念中始终存在着终极预设，即在王国维那里，有对作为生存本原与价值支点的绝对客观精神的更为彻底的追究和欲求，一种根本的自由，而审美的此岸性和感性并不能满足王国维对根本自由的渴求，由此，在王国维那里，艺术也绝不能代替宗教或终极本体。艺术（美术）无论达到如何圆满的境地，也只是"一时之解脱""暂时之平和"，王国维在生存论的层面上重设审美理念，亦是在同一层面上其理念的终极基础并未改变。进一步言，依叔本华，哲学、伦理学与艺术的最后归宿都在宗教。王国维审美理念的构建与叔本华同一理路，如同其他理念的探究与构建，王国维审美理念所求的是最大的自由，而这最大自由归根结底在于彻底解脱。综观其审美理念整体，王国维意义的彻底解脱与叔本华意义的宗教同一实质和目的。而艺术的职能，在王国维那里归根结底是宗教性终极解脱的世间暂时代用品。

就王国维审美理念中的道德根基而言，王国维意义的"美"或"感性"是不能离开"善"的支撑的。笔者认为，他在打破中国传统"美"的理念的政教伦理功利性能的同时，却并没有忽略"美"的伦理价值——这里的伦理价值不同于传统伦理的道德功利价值，而是一种纯粹之德，本原之德的支撑。正如前面所析，"德"在王国维那里其内涵有二："至善"之"仁"与"意志"之"解脱"。这一内涵同样体现在王国维"美"的理念中，即这一"德"的内涵作为其"美"的理念的价值依据。正如其在《红楼梦评论》中所说，《红楼梦》美学上之价值既在于"悲剧中之悲剧也"，然而"使无伦理学上之价值以继之，则其于美术上之价值，尚未可知也"。即在王国维的理念中，《红楼梦》悲剧精神的终极支撑——"解脱"，正是《红楼梦》的伦理价值所在，若无这一伦理价值，则谓《红楼梦》无价值也。在王国维的审美理念中，"美"所立基的本体之德有二：源于叔本华的"意志"之德与源于传统伦理中的"仁"之至善。无论立足于哪一种本体之德，"美"的实现皆在于"纯粹之我，无欲之我"。其立于意志之说的"美"在于"入于纯粹之知识""实念之知识"，所谓"美术之价值，存于使人离生活之欲，而入于纯粹之知识"。"若不视此物为与我有利害之关系，而但观其物，则此物已非特别之物，而代表其物之全种；叔氏谓曰：'实念'。故美之知识，实念之知识也。"（《叔本华之哲学及其教育学说》）这一理念贯注于《红楼梦评论》中："兹有一物焉，使吾人超然于利害之外，而忘物与我之关系。此时也，吾人之心无希望，无恐怖，非复欲之我，而但知之我也。"其立于"仁"之至善的"美"，在于入于"纯粹无欲之至境"，《孔子之美育主义》所描述的境界："之人也，之境也，固将磅礴万物以为一，我即宇宙，宇宙即我也。……此时之境界，无希望，无恐怖，无内界之争斗，无利无害，无人无我，不随绳墨而自合于道德之法则。"如此看来，王国维以其"美"的理念和境界统一了其"善"的理念中的"至善"之"仁"和意志之"解脱"，这种统一在于排除了"欲"的存在而达致一种纯粹之德，一种"纯粹之知识""不随绳墨而自合于道德之法则"。则王国维以"美"的理念所实现的同样是一种纯粹至境，即在"美"中所达到的既是美境，也是善境，亦是真境。而这种境界的达到，需有纯粹之德的支撑，而并非现代性审美理念之以审美来"重新发现并神化此岸世界"。同时，正如其认同于叔本华的，也是其自己所深刻体悟到的：美之为物，之于吾人，仅为"一时之救济""暂时之解脱"，"美"最终无力解决人生终极问题。也正如王国维自己所自问自答的：文学与道德"岂真如汗德所云，实践理性为宇宙人生之根本欤？"（《文学小言·之十六》）则，在王国维的理念中，最终，善是根本，是永恒者，其终极目的在于解脱之至善，"解脱"才是根本的，而美的实现以至善为终极根柢。那么，可以说王国维的审美理念，既打破了传统美学中的道德功利性，又并未放弃至善之德的价值支撑。

审美是王国维理念世界中最自由的天地，在这里甚至没有像其本体与道德理念中的东方与西方、古代与近代文化与理念的对峙，而是它们的融通与转化（若从文化心理上探讨，这是否与由孔子开启的中国传统士人"咏而归"审美人生的心理积淀有关？），如"天才说""境界说"之于叔本华哲学，"古雅说""无用说"之于康德美学，而其审美理念的现代性的新质也在于其根基层面的转化，但也正是在感性与本体、此岸与彼岸、艺术与终极的关系上，王国维走出古代理念，又不完全归属于现代理念。如此则是否可以说王国维的审美理念也同样是立足于古代与现代审美理念的中间地带而求最大限度的自由？如果说现代性审美性的特质在于"人的心性乃至生活样式在感性自在中找到足够的生存理由和自我满足"。对王国维而言，"美"既不能自为地作为本体根基，也不能自为地作为道德根基，即"美"在王国维那里并非自在自足的——如同现代审美理念对美的性能的预设，而王国维以美所构建真善美之圆满世界也决非走向"此岸一元论"的现代性审美理念的圆满。浦江清所谓王国维"浪漫批评中之保守的质点"，正在于其审美理念处在现代与传统之间的中间状态。而其《人间词话》大概是其审美世界的这一状态的完美体现。

　　总之，他以自己对生存依据探求的深层动机而开启了一个具有新的内涵和意义的审美世界，但其价值需求的彻底和纯粹使其立身之本仍然置于终极层面——审美，只是作为其生存之基探究的一个层面。王国维的审美理念呈现出这样一种状态：一方面，其审美理念的根基渗入新的有现代意义的内涵；另一方面，其审美理念中的根基的彼岸性和理路的圆满性并未改变。而对王国维而言，所有的"变"和"未变"都立足于纯粹、圆满的价值取向，立足于求取生存的最大限度的自由。

下篇：回归与对峙——王国维后期理念世界探究

　　前面梳理了王国维前期的本体理念、道德理念与审美理念，这三者分别对应了人类价值体系中的真、善与美诸方面，潜含着一种试图对人类价值的所有内容重新立说的意向，且三者在王国维那里从来是不可分离的：融真于善，融善于美，融美于真，无论在其本体理念、道德理念还是审美理念中，都是如此。他试图建构一个包容一切理想与完美的价值领域，一个纯粹圆满的理念与价值世界，而这一世界最终呈现悖裂与对峙状态。一方面，无论何种理念世界的建构，王国维皆试图将中国传统文化理想、理念与欧洲近代文化理想与理念整合为一体；另一方面，这种整合却最终悖裂，在其每一种理念世界中，皆存在着传统与现代、东方与西方两种文化理念的对峙。与此同时，王国维的理念世界，无论是本体理念还是道德理念、审美理念，皆在传统和现代、东方和西方的对峙之间持守一种纯粹与圆满。纯粹与圆满是其吸纳、整合东西方文化理念并构建本己理念的立足点，是其理念世界的价值根基。总之，王国维前期的理念形态为：试图整合而终究深刻对峙，在深刻对峙中持守圆满与纯粹的价值理想。在这里，想特别指出的是笔者所提炼出的"纯粹""圆满"对于王国维的含义，这两个词在以后的论述中将要不断出现。通过考察、探析王国维的理念世界乃至精神世界，笔者认为，就王国维而言，这两个词构成了一个一体的存在，既作为其价值根基，也作为其生存理想，二者是相伴共存的。然而也恰恰是这一体共存的两个词，与中国现代历史，与现代文化理念，与现代生存境遇，与王国维所体认到的整个人类的生存困境发生深刻的冲突，以至将王国维置于一种悖论与冲突的无以逃避的困境，从而导致了他的悲剧出现。

　　较之传统士人稳定的理念形态和价值体系及其实现，王国维却走出传统，进入一个悖裂的世界，在悖裂之中又固守纯粹与圆满，寻求自由。始于近代，人的立身之本的本体与道德根据、价值本原由天转换为人，以人为本，消解绝对主义，摒弃形而上道德本体，解构整体价值，强调这一切的相对性、现实性和个体价值，呈现出一种"去神圣化"的价值倾向。而王国维一方面质疑、拆解既有神圣和绝对；另一方面在悖裂与对峙中坚持绝对、超越和整体，他吸取异域价值而试图开启近代意义和内涵的理想体系。就其理路而言，他的这一整合恰是立足于形上本体的设定，趋向绝对与纯粹，而重新整合人类理念的整体价值和内涵，体现了一种新的内涵和意义的"向神圣化"，这样一种理念形态与价值取向，使其最终无所归属。他既出离传统，又未走向近代和现代文化理念，而是取古代与现代、东方与西方的中间地带，而欲以此持守其纯粹与圆满的价值根基，实现其根本意义的自由。也正是这样一种理念与价值，使王国维的这一理念与价值设定及其实现则要艰难与困惑得多，其所预设的纯粹与圆满的超越世界在现实中无以求证。

　　就王国维理念建构与西方文化接受之间的关系而言，其所有的理念皆是源于生存而直接关联于生存的，以这些理念，王国维意欲为自己奠定立身之基。王国维对文化的吸纳、接受和转化也是基于解决其"宇宙人生之问题"的，"知力人人之所同有，宇宙人生之问题，人人之所不得解也。具有能解释此问题之一部分者，无论其出于本国或出于外国，其偿我知识上之要求而慰我怀疑之苦痛者，则一也"（《论近年之学术界》）。王国维对西方文化的接受，从而对中西文化的整合，正是出于这一始衷。问题是，王国维理念层面的这种解读和接受能不能解决其最终也是最始基的问题？从他对西方文化传统理念的接受来看，一方面，他将这些异域价值理念转化，并与传统文化理想的东西相沟通。这里，笔者要指出的是，王国维对传统文化的汲取同样是为了寻求一种解答，一种对存在的根基性的和彻底的解答，也是在传统文化之内的一种新的起点和意义的解答；另一方面，从他对康德、叔本华思想的接受来看，康德、叔本华哲学对人生的解答，贯穿的是理性的内涵，而不是信仰的内涵，即康德哲学中的信仰本质上是由理性支撑的，叔本华较康德彻底，他认识到世界的真实，却由此而拒绝信仰，而王国维的质疑比康德与叔本华更为彻底，正如本部分第一章所分析，"解脱"作为人生最后的出路，在他那里也无从存在。但王国维的初衷是要吸纳人类文化所有的精华而整合、转化为一种理想文化，一种可以予其宇宙人生根本问题以解答的理念，一种对人的存在困境的解答。无论是他所构建的本体世界、道德世界，还是价值世界，在他那里，叔本华的世界与传统的世界是共存的，但最终是一种矛盾的共存，一种深刻的对峙，无法融通与转化。因此，王国维对古今与东西文化的整合终究无法解决其最终的问题。

总之，无论从异域文化与价值的接受、吸纳，还是从其本己理念世界的构建而言，王国维前期所寻求的理想世界终不可得。这种思考与探究的沉重和无所归属由于辛亥革命的触动而使他最终走向了人生与治学的另一极——科学实证领域与传统文化领域，从价值世界的重构进入事实世界的考究。

1911 年辛亥革命之后，王国维的治学世界与理念世界，皆随其人生选择转移了方向。就治学而言，由治文哲之学到治史学，由"可爱"领域的拆解与构建到"可信"领域的考证与探究，由价值领域到事实领域；就理念而言，由向纯粹圆满的趋赴到传统文化政治理念的回转，由传统与现代、东方与西方文化的中间地带的无所归属到自觉归向传统文化。王国维后期的理念世界大致呈现为两个世界：治学理念的科学理性世界与道德政治文化理念的传统世界。问题是他从这理性世界与传统世界中得到的是什么？它们能否为他提供"宇宙人生问题"的终极答案？

第一章　王国维后期治学理念

正如前文所分析，王国维前期致力于将东西古今文化整合而重构一个理想的价值体系，但其理念构建和价值探寻，最终偏离了整合而无所适从，这种精神挣扎的痛苦、沉重和无奈使他"疲于哲学"。从社会政局变化而言，辛亥革命后的社会现象使他怀疑自己曾经从事的文哲之学——尤其是近代西方文哲之学的意义。但王国维之所以为王国维，即在于他人生的一切都关联于生存根据的寻求，其人生转向之后也并不放弃存在根据的寻求。而不同于其前期所致力的价值世界的重新构建，一种纯粹与圆满的理念世界的构建，其后期则以科学实证的考究来寻求根本，以物质性的考证而把握始基。而当他进入实学领域之后，却从中感到一种思维与价值的快感——其中的科学性与价值性皆给他以满足：前者使他得到理性的依托，后者使他得到"可信"的满足，作为个体实存的人与其探究的对象第一次找到了契合点。所以，他之所以走上实学的道路可以说是注定的。同时，与他一贯的求真求实的精神和他"以可信求可爱"的思维方式有关，也与他梦想以他山之石攻中国国学之玉有关（以新的研究方法而重新发掘传统文化的价值），他治国学采用的是融合了西方科学理性精神的方法论。

具体而言，一方面，从其治学的内容来看，王国维后期所进入的是一个科学和理性的世界，以科学与理性而治国学，所研究的内容是上古三代、边疆史地、文字音韵，所借助的材料是殷墟甲骨、钟鼎彝器、齐鲁封泥、汉魏石经、汉简唐卷，所要探究的是礼制本末与文字源流，所依据的是"二重证据法"等理性与客观的考据、实证与推究的方法。如此看来，他所进入的是一个纯粹科学实证的领域；另一方面，无论就其治学内容还是就其治学方法而言，皆潜隐着深层的社会历史与人文关怀，王国维试图以此而寻求价值支撑。

就其治学理念的科学性来看，王国维治史成就的科学性史学界自有公论，这里就其治学方法和理念作一简要介绍：

1. 二重证据法

最为著名的即是其在《古史新证》中所总结的"二重证据法"："吾辈生于今日，幸于纸上之材料外，更得地下之新材料，由此种材料，我辈固可以补正纸上之材料，亦得证明古书某部分全为实录，既百家不雅驯之言，亦不无表示事实之一面，此二重证据法在今日始得为之。虽古书之未得证明者，不能加以否定，而其已得证明者，不能不加以肯定，此可断言也。"（《古史新证》第一章）与此种治学方法相关，则面对传说与史实混而不分的"上古之事"，王国维意识到"史实之中因不免有所缘饰，与传说无异，而传说之中，亦往往有史实为之素地，二者不易区别"（《古史新证》第一章）。所以，"虽谬悠缘饰之书如《山海经》《楚辞·天问》，成于后世之书如《晏子春秋》《墨子》《吕氏春秋》，晚出之书如《竹书纪年》，其所言古事亦有一部分之确实性。然则经典所记上古之事，今日虽有未得二重证明者，固未可以完全抹杀也"（《古史新证》第四章）。

2. 蝉联互证法

在《毛公鼎考释序》中，王国维既已提出"由此而之彼，即甲以推乙"的"蝉联互证法"，即"苟考之史书与制度文物以知其时代之情状，本之《诗》《书》以求其文之义例，考之古音以通其义之假借，参之彝器以验其文字之变化，由此而之彼，即甲以推乙，则于字之不可释，义之不可通者，必间有获焉"。

3. 阙疑法

"余案阙疑之说，出于孔子，盖为一切学问言。……至于他学无在而不可用此法。古经中若《易》，若《书》，其难解盖不下于古文字……余尝欲撰《尚书注》，尽阙其不可解者，而但取其可解者著之，以自附于孔氏阙疑之义。"在其古文字研究和古器物考订中，这种阙疑的方法与精神无不贯穿，如其对毛公鼎的考释，既以"蝉联互证法"解之，对于不可解者，则"阙其不可知者，以俟后之君子"，以得"则庶乎其近之矣"。在其后期整个治古史的过程中，这种阙疑的精神作为其治学的一个总的原则。

无论是"二重证据法""蝉联互证法"还是"阙疑法"，无不贯穿和致力于其所研治对象的"可信"的求取。"二重证据法"是为了切实地求得事物的因革之由与变袭之故，"自史学上观之，则不独事理之真与是者，足资研究而已，既今日所视为不真之学说，不是之制度风俗，必有所以成立之由，与其所以适于一时之故。其因存于邃古，而其果及于方来，故材料之足资参考者，虽至纤悉，不敢弃焉"。这段话可以看作对其"二重证据法"理念的阐释。"阙疑法"同样是为了求得"制度风俗""道理学说"，从而体现其与文化文明有关的一切方面的真实情状与"变迁之故"，而不是对研究对象的"穿凿附会"。在他看来，这种"阙疑"的精神可以运用于一切学问。其治学理念的科学和理性，正如王国维对自己治学的精神和理念清醒的认识和总结："由博以反约，由疑而得信，务在不悖不惑，当于理而止。"（《观堂集林·序》）"不屈旧以就新，不屈新以从旧，然后得古人之真，而其言乃可信于后。"（《殷墟文字类编·序》）

而将其治学方法和理念进行横向与纵向的比较，则更可以看出王国维治学方法与理念之科学与客观的特性及求真与求实的本性：横向地看，20世纪初年前后，顾颉刚、胡适及一些日本学者开始怀疑中国古史的可信性，他们认为中国上古史是不可靠的，只能以传说视之，所以他们（"古史辩派"）要考证每一件古史的演变，即每一件古史的传说是如何发生、如何变化的，如胡适提出"大胆地假设，小心地求证"，甚至提出"宁疑古而失之，不可信古而失之"。王国维则越过这些主张与口号，超越当时的意识形态与思潮，"以事实决事实"，着眼于发现新材料，着力于对新材料的研究和整理，利用新材料而切实地推进了历史研究。如此，"夫考据之学……新证既出，材料既富，不须穿凿新奇而自有创获，则王先生《古史新证》其选也"。纵向地看，中国传统学者无论是治史还是治其他学问，皆奉儒家经典为不易之真理。对经学来说，经典中的义理，是超越时空的普遍真理，这种义理只能加以领会和接受，而不能怀疑和批评，所谓"治经则断不敢驳经"（清·王鸣盛）。与之相应，经学研究的主要内容，不外乎对经学义理的注释、疏解，亦即对已有真理的阐发。王国维则以经书为史料，作为"纸上之材料"的一种，如《尚书》《诗经》《易经》《春秋》及《左传》《史记》及周秦诸子著作等，在他那里皆为史料的一种，他突破和超越了古代学人宗经的传统，而唯真唯实是求。此外，王国维的治学方法源自清代学术传统，尤其是乾嘉学派，然而，清代考据之学的着眼点是对古代文献的考订，其目的与重点是为了治经，王国维的学术视野则更为广阔，其目的是考史，进而研究社会历史情状与社会制度，而且新材料与已有史料的对照研究，使其治学与研究更为客观、科学。总之，无论横向还是纵向的比较，无论古今，王国维的治学体现了其一贯的"博稽众说而惟真理之是从"的科学精神和价值观。对于这一精神和理念，其他学者从治学与治史的角度认识到其重大意义："迄于近世竟尚疑古，非无由也。然古史之有可疑传说之多虚妄，而须摧陷廓清，此固已为不争之事实，此为疑古者绝大之贡献。顾何以知其为信为疑、为实为虚、为真为妄，此非仅怀疑所能决者。……考据之学，当尚实证也。……疑古之说方盛，学者羞道虞夏，先生独举甲骨所载殷之先世与夏同时，且金文盛道虞迹，与《诗》符合，可知两周学人，咸信有虞，不仅儒墨也。此其证据明确而不轻下断语，后学之楷模也。"（唐兰《古史新证·序》）而梁启超更从其治学的方法与理念中看出王国维超越学术的一种精神和价值，一种"大本大原"："我们看王先生的《观堂集林》，几乎篇篇都有新发明，只因他能用最科学而合理的方法，所以他的成就极大。……其辨证最准确而态度最温和，完全是大学者的气象。他为学的方法和道德，实在有过人的地方。"（《王静安先生墓前悼词》）"学者徒歆其成绩之优异，而不知其所以能致此者，固别有大本大原在也。先生之学，从宏大处立脚，而从精微处着力；具有科学的天才，而以极严正之学者的道德贯注而运用之。""每治一业，恒以极忠实极敬慎之态度行之……"（《王静安先生纪念号·序》）这些评介可以说道出了王国维治学方法与理念的本质。

　　在这种"求真"与"可信"的精神之后亦已贯注了其深远的价值寄托。无疑，无论是殷墟甲骨还是钟鼎彝器、汉简唐卷，王国维所面对的对象是原初的，是文化的元质。其治学方法与思维方式则是科学与理性的、实证的。而无论是其"理据严密"的考证，还是其对这些考证的阐释，王国维所关心的、他以其具体而翔实的考释所致力于的，却不只是这些物质本身，而是这些物质背后的巨大的时空场，这时空场所蕴含的人类历史与文化的传承与变迁，是文明与社会的起源与基因，是中华文明发生发展的轨迹与机制。1913 年，王国维在《齐鲁封泥集存·序》论述封泥藏本对于考证古代官制沿革、地名变迁，为用至大："凡此数端，皆足以存一代之故，发千载之覆，决聚讼之疑，正沿袭之误，其于史学裨补非鲜……"1914 年，在与罗振玉合作完成《流沙坠简》及其考释之后，致国内友人信："此事关系汉代史事极大……考释虽草草具稿，自谓于地理上裨益最多，其余关乎制度名物者亦颇有创获……"（1914 年 7 月 17 日致缪荃孙）。不只如此，在更为深远的精神与理念空间，这一切关乎人类文明的内在价值与自我意识，正如他在 1911 年《国学丛刊·序》中意识到的："虽一物之解释，一事之决断"亦关乎"宇宙人生之真相"，而历史研究则更是"其因存于邃古，而其果及于方来"。就学理层面而言，可以说后期王国维是以认识具体事物的方法去把握始基，追根寻源，以求历史与文化以至人类存在之本。正如蒲江清所言："故上古三代之所存，流沙绝域之所出，聱牙佶屈之语言，散漫放佚之史料，他人视之固干枯无味者，而先生摩挲之，整理之，考证之，日存馈于其中，若有无穷之兴味存焉。"如此看来，蒲江清可谓深知王国维情志之人。其"无穷之兴味"实在不只关乎事实事物的物质界，而更关乎价值界，对王国维而言，这不只是一种思维的快感，更深潜其精神与价值的寄托于其中。由此可见，不同于其前期的价值性与理念性的探究，其后期的物质性的探究，同样是其前期价值理念在新的历史境遇中的体现，即其后期的物质性的探究潜在地承担了其前期价值性与理念性的探究。而从传统文化的角度而言，可以说中国史学一向是统一知识和价值途径的，这种"可信"与传统史学中延续人文意识，传播人伦理想，"道行于史"的理念并不矛盾。

王国维前期所致力的是"可爱"领域的探究，是对"可爱"者的可信性的求证，即以"可信"求"可爱"，探究作为生存本原与价值支点的客观精神与绝对理念，其所欲求的客观与绝对精神的可信最终因其探究的深入而成为不可知。王国维后期进入的是一个科学理性领域，致力于具体史实的考究，一个纯粹求"可信"的领域，然而在其仍然有始基和根源的追寻，在"可信"的实证之下依然有关乎宇宙人生"可爱"者的价值寻求。

而不同于其前期理念与价值世界构建的困惑和无奈，这样一种史实的探寻既给他以理性的依托，又给他以价值的快感，如此看来，其后期的转向实学，似乎给了他"可信"与"可爱"的双重满足。

　　总之，就王国维后期学术研究来看，无论是其治学内容还是其理念的科学性和价值性，王国维从中得到理性的依傍，甚至理性依傍之下的价值依傍，可以说在一定程度上调和了其"可信"与"可爱"的冲突，实现了其科学理性的"可信"的理想。从传统文化"可爱"的角度而言，可以说中国史学一向是统一知识和价值途径的，这种"可信"又与传统史学中延续人文意识，传播人伦理想，"道行于史"的理念相辅相成；那么，王国维是否真正超越古代经史的理念与寄寓，而完全唯客观与科学，唯真实与真理是求？其中的价值寄托是否能满足其最终的价值追求？以此，是否能真正承担得起来其前期根本层面和意义的探究？这些治学的内容和理念是否能真正回答他的"宇宙人生之问题"？

第二章　王国维后期政治道德与文化理念

一、政治道德理念

　　对应其所进入的科学理性世界，一个现代意识和意味的世界，王国维后期回归了文化与价值的传统世界。而其以"义据精深，方法缜密，极考据家之能事"的考证所得，也不仅仅是科学的事实和结论，同时也寄寓其社会政治主观的意图和理想，这集中体现在《殷周制度论》这一"轰动了全世界的大论文"及其他篇章中。而《殷周制度论》也集中代表了王国维后期的政治理念。

　　综括《殷周制度论》和王国维的其他文本，其后期的政治道德理念可概括为以下几方面：

　　其一，尊崇君主政体的正统性，即其历史合理性。在《殷周制度论》中，王国维从政治权力一体化过程与社会组织演进的角度，来研究殷周间的大变革，提出"中国政治与文化变革，莫剧于殷周之际"的论说，在文中他提出周制与殷制的三个重大区别：立子立嫡之制、庙数之制与同姓不婚之制。而关键则在于立子立嫡之制。在他看来，周制对于殷制改革的三大主要方面：立子立嫡之制，庙数之制，同姓不婚之制，包括周公还政于成王，皆是关乎天下、关乎万世之大计，周人从这些制度出发，遂有各种礼制产生，最终形成周代井然有序的礼制文化，影响此后三千多年的中国历史和文化。其立论重点在于阐述立子立嫡之制之重要，"然所谓立子以贵不以长，立嫡以长不以贤者，乃传子法之精髓……"这种立子立嫡之制亦即君统之制的历史合理性在于因为"天位之前定"则可以"求定而息争"："盖天下之大利莫如定，其大害莫如争，任天者定，任人者争。定之以天，争乃不生。故天子诸侯之传世也，继统法之立子与立嫡也，后世用人之以资格也，皆任天而不参以人，所以求定而息争也。"其更深远的历史意义则在于"其制度文物与其立制之本意，乃出于万世治安之大计。其心术与规摩，迥非后世帝王所能梦见也"。就现实层面而言，可以说王国维重视研究不同朝代制度文物与立制之本意，即希望找到这"万世治安之大计"，而这"万世治安之大计"则在于"立子立嫡"之不易，在于"嗣王继体""以圣继圣"。

其二，王国维推崇中国传统政治理念，比君统政体更为深层的，在于这政体之中的道德内涵。如同传统士人的社会政治与道德理念，在他那里道德是社会政治之本，在他述及社会或政治事件时，皆有深刻的道德关注，即其关注的最终所在是整个社会的道德。每一次外在的社会或政局变化，皆引起他深重的道德焦虑。《殷周制度论》论述周之改制的意义在于"其制度文物与其立制之本意，乃出于万世治安之大计"。而王国维进而指出社会整体则归结于所有这些制度礼俗中所蕴含的道德用意，"此数者，皆周之所以纲纪天下。其旨则在纳上下于道德，而合天子、诸侯、卿、大夫、士、庶人以成一道德之团体。""故知周之制度典礼，实皆为道德而设。""有制度典礼以治……且古之所谓国家者，非徒政治之枢机，亦道德之枢机也。使天子、诸侯、卿、大夫、士各奉其制度典礼，以亲亲、尊尊、贤贤，明男女之别于上，而民风化于下，此之谓治，反是，则谓之乱。是故天子、诸侯、卿、大夫、士者，民之表也；制度典礼者，道德之器也。周人为政之精髓，实存于此。""是殷周之兴亡，乃有德无德之兴亡，故克殷之后，尤兢兢以德治为务。"在此文的写作时及其后皆有信致罗振玉，阐述"周之治天下之术，其本原在德治"（1917年9月致罗振

玉），认为"周之制度典礼"最终在于合上下"以成一道德之团体"，而
"政治上之理想，殆未有尚于此者"（1917 年 9 月 13 日致罗振玉）。1924
年致溥仪的《论政学疏》中，王国维再一次阐明东方道德政治的优越性：
"与民休息之术与长治久安之道，莫备于周孔，在我国为经验之良方，在
彼土尤为对症之新药"。

　　不只如此，其社会政治道德理念还在于其对"亲亲、尊尊、贤贤"的
秩序与道德的推崇，对圣者与贤者的期待，对"禅让"的推崇，对周公还
政于成王的赞赏，所有这些，与其说王国维所推崇的是其政体意义，不如
说其用意更在于政体意义之下的道德意义。如《殷周制度论》中对周公还
政于成王的赞赏，"摄政者，所以济变也；立成王者，所以居正也"。在王
国维的意识中，"居正"之正统，是天经地义，不可取代的。以禅让的古
代政治——道德理念衡量当权者，其中寓意则直指当世的当权者与篡权者
袁世凯。其《咏史五首》（1913 年）："百年开太平，一日资涂炭。自非舜
禹功，漫侈唐虞禅。""所以曹孟德，犹以汉相终。"二者讽袁之义显见。
同样的，在《隆裕皇太后挽歌辞九十韵》（1913 年）中，以及在《颐和园
词》的"哪知今日新朝主，便是当时顾命臣""虎鼠龙鱼无定态，唐侯已
在虞宾位"诗中对袁世凯及附袁者、权争者的鄙视、讽刺显而易见。王国
维正统的政治道德理念也显而易见。

　　其三，政治与道德密切整合。在王国维那里，立君之制仍然作为社会
政治的根本，"万世治安之大计"，而传统的东方道德则与此政体互为内在
与外在的呼应，即在他那里，道德秩序与政治和社会密切整合。道德既是
政治的手段，亦是政治的目的，也即，他所推崇的，是一种社会政治的德
治理想，一种政教合一的政治道德理念。而中国传统社会政治秩序与文化
道德秩序的有机整合，不仅作为一种社会历史机制在中国历史与文化中存
在了几千年，更作为一种理念，支配与主导中国士人的政治文化心理。

　　其四，王国维将东方道德政治理念乌托邦化、理想化。相对于一种社
会与政治结构的设计与安排，王国维更为注重的是一种理想的道德理念与
形态的回归，如同传统文化所教化中国士人的，王国维同样认为社会秩序
是远古圣君与圣人有意建构，"百世十世量，早在缔构中"（《咏史五
首》）。其以科学与实证印证的是周代礼制作为完美的社会政治制度和理念
的真实性，通过考据与实证所求的是一种理想的存在。而这种理想在过去
——理想是历史中真实存在的乌托邦理念，却构成了世代中国人的一种根

深蒂固的观念，对王国维而言，其抽象的理想与价值理念在此得以体现。

不仅如此，以传统政治道德理念造成一种乌托邦理想的存在，而且王国维对此亦有现实的确信，这种理想和理念，在其致国内外友人的信中多次提及："时局如此，乃西人数百年讲求富强之结果，恐我辈之言将验。若世界人民将来尚有孑遗，则非采用东方之道德政治不可也。"（1919 年 3 月 14 日致罗振玉）"世界新潮澒洞澎湃，恐遂至天倾地折。然西方数百年功利之弊非是不足一扫荡，东方道德政治或将大行于天下，此不足为浅见者道也。"（1920 年致狩野直喜）他试图以东方道德政治的理想和价值来拯救中国以至整个世界的混乱与堕落。王国维之所以信奉这种传统的政治道德理念，除了其理念层面对传统文化的归附与持守，也有对现实层面认识的原因，他认为，中华民智未开，若实行西洋近代民主政治，徒为野心家所利用而招祸乱，故认为君主立宪是较为明智的选择。这一点在其《论政事疏》等文本和书信中有明确的表达。

雅斯贝尔斯认为世界历史的"轴心时代"是人类进行自我理解的普遍源泉与框架。有学者认为，对中国文明而言，也存在一个"前轴心时代"，即在春秋战国时代之前存在着夏商周三代。在孔子之前存在着周公，而其前后间的关联则是因袭的，即春秋战国文化与夏商周三代文化之间，孔子与周公之间，社会文化价值理念乃是连续中有突破，突破中有连续。孔子把周公所作的一切进一步发扬和普遍化，历史赋予周公和孔子巨大的文化选择权，他们的思想方向在很大程度上决定了后来文化与价值的方向。总之，王国维欲以其超越"轴心时代"的更为远古——"前轴心时代"推至上古三代的考证，试图寻求一种人类原始而纯粹的源头性东西，在其实证理性化的考据和考证之下，其精神的落脚点却最终没有伸向更为深远的本原之所在，而是回落于周公与孔子所规定的精神与价值的理念与框架中。王国维考证翔实、立论严谨的论述，即所谓"义据精深，方法缜密"的论证，以其理性、实证和科学的推论与演绎所得，却仍是传统的道德与政治理念，以及基于这一理念之上的传统文化的乌托邦理想，一个完美的生存世界。换言之，王国维对文化、文明乃至存在本原性因素的求解，最终回落于传统文化与价值的理念与框架中。相对于其前期对人类文化既有义理的质疑和悬置而寻求与重建圆满与纯粹的世界，王国维后期以对传统理念的认定来建构其乌托邦理想。那么是否可以说，传统文化的义理与价值负载之重，超过了王国维思维层面的科学和理性，使其最终在价值与义理层面服膺于传统道德政治框架与理念？即使其所求之"真"，亦最终未能跳出传统的乌托邦理念，而回归于周公、孔子所决定的文化价值与方向？

正如以上所论述，就其政治——道德理念与理想而言，王国维未曾超越传统儒家的政治道德范畴，然而，在论及当时及未来的国际国内局势和历史趋势时，王国维却目光敏锐，见识睿智，认识极为准确深入，表现出史学家的科学理性与远见。他无时不在关注世界与国家之局势："宋聱与时局亦稍有合符，惟新思潮之祸必有勃发之日，彼辈恐尚未知有此。又可惜世界与国家却无运命可算，二三年中正未知有何变态也。"（1919 年岁末致罗振玉）对国内局势，除对当下情况的分析而不断有"大乱随之""将闻炮声"的预测，对于中国社会历史趋势的推测，在 1917 与 1918 年间便有中国命运"恐以共和始而以共产终"的历史预见。对于国际局势，1917年 3 月 23 日致罗振玉："俄国革命事起，协商诸国内情可见。此事于东方内政外交影响甚大，以后各国内政外交均视同盟与协商之胜败为转移耳。"1918 年 9 月 21 日致罗振玉："欧战不知何时可了？战后纽约恐将代伦敦而执天下之牛耳。"

二、王国维后期文化理念

就王国维后期的文化理念而言，一则表现为文化传承意识，一则表现为对东西文化的重新认识。

其文化传承的意识表现在他对当时文化传播者的赞赏。《乐庵写书图序》不仅赞赏其友人蒋汝藻之藏书之富，赏鉴之精，更敬佩其肯"糜岁月，敝精神"而手抄写古之书籍。《传书堂记》赞几代藏书家传书之精神"历千载而不亡"。《库书楼记》叙述罗振玉几经辗转历尽艰难而保护内阁藏书的过程，其中敬佩、赞叹之情可感。《雪堂校刊群书叙录·序》极力赞赏罗振玉"生无妄之世，《小雅》尽废之后，而以学术之存亡为己责，搜集之、考订之、流通之，举大下之物不足以易其尚，极天下之至艰而卒有以达其志"的精神与意念，且"先生独以学术为性命，以此古器古籍为性命所寄之躯体，思所以寿此躯体者，与常人之视养其口腹无以异"。所有这些精神在他看来，其意义之深远在于"以学术存亡之所系，等于人纪之存亡"（《雪堂校刊群书叙录·序》）。不只如此，这种文化精神更深的继承则在于对古人"精神意味"的继承，并期之以"转移风俗"："其泽于古也至深，而于今也若遗，故其所作，于古人准绳规矩无毫发遗憾，乃至并其精神意味之不可传者而传之。""其诸不为风俗所转而能转移风俗者欤？"（《待时轩仿古钤印谱·序》）同样的意向在《沈乙庵先生七十寿·序》中表达得更为全面而深入。在这篇序文中，王国维既推崇沈曾植对学术精髓与学术精神的传承，更推崇其对"古圣者"的继承与变通："若夫缅想在昔，达观时变，有先知之哲，有不可解之情，知天而不任天，遗世而不忘世，如古圣者之所感者……"

由上述可知，王国维后期文化理念的精神内涵与立足点转移至传统文化，以"古圣者""古人之准绳规矩"为准绳，以"泽于古"为美盛。"我亦半生苦泛滥，异同坚白随所攻。多更忧患阅陵谷，始知斯道齐衡嵩。"（《送日本狩野博士游欧洲》，1912 年）东方传统的孔孟之道（"斯道"）取替了其前期所进行的本原与根基的探究与建构。

这种更为彻底的回归表现在王国维的道德理念中，他同样放弃了前期对道德理念的形而上的本原探究，而完全认同和回归传统道德理念。在其为人所作的墓志铭、传记、寿序中，王国维对孝、友、贞节、福禄寿喜等传统伦理道德倍加推崇。《罗君楚妻汪孺人墓碣铭》《诰封中宪大夫海宁陈君暨妻邹太夫人合葬墓志铭》《题烈女图》或赞"贞惠之操""奇节庸行"，或赞"纯孝""潜德"，或推崇名节、"间气"。

王国维致溥仪的《论政学疏》从西欧到中国近代，从社会现象到文化根柢皆作剖析，从理论上表明自己对东西方文化的重新认识。他从道德和思维方式两个层面上否定西方文化理念而肯定东方文化理念。他认为，造成西欧诸国社会危机和中国近代"纪纲扫地，争夺频仍，财政穷蹙，国几不国"的深层原因在于其文化理念及道德意识。"西人以权利为天赋，以富强为国事，以竞争为当然，以进取为能事"所有这一切，在他看来，只能造成"是故挟其奇技淫巧，以肆其豪强兼并，更无知止知足之心，浸成不夺不餍之势；于是国与国相争，上与下相争，贫与富相争"的后果如此，"凡昔之所以致富强者，今适为其自毙之具"而造成这一切的病根则在于："此皆由贪之一字误之。此西说之害，根于心术者一也。"在思维方式上则"西人之说，大率过而失其中，执一而忘其余者也。""其道方而不能圆，往而不知反，此西说之弊，根于方法者二也。"批西人科学之弊，"西人兼并之烈与工资之争，皆由科学为之羽翼"。而与"西人"相反，在文化道德理念与思维方式上，"中国立说，首贵用中。孔子称过犹不及，孟子恶举一废百""盖与民休息之术，而长治久安之道，莫备于周孔……"其对西方文化学说的剖析和批判完全立足于传统文化理念。

无论是政治道德理念，还是文化理念，王国维似乎完全回归一个传统文化的母体中，且似乎从这母体中找到了道德的甚至价值的依托，其立身之基从前期的形上的圆满纯粹转向此时的传统文化之"道"。然而，这种向传统文化的回转果真能给王国维以根本的依傍吗？

正如前所分析的，王国维的古史研究虽然运用的是科学理性的考证方法，但在价值层面仍然回归于传统文化所规定的框架之内，即王国维的古史研究是以其传统文化观为价值依托的，或者也可以说，王国维的传统文化观与其古史研究在价值层面上是同构和相互呼应的。那么其《殷周制度论》中对周制周礼的推崇，与其说是从文化源头寻求一种治天下的策略，不如说是一种寄寓，一种道德与人文的寄寓。中外历史上，越是道德失范，社会转换的时代，便越是会有一批人文主义者，倡导远古传统，服膺古代圣贤，甚至鼓吹正统的秩序、规范。如欧洲文艺复兴，如鲁迅前期的《文化偏至论》（1908 年），如白璧德的人文主义。他们重视终极关怀，执着追求超越现世的理想世界与理想人格，追求人自身的完善和理想的实现。对人的存在的思考，对人的价值、人的生存意义的关注，对人类命运、人类痛苦与解脱的思考与探索是古今中外人文精神共同的也是最终的关怀所在。而具有深沉的历史感，又具有强烈的现实感的时代忧患意识，是中华传统文化深层所特有的人文精神，所有这些都体现在个体的气节操守、道义担当的精神境界和人格修养中，甚至体现为一种宗教性和信念性的道德精神。作为一个一生追求纯粹与圆满的学者，这样一种人文与道德精神，其中的宗教性与信念性的内涵，在王国维的理念世界和现实存在、现实人格中得到了彻底的贯彻。在现实生存中，他最重视的是道德的圆满，具体体现在其政治理念上即为道德与政治的密切整合，以道德作为政治的基础，所谓道德政治者。而相对于历史进程，越是道德操守高洁的人，越可能是保守的，他们所持守的高远、纯粹的人文理想，圆满、纯粹的价值理念，其理想化和理念化的生存，使他们作出如此人生与道义的选择。求诸个人品质，正如陈寅恪所言，在历史与社会新旧转换之际，士大夫阶级之"贤者拙者"，常感受苦痛，甚至"终于消灭而后已"，而"不肖者巧者"，则往往"富贵荣显，身泰名遂"。泥沙俱下、鱼龙混杂是历史与现实的常态，在历史转型期，这种状态更为深刻、显著地呈现出来，王国维这样一种理想的生存理念必然与历史的现实进程冲突、相悖，其不善于用世的"贤者拙者"的品质，同样将自己陷入痛苦之境，于是有历史的悲剧，如王国维所承载与体现者。

第三章　王国维后期理念世界解析

关于辛亥革命之后直至大革命时期的社会结构和状况，《剑桥中华民国史》中从政府参议院到省级领导人的组成，从革命力量到保守势力的组合和变换，从各个政党组织到军阀势力，以及整个社会的局势都作了详尽而切实的描述。概其大要，则从袁世凯统治时期（即宪政时期）到军阀黩武时期，只就全国性的政府而言便足以"令人手足无措地变动无常"：有七个人做总统或国家元首，一次满族皇帝的短暂复辟，以及二十四个内阁，五届议会和国会，至少四部宪法或基本法。而地方、地区和全国规模的长期和短期的武装冲突，"毫不夸张地说有几百次"。政府、机构、领导人以及法律上和政治上的变更如此之多，社会局势如此动荡与混乱，这一切：政治权威的丧失，政治争斗，军阀混战，议员腐败，政府换届频繁，而几乎每一场争斗和战争都伴随着权谋和政变等。这既造成了社会的混乱、政治秩序的解体，同时也在更深的心理和道德层面造成了民初社会的思想混乱、意义迷失和价值紧张。根本而言，辛亥革命的凯旋并不标志着任何一种价值体系占据了社会主导地位，而是指社会价值权威的空缺和社会价值紊乱的开始。传统文化与道德秩序崩溃，道德系缆丧失，传统的伦理道德、价值信仰失去了原来作为社会价值的神圣性和规范力，失去了社会价值的轴心地位。辛亥革命后中国社会实际上进入了一个系统调整或重新建立价值体系的时期，但任何一方政治势力和知识阶层，都不曾即时提供一个在完整性上足以与传统价值全面匹敌的替代系统。

而中国传统文化具有高度意识形态化的特征，其价值理想落实在旧的人伦—政治秩序中。对将伦理道德规范与普遍王权秩序高度整合的大一统的社会与文化结构而言，价值权威的现实落实与权力支撑即是帝制。那么，一旦帝制失去其合法性，整个系统便失去立足的支点。1911年的辛亥政制遽变，加剧了政治权威的丧失，同时也带来了整个社会价值认同的混

乱与紧张。所以，辛亥革命后，正如前面两章所论述的王国维的道德政治
与文化取向，是有一定的社会心理基础的，正如有学者在分析辛亥革命后
的复辟思潮时所指出的：对有几千年君主专制历史的中国社会来说，"由
一个朝代体现出来的统治权，比刚宣称的人民的统治权更为具体和明确得
多"。所以，对当时的中国人来说，君主的消失也就是其意义世界的消失，
中国的政治与社会生活的混乱也源于这一意义世界的混乱，那么，辛亥革
命之后的复辟思潮，"也并不是无的放矢，而是中国人的意义世界从总体
上瓦解之后的本能反应"，是人们以复辟旧有的秩序来回应这种危机的体
现。这样一种社会普泛的心理也可以说明王国维道德政治与文化理念的回
归，问题是，像王国维这样一个"介绍与研究西学第一人者"，为什么在
现实政治立场上选择保守，在政治与文化理念上选择向传统回归？

　　王国维作为一代文化人，既不同于鸦片战争之前乾嘉时代的文化人，
只知中国传统文化，不知西方文化；也不同于其后民国时代的文化人，知
中国传统文化少，知西方文化和新文化多。这一代文化人往往既承传统文
化之末，又开近现代文化之先。他们承受既重，开启亦艰。这"重"和
"艰"首先且尤其体现在其自身文化与理念的承转与转型上，王国维之于
西方文化与传统文化前后期的巨大反差便说明了这一点。而承受之重和开
启之艰又使他们在意义与价值认同混乱之时重新选择了回归（或逃向）自
己的文化母体。与王国维精神及人生历程相近的一批人，如严复，辛亥革
命后在道德政治与文化理念上的取向便与王国维相似。就严复而言，其晚
年参与复辟，并不因袁世凯败亡而作罢论，1917 年张勋复辟，严复
曰："现在一线生机，在于复辟。"可见，他的政治信念绝不因一人一时而
转移。"此乃一个学有根柢者的独立见解，有其必然的执着性格。而且这
种信念不仅是抽象的理念，更是对其所处现实深思熟虑后的反应。"面对当
时民生凋敝、政治紊乱、道德沦丧的社会状况，他确信，要想恢复秩序，
"天下仍须定于专制"。"他主张君宪，也无所谓保守或先进。在晚清属先进
甚至激进，到民国则变成保守，甚至反动。反动与激进的帽子各异，君宪思
想则一也"。"严复一生对中西文化的持论，不存在前后期思想演变的断裂或
背离，而应理解为同一思想理路上的延续与发展。"然而，这种相同或相近
只是就其理念的政治与文化层面而言。问题是，王国维回归传统文化，是否
如严复等人的基于理性认知而落实于社会政治层面，或如遗老辈，如罗振
玉、沈曾植等人，或儒或佛，其价值支撑一贯、稳固，未曾分裂？

　　叔本华说："凡是人在根本上所欲求的，也就是他最内在的本质的企向和他按此企向而趋赴的目标。""动机所能做的一切一切，充其量只是变更一个人趋赴的方向，使他在不同于前此的一条途径上来寻求他始终一贯所寻求的（东西）罢了。"王国维后期进入的是两个世界——科学理性世界与传统文化世界。在王国维那里，这两个世界既截然不同，又互相沟通，无论是作为情感慰藉，还是作为价值支撑，王国维好像从这两个世界中找到了理性依傍与道德依傍。就科学理性世界而言，他试图以边缘和边远学科的研治而逃避人世，同时亦以此寻求对人世的"拯拔救赎"，从中他不只得到知力（智力）的快慰，甚至得到价值的支撑（如其在文本和书信中所言），甚至这一世界可以在一种纯粹的天地里满足他一贯地对自由之境的追寻。就其回归传统文化的世界而言，王国维由前期的古今中西文化理念的整合——包容一切的价值体系的构建，转向以儒家文化为主体的"全而粹"的圆满与纯粹，即将本己根本意义上圆满与纯粹的价值追求依附于传统理念的圆满与纯粹。由追本溯源的追寻转向文化母体圆满具足的世界。总之，王国维对这两个世界——理性世界与传统世界的选择，是其以另一种方式与内涵，以另外的意义与价值世界来达致其一贯追求的纯粹与圆满的价值取向。

　　如此看来，王国维似乎找到了价值支撑，然而，在这支撑之下仍然是价值的裂变，其无法解脱的困境并不因其新的意义与价值世界，新的理性与道德依托而解脱，相反，其后期游仙诗的绝望恰恰说明他并未因其传统和科学的世界而得价值的最终支撑。就后期的治学内容而言，虽然王国维从中得到"自由"和"纯粹"，得到依托，但边缘的东西并不能真正解决他的困境。从个体的精神历程而言，其后期的治学转向是因为其前期观念思考的沉重与疲乏，陷入困境，所谓"疲于哲学"，但后期形而下的探索无论如何也无法解决其形而上的困惑。就其回归传统文化而言，正如前面所论析，若没有西方文化与叔本华世界的出现和存在，没有王国维对生存困境的彻底觉悟，没有其对圆满、纯粹的价值理念根本意义上的探究，则其向传统文化的回转是可以为他提供一个稳固的价值支撑的，如其同时代某些人的精神历程。但王国维理念世界中叔本华世界的先行存在，其对生存困境的觉知，对作为生存本原与价值支点的客观精神与绝对理念的追究，使他对传统的回转已经不再是完全的和纯粹的，在根本意义上，他已经出离了传统，而且无法真正回归。无论其后期对曾经接受过的文哲之学抛弃得如何决绝，那一片世界却依然在精神深处存在，也即，就王国维后期理念世界看，他向传统回转，但对峙与裂变依然在回转中存在，回转而对峙。不同于严复等人的理性觉知和现实落实，王国维是一种裂变中的回归，而在这样一种回归和裂变中，他仍然恪守其对纯粹与圆满的执着。到这里，笔者可以就王国维的理念世界与精神结构作一总结：在王国维的理念世界与精神结构中存在着基于中国传统文化与基于西方近现代文化的双重理性与双重信念的纠结与冲突。在王国维一生中，东方传统的义理、信念作为其现实的人格支撑，而对西方文化的吸纳又使他达致生存本体层面的觉醒和体认，以及凝化中西文化精华的价值根基与生存理想。前者是王国维所认定、恪守、终生不渝的，后者又使他超越传统义理、信念与价值系统，导向更为根本的理性认识，更为深层的信念执守，较之传统义理、信念与价值系统，这种理性认识与信念执守立足于人类文化整体之上，体认更为全面，觉知更为深刻，价值根基则达到人类所能认知的根本层面，且这一切使王国维的认识与执守中内含了一种现代意蕴。从早期到后期，在不同的时代、社会背景和不同的历史境遇中，在个体不同的心理体验与精神背景下，不同的人生选择由不同的理性与信念在其精神世界中占据主导地位，但另一重理性与信念却总是潜伏其下，双方的纠结、悖裂与对峙也始终存在。笔者认为，凝聚中西文化精华的圆满、纯粹的价值根基，超越其精神世界中的东西方理性与信念，是王国维终生执守的根本所在。双重理性与双重信念的纠结与冲突，对圆满、纯粹的价值根基的根本执守，这一切的共存，构成王国维精神世界的基本状况。这一状况使王国维一生既始终在恪守和执信，又始终处于悖裂和矛盾中。

这种悖裂中的回归，这种双重理性和双重信念纠结和冲突，这种恪守和执信，悖裂和矛盾的最终结果是王国维对死亡的自觉选择。王国维的死把他后期治学和对传统文化母体的依附所建立起来的世界完全打破，从而，其一生的理念、人格乃至于人生所有的矛盾也全部暴露出来，王国维究竟为什么而死？就他的理念世界的构建而言，他的死又意味着什么？进而，他的死与中国文化和传统，与中国现代历史进程又有怎样的意义联结？他的死有怎样的意义和内涵？

终篇：结语

第一章 终结与意义：王国维之死

1927 年 6 月 2 日，阴历五月初三，王国维自沉于颐和园昆明湖鱼轩藻。其留下的遗言是：

"五十之年，只欠一死。经此世变，义无再辱。……"

他死得很平静。据其学生和亲友回忆，自杀前几日，他与人谈话时，流露出对时局的悲观，但其神态与行为并不异于平时。在他死的前几天，王国维仍然与平常一样和同事一起处理教学事务，探讨学术，指导学生，参加研究院的告别宴会，并无异态。他自杀的整个过程也平静如常，其神态与行为没有丝毫激烈异常的表现。如此坦然镇定，可见其死志已决。

王国维自沉后，对其死因的探讨一直众说纷纭，聚讼不已。已经形成的较为代表性的四种主要见解正如引论中所介绍。直至现在，后人亦有不同的解释，如叶嘉莹"性格与时代之悲剧说"，夏中义"价值位移说"，周一平对"殉清说"的进一步阐释，以及其他诸种猜测、分析。大致看来，依然不出前述四种说法。

对于王国维的自杀，可以从个人、社会、文化等不同层面探究，以上所列出的几条理由，分别对应的即是这些不同层面。其中，第三条"罗振玉逼债说"是从个人原因猜测；"殉清说"与"悲观哀时说"则是从社会角度探讨；无疑，"殉文化说"是从文化的角度对王国维之死进行阐释。在笔者看来，以上几种说法各有一定的道理，也各有其可取之处，但皆不全面。笔者认为，在一个层面上而言，王国维之死在于个人、社会、时代和文化的综合原因，这些原因所形成的一种合力，将他推向死亡。在提出自己完整的看法之前，笔者先对以上诸说从不同层面逐一分析，同时针对这些说法提出自己相应的看法。

从个人角度而言，笔者认为，所谓"罗振玉逼债说"是不成立的。双方间的所谓"债务"是不存在的，这点既有双方家人和亲友的回忆与解释为证，也有王国维自己的书信为证。需要指出的是：许多学者认为罗振玉为王国维伪造奏折等一系列作为是为了借王国维之死沽名钓誉，笔者认为从罗振玉平时为人与写作风格来看，不排除其沽名钓誉的心理上的因素，但更主要的是，就罗振玉作为一个正统遗老的道德观与价值观而言，他的这一做法恰是对王国维的一种友情的表达和报答，对其死的一份歉疚和补偿。但是，笔者认为，若将此说转而理解为"挚友之绝"，则为贴近王国维性情的一种说法，从而对其死因的某些方面也可以较为贴近地理解。据王国维女儿王东明先生回忆，在罗振玉写来措辞严厉的几封信之后，王国维仍无绝交之想，"先父性情敦厚，怀旧之情殷笃，虽在沉痛中，用笔仍委婉恳切，毫无绝情之意"。也正如陈寅恪先生在《王观堂先生挽辞·序》中所言："以朋友之纪言之，友为郦寄亦待之以鲍叔。"历史上管鲍之交的美谈和郦寄卖交的不德，是朋友相交的两个极端的例子。而王国维恰恰是按照传统纲纪的为人之则，对罗振玉这样的"郦寄"也待之如"鲍叔"的。虽然以罗、王二人三十年的友情，以罗振玉对待王国维一贯的经济上与学术上的支持，将罗振玉比作"郦寄"言重了些，但是，挚友之绝对王国维这样一个性情敦厚且"怀旧之情殷笃"的人，其打击之大，是可以想见的，而这，与他所信奉的朋友之纪的传统理念又是相悖的。这种朋友之绝，对王国维而言，就不只是现实的人际间的相处问题，不只是具体的一人一事，而是升华至传统信念的失落与崩溃。而这种失落与崩溃对王国维这样一个无论对什么都有所执信，以信念立身的人而言，其打击之重，是可以想见的。另外王东明先生认为，王国维长子王潜明的早逝，也与王国维的自杀有很大关系，这种说法当亦可信。丧子之痛，对人性而言，也是无法忍受的。挚友之绝与丧子之痛，在个体的生存中所占据的分量之重，对王国维的自杀有直接或间接的关系。

　　从社会角度而言，则有"殉清说"和"悲观哀时说"。其中"殉清说"以遗老圈为主，当时的民国学术圈以及今人也有持此说者，但对王国维"殉清"的动机和意义，遗老圈和民国圈则有不同的理解和阐释，相应地，其评价也有不同的褒贬。遗老圈的人多站在传统文化义理的角度理解与阐释王国维的死。对于王国维"殉清"的动机，罗振玉《海宁王忠悫公传》曰："十月宫门之变，公援主辱臣死之义，欲自沉神武门御河者再，皆不果……今年夏，南势北渐，危且益甚，公欲言不可，欲默不忍，乃卒

以五月三日自沉颐和园之昆明湖以死。"按罗振玉的说法，在此之前的
"十月宫门之变"，王国维既有过一次"殉清"的动机，所以这次的自杀无
疑也是为了"殉清"。而王国维曾经侍奉过的逊帝溥仪，自然也认为王国
维是"依恋出于至诚""孤忠耿耿"而死。罗振玉与溥仪的说法大约可以
作为遗老圈解释王国维"殉清"动机的代表性说法。对于王国维"殉清"
的意义，与王国维同为南书房行走的杨钟羲阐释为："昔季路问事鬼神，
进而问死，欲知处死之道也。死非季路所难，莫难于知之明，处之当。公
自以起诸生，为近臣，被殊遇，主辱臣死，杀身成仁，尽知死之义。"王
国维的自幼好友陈守谦则以屈原之死比附王国维，认为："君以缠绵忠爱
之忱，眷怀君国之念……卒以一死以自明，其志可敬，亦可哀已。"杨钟
羲与陈守谦之说则可以作为遗老圈解释王国维自杀"殉清"意义的代表说
法。总之，对王国维之死的动机和意义，遗老圈所作的是传统文化义理规
范之内的解释，王国维的"殉清"是明"处死之道"的"知之明"的死，
是"以一死以自明"，其所"明"之处在于王国维是为"主"（逊帝），为
"清"，为"国"而死，"主辱臣死，杀身成仁，尽知死之义"。

　　对王国维的"殉清"，民国圈有些人以及现在的某些学者则有另外的
解释。如时为北京大学历史系主任的陆懋德认为王国维的自杀，一则由于
惧怕国民革命的潮流；二则感恩于清室；三则由于对时事不察："王君虽
精于考古，而昧于察今"，对世界与国家政治大势不甚了解，对王国维的
"不能忘情于前清"而可惜"君子之出仕，为国，不为一家；为民，不为
一姓，惜乎王君不达此义也"。今人周一平、沈茶英则认为："我们认为王
国维是为文化而死的，是受文化的影响死的，影响他死的西方文化，是叔
本华的悲观哲学，影响他死的中国文化，是封建道德文化。"而笔者认为
最根本的是后者，笔者认为虽然王国维"中叔本华悲观哲学的毒太深了"，
但"至于人生痛苦的感觉，感性的悲观的产生，最根本的却是受了中国封
建传统政治道德文化的毒害"，这种"毒害"的终极表现则是"王国维当
是为'贵中节'的传统而死"。笔者认为，要搞清楚王国维是否为"殉
清"而死，须先搞清楚王国维后期为什么要依附于逊清小朝廷。对此，也
有多种原因的分析和多层面的解释。从其性情方面看，其女儿王东明先生
的解释应是了解其父之所思所行的可信之说："先父生性内向耿介，待人
诚信不贰……因此对朋友，对初入仕途所侍奉的长官和元首，一经投入，
终生不渝。他不是政治家，更非政客。他所效忠的只是他心目中的偶像。

就历史言，在他脑海中，仍是数千年来忠君报国的观念，不管中华民族任何族姓建立政权，如被中国人侍奉已久，其为君上则一……""凡了解先父的性格及操守者，当知他心中所秉持的道和志，儒者所学本是要经世致用的，从政的目的，亦不过在维护他心目中的纲常，以求治平之道。"谈及与清室的渊源，王东明先生指出，虽然王国维先后与清室只有过六年的来往，且其"南书房行走"的官级也只是五品，在民初清室遗老大员中实在微不足道，但"他那执着念旧的个性，并受罗氏保皇思想的影响，与宣统帝既有君臣之名，复有师生之谊，故对清室怀念，自在情理之中。"对王东明先生的这一说法，王国维的学生和亲友也有立于此一角度的更深一层的阐释，他们认为王国维之于清室，并非只是其政治立场的选择，而毋宁说是一种信念和人格的恪守和表达。对于前面引述的陆懋德之说，王国维的学生戴家祥立足于王国维的学识与人格操守逐一驳斥："先师学通中外行有廉耻，世界大势，了然在胸，古往今来，知之颇审……""以余观之，先师之所以矢忠清室，不过立其个人节操而已矣……""先师仕于异族，或有愧于汉；既仕于清室，义不二其节操。""我以先师之死，正足以示来学者抱一不二之模范，将为跨党骑墙之针砭……"立足于对王国维学术与理念的探究，以及与之相关的个人生活史实，笔者相信其弟子的看法是从学识到人格深知其师的实在之言。总之，在王东明先生和王国维的学生与亲友看来，王国维的所作所为都是出于其"诚信不贰""一经投入，终生不渝"的个性和操守，为了一种信念和人格的恪守和表达。超越这种感性层面的认识，笔者认为，从其后期的理念构建方面而言，依附逊清与其后期的价值取向和理念回归是一致的。逊清对王国维而言，不只是其现实依附，逃避乱世之地，也是其文化寄托之所在，即，在王国维的意识中，逊清是作为传统文化的形式载体的。从其所执守的信念上看，其后期诗作《题戴山先生遗像》《颐和园词》《蜀道难》《隆裕皇太后挽歌辞九十韵》《咏史五首》等皆表明了其政治立场与道德倾向，"汉土由来贵忠节，至今文谢安在哉？"（《送日本狩野博士游欧洲》）其与友人的大量书信也可以看出其对逊帝与逊清的忠贞和一心一意。亲友的回忆也说明了这一点："既以事变日亟，事不可为，又念津园可虑，切陈左右，请迁移竟不为代达，愤激几泣下……"那么，对逊清的忠贞既是其政治立场，也是其信念的一部分，这是无可否认的。进一步就其文化传承与道德理念而言，王国维选择逊清，恰是在其自幼所承习的文化理念的"大道"之内。正如王东明先生所说，其归附逊清而"从政"，一则为"维护其心目中的纲常"；二则为"奉行其忠君报国的观念"。从其书信、诗词中也可以看出，王国维对逊清与逊帝的归附，同样也是出于一种传统义理的忠节意识。如此说来，遗老们对王国维的自杀所作的传统义理规范之内的阐释不能说是没有切合王国维性情与信念的毫无根据的愚妄之言，相反，传统信念、义理在王国维意识深层占据稳固的位置。那么陈寅恪所谓"以君臣之纲言之，君为李煜亦期之以刘秀"，这里"期"——对逊帝溥仪有所作为的期待，毋宁说是一种信念和理想的愿望的达成。就个人性情修养与道德良知来看，王国维对逊清与逊帝的归附与依恋是出于仁者的同情和真诚，出于一个东方传统士人的义理、信念、道德与良知，是内在真诚的，"实有诸己"的。

综上所论析，王国维对逊清的选择，是其仁者情怀，忠节意识与信念操守的融会，也是其现实与文化的依附与寄托所在。同样，王国维颇引起争议的辫子也可作此理解。据其亲友回忆，王夫人曾对王国维说："都到了这个时候了，还留它做什么？"王国维对曰："正是到了这个时候了，还剪它做什么？"——有人解释为王国维为人与处世的"以不变应万变"，也有人理解为"学问以外无余事，一动不如一静"，还有人认为为"其一种政治理想之寄托"。王国维的"辫子"也正如其归附逊清一样，是其人格、情操、信念的表达。孔子曰："惟上智与下愚不移"，而上智者的"不移"是思之有定的，其执信之深，正如王国维所体现。如此看来，说王国维"殉清"，也不是没有道理和原因的，逊清作为其现实生存与文化政治理念的归附和依托，作为其情感与道德的选择与倾向，作为其信念与操守的寄托，不能说在王国维的自杀中没有占据一定原因的因素。但另一方面，显然的，无论是文化理念、道德信念、人格情操，王国维已不同于罗振玉、沈曾植等文化信念与道德取向单一的遗老文人，其理念与信念比罗、沈等人更加复杂，在仁者情怀、忠节意识、传统的信念操守之下毕竟已经存在了立基于西方文化的另一种信念，另一种理性。其所构筑的融会东西方文化理念精华与理想的理念世界，其对生存的本体层面的觉知，对一种根本价值的追寻，所有这一切，使他自杀的内涵超越了纯粹传统的义理纲纪的意义。故他的死单是为"殉清"也是无法全面解释的。所以，就王国维一生的精神历程与彻底的价值追求来看，"殉清"并非是王国维自杀的主要或唯一原因。

　　就民国学术圈中的学者们所持的"悲观哀时说"来看，这种说法或者以王国维受叔本华悲观主义人生观的影响来解释王国维的悲剧，持这种看法者除当时王国维的学生和同事外，今人萧艾也持此说，并有论证。或者认为王国维是因为恐惧国民革命军北伐而选择死亡，如顾颉刚、梁漱溟所言。当时报纸也多持此种看法，如《顺天时报》在王国维自杀后的第三天，便如此报道："……王（指王国维）为浙江海宁人……前清曾充宣统师傅，为保皇党之一人，入民国后，仍留发辫不肯去，平常对时局，多抱悲观，近南军势张，王颇虑将来于宣统有何不利，故愤而自戕云。"该报认为王国维自杀的原因在于悲观时局和殉清，但以悲观时局为主。据王国维学生和亲友回忆，王国维自杀之前一段时期，正是北伐军进军北京之时，在此前的1926年，北伐军攻克长沙，镇压了身为遗老与学者的叶德辉与王葆心。时人认为，叶德辉是民愤极大的乡绅，而王葆心则是德高望重的学者和绅士，对王葆心的杀害的确是工农运动过火的表现。当北伐军进军北京之时，有人戏拟了一份北伐军镇压的名单《戏拟党军到北京后被捕的人物》，王国维的学生推测王国维有可能见过这份"名单"，因而对时局忧心忡忡。据王国维学业上的朋友容庚回忆，"死之前数日，先生率仆携所借书还余，语及时事，状颇沉郁，或具必死之志"。王国维的学生和同事也忆及王国维对时局的悲观，如陆懋德回忆，王国维谈及民国时局，常言"没办法""吾辈居此，不过苟安"。据其山西籍学生卫聚贤回忆，王国维曾几次与他谈及时局，并询问山西方面的情况，似乎有去山西避乱的打算，但他最终没有去任何一处，而是选择了死亡。其实在此之前，王国维对时局已极度悲观，从当时其诗、文、书信可见，他对辛亥革命前后历时十几年的时局与政局，对政界纷争、党派之争、社会运动，伴随其中的权变与士风、世风之变，及由此而引起的人民生活混乱，生存艰难，世道浇漓，以至"全国民之命运"皆深切关注且焦虑。就政权更替来看，1911年辛亥革命给他的是"亡国"之感，自认为是"亡国之民"无国无君，无年无号，"讵知故国乃无年号可呼，与称牛儿年何异？"（1913年2月4日致缪荃孙）"可但先人知汉腊，定谁军府问南冠。"无论武人还是党人，无论南方还是北方，每一次政争与战争给他的感受都是"沦胥之祸"（1916年3月30日致罗振玉），无论是国内局势还是国际局势，在他看来皆是"大战将随之""大难将随之""洪水之祸"……对随之而来的民风与士风的衰敝、浮薄、漏裂亦深感失望甚至绝望，以至于认为："中国一切事，自大及小，无可言者……今日百姓，殆所谓佛出世亦救不得者，所以杀之者非独天灾一事。"（1918年1月11日致罗振玉）"……可知中国总是此中国，人民终是此人民，虽有圣者亦无可为计。"（1916年3月30日致罗振玉）"恐神州至此已矣。"（1916年5月致罗振玉）其后期诗词同样表达了这种绝望与焦虑，"莽莽神州入战图"（《定居京都奉答铃山豹轩枉赠之作并柬君山湖南君扚诸君子》）、"回首神州剧可哀"（《送日本狩野博士游欧洲》）、"万里玄黄龙战野，一车寇嬅鬼张弧"（《戊午日短至》）、"三山西去阵云稠，虎踞龙争说未休"、"今古兴亡貉一丘"（《定居京都奉答铃山豹轩枉赠之作并柬君山湖南君扚诸君子》）、"毗蓝风里山河碎"（《罗雪堂参事六十寿诗》）等，其中对时局、对世道的焦虑、无奈和悲愤可以感知。

由此，笔者的论述自然要涉及王国维的遗言："经此世变，义无再辱。"王国维自沉之后，人们对其遗书中的"世变"和"再辱"存在着多种解释。溥仪《我的前半生》提到一种传说：王国维替溥仪卖字画，被罗振玉要了去，转手倒卖，所得款项作为王国维归还他的债务，全部扣下。王国维向他索要，罗振玉反而算起旧账，王国维既气愤，又为难，因此跳水自尽。"据说王国维遗书上'义无再辱'四字即指此而言"。这种说法自然是不成立的，既不符合事实，也不符合王国维性情。更多的人认为1924年冯玉祥"逼宫"为"初辱"，而1927年的北伐军进京为"再辱"，如梁漱溟、顾颉刚所说。笔者想指出的是，王国维遗书中所写是"世变"而非仅仅是"事变"，正是那个时代一系列的"事变"而导致"世变"，王国维一生都处于"事变"中，也一生都处于"世变"中。笔者认为若仅仅是一种"事变"，不足以促使王国维自杀。因为就王国维一生性情、人格和为人处世来看，他的清高自守使他始终与"事"和"世"之间保持一定的距离。果如罗振玉等遗老所言，1924年"逼宫"事件时，王国维既已有自杀的动机，则1927年王国维的死也不是为了怕具体事变的"再辱"，毋宁说是王国维一生中所经历的一连串的"事变"导致了王国维对"世"的绝望，其遗书上表达的也正是王国维对"世"的绝望。所以，经过几十年的人事变故、社会动荡、世事变迁，对王国维来说，再在这样的"世"中生活下去即是一种屈辱。进一步而言，"义无再辱"，对王国维"全而粹"的人格而言，这种动荡中的活着——在世——就是一种侮辱。在"世"中，王国维从未找到和达到其理想的生存状态，而由"事变"所引致的"世变"，对他来说更是一重侮辱。埃米尔·迪尔凯姆认为，自杀与其说是一个人的行动，还不如说是一个正在瓦解的社会和动荡的文化的反应。这种社会反常、文化混乱、价值冲突剥夺了个体重要的社会支持，从而削弱了他们生存下去的能力和意志，造成自杀。笔者认为，这一理论可以在社会层面解释王国维自杀的原因，即王国维一生所经历的"事变"与"世变"导致他的绝望。一方面，笔者欲就"世变"与王国维的悲剧作另外的推测：如果没有"世变"，王国维是否会自杀？或许也会，在本体意义上对生存的绝望是深潜于王国维精神世界的固有倾向，而因为"世变"，更加重其绝望，加速其自杀。对王国维而言，清王朝固然不理想，但它是稳定的，维持了社会与文化的基本存在和延续。进而，中国文化固然不理想，但维持了人道的基本存在，但世变之乱，由此而带来的腐败、战争、动荡等，使这一切都无从依附，无从存在。这一切，加速了王国维的最终选择。另一方面，一个人的自杀是由多方面原因造成的，不仅与社会有关，也与个体的心理因素、精神境况甚至病理因素有关。加缪言：隐痛是深藏于人内心深处的，正是应该在人内心深处去探寻自杀。就王国维而言，在"世变"之外，又是一种什么样的特殊精神状态使他与"世"冲突而导致其自杀？为什么与他同时代的人，无论是激进者还是保守者，都未作此终极选择，而唯独王国维义无反顾地弃世而去？

"殉文化说"，以陈寅恪、梁启超、浦江清为主要代表。王国维死后，陈寅恪先后五次为其作挽联、挽词、碑文、遗书序共五篇，在这些诗文中，陈寅恪不仅深知王国维之生平、学识，更深知其"志"与"道"。笔者认为，最能代表其意念的是《王观堂先生挽词并序》《王静安先生遗书·序》及《清华大学王观堂先生纪念碑铭》，而将三者对照来看，更能理解其中的深意。

《王观堂先生挽词并序》曰：

"……凡一种文化值衰落之时，为此文化所化之人，必感苦痛，其表现此文化之程量愈宏，则其所受之苦痛愈甚；迨既达极深之度，殆非出于自杀无以求一己之心安而义尽也。吾中国文化之定义，具于《白虎通》三纲六纪之说，其意义为抽象理想最高之境，犹希腊柏拉图所谓 Idea 者，若以君臣之纲言之，君为李煜亦期之以刘秀；以朋友之纪言之，友为郦寄亦待之以鲍叔。其所殉之道，与所成之仁，均为抽象理想之通性，而非具体之一人一事。夫纲纪本理想抽象之物，然不能不有所依托，以为具体表现之用；其所依托以表现者，实为有形之社会制度，而经济制度尤其重要者。……近数十年来，自道光之际，迄于今日，社会经济之制度，以外族之侵迫，致剧疾之变迁；纲纪之说，不待外来学说之搘击，而已消沉沦丧于不知觉之间；虽有人焉，强聒而力持，亦终归于不可救疗之局。盖今日之赤县神州值数千年未有之巨劫奇变；劫尽变穷，则此文化精神所凝聚之人，安得不与之共命运而同尽！此观堂先生所以不得不死，遂为天下后世所极哀而深惜者也。至于流俗恩怨荣辱委琐龌龊之说，皆不足置辩，故亦不之及云。"（《王观堂先生挽词并序》，1927 年）

《王静安先生遗书·序》曰：

"……寅恪以为古今中外志士仁人，往往憔悴忧伤，继之以死。其所伤之事，所死之故，不止局于一时间一地域而已。盖别有超越时间地域之理性存焉。而此超越时间地域之理性，必非其同时间地域之众人所能共喻。……尝览吾国三十年来，人世之巨变至异，等量而齐观之，诚庄生所谓彼亦一是非，此亦一是非者。若就彼此所是非者言之，则彼此终古未由共喻，以其互局于一时间一地域故也。"（《王静安先生遗书·序》，1934 年）

《清华大学王观堂先生纪念碑铭》：

"士之读书治学，盖将以脱心志于俗谛之桎梏，真理因得以发扬。思想而不自由，毋宁死耳。……先生以一死见其独立自由之意志，非所论于一人之恩怨，一姓之兴亡。……来世不可知者也，先生之著述，或有时而不章。先生之学说，或有时而可商。惟此独立之精神，自由之思想，历千万祀，与天壤而同久，共三光而永光。"

据笔者的理解，在陈寅恪先生的意念中，王国维以其死所殉的，是象征"抽象理想最高之境"的文化，然而另一方面，这一象征最终落实于中国传统文化。按陈寅恪之意，王国维所殉的，是中国传统文化之精粹，王国维既为"此文化精神所凝聚之人"，其"与之共命运而同尽"的即为中国传统文化。陈寅恪认为王国维的死是因为其与传统文化的深刻系结。对陈寅恪之所言，浦江清有类似的说法："抑余谓先生之自沉，其根本之意旨，为哲学上之解脱。三纲六纪之说亦不过其解脱所寄者耳。"所谓"三纲六纪之说"既为传统文化的代表性理念，可以说浦江清同样认为王国维所殉的是传统文化，对此说他进而解释："一代有一代之思想，一代有一代之道德观念，一代有一代之伟大人格。我生也有涯，而世之变也无涯，与其逐潮流而不反，孰若自忠其信仰，以完成其人格之坚贞。……且先生所殉者，为抽象的信仰而非特别之政治。善哉义宁陈寅恪君之言……"无论是"抽象的信仰"还是"抽象理想最高之境",皆是囿于传统文化理念之内来阐释王国维的死,在他们的意念中,王国维的自杀,所殉的是"传统文化之精粹"。的确,从社会学角度来看,自杀,构成文化的一个特殊现象,对自杀的评价也以文化背景为转移。那么,王国维果真是殉了中国传统文化吗? 或以殉中国传统文化而见其"志"与"道"? 张灏认为:"任何一种文化,中国文化也不例外,都是自成一个意义世界。这意义世界的核心是一些基本价值与宇宙观的组合。"而宇宙观与人生与生命在其中的基本取向则称为文化的意义架构。的确,从王国维后期政治、道德和文化的选择来看,其政治文化理念与其情感认同皆在传统纲纪之内。纲纪作为传统文化基本的和主流的价值理念,甚至作为基本的文化秩序与社会秩序,对于传统士人而言,则为基本的和核心的道德理念与道德律令,其幼之所学与壮之所行皆以此为基准。同时,这一基本的准则具有"抽象理想之通性",成为"抽象的信仰"而使传统纲纪蕴含了一定的宗教性质,由此又是传统士人所习与所行之"大道"。王国维的这一选择即在其自幼所承习的文化理念的"大道"之内。这些基本价值与纲纪、准则的组合即为传统文化意义世界的核心。王国维选择自杀,也与传统文化这一"意义世界"有极深刻的关联。问题是,对于王国维而言,传统的纲纪理念是否足以作为"抽象理想之通性"支撑其安身立命? 王国维所持守的信念和理想、理性是否只是传统文化的单一方面? 进而,这种传统的意义世界是否能完全解释王国维的自杀?

以上是笔者关于王国维自杀原因的大致梳理和不同层面与角度的分析。关于自杀,古今中外学者做了大量研究,从不同角度和层面进行揭示和阐发,如社会学的(最著名的即埃米尔·迪尔凯姆《自杀论》),宗教与哲学的(如加缪《西西弗斯神话》),病理学与心理学的(其中又有遗传说、抑郁说、精神失常说,等等)。这些学说对自杀原因和内涵的解释也各不相同:社会学的解释侧重自杀的社会性,认为自杀与社会环境、社会因素(诸如家庭、政治、经济社团、宗教组织等)有关,从社会环境中才能找到自杀的背景和根源,揭示自杀的本质和规律;而宗教与哲学的解释则更注重个体的思想、人格与自杀之间的关系,如加缪认为"问题首先是个人思想与自杀之间的关系问题","正是应该在人的内心深处去探寻自杀";而病理学与心理学则从自杀者的病理与心理中寻找其自杀的原因,如遗传因素,心理抑郁,或精神失常,等等。相应地,学者们认为,自杀的原因或为病理原因，或为社会原因，或为宗教与哲学原因，而往往是一个具体原因——有时甚至是微不足道的——触发了自杀者整个生存世界的崩溃，所谓一个人的经历早已为自杀的行动"设下了伏雷"。笔者认为，就王国维而言，其自杀的具体原因也是不可考的，甚至或许在以上诸种原因之外还有别的更具体、细微的原因，或个人的隐痛，直至目前为止，都是无法详细弄清的。而若从另一个角度，从更深一层面来看，王国维自杀究竟是出于现实的具体原因，抑或出于形而上的焦虑，也不可知。就王国维而言，这两种原因都可能存在，具体原因可以引发一个人的自杀，而对王国维这样一个活得如此纯粹、如此理念化的人，形上原因更有可能成为其自杀的深层原因。或者也可以说，某一具体原因引发其根本的焦虑和绝望，由此导致其自杀。而后人围绕其死因的讨论，其实更多的是他的死之于时代和文化的象征意义。

　　综上所析，笔者认为，在一个层面上而言，导致王国维自杀的是一种合力，是个体、社会、时代、文化等因素的纠结、交错与悖论、冲突所构成的合力，而由这种合力所致的是王国维对整个生存世界的绝望，其遗书"五十之年，只欠一死"是这绝望的深沉表达。正如前面所述，挚友之绝对他意味着传统纲纪的失落；逊清的失势对他意味着现实、政治与文化的依附与寄托的失落；世道的混乱加重其绝望，加速其自杀；传统文化的失落无疑对他意味着意义世界的崩溃，而所有这些构成其致死的感性与理性、内在与外在的原因。进一步言，个人、社会、时代、文化，既构成个体生存的具体环境，也构成其本体的生存世界。王国维的绝望，不只是对朋友，也不只是对世道，或文化的衰败，而是由这些引发的对整个生存的绝望，也即，朋友的绝情，世道的混乱，清朝的灭亡，文化的衰落，使王国维承受的是生存整体的困境，这种困境使其所归附的传统纲纪义理无处落实，其纯粹、圆满的价值理想更无从寄托。其后期背离现代历史进程的价值取向与文化取向又使他失去了社会归附与历史依托，而陷入了超越现实层面的更大更深的孤独。这种孤独与困境的终极之路便是自杀。

　　在这里，笔者想要进一步指出的是，王国维对生存世界的绝望，在个体、社会、时代、文化的合力之下，是其双重理性与双重信念的纠结与冲突的结果，正是其双重理性与双重信念的纠结与冲突使他陷入这种生存整体的困境与孤独。这里有必要指出，王国维自杀过程平静如常，是一种理智的自杀，而非病态的表现。那么，是怎样的理智、怎样的理性世界导致了王国维的自杀？正如前面笔者对其理念世界的论析，就王国维而言，其理性世界立足于东方传统文化与西方近现代文化的双重内涵与构架：传统文化教化予他义理理性，而对西方文化的接受则使他达到一种生存本体层面的觉醒，使他认识到生存的悲剧本质。其信念与价值世界同样是双重的，一则为传统纲纪与义理，如其后期所回归者。笔者认为，融会东西方文化理念精华与理想的纯粹与圆满，是其根基性的信念，这一根基性的信念比传统义理与纲纪更为根本，其贯穿王国维理念与精神世界构建过程的始终，也是王国维恪守终身的。那么，挚友之绝，清王朝的被推翻，传统文化的被冲击，固然意味着其传统纲纪与义理世界的失落，意味着其传统信念世界的失落。二则王国维接受西方近代文化与理念，所构筑的理念世界超越传统文化理念，使其产生了对生存困境与悲剧本质的根本觉醒。对其信念与理性世界综合考察，致其最终选择的死亡，就不是任何一种传统纲纪、义理所能完全解释的，即使"殉文化说"也不能完全囊括其死的内涵。更使其不堪承受的是，在人生的后期，王国维既已放弃西方文化与理念，他所回归的东方传统文化与理念又无法提供给他根本的价值支撑与人生解答。这就意味着其理性与信念世界的双重失落。这种双重理性与双重信念的纠结冲突与失落最终导致其生存根基的失落。王国维死于文化的裂变，或进而由文化裂变而引致的价值裂变。其以身所殉的，的确是"抽象理想之通性"，但未必是以传统文化为承载者。就王国维而言，由文化裂变导致其双重理性与双重信念的纠结与冲突，由双重理性与双重信念的纠结与冲突导致传统义理、信念与生存根基的悖论以及生存根基的失落，即其人义道德的圆满的追求与其生存根基的失落之间的悖论，大约是其自杀的内在深层原因，这一原因比文化层面更为深邃，它关涉的是个体安身立命的根本问题。加缪曰："自杀的行动是在内心中默默酝酿着的，犹如酝酿一部伟大的作品。"王国维自杀的具体原因已不可考，然而，从其一生的精神世界与生命历程来看，自杀对王国维而言，恰恰是其在双重理性与双重信念的纠结、冲突与悖论之中"默默酝酿的伟大作品"。

就价值层面而言，王国维一生都处在价值裂变中，却一生都在坚执，以不同的内涵和寄寓，坚执他一生致力于却无法实现、无法把握的东西：纯粹与圆满的价值世界。正如笔者在论析王国维理念世界时所指出的，这种终极理想既非仅是传统文化的，也非纯粹西方近现代文化的，而是人类文化理想的精华，既是纯粹、圆满的，又始终是对峙、悖裂的。所以，不同于其他保守者或激进者的价值支撑，他的坚执却是在对峙和裂变之中的，无论是前期的整合而对峙，还是后期的回归传统而对峙，这样一种坚执使其更艰难无助。王国维以其对纯粹、圆满最执着的追求承载了最深刻的裂变，同时也以最纯粹与圆满的存在形式表达了历史文化转型期最深刻的价值裂变。这种裂变中的坚执体现的恰是一种献身于统一、绝对、终极、纯粹的宗教性。"人献身于某一目的，某一理想或上帝一类的超越人自身的力量，恰是人追求生命过程中的完善这一需要的表现"。而王国维对纯粹、圆满的价值理念的坚执，同样是一种努力实现自身生命完善的宗教性的意义的体现。王国维最终所殉的，是其纯粹、圆满的价值理想与根基，是其立身之本。对其死因的个体、社会、时代、文化等方面、层面的探寻，最终需要落实于这一根本层面。也即，王国维——作为特殊历史时期的一个生存个体，其存在的一切，人格、命运及其死亡，意味着现代性历史转型的始基阶段个体与群体安身立命的根基的重新设定。

综上所论，个体、社会、时代、文化等合力所致的王国维对生存世界的绝望，双重理性与双重信念的冲突与失落导致他对生存困境的体认、觉醒以至最终的选择，这种最终抉择的终极意义是对其纯粹、圆满的价值理想与理念的殉道，似乎可以对王国维的自杀作一层递的阐释。

那么，对王国维的遗书，也须作整体的理解，而不可肢解。这种"整体"，既须将遗书本身作为整体来看，也须关联其一生精神与人生经历来探究。"五十之年，只欠一死。经此世变，义无再辱。"王国维对当时混乱无序的社会和世事感到厌弃、恐惧，个体、时代、社会、文化所构成的生存世界只能使他陷入困境，这样一种生存是王国维这样一个理念与人格与性情一体化的粹然学者所无法忍受的。所以王国维对于生存的理由和意义早已产生彻底的怀疑。"书成付与炉中火，了却人间是与非。"（《书古书中故纸》，1903年），三十未立而已有毁弃此生而无顾惜之意。其遗书中所蕴含的既是个体的绝望，也有对世道的绝望，而更根本的，在个体与世道的绝望之下，是对生存本体的绝望，对生存悲剧性本质的觉悟。其"五十之年，只欠一死"，即是这觉悟与绝望的双重表达。而对王国维这样一个哲学底蕴深厚的学者而言，同时不能否定其中的由觉悟和绝望而带来的解脱意向。"经此世变，义无再辱"之意，正如以上所分析，王国维一生所经历的"事变"与"世变"导致了他的绝望，自杀是其容不得对生命尊严的损害而不得已的选择。总之，王国维遗书表达的是个体、时代、社会、文化的生存整体以至本体的绝望，其中浓缩了其一生的心灵痛苦、困惑、挣扎与绝望，也是其人生与精神历程的总结与浓缩。进一步分析，王国维自杀前几日为学生题写唐人韩偓与时人陈宝琛的落花诗，似乎也可以与其遗书互相释解："芳华别我漫匆匆，已信难留留亦空。万物死生宁离土，一场恩怨本同风。……"所有世间的一切在王国维那里已经是一场无本无根、无所着落的恩怨，随风而逝，终至空无。其他几首诗同样隐含了其辞世之意："回避红尘是所长""惯把无常玩成败"，等等。吴宓认为，王国维死前所题写的落花诗，是"以落花明示王先生殉身之志"，当为信言。落花诗在古代士大夫那里多为抒发感物伤怀的情绪，吴宓曾作《落花诗》并于序中释"落花诗"渊源与内涵："古今人所为落花诗，盖皆感伤身世。其所怀抱之理想，爱好之事物，以时衰俗变，悉为潮流卷荡以去，不可复睹。乃假春残花落，致其依恋之情。……"而联系王国维一生所处的历史背景、时代境况，及其生平与自杀，其所借意的前人的落花诗当有更深的寄托，更多的内涵和更本己的感悟。大概也只有这种感物伤怀、辞世别生的落花诗，才能表达他的无尽的感慨及其辞世之志，决绝而无奈。

　　另外，笔者还想进一步指出的是，王国维自杀的多重内涵及其意义的含混性，以及这一切含混之中的坚定性：其自杀的文化性内涵、宗教性内涵、生存性内涵正如上文所析。除此之外，王国维的自杀还蕴含着古典内涵与现代内涵的交错与悖论。而从社会学角度看，又存在着利他型自杀与动乱型自杀的交汇与融合。所有这些内涵交叉融会而构成王国维之死的意义的含混性与多重性。另外，在所有这一切的含混之中又蕴含着一种无可置疑的坚定性——王国维对纯粹、圆满的价值理念和理想的自始至终的执守，可以说他的死所具有的象征意义超过了死亡事件本身。

　　从社会学角度来看，埃米尔·迪尔凯姆在其《自杀论》中将自杀分为三种类型：利己型自杀、利他型自杀和动乱型自杀。其中利己型自杀，是由于人在生活中找不到寄托，为逃避个人的危机或推卸个人的责任而自杀，是一种失去生活勇气的自杀；利他型自杀，是个体为团体、主义的"舍生取义"的死，这种自杀又分为义务利他型、自由利他型和强烈利他型三种；动乱型自杀，是由于社会发生变动，秩序混乱，价值失落时，人们的行为缺乏规范，人们因困惑、痛苦、绝望而自杀。由此来看王国维的自杀，王国维对逊清的归附，对纯粹、圆满的价值理想的执着而殉道和社会的动荡与混乱等形而上与形而下的、文化的与社会的因素，使其自杀中既存在着利他型自杀的动机，也有动乱型自杀的动机。这可以说是王国维自杀的社会层面和意义的含混。

进一步而言，自杀，或者是对自己原有状态的确认而对现实世界的拒绝，或者是由于自己原有状态的崩溃而导致对死亡的选择。那么，王国维选择死亡，究竟是由于执守自己原有的理念、信念而对现实世界的拒绝还是因为自己原有状态的崩溃而选择死亡？就王国维而言，可以说1911年辛亥革命之后，他是以一种极端的形式来肯定自己的原有状态，或者也可以说，他以一种极端的姿态将自己的原有状态推向另一个极端。从其理念世界的构筑而言，他将自己融会东西文化精华和理想的纯粹、圆满的价值理想和理念推向传统文化母体，以传统文化来承载其纯粹、圆满的价值理想。从其人生选择、道德与价值倾向而言，则从归附逊清，治学转向，留辫子，乃至自杀，无不是这种极端的一种表达，也无不是其对自己以一种极端方式所的肯定。从这一方面来看，王国维选择死亡，是对其原有理念与信念世界的坚执，对自己原有世界的确认而对现实世界的拒绝。但是，正如前面所论，王国维的这种肯定中同时又存在着其理念与信念的对峙与冲突，其双重理性与双重信念的冲突自始至终存在其人生选择与精神历程中，这种执守与困惑以至崩溃并存的紧张与冲突状态，又打破了他对自己原有状态的肯定，使他对自己的存在和状态处于认同混乱之中。所以，对王国维而言，对自我的认同和肯定与这认同的困惑甚至崩溃同时存在，也正是这种对自我认同的冲突与含混导致其对世界的拒绝与对死亡的选择。此为王国维自杀的又一重内涵的含混，即自我认同的含混。

就王国维自杀的古典与现代含义来看，其自杀的古典意义正如陈寅恪、梁启超等人，甚至如晚清遗老们所阐释的。但同时不能说王国维之死没有现代含义在其中。从现代意义而言，笔者认为，王国维之死的内涵，比传统纲纪的"抽象理想之通性"更深刻的，是其理念与人格中义理、信念与生存根基的悖论。将王国维之死置于中国文化中来看，一方面，对大多数中国人来说，因为相信人性自足的"自然"与"善"，中国人向来是不主张自杀的，而"中国人的不愿自杀，并不是价值论上的肯定，而只是出于一种对现世主义生存习惯的无意识认同，至于对诸如生存方式和生活的意义等问题，却从不加以审视，也无此人格力量能够担负起这痛苦的审视"。而毋庸置疑，王国维的死恰恰体现了一种超越这种"现世主义生存习惯的无意识认同"的人格力量，他的死恰恰是出于对生存方式和生活意义认真思考和重新审视的价值论上的追求；另一方面，中国文化中自古即有"舍生取义"之说，但其"义"中有明显的道德性的追求，如在此之前的 1918 年梁济之死，其便宣称自己是为"殉清"，为殉儒家"忠"的观念，而更为根本的，是出于一种对世道人心的道德拯救的企图。"必将死义，以救末俗"，林毓生命为"道德保守主义"的殉道。就王国维的自杀来看，其内涵则要含混得多，笔者认为，王国维的死不能说没有中国文化理念的潜在支撑，即体现了东方道德文化中志士仁人自我选择的意志力量，诸如其对传统文化立场的自觉回归，对传统纲纪的深刻认同和自觉选择，对逊清与逊帝的仁者的同情和真诚，所有这一切，皆出于一个东方传统士人的义理、信念、道德、良知，是内在真诚的，"实有诸己"的。然而，将王国维政治立场的选择，文化理念的向传统回归与遗老圈的文人们比较，便可看出，同为遗老，无论就生存状态还是就道德理念、立身之本、人格取向，王国维都最终既不如沈曾植之达观世变，善终其身，亦未如罗振玉之彻底作为遗老而致力于逊清小朝廷复辟的"经国大业"，即使在他归附逊清，回归传统文化母体，困惑、痛苦与绝望也始终困扰着他。王国维后期写了一些游仙诗与酬答诗，将其后期诗作与传统同类体裁的诗作一比较，中国古代的隐逸文学，无论是游仙诗还是山水诗，无论是桃源情结还是禅悦倾向，皆有其信念和价值依托，或佛或道或玄，而儒家的价值理念则在其下作为潜在的价值支撑。而王国维的同类诗作在传统价值理念与义理的取向之下，却潜在了一种本体意义的绝望。这一对生存本体层面的领悟与绝望与其前期理念与诗作的内涵是一脉相承的。而传统价值理念与本体意义绝望的并存，也意味着其价值世界的悖裂。这一切决非一个始终处于或完全回归传统文化母体的人所能体验到的。总之，王国维后期人生与信念的选择之下，潜在的却是生存本体的觉醒与绝望和价值世界的悖裂。所以，其后期所选择和作为立身支撑的义理、信念、道德、良知，都不能真正为他提供安身立命的根据。正如荣格所说：信念是一种"主要着眼于尘世生活的信仰"，所以，"对于某种信念的追随，并不总是一个宗教上的问题，更为经常发生的是，它是一个社会意义上的问题。因此，坚守某个信念本身根本不可能给个人提供任何生存的根基"。而王国维以其一生所寻求的，正是这种根基性的东西。而其后期所归附的传统文化理念却不能最终为他提供这种根基。毋宁说，王国维的死，是由于其理念与人格中的义理、信念与生存根基的悖论，即其义理、信念的立足于传统与其生存根基的出离传统的悖论。这种出离即在于他曾经接受的西方近现代文化，在于这种文化所带给他的生存世界的开启。然而，正如笔者在理念研究部分所指出的，无论王国维接受西方文化尤其是康德、叔本华哲学而试图与东方传统文化相整合，还是最后的回归传统文化，都无法解决他最终的问题。那么，从个体存在的角度来看，王国维选择自杀则不仅仅是道德甚至信念意义的，他的选择超越了传统道德与文化理念而更接近于一个现代人的自杀，即其自杀的出离传统文化的含义在于个体存在的终极意义，而非纯粹道德意义的。其"五十之年，只欠一死。经此世变，义无再辱"的遗言，既不单是为逊清，也不纯粹是为文化。"委蜕大难求净土"所求的也是对"大难"——生存根本困境的彻底解脱。他的自杀表达的是生存本体上的绝望，潜在其对人类困境的现代意义的觉知，如其后期游仙诗中所流露的。如果说王国维之死体现了东方志士仁人的意志与道德选择，如梁启超等人所理解的"不降其志，不辱其身"的精神，则这一选择在根本上也是为己的，即为其个体存在意义的，而非为他的，如梁济遗书所表达的，为一种观念——儒家"忠"的观念——而死。

总之，文化性内涵、宗教性内涵、自我认同的冲突与含混、古典道德义理内涵与现代个体生存内涵，所有这一切构成王国维自杀的内涵与意义的多重性与含混性，在所有这些含混与多重之中，又以其持守终身的纯粹、圆满的价值根基而蕴含了一种无可置疑的坚定性。

另外，在以上论述的基础上，笔者要指出，王国维之死的内涵远远超过事件本身而体现了一种象征意义。这种象征在于他的死的意义的多重性与含混性中所体现的精神个体的孤独性和典范性，这种孤独性和典范性中所包含的历史内涵和时代意义远远超出对象本身，体现了中国历史与文化转型的象征意义。而自王国维辞世之时起，对他自杀事件的探讨也已经超出了事件本身的研究，其中所隐含、所体现的探讨者的心态气质、知识理念、信念信仰等同样蕴含了历史与文化转型的丰富信息。正如他的死所具有的象征意义超过了死亡事件本身，对王国维自杀事件的探讨同样是一种历史及其转型的象征。

以上笔者梳理、论析了王国维一生理念世界的构建历程，以及与之相关的王国维之死的意义与内涵。王国维一生，无论是其理念世界的构建、精神取向，还是其人生选择，所有这一切与中国现代历史进程都存在一种内在深层的关联与纠结。其理念世界的构建、精神取向与现代文化的方向相同或相悖，超前或滞后，王国维的精神与理念世界与现代文化的重新构筑深切关联。那么，王国维理念世界的构建，与中国现代文化的构筑和历程有怎样的呼应？他的一生，他的精神取向与价值根基的执守，他的死的意义的含混性，与中国现代历史和文化又有怎样一种意义联结？

第二章　开启与意义：
王国维之于现代历史与文化的价值与意义

　　本文对王国维理念世界的论述跨越哲学、美学、文学、史学、文化、社会政治等领域，其理念涉及宇宙观、世界观、人生观、道德、社会、政治、文化等多重观念与思想，时间上则跨越中国历史整个转型时代的起始阶段，从维新运动到辛亥革命以至"五四"时期，这一时期正是中国社会政局动荡，文化裂变，价值取向与认同混乱，而中国社会各种主义、思想、思潮、理念空前活跃，空前丰富，甚至芜杂的时期。王国维理念与中国进入现代历史以来的各种"主义""问题""观念"构成一种或显或隐、或直接或隐曲的对应关系，其理念中所内含的文化构建、价值设定、根基重建、人格构想，同样与这些主义、思潮、理念的多个方面与层面构成一种对应、交错或悖论的复杂关系。更为整体地看，王国维的人生与中国现代历史与现实在内在深层构成一种更为复杂的对应纠结与意义联结。而王国维的死则既是王国维个体理念、信念、人格中所有矛盾的集中暴露，也是中国历史与文化转型期理念、信念、人格的矛盾的集中体现——既是文化先驱个体的，也是中国文化整体的，是中国文化由古典到现代、由旧到新的链接中痛苦、悖裂、意义复杂而沉重的一环。那么，探究王国维现象，王国维的存在与中国历史和文化的现代性转型之间的关系是必要的。在探究二者关系之前，笔者首先梳理一下现代现象在世界历史进程中和中国历史进程中的存在和问题。

一

　　"现代"作为一种社会历史与文化现象首先是一个世界问题，中国历史的现代化与现代性是在世界现代化进程之中的。对这一问题，学者们从各个角度和层面诸如社会角度、文化角度、心性角度等作了大量研究。就起源而言，学者们普遍认为，现代历史的起源在于启蒙运动，即 18 世纪反抗中世纪社会及其制度和思想，在思想和行动的领域伸张人类理性的思想文化运动，这场文化运动高扬理性主义和人文主义的大旗，确立了尊重理性、知识、科学的力量和人的现世利益的原则，从而建立了指向理性化和世俗化的全新的现代化观念，被现代思想家认为是传统社会向现代转进的历史环节，启蒙思想的核心——理性——因此被抽象为现代性的基本要素。就形态而言，起源于启蒙运动的现代现象是人类有史以来在社会形态、文化取向、价值系统方面的全方位转型，即在社会政治、经济制度、知识理念体系和个体——群体心性结构及其相应的文化制度方面发生的全方位的现代转变。现代性是一个全球性的存在，按哈贝马斯对韦伯现代性理念的分析，现代过程是产生于西方却具有普遍意义的历史过程，现代社会政治经济制度和文化制度的演化，导致西欧文明及其他民族、地域的社会和理念随之发生现代性裂变，构成了 20 世纪生活世界的基本现实。中国也在这一裂变的现实中。正如学者们所总结的，现代社会的生成基于两个因素：经济生活变动的实在性因素和社会知识变动的理念性因素。与本文的论题有关，这里笔者要强调的是，现代问题既关系到社会秩序又关系到人心秩序的重构，现代——从社会到文化到人——的更为根本的问题正如舍勒所认识到的：精神气质与心性结构的现代转型比历史的社会政治经济制度转型更为根本。现代性是深层的"价值秩序"的位移和重构，现代的精神气质体现了一种现代型的价值秩序的成形，现代现象根本的转换在于心态、精神气质的转换，也就是说现代现象中最为深刻的变化就是人的实存本身的变化。这种变化在人的立身根基层面，即如西方学者所认识到的，宗教和形而上学的一贯世界观完全崩溃。在 19 世纪至 20 世纪的整个过程中，现代性的世界观逐步确立为与宗教世界观相分离的俗世世界观，人们力求建立一种不同于传统宗教或超越世界观的内在——理性的世界观。由世界观的改变进而全面更改了现代人的政治、道德与文化、宗教理念。就道德理念而言，人类进入现代社会以来，道德的奠基理念由彼岸转移到此岸，其结果是道德统一性的丧失，多元道德、分离性道德、及各种道德理念的出现与存在。在政治与文化理念上，从启蒙时代起，现代理性所推崇的理念是个人主义、主体主义、功利主义、乐观主义，而现代种种

"主义"论述中的"民族""个人""欲望""平等""自由""理性"等现代道义性论题贯穿整个现代历史的过程。总之，从以上种种理念的存在与流变来看，可以说，就整个世界而言，现代性关涉个体和群体安身立命的基础的重新设定。从这一根本的层面来看，"现代"同时也作为问题而存在。现代化的历史变迁引发世界各国的社会形态和文化理念的演化，也引发了社会结构和思想观念层出不穷的危机。在思想观念层面，这一危机表现在聚焦于现代性的相反方向的思考、取向，是现代社会对于进步的信仰、对于科学技术的信心、对于理性力量的崇拜、对于主体自由的承诺、对于市场和行政体制的信任等世俗的资产阶级价值观；与此相冲突的是在美学、哲学现代性与文化现代性的意义上，现代性恰恰是反对社会、经济、科技现代性的，现代主义的哲学、美学、文化理念具有激烈的反资本主义世俗化的倾向。现代性的这两个悖裂的方向及其进程已为大多数学者所注意并指出。不仅如此，从 19 世纪到 20 世纪，旧的社会和思想秩序瓦解，新的社会和思想秩序处于形形色色的两难困境，从而现代性原则也体现出一种前所未有的含混性，这一含混源于现代现象本身的含混：各种"主义"和思潮都想为现代社会和文化秩序找到新的根基，又都没有能提供一个明晰、可信的定向。现代性原则的含混表明，一种统一的世界观、人生观、道德与价值取向、文化理念已经不可能产生出来，只有各种不同的观念的多元竞争和相互排斥，而所有的观念都处于一种"无根"的状态。总之，这种古典理念的"崩溃"，现代理念的世俗化趋向及其含混是现代性的体现和方向。对西方文化行程的这一过程的概述和阐释，同样可以移植到对东方历史和文化的现代化行程的理解中，即进入现代历史和社会之后东方传统的本体理念、道德理念与价值理念的解体过程。然而，笔者想要指出的是，关于人类历史的现代历程，中外一些论著多是对概念的阐释，让人怀疑现代性和现代化这一历史文化过程只是一个概念的过程，而 19 世纪到 20 世纪则只是一个概念的世纪。毋庸置疑的是，人类历史的现代转变并不如学者的概念所表述的那么平静、理性、概念化，更重要的是概念提出之后的生命存在，一种现代社会与历史进程中的，现代境遇中的生命存在，包括生命与存在方式的领受，生存理念的探寻，人格的构建，价值根基的设定，道义与义理世界的构筑。毋宁说这是一个充满困惑、痛苦与悖裂的过程，尤其对那些现代制度与文化理念被动置入的民族与国家而言，如中国的现代历史行程所体现的。

二

晚清以降，中国卷入了现代化过程，中国社会与文化进入了一个全面变动的历史阶段，在这个过程中，中国社会发生了剧烈的变化。这一切被韦伯称之为"理性化"的过程，就中国这一独特的文明与社会形态而言，一方面是社会历史的"三千年未有之大变局"，是社会整体结构的改变；另一方面，在文化理念上则体现为传统的价值系统受到最严厉的挑战，导致了"纲纪之说，无所凭依"的局面，在道德、价值、观念、思想、心理等领域和层面，中国文化出现了严重的取向危机。与此相关联，种种现代观念和新的思想论域也在此时逐渐浮现。有学者认为，西方文化给中国传统文化所带来的震荡与侵蚀，1895 年以前仅限于传统文化的边缘，即限于"用"的范围而未深入"体"的层次，而 1895 年以后则深入"体"的层次，进入文化的核心，造成文化基本取向的动摇与危机。在这一过程中，传统文化的主流——以"礼"为基础的规范伦理与以"仁"为基础的德性伦理，在 1895 年以后都受到极大的冲击，造成二者核心的动摇，甚至解体。儒家规范伦理与德性伦理核心的动摇，意味着中国传统的价值中心已受到严重侵蚀。中国知识分子已经失去社会发展与人格发展的罗盘针与方向感，面临文化上的自我再认与自我定位问题，在转型时代产生了普遍的焦虑与困惑。而对于"现代"这一新的社会文化形态与现象，学者们的接受是立足于特定的社会和时代需要的，从中也反映出特定的民族根性，特定文化的接受特色及价值取向。"现代"在中国历史、社会和文化中呈现为一种复杂存在，同时必然伴随着它所引发的问题和困境。将这一历史时期的思潮梳理一下，或许能更为切实地说明问题。

从鸦片战争前后到洋务运动，士林中出现了"经世致用"的新思潮和讲求实学的新学风，提倡"兴利""致富强"的价值取向，士人们主张引进西方的先进技术，学习西方的"富强之术"，呼吁"借法自强"，以至提出"中体西用"理念。这一绵延半个世纪的过程，孕育了思想观念方面的重大变化，以洋务知识分子为代表的中国先进知识分子，开始萌生面向现代的新意识和新观念。"中体西用"观念与思想模式将西学内容合法化，将指向现代的世俗价值目标引进传统框架内。以"富强"为尚，以"富强"为新的价值标准的观念，既是一种基于现实利害的理性选择，也是一种以西方为参照物的开放性思维的产物，它指向的是现世的、功利的、世俗的价值目标，与封闭的、伦理的思维方式所产生的"礼义至上"的传统伦理价值目标已有了根本性不同。这一切意味着当时先进的知识分子在文化视野、价值取向和思想观念上开始走出传统的封闭型体系，走向现代的开放。戊戌变法期间，对西学的引进在继续，对社会与观念的变革也在继续。康有为的"古经新释"在经学的框架里融进了西学的内容。在这种中西合璧中，中学提供的是宇宙观，西学则提供了社会政治观。严复所译述的《天演论》把生物界的规律推广到社会历史领域，用进化论为变异史观提供科学佐证，而在其进化论的观念中强调民族合群、自强自立、竞争意识。严复对科学思想的传播，努力使中国文化走向理性化，而其关于科学思想的提倡则是作为民族复兴的根本途径。相对于严复对科学理性的倡导，对"民智"的开发，梁启超的重点在于道德与政治的启蒙。其"新民说"与"新民德"的理念，与当时所作的各色各样的"泰西学案"，实为道德、政治启蒙理论。而他对西方道德的理解归根结底也指向政治问题。经历了民国初年价值认同的紧张与混乱之后，新文化运动进入了一个"重新估定一切价值"的时代，文化的各方面都在发生变化，中国知识界的价值观念真正经历了一场革命性的变化。从重建价值、人格塑造、人性批判到传统价值的现代变革、语体革命以及婚姻家庭革命等，启蒙思想家们在信仰、知识、意识形态诸领域和层面展开了多个命题，这一时期思想与文化的主流理念为科学、民主、人权、平等、进化、进取、理性、实利、人本主义、自由主义、个性解放等现代观念，所有这些体现在白话文运动、"打倒孔家店"、文学革命、问题与主义之争、科玄论战等一系列思想探讨与文化运动中。白话文运动的本质是文化的世俗化过程，这不只是语言与语体的转换，在更为根本的层面上体现了逻辑思维方法的转换，因此与现代理性有了内在的与根本的关系。"打倒孔家店"和文学革命是《新青年》鼓吹新思想、新文化的两大热点，这两个运动从文学和思想领域促进了传统伦理道德基础的解休。除此之外，启蒙思想家们将自己启蒙的触角也伸向了文化的各个角落，从宗教、伦理、政治、教育、法制到经济、科学、艺术、风俗，几乎无所不及，各种相距甚远的命题都被他们归总到思想启蒙和改造国民人格的总目标下。以《新青年》为核心的新知识分子群体按照他们所理解的现代意义与标准，尝试重建中国社会的价值体系。国权与人权、国家富强与个性解放的综合，成为新文化人重新估定一切价值的新目标和新尺度。在这里，西方思想与文化，尤其是从文艺复兴以来的西方近现代思想与文化是他们谋求根本解决中国问题明确的参照系，而他们事实上渴慕的是输入现代西洋式的意识形态，敬羡的是从古希腊发源的以理性主义为主的西方文化精神，诸如理性、民主、科学等。其最终结果是"科学"和"民主"被知识界奉为全能化的新信仰，而"五四"乌托邦式的科学崇拜，在对科学寄托了全能化的社会功能和价值期望的同时，必然失落终极关怀和深化儒学式微所引发的意义危机。

　　这便是"现代"——作为一种社会形态和文化理念，在中国历史、社会和文化中的复杂存在，这便是它所引发的问题和困境。一方面，现代意识作为人类共时性的观念形态，具有一般的意义和贯通性；另一方面，现代意识作为一种社会意识形态，不可避免地与各国、各民族的社会基础、文化基础以及时代需求紧密相连，显示出不容忽略的个性。而东西方文化传统的差异性也足以决定它们在现代意识内涵上的差异性。中国历史与文化在现代语境中所发生的根本性的变化，使其对现代现象的反应呈现极为复杂的面目，西学对东方社会与文化的冲击，并非意味着问题的解决，而是转化为新的问题。总的来看，从19世纪中叶至新文化运动以来，中国现代化进程的最终取向为：功利主义与意识形态化，中国"现代"理念与价值取向，以物质主义、科学主义和实用主义三种潮流为主体。现代历史语境中的功利主义，就其情感与信念基础来看，是中国文化人基于传统的家国主义，现代的民族与救亡意识，士人的社会责任感和道德信念所作出的选择。就其思想资源来看，其中既有传统经世哲学与实用精神作为资源，也有现代实利、进取观念作为参照和价值支持。而在科学的僭越之下是一种坚固的功利意识的支配。无论是功利主义还是科学主义，在中国社会进入"现代"这一历史过程中，皆被意识形态化。可以说，中国的现代化运动自始就负荷着过于沉重的社会功利目的，并蕴含着文化主题与政治宗旨。在走向现代化的过程中，从政治、道德、文化和知识等各个领域，中国现代进程潜伏着深刻的现代性的内在紧张与悖论。从经世致用思潮、洋务运动到新文化运动，知识者的文化与价值取向的根本在于功利化的家国意识与社会政治意识：经世思潮和洋务运动的"富强"观念的终极价值目标是挽救民族危亡，争取国家自立和民族生存。而新文化运动和"五四"时期自由与人权的价值被转换成民主与科学，其终极目的同样是为从根本上解决政治和国家富强的问题。身处危亡之秋，一切都和救国联系，全盘泛政治化，意识形态化。如果把中国现代化理解为千年文明再造，那么启蒙思想家们所从事的价值重建运动，无疑深深触及了中国现代化最艰难、最根本的一环。然而同时，这一过程也最为深刻而典型地体现了现代历史转型过程中中国文化现代化运动的限度。

这一限度——意义与价值的式微，首先是由文化保守主义者意识到并提出的，他们从传统价值系统着眼，认识到转型时代传统秩序瓦解以及传统基本伦理价值遭到严重挑战，造成意义架构的动摇，中国人面临的是前所未有的宇宙和生命的基本意义问题。正如吴宓所揭示的，科学发达后"物本主义"偏盛，宗教和道德式微，人类由此失落了在"天界"和"人界"安心立命的处所。而新文化运动也正失之于蔑弃宗教道德而以物本主义为立足点。吴宓为现代人设计的救世之道在于：以儒家道德融会西方人本主义，由此而做到"国粹不失，欧化亦成"，以成就融合东西文明的文化重建。中国历史的现代化进程，也是精神文化上启蒙的过程，中国的启蒙运动，其理念大致可以分为两个方向：民族救亡的启蒙与个体解放的启蒙。正如以上所论，中国进入现代化进程的一个多世纪以来，文化先驱者们致力于前者，而后者却是被忽略的，在他们高扬人本主义、自由主义的旗帜时，其目的是试图通过救个人实现救社会的救世关怀，他们无暇、无意对人的存在与意义作深入根基的探究，对立足于生存的价值意义作完美的构建，为解脱个人困惑而寻求意义、评估价值，这正是中国现代化进程中的困境与问题所在。此外，笔者要指出，现代历史和文化转换的根本在于人的实存——价值根基、生存理念的转变，所谓人的解放和个体解放，其根本亦须立足于人的安身立命的根基的确立，而这也是王国维理念世界的构建及其自身存在的意义、困境和问题所在。因此在这里，笔者要提出的问题是，历史的裂变和转型使王国维成为开启中国现代性的先驱之一，在中国现代性思潮与理念的主流之外，王国维所构建的理念世界提供了怎样的价值指向和存在意义？又提示了中国文化转型怎样的价值和精神困境？相对于现代性的普泛性理念，如"理性""自由"及其在中国的对应和体现，如"民主""科学""个人""公""国家"等，王国维理念的独特性何在？其纯粹与圆满的价值根基相对于现代性主流，意味着什么？相关于历史进程，这种独特性又如何引致其理念与人格的内在矛盾，以致其死亡？

三

　　另一方面，笔者认为，对于中国现代历史，鲁迅是一个无法绕过的存在，鲁迅意味着中国现代模式的一个独特而深刻的存在。中国进入现代历史以来，不同的文化与精神理路、理念、观念构成了几种不同的文化与精神路向，有学者总结为：文化哲学路向（梁漱溟、张君劢），实证科学路向（胡适），人类学—社会学路向（吴文藻、潘光旦、费孝通），理学路向（冯友兰），心学路向（熊十力、牟宗三），传统史学路向（顾颉刚、陈寅恪、钱穆）。这些文化精神路向又组合为三大流派：自由主义派别、保守主义派别与唯物史观派别。这些路向和派别意味着对中国现代化的多重、多种方向的选择与担当：以胡适为代表的自由主义者以科学理性而担当中国现代化的文化与价值构建；以新儒家为代表的文化保守主义者则将传统与现代整合而寻求中国文化的独特发展；唯物史观派别以其对待一切文化的"批判地继承"与"创造地转化"的理念而力求创造一种新文化。而在这些路向与派别之外，鲁迅以其对社会历史进程的独特理解，对人在现代境遇中的根本认识而承担起终极意义丧失、价值分裂和意义歧义的可能性，以从根本上求得个体与民族的自我更新和再造。

　　概而言之，鲁迅对中国历史与社会的现代转型，对个体与民族的现代处境的担当，大致可以综括为其对历史与文化的形而上的理念的解构，对现代境遇中生存的无意义状态的认同与承受。这种与中国历史现代转型紧密关联的担当首先且根本在于鲁迅内在的生命形态及其整个生存发生了一种本体论上的转变。从根本上来说，他对中国社会和人的改造，他对中国社会与历史的承担，是在他摆脱传统的和虚假的道德幻觉，失去了传统"大我"支持的精神和心理的背景上进行的，他成为中国的偶像和传统价值的破坏者，他所要破坏的，也正是他自己的生存依据。立于这样一种生存本体和价值根基，对于理性法庭，对于现象世界之外的本质的、理念的世界，此岸世界之外的"真实的世界"和"知感两性，圆满无间"的理想，鲁迅则从根本上给以消解。对人的存在而言，鲁迅从人现世的有限性方面来把握人，正视人的残缺性，因而把人看作现实的、中间状态的（变易的）、个性化的生命，对人的共性、普遍本质加以消解。而历史与文化的神圣性，在他那里已经幻灭。由这种否定和破坏而打破传统文化和生存世界中生命的伦理性和封闭性，其目的则在于促成文化和民族的自我突破和超越。他的"中间物"哲学或许可以概括他对理想、对人性、对现实社会、对历史与文化，以至对整个生存的基本看法和取向。而无论对理想的消解，对人的有限性的把握和承担，还是对历史与文化的解构，鲁迅的理念基础恰是因为其认识到圆满、纯粹的不存在。这种对历史与文化的解构，对一切既有的圆满的价值理念的消解，既是对自己生存依据的破坏，对存在的无意义的承担，也恰恰是一种理性的承担，在鲁迅那里，恰恰是由这种认识和否定哲学，而担当生存的真实。

这便是鲁迅哲学的悖论与困惑之处，无论是就社会历史、文化、生存而言，还是就民族、个体而言，这种悖论与困惑无处不在。其生存的"在而不属于"状态；其"中间物"哲学，贯穿着理性与非理性，意义与无意义；其人生哲学的一系列范畴，希望与绝望、生与死、反抗与选择、内心分裂与孤独……其"人"或"立人"思想的两种相异的思路。从理性主义传统出发，把人的发展与进化学说相联系，追求人类共同的价值目标和人道主义理想；从个体性出发，把人的独自性、差异性作为人的价值准则，而拒绝为人类提供某种统一的生活意义和价值标准，把启发和唤起个人的主观性和自觉作为自己的根本任务；以个体生存为出发点，则其人生体验中充满了孤独、忧郁、绝望、反抗、否定、罪感……以社会群体、以"类"及其相互关系为出发点，则科学理性、进化学说、民主共和、文明批评、社会批评，构成其现代意识和意义的理念世界。无论对传统文化、对现代文化、对现实当下、对超越世界、"在而不属于"、肯定与否定、意义与无意义，所有这一切，在鲁迅自身的精神结构中形成了一种悖论式的存在。而鲁迅的丰富难解和深刻伟大便在于这种悖论式的存在，在其身上集中了当时可能拥有的各种时代思潮和思想矛盾。他代表了所处时代的理想，却又表达了对这种理想的困惑和质疑、批判。对于现代历史与文化而言，鲁迅的特殊性在于，在现代处境中而对传统与现代同时质疑。他抛弃了传统的纲常义理，又没有认同现代理性逻辑和进化原理，而是带着现代文化对人性深层的探测成果进入人性的批判，始终致力于揭发国民精神的创伤和心理瘤疾。可以说，鲁迅是从根本上探索个体与民族的一种新的生存方式，所以，鲁迅的"现代性"与个体和民族的自我更新和再造是一体的。所有这一切，既是鲁迅对中国历史与社会的现代转型的一种深沉的担当，也是对个体与民族的现代处境的一种根本意义的担当。他承担的是，传统文化的终极意义丧失之后，价值分裂和意义歧义的可能性。这里包含着鲁迅现代性命题的全部奥秘，也是他与其他人有根本区别的地方。鲁迅以其对不圆满、不纯粹，对现代生存困境的承担，开启了现代历史的深刻走向与现代文化发展的内在方向。

对中国现代历史，鲁迅是一个独特而深刻的存在。这里论及鲁迅，笔者想要探究的是，相对于鲁迅，就中国历史和文化的现代转型而言，王国维又意味着怎样的存在和意义？在鲁迅之外，王国维又提供了怎样的价值指向？相对于鲁迅对不圆满、不纯粹的自觉领受，王国维所提供的圆满、纯粹的价值取向，他对圆满、纯粹的价值根基的执守，对现代精神世界，对现代文化的构建，又意味着什么？又有怎样的意义？

四

对现代文化而言，历史的裂变和转型使王国维成为开启中国现代性的先驱之一，无论是其前期在哲学、美学、文学方面的现代内涵和意义的开拓性的研究，以及其本体理念、道德理念、审美理念的构建，还是其后期在史学方面对新史料的运用和治学理念的现代性开拓，他的学术、他的思想、他的理念及其他的人格，他的整个存在，都曾在根本的层面上向现代性开启。如前文所论述，王国维文学与美学的译介与研究，昭示其现代意识的某种程度的觉悟。其对文学非功利的纯粹性，对文学独立位置不遗余力的强调，毫无疑问是文学自觉的先声。而得自于近现代西方哲学的启悟已经化为王国维个体生命的真切内容，贯穿其诗词创作和学术研究中。其创作和研究中的孤独、忧困之思，浓厚的哲理意味和悲观色彩，对存在的荒谬与困境的根本的意识，无不蕴含着一个先觉的现代知识分子的深沉思考与体验。其治学的现代理性色彩则表现在史学研究中，后期对新史料的介绍和运用，治学理念的科学性与现代性，对于"五四"时期史学乃至20世纪史学都有其非常重要的意义。无论就学术研究还是文学创作，无论是理性还是非理性，王国维的文本、理念、人格及至个体存在，都蕴含了现代色彩和意味。但是，王国维这种现代性的开启却并不彻底。同样是从19世纪末的西方文化中汲取滋养，同样致力于对存在的根本寻求，不同于鲁迅对现代生存的领受，也不同于现代性的普泛理念，王国维致力于相反方向的构建。圆满、纯粹，理想、绝对，客观、本原……他一生致力于探究与重建一个圆满的价值理想与生存世界。立足于人的普遍本质与共性而构建人的圆满性。把个体存在及与个体存在有关的一切：人格、道德、理想、理性等本体化与终极化。如此，在生存理念转换的现代境遇中，如果说鲁迅对现代性承担的根本原因在于其内在生命的本体论的现代性转变，王国维对现代生存理念的重新构建却并没有达到理念与人格的本体论上的转变，相反，传统道德规范与义理之内的道德生存恰是王国维人格与理念的现实支撑，且在其人格、理念与现实生存中始终存在着道德本体化的倾向。在鲁迅那里，文化和历史的神圣性，以及对它的一切幻想都已破灭。而王国维的理念构建并不以对传统文化的破坏为主，恰恰相反，文化和历史的神圣性，人类文化的理想和精粹是其理想的理念世界构建的资源和基础，且从文化与历史的神圣、理想和精粹中寻求慰藉之道，对王国维而言，既是其理性的理路，也是其情感与价值的需要。由此，王国维无从打破生命中固有的伦理性与封闭性，也无从实现生命和生存的本体论的转化。笔者认为，生存理念的本体论的转变与否这一点是王国维不同于鲁迅，也迥异于现代文化与理念的根本所在。所有这一切：王国维理念世界与生存世界的本体化、终极化、理想化的构建，一方面开启了中国文化的现代性；另一方面，又使他无论从其理念的构建理路、方向，还是从现实人生与道德取向，都与现代人、现代文化、现代理念迥异。而使王国维从中国现代文化的开山者到外在于现代文化的原因，则在于其对圆满、纯粹、绝对的根本价值根基的固守。对王国维而言，他所致力的不只是一种现代或传统的定位，而是生存的根本的自由和圆满，以其对圆满纯粹的价值理念的深刻执着而欲构建一种超越历史的纯粹存在。他试图在历史转型的现代境遇中，在东西文化、传统与现代之间寻求一条更自由、更圆满的路。他力图用自己的学术和理念构建一种新质的理想的东西，一种包容一切的理想的价值体系，这一构建是立足于宇宙人生终极层面上的。同样是基于其纯粹、圆满的价值取向，其后期又完全抛弃了这一新质的理念世界而回归传统母体。正是这样一种价值取向与根基的执守，使王国维面对生存的困境时没有选择鲁迅式的承担，而始终在寻求终极慰藉与解脱，寄求一种圆满与纯粹的生存境界。说到底王国维的悲剧在于其始终在"理想为之一变"的现代社会而求"具足协调之人"，求生存的绝对纯粹、圆满、自由，虽然其内涵已加入了西方现代理念，但其思维方式与价值取向却是古典理性的圆满、终极大全式的理路。王国维与鲁迅、与现代人的差异在于价值根基、思维方式与生存的本体论的现代性转变与否这一根本的差异，这种差异代表了古典理念的终结和现代理念的开启。这也是王国维最终外在于现代历史主流的根本原因所在。

但是，所有这一切却并不意指王国维于现代历史和文化无所关联。相对于人心秩序、人的实存类型的现代理念的转型，王国维所探究的纯粹知识与理念，所恪守的纯粹圆满的价值根基，所构建的本体化、终极化、理想化的理念世界，他的价值取向与精神走向，他的人格，他的生存方式都呈现出独特的内涵和意义。对于历史和文化的现代性转型而言，王国维有其独具的启示和意义。学者们在研究王国维的学术世界时注意到其学术研究的"纯"或"纯粹"，诸如"纯哲学""纯粹知识"、文学非功利的纯粹性等，在其所从事的哲学、文学、艺术、史学等领域，无不贯穿着一种"纯粹"的理念。从社会和文化层面而言，王国维所构筑的纯粹知识与理念的意义，在于荡涤传统文化中服务于特定王朝政治的功利内容，召唤国民价值秩序和思维方式的重建，进而以知识与理念的"纯粹"为标准。在现代转换之际获得对中国传统文化的新的认识，揭示出传统文化中固有的问题，诸如以这种"纯粹"对于传统文化的功利性与实用性的思维方式和致思倾向的认识与检讨，对于无论新旧文化，无论文学、艺术、教育等各领域中的人生功利化取向的批判，所有这些检讨与批判都以纯粹知识与理念为标准而立足于纯粹圆满的价值根基。而他一生坚持"无用之学"，唯"真理"是从的精神，也在其内在深层意义上走出了政教合一的传统学术模式与理念，体现了王国维学术思想的现代内涵和色彩。在具体的意义上成为中国学术现代化的先声，在更为广大的意义上也为中国学术走出道德教化和社会政治的模式，为学术研究的独立，为中国学术走向现代化的模式和理念奠定了价值根基。在社会文化层面上，王国维的学术研究，他的"纯粹"知识与理念因而具有了批判现代性的意义。所有这些学术理念和知识的"纯粹"，其实是立足其价值根基的纯粹的。王国维一生所寻求的境界，所致力构建的是一种生存的理想境界，而"纯粹知识"——人类精神的高尚领域，则是其境界的理想载体。这种"纯粹知识"与价值根基对于个体人生的意义就在于推进主体的变换和提升，使国人超越传统实用利害的价值取向而省察生命存在的意义和宇宙本体的奥秘，这种超越传统理念的更为根本、阔大和深远的价值取向对国民的价值精神与思维方式的重构有深远的意义。在比社会文化更深入的层面上，王国维纯粹的学术世界及其根基对于中国人价值秩序和立身之本的现代性转型具有更为深刻的意义。总之，无论是学术领域的"纯粹知识"，还是理念构建的"纯粹根基"，无论是其价值取向，还是精神走向，对于中国历史和文化的现代性转型而言，在社会文化整体以至个体立身根基层面上，王国维有其独具的意义。

然而，王国维的理念、人格、存在与中国历史、文化的现代性转型之间的意义关联不只如此。如前所述，王国维的本体化、终极化、理想化的理念世界，其纯粹圆满的价值根基和取向，他与现代历史走向和文化重构既相纠结、交错，又相冲突、悖反的价值取向与人生选择，他的人格与整个存在，皆意味着在现代境遇中，在现代历史和文化中的困境，理念与人格悖裂中的执守又体现出一种困境中的坚定性。笔者认为，结合王国维及其生存背景、时代境遇，所谓困境，也意味着担当。这种困境和担当与中国历史和文化的现代转型存在着多重复杂的意义联结，是王国维以其独特的理念和存在方式对中国历史和文化的整体性的、根本意义和层面的担当。这样一种彻底的根本的担当，也意味着对现代历史进程和现代文化理念的超越，而在其担当与超越中所暴露的王国维理念与人格的困境不仅是个体自身的，更关联历史与文化转型期中国文化整体的，同时也暴露了中国历史与文化在走向现代历史过程中的多种矛盾、紧张与困惑，以及其中的艰难与困顿。

就其知识与理念的探究与构建而言，如前所论，王国维的理念构建的悖裂和对峙，其理念与精神世界中双重理性与双重信念的冲突，其理念世界所立足的圆满、纯粹的价值根基执守的困顿与艰难，包容一切的价值欲求之下的价值世界构成的悖裂与困惑，所有这一切无不昭示其理想的理念世界的构建在现代境遇中的困境。根本而言，王国维的价值根基、思维方式、生存理念在历史与文化的大转折时期，既未实现彻底的现代性的转化，也无法在现实世界中落实。无论较之传统士人的稳定的精神世界与价值体系，还是较之近代知识者对传统理念世界与价值体系的消解，王国维的这一理念构建与价值设定及其实现要艰难与困惑得多，其所预设的纯粹与圆满的超越世界在现实中无以求证，无从实现。然而，这种困境与困顿并不意味着王国维的理念、精神、理想世界之于现代世界不存在意义关联。正如现代思想家们所认识到的：归根到底，知识是人的一种生存方式，知识源于人把自己有限的存在与一种本质存在联系起来的冲动，而严格的、无信念预设的知识学术对世界观的获得或设定是毫无意义的。在此意义上，王国维所构建的知识、学术与理念恰恰是其生存理念的本原表达，源于一种根本的信念预设，具有"把自己的有限存在与一种本质存在联系起来"的特性，从而具有了本原性与超越性的意义。而无论王国维理念世界前期整合中的对峙与悖裂，还是后期回归中的对峙与悖裂，固然昭示其本原性与超越性的理念世界的构建在现代文化中的困境，但王国维对这种本原性与超越性的执守贯穿其理念世界的始终，体现了一种困境中的坚定性。无论是王国维理念构建的困境，还是困境中的执守，对现代历史与文化而言都有更为深邃和独特的意义和价值。有关学者普遍注意到王国维追求人生根本慰藉的价值取向："静心息欲，洞见本体，彻悟人生，沉浸于审美，希冀着涅槃……在严重的生存危亡关头，他努力构想理想的境界来抵御现实的痛苦。"进而认为在王国维追求文学非功利性背后的人生因素是要"为灵魂寻找安放地和逃避所"。笔者认为，王国维的这种"理想境界"的构想和"灵魂安放地和逃避所"的寻求，毋宁说是在生存根基失落的现代境遇中对存在本体的重新构建，是对现代生存境遇根本意义的承担。如前所述，东西方学者已经意识到现代知识理念与心性领域分化的大前提在于"宗教和形而上学的一贯世界观完全崩溃"。而无论是西方还是东方，这种古典理念的"崩溃"是现代性的总体体现和方向，那么，就生存的现代境遇而言，王国维一直在寻求一种信念，一种对终极有效的东西，以回答整体性的世界和生命意义抉择的合理化问题。其纯粹知识的本质，其一生对于纯粹、圆满境界和价值的追求和持守，对于现代个体性的生存而言，在于对人的本体论规定的重大修改。在人的实在整体性不复存在的现代境遇中，重新整合人类文化与价值理念的真、善、美，以重构人的本质和存在的整体性，从中寻求世界的存在根据和建立其立身之本，对于现代历史与文化而言是一种根本意义的"担道"。有学者认为，对现代人来说，困难在于不能承担价值歧义的事实，他们认为所有对终极体验的统一性的追求，反映了不能承担的软弱。相关于王国维，笔者认为，对此理念可以作相反方向或意义的理解或解释。王国维之于现代性的意义，一方面，意味着现代人对整体性意义丧失的焦虑和整合的努力；另一方面，王国维对终极"体验"的统一性的追求，其理念世界本原性与超越性的构建，恰恰蕴含着一种超越现代理念和意义的坚定，体现其超越历史的相对性品格。对现代历史与文化而言，王国维的理念世界既是困境，但二者之间又存在着本原性与超越性的意义联结。

对现代文化和生存的超越同样是一种担当，一种超越历史主流的根基性的承担，以超越而担当。无论是其前期理想、理念世界的构建，还是后期回归传统文化母体，无论是他整合的努力还是最终悖裂的世界，以及他的终极选择，他的这种寻求与构建的努力和过程已经意味着他对现代生存境遇及其人类生存困境的担当。此外，超越历史走向的古代与现代、进步与落后、激进与保守，直接关联生存永恒的理想。王国维的意义还可以由下面康德一段话阐释："此种完善国家固绝不能实现，但无碍于此理念之为正当，理念欲使人类之法律制度日近于最大可能的完成，乃提此极限为其范型耳。盖人类所能到达之最高境域为何，理念与实现之间所有间隙之程度若何，乃无人能答——或应答——之问题。盖其结果一以自由为断；且超越一切特殊之限制者，即在此自由之权能中。"这段话是康德在评价柏拉图"无用"的"理想国"的理念时所说的。笔者认为，康德之于柏拉图的这一理念阐释也可以用于阐释王国维之于"现代"的理念。柏拉图理想国之于现实世界的意义，也是王国维纯粹、圆满的价值追求之于历史转型的现代中国历史和文化的意义。19世纪末，在现代历史进程的物质化、功利化的主流之外，在现代人意义式微，价值失落的生存境遇中，在知识分子以及国人宇宙观、世界观、价值系统混乱、茫然的境况中，王国维的理念构建、其理念的困境以及困境中的坚定，这一切都蕴含着王国维对现代生存困境，对现代历史与文化的承担。困顿而担道，根基悖裂而执守坚定，正是在这悖裂与坚定中，王国维成就了一种坚定的生存理念和存在典范。我们固然不能忘记王国维之死意义的多义性与含混性，但正如笔者前面所论，在其终极选择的多义性与含混性中，始终存在着对圆满、纯粹的价值根基执守的坚定性。笔者认为，这一论证可以推及王国维一生的理念、人格与存在，即在其关联于传统文化与西方文化，传统义理与现代理念，以及种种现实社会、政治、文化，个体人生选择的意义多重复杂的生存中，始终存在着一种坚定和执守。那么，所谓人的解放，个体的解放，在根本层面上关乎个体与群体安身立命的基础的重新设立。在现代性主流理念——科学主义和物质主义的人生观与价值取向之外，王国维则提供了另一种方向的价值取向，一种圆满、纯粹和根本的价值取向和方向。虽然是古典的、终极大全式的理路，但对于现代文化和生存而言，却不能说没有其存在的缘由，没有其独具的价值和意义。对于历史与文化的现代转型而言，王国维的知识与理念世界从正向与逆向、现实与超越的双重方向及双重层面上，以其与现代文化与理念的纠结、交错、冲突、相悖，承载了对于现代历史与文化的担当与超越的意义与价值关联。

与现代历史和文化的这种超越与担当的意义联结，就其人格与存在言，一方面，王国维的悲剧，其精神世界与人格中的价值裂变，他的终极选择，固然意味其人格与存在在历史转型期的困境与艰难，他以最纯粹与圆满的存在形式表达了历史文化转型期最深刻的价值裂变和最艰难的人格转型；另一方面，传统文化与西方文化的交错、纠结在导致其生存根基的冲突与悖裂，导向其人格悲剧的同时，其中的理想和精华也成就其纯粹、完善的一种德性，内在凝化为超越历史与现实的相对性的"全而粹"的人格，一种统一的稳定的精神品格。其圆满的存在，其"全而粹"的人格形态，对旧道德而言如此，对新道德而言亦未必不是如此。麦金泰尔针对现代人与现代文化存在根基的缺席，提出重新赋予人类行为以统一性，用可以引人走向更大更好的善之实践所具有的目的性来给人的生活以灵魂，使其存在有所根，使其行为有所本，使人提升，使人超越，"这就是走出伦理困境的方向"，而深入存在根基的探索所具有的终极目的——"使我们认识到生活中的完整性和坚定性"。就王国维而言，超越现代文化与理念的历史的、相对的品格，其存在和理念所体现的首先是对完善存在的一种"有所本"与"有所根"的追求和确证。而其"全而粹"的人格所成就的则是深入存在根基的完整性和坚定性，由此而实现其自我本身的存在价值，实现其存在的完美性。这种坚定性和完整性再一次关联着以下问题：王国维到底为什么而死？他的政治文化立场到底在哪一方？笔者想指出的是，无论从时代背景还是就个人遭际而言，王国维的一生，其人格与人生选择，充满了困惑、困顿、冲突、悖论。在个体人生与人格的一个极端层面上而言，他的身上集中浓缩了那一代知识者的人生遭际、人格内涵以及伴随其中的矛盾与困境。他的几次治学与人生转向，他的现实社会、政治、文化立场以及具体的人生选择，无论是主动选择还是不得已而为之，关键是在这转向和选择之下的始终如一的执守。在这一意义上而言，他的所作所为，是一种超越具体历史境遇和文化立场的道德主体的自我完成，是一种自为意义上的完美存在。无论这完美是来自东方传统文化还是西方近现代文化，无论是以传统理念来阐释还是以现代理念来阐释，其中自有其凝化中西文化精粹的稳定统一的精神品格。如果说王国维前期是为了追求纯粹、圆满的价值理念而自觉地"无所归属",则其后期向传统文化的自觉回归而无法回归而终于"无所归属"却是无奈和被迫的,是历史与其本己的价值取向共同将他置于此一境地。而从文化层面上说,王国维处于既非现代也非传统的孤独地带,可是从人安身立命的根基层面上言,其理念的贯注,对圆满与纯粹的价值根基的持守,道德绵延的统一性,既体现了"自忠其信仰,以完成其人格之坚贞"的古典意义,又提供了中国现代历史转型期价值混乱、根基缺乏境况中个体存在的"完整性和坚定性"的现代意义。有学者如此评价"五四"时期的知识者:"五四一代问学者,不论是倡言'打倒孔家店'者,抑或是遗世独立守护儒学真精神者,都体现了人格之独立,思想之自由,对'主流意识形态'之批判。"该学者是从启蒙的角度作此评价,而王国维则在立身之基更为根本的层面上体现了"人格之独立,思想之自由"。其人生与人格充满冲突与张力的困境和困境中的坚定,更加印证了这一精神品格。总之,王国维理想的理念世界,他纯粹、圆满的价值与人格执守,固然意味着在现代境遇中的困境,然而,对现代历史与文化而言,王国维的理念与人格,又体现了一种理想性和典范性的存在,蕴含着一种超越历史进程的本原的、固有的意义与价值。但是,这样一种理想性、典范性和超越性存在的终极结果是王国维对死亡的选择。那么,由此可以推及,王国维的存在及其死亡的选择,不仅暴露其自身理念与人格的矛盾,更暴露了历史与文化转型期中国文化与理念在走向现代化与现代性过程中的艰难与困境,其本身所伴随的多重矛盾,同时也是意义与价值的多重取向。而王国维的最终拒绝走近现代及现代文化,是否以其圆满与纯粹的坚定与执守,反衬出现代文化的困境与局限性呢?而他开启现代文化与理念而终又悖于现代文化与理念的圆满、纯粹的价值取向之于现代性、现代历史同样具有深远的启示。王国维的意义不只限于当时,且绵延至今,他给予现代文化和现代传统的又一个启示是"如何重新校正和调整人的生存根基和精神气质"。

在王国维那个时代,无论就其理念构建的纯粹与本原,还是就其人格的"全而粹"的形态,就其统一稳定的精神品格,王国维的困境与困境中的坚定性,对现代历史和文化来说,都意味着对价值、意义的担当与超越。这种担当、超越与鲁迅对现代生存境遇中对无意义的承担构成另一种意义与方向的对应。如果说鲁迅意味着现代境遇中承担终极意义丧失、价值分裂和意义歧义的可能性,王国维则意味着对现代人整体性意义丧失的焦虑和重新整合的努力。也可以说，对现代生存和现代文化而言，王国维是在存在根基的另一极、另一种意义——纯粹、圆满、理想、整全的价值意义上，在固守古老的价值与人格根基的层面上，对意义和价值的承担。他们身上所呈现的现代人的精神困境与坚定性，对于现代生存而言，既是内在于现代生存与文化理念的，也是外在于现代生存与文化理念的。对现代历史与文化，对现代生存而言，王国维与鲁迅意味着两种存在典范。而无论是困境还是坚定性，对于现代社会与现代人而言，这两种方式的承担均有其超出时代和社会层面的深远意义和价值蕴涵。汪晖曾经如此感慨："像王国维那样以死相许，像鲁迅那样彷徨于无地，都需要惊人的毅力和彻底性。彻底性，这是现代人最最缺乏的品质……"彻底性，也即本文所谓的根本性，是王国维与鲁迅在不同的层面和意义方向、价值取向上提供给现代人、现代理念的一份深远的明鉴。

从晚清至今，中国的现代性问题，即所谓"三千年未有之大变局"。在走向现代化的过程中，从政治、道德、文化和知识等各个领域，中国现代进程潜伏着深刻的现代性的内在紧张与悖论，知识者的文化与价值取向的根本在于功利化的家国意识与社会政治意识。在人的安身立命的价值领域，则是传统的意义世界与价值系统的瓦解，人的安身立命根基的重新寻求。在这一境遇中，王国维所成就的是理想化的、终极大全式的理念世界，全而粹的人格形态，统一稳定的精神品格，纯粹圆满的价值根基，以及这一切所置身的困境，困境中的执守。所有这一切之于现代历史和文化独具的意义在于：在物质主义、科学主义、实用主义的现代性理念与价值取向之外，在鲁迅之外，王国维以其本己的存在和方式，以其相对于现代历史境遇的困境和坚定性，而承载了现代生存困境中价值与意义的担当与超越。在价值理念及个体安身立命层面，这一担当对于现代世界的意义更为深远和恒久。相对于同时代其他文化先驱，王国维并非自觉的现代历史潮流中人，但是王国维对现代历史和文化的意义并不亚于当时任何一个潮流中人。相反，他与现代历史、社会和文化多重意义的纠结和冲突为现代社会、历史和文化提供了更为复杂丰富而深远的启示。不只如此，与价值和意义的担当伴生共在的，是一种溯源的追问，王国维所留下的问题与他所提供的启示同样有深远的意义和价值。若将王国维置于中国文明几千年的进程中，如果说屈原的存在及其自杀是中国文明早期——开创时期的启示与追问，那么王国维的存在及其自杀则为中国文化转型的历史进程中——再创时期的启示与追问，既是在传统与现代、东方与西方文化之间的现实取向的追问：之于文化，之于历史，之于传统，之于现代……又是超越这一切的终极价值的追问：之于价值，之于自由，之于人类困境，之于其中的个体存在……

参考文献

［1］吕振羽：《史前期中国社会研究》（上下卷），石家庄：河北教育出版社 2000年版。

［2］梁漱溟：《中国文化要义》，上海：学林出版社 1987年版。

［3］许纪霖、陈达凯主编：《中国现代化史》（第一卷），上海：生活·读书·新知三联书店 1995年版。

［4］陈少明、单世联、张永义：《近代中国思想史略论》，广州：广东人民出版社1999年版。

［5］费正清编：《剑桥中国晚清史》（上下卷），北京：中国社会科学出版社 1985年版。

［6］费正清编：《剑桥中华民国史》（上下卷），北京：中国社会科学出版社 1998年版。

［7］张怀承：《天人之变——中国传统伦理道德的近代转型》，长沙：湖南教育出版社 1998年版。

［8］柳诒徵：《中国文化史》，上海：东方出版中心 1988年版。

［9］俞宣孟：《本体论研究》，上海：上海人民出版社 1999年版。

［10］黑格尔著，贺麟译：《小逻辑》，北京：商务印书馆 1980年版。

［11］埃米尔·迪尔凯姆著，冯韵文译：《自杀论》，北京：商务印书馆 1996年版。

［12］马斯洛等著，林方主编：《人的潜能和价值》，北京：华夏出版社 1987年版。

［13］舍勒著，刘小枫选编：《舍勒选集》（上下卷），上海：生活·读书·新知三联书店 1999年版。

［14］R. B. 培里等著，刘继编选：《价值和评价——现代英美价值论集粹》，北京：中国人民大学出版社 1989年版。

［15］刘小枫：《现代性社会理论绪论》，上海：生活·读书·新知三联书店 1998年版。

［16］刘烜：《王国维评传》，南昌：百花洲文艺出版社 1996年版。

［17］陈鸿祥：《王国维评传》，北京：团结出版社 1998年版。

［18］陈鸿祥：《王国维与近代东西方学人》，天津：天津古籍出版社 1990年版。

［19］陈鸿祥：《王国维与文学》，西安：陕西人民出版社 1988年版。

［20］袁英光、刘寅生：《王国维年谱长编》，天津：天津人民出版社 1996 年版。

［21］《清代文化——传统的总结和中西两大交流的发展》，天津：天津古籍出版社 1991 年版。

［22］李良玉：《思想启蒙与文化重建》，长春：吉林人民出版社 2001 年版。

［23］本杰明·史华兹著，叶凤美译：《寻求富强：严复与西方》，南京：江苏人民出版社 1996 年版。

［24］刘桂生、林启彦、王宪明编：《严复思想新论》，北京：清华大学出版社 1999 年版。

［25］林毓生：《中国传统的创造性转化》，北京：生活·读书·新知三联书店 1988 年版。

［26］叶嘉莹：《王国维及其文学批评》，石家庄：河北教育出版社 1997 年版。

［27］夏中义：《世纪初的苦魂》，上海：上海文艺出版社 1995 年版。

［28］埃利希·诺伊曼著，高宪田、黄水乞译：《深度心理学与新道德》，北京：东方出版社 1998 年版。

［29］默里·斯坦因著，喻阳译：《日性良知与月性良知》，北京：东方出版社 1998 年版。

［30］乔治·麦克林著，干春松、杨凤岗译：《传统与超越》，北京：华夏出版社 2000 年版。

［31］卡尔·古斯塔夫·荣格著，张敦福、赵蕾译：《未发现的自我》，北京：国际文化出版公司 2001 年版。

［32］西格蒙德·弗洛伊德著，徐洋、何桂全、张敦福译：《论文明》，北京：国际文化出版公司 2000 年版。

［33］郑家栋：《断裂中的传统》，北京：中国社会科学出版社 2001 年版。

［34］何怀宏：《良心论》，上海：生活·读书·新知三联书店 1994 年版。

［35］邱树森、陈振江主编：《新编中国通史》（第三、第四册），福州：福建人民出版社 1993 年版。

［36］《王国维学术研究论集》（第一、二、三集），上海：华东师范大学出版社 1983 年、1987 年、1990 年版。

［37］孔祥吉：《晚清史探微》，成都：巴蜀书社 2001 年版。

［38］清史编委会编：《清代人物传稿》（下编 1—10 卷），沈阳：辽宁人民出版社 1994 年版。

［39］王森然：《近代名家评传》（初集、二集），北京：生活·读书·新知三联书店 1998 年版。

［40］杨国荣：《史与思》，杭州：浙江大学出版社 1999 年版。

[41] 杨国荣：《理性与价值》，上海：生活·读书·新知三联书店1998年版。

[42] 成中英：《合外内之道》，北京：中国社会科学出版社2001年版。

[43] 张世英：《天人之际——中西哲学的困惑与选择》，北京：人民出版社1995年版。

[44] 埃利希·弗罗姆著，黄颂杰主编：《弗罗姆著作精选》，上海：上海人民出版社1989年版。

[45] 余英时：《中国思想传统的现代诠释》，南京：江苏人民出版社1998年版。

[46] 陈平原、王枫编：《追忆王国维》，北京：中国广播电视出版社1997年版。

[47] 喻大华：《晚清文化保守思潮研究》，北京：人民出版社2001年版。

[48] 王国维著，萧艾笺校：《王国维诗词笺校》，长沙：湖南人民出版社1984年版。

[49] 高瑞泉主编：《中国近代社会思潮》，上海：华东师范大学出版社1996年版。

[50] 陈来：《陈来自选集》，桂林：广西师范大学出版社1997年版。

[51] 杨祖陶、邓晓芒编译：《康德三大批判精粹》，北京：人民出版社2001年版。

[52] 包利民、M. 斯戴克豪思：《现代性价值辩证论》，上海：学林出版社2000年版。

[53] 佘碧平：《现代性的意义与局限》，上海：生活·读书·新知三联书店2000年版。

[54] A. 麦金泰尔著，龚群、戴扬毅等译：《德性之后》，北京：中国社会科学出版社1995年版。

[55] 邬国平、黄霖编：《中国文论选》近代卷（上、下），南京：江苏文艺出版社1996年版。

[56] 汤因比著，曹未风等译：《历史研究》，上海：上海人民出版社1997年版。

[57] 王国维：《王国维文集》，北京：中国文史出版社1997年版。

[58] 吴泽主编，刘寅生、袁英光编：《王国维全集》，北京：中华书局1984年版。

[59] 徐麟：《鲁迅中期思想研究》，长沙：湖南师范大学出版社1997年版。

[60] 汪晖：《汪晖自选集》，桂林：广西师范大学出版社1997年版。

[61] 单世联：《反抗现代性》，广州：广东教育出版社1998年版。

[62] 加缪著，杜小真译：《西西弗的神话》，桂林：广西师范大学出版社2002年版。

[63] 严复著，卢云昆编选：《社会剧变与规范重建——严复文选》，上海：上海远东出版社1996年版。

[64] 康有为著，谢遐龄编选：《变法以致升平——康有为文选》，上海：上海远东出版社1996年版。

［65］陈寅恪：《元白诗笺证稿》，北京：生活·读书·新知三联书店 2001 年版。

［66］王国维：《古史新证——王国维最后的讲义》，北京：清华大学出版社 1994 年版。

［67］陈明、朱汉民主编：《原道》（第五辑），贵阳：贵州人民出版社 1999 年版。

［68］浦江清：《浦江清文史杂文集》，北京：清华大学出版社 1993 年版。

下　编

《新青年》暨现代文学高层论坛会议综述

　　2005 年是《新青年》创刊90 周年。6 月11 日至12 日，由中共广东省委宣传部、北京大学和暨南大学现代文学研究中心主办的"《新青年》暨现代文学高层论坛"大型学术研讨会，在广州暨南大学召开，全国各地40 余所高校、研究机构的70 余位资深专家学者与会，就会议主题展开了热烈而严肃的学术研讨。广东省委宣传部副部长蒋斌先生，暨南大学党委书记蒋述卓教授，暨南大学文艺学学科创始人饶芃子教授分别致辞。

　　与会代表以求实、严谨、创新的学术原则，围绕着《新青年》与中国现代文学及现代文化之间的关系，进行了多元化的理论探讨。

　　一、对《新青年》史料有新的挖掘与整理，包括对《新青年》的办刊理路、传播途径和方式等的实证性考察

　　首都师范大学李宪瑜博士从源头探究陈独秀创办《新青年》的起始原因，考证并梳理了陈独秀创办《新青年》杂志之前在上海《国民军日报》、安徽《安徽俗话报》、上海《甲寅》杂志的办刊经历和经验，并分析了这些经历和经验与其后来创办《青年杂志》（《新青年》）在观念和方式上的联系。陕西师范大学李继凯教授从社会学和文化传播的角度，以川、陕为中心对《新青年》作为一种文化现象在相对闭塞、落后的中国西部地区的传播方式、途径、特点、社会效果、接受与创化、后续效果等作了较为详尽的考察。南京师范大学杨洪承教授考察并总结《新青年》办刊过程中所创造的五个模式：以杂志为中心构成的群体凝聚的模式，"运动"的话语模式，以民族、国家为焦点的激进的思想启蒙模式，文化与文学的关联模式以及公共空间的模式。认为《新青年》作为中国第一个现代思想文化的主要群体和阵地，它所创立的杂志形式和群体形式都对中国现代文学产生了重要的、长远的影响。其他，如洛阳师范学院张宝明教授回到历史现场

考察比较《新青年》两个主要时期的主编陈独秀、胡适的办刊理路与编辑方针，涉及双方性格、处事方式对办刊观念、方式的影响和区别。中国社科院胡明研究员从《新青年》的文本、封面、版式对《新青年》做整体研究，尤其指出胡适加盟之后，《新青年》所发生的文化本质的变化。上海师范大学杨剑龙教授以符号学的方法研究了《新青年》封面与插图的四种版式，并从版式的变化中看出《新青年》的文化韵味和内涵，及其价值选择和文化选择。厦门大学王烨博士以翔实资料分析后期的《新青年》发生转向的原因及其与新文学潮流的关系等。

二、关于《新青年》与文学之间关系的讨论

暨南大学朱寿桐教授以翔实的资料考证梳理了前期《新青年》的文学性内容。他认为，在1921年完全成为政治理论刊物之前，《新青年》在推动和运作中国新文化运动的过程中，对文学问题关注最多，并通过理论与批评、翻译与介绍、创作与研究等各种文学活动，对新文学的建设和探讨，对新文学传统的建立做了大量的基础性工作，直接酝酿并促成了中国新文学传统的终极确立。武汉大学方长安教授考察分析了《新青年》与白话新诗之间的辩证关系，充分肯定了《新青年》在新诗建构中的特殊作用和价值。南京晓庄学院杨迎平教授总结了《新青年》戏剧改良的特点，并反思《新青年》戏剧改革的理念和方式对中国戏剧发展的负面影响。扬州大学徐德明教授从关键词入手，精辟地论述了"黑幕小说"最初在新文化阵营中是一种怎样的对象性存在，并提出了我们今天究竟应该怎样去严肃、科学、理性地对待新文学发生之后的旧文学和旧形式问题。另外，浙江大学骆寒超教授关于《新青年》与中国新诗革命的论述，广东技术师范学院钟军红教授对胡适"作诗如作文"理论缺失的分析，浙江师范大学王嘉良教授从地域文化和作家群体的角度解读浙江现代作家与《新青年》的内在关系等，皆具有相当深刻的理论水准。

三、对《新青年》思潮、理念以及现代中国文化思想的思考与探究

中山大学林岗教授就"为什么中国现代思想的开幕式是'民主''科学',而不是'自由'"的问题提出自己的思考,认为中国现代思想开幕的最重要人物是严复,他在《天演论》中提出"物竞天择,适者生存"的观念震撼人心,导引人们在思想、观念、制度等层面上分成了"适者"和"不适者",这直接导致了《新青年》群体以及后来的中国知识者对"民主"与"科学"的理解是不全面、实用化和十分肤浅的。暨南大学宋剑华教授认为,1915 年 9 月至 1916 年 12 月,以陈独秀为精神领袖的《新青年》在思想意识形态领域的多方面变革,其思想深度和视野广度,都未超越晚清梁启超《新民丛报》时期的办刊宗旨,社会效果并不明显。而 1917 年 1 月至 1919 年 12 月,以胡适为精神领袖的《新青年》,办刊宗旨从思想文化革命的务虚性,转向了语言文体革命的务实性,则切实地剥夺了传统知识分子的话语权,从正统和民间两个方面颠覆了古代文学的固有形态,成为中国现代思想文化革命的真正起始点。华南师范大学袁国兴教授探究《新青年》与中国现代新人文主义思潮之间的关系。认为从 1898 年戊戌变法到 1978 年改革开放之前,从人的自身利益出发思考变革社会趋向的人文理念,是影响中国社会与文化变革的主导意识形态,这一历史潮流深刻地反映了"五四"知识者自身所具有的传统士大夫精神,并被合理地转换为现代文化非常宝贵的精神资源。华中科技大学李俊国、何锡章教授探讨了《新青年》作为新的文化元典在思维方式、价值形态、话语方式方面的语义特征,指出以进化论为主要理论基点,以"进化"的直线发展图式,以西方的"现在"为文化空间的转换,是《新青年》作为文化元典的思维方式的起点。表现为"古"与"今"、"中"与"西"、"新"与"旧"的二元对立结构,从中体现出对"古"与"中"的否定,对"今"与"西"的肯定,科学精神、启蒙思想、人的发现,一夜之间便成为《新青年》文化元典的主体性价值支撑,并对后人产生了不可低估的深远影响。兰州大学赵学勇教授认为,《新青年》知识精英跨越了三种历史交错点:19 世纪与 20 世纪的世纪交错点,1911 年清王朝与中华民国的朝代交错点,五四运动由旧民主主义到新民主主义的政治历史交错点。这一历史坐标决定了

《新青年》开创新文学的意义并不在于其广度和深度上，而在于它参与了文学解放的时代，参与到世界文化和文学的整体格局。华东师范大学吴炫教授反观新文学百年发展而反思文学走向现代化究竟意味着什么。他指出，中国文学与文化的现代化问题不是新与旧的问题，而是存在性质的改变与否；新文学与旧文学的关联应该是思考中国文学的重要起点，二者的关联即在于"文以载道"，《新青年》是以新的"文以载道"淘汰或置换了旧的"文以载道"；如何在尊重"文以载道"、尊重新的传统和教化的格局里保持中国文学的独立性，是中国现代性文学发展值得思考的问题。苏州大学刘锋杰教授对《新青年》积极自由与消极自由在派别、观念、创作方面的不同内涵和表现作了梳理，认为《新青年》所产生的新与旧的对立，不是《新青年》整体的问题，而是《新青年》中积极自由派的问题，在消极自由方面则是新与旧的调和与兼容。厦门大学俞兆平教授指出，在新文化运动和"五四"时期，科学话语已经形成了强大的文化语境，深深地渗透到文学思潮和创作中，但在现代文学界一直没有得到充分的研究；《新青年》对"科学"的理解已经进入了科学主义的范畴，从意识形态的角度看待与论述科学，在《新青年》同人的论述中，科学精神覆盖了政治、伦理、宗教、文学、美学等领域。

四、对《新青年》思想文化内涵的反思与研究

北京大学严家炎教授论述了《新青年》对家族制度的批判问题，梳理了中国家族制度缘起与发展的历史。他指出，士农工商四民中的主体——士与农，是自发地依附于家族制度的。并由古到今、由历史到现实、由文学作品到社会现象，列举家族制度对民族，对国人思想、观念、心理上的戕害。海南师范学院徐仲佳博士论述了贞操问题在《新青年》杂志讨论的缘起、发展阶段和意义。他认为这一讨论对于中国现代性话语建构的意义是重大的，使从西方移植来的现代性话语得以具体化、中国化。另外，北京语言文化大学高旭东教授认为现代中国的启蒙运动分为两个方向：胡适、陈独秀代表了现代启蒙的理性方向，鲁迅则以其批判、反省的彻底性而代表了启蒙的现代深度，是悲观性的启蒙。郑州大学张鸿声教授围绕《新青年》对"五四"时期劳工问题再思考，对"劳工"定义的过程作重新考察，劳工问题的具体探讨对重新认识文学史有相当的启发性。

五、回归刊物自身，对《新青年》进行还原研究，及对相关主题的理解

一直以来，对《新青年》的研究被《新青年》过于突出的思想文化内涵所遮蔽，山东师范大学魏建教授则回到《新青年》的基本命题——青年的主题与青年的形象上来，还原《新青年》的丰富内涵。他指出："青年"是《新青年》杂志创刊之初的中心话题，创刊初期的"青年"主题正是使《新青年》产生重大影响、奠定其文化地位的重要内容。《新青年》最初的作者群陈独秀等一代老革命党人把拯救中国的希望寄托在青年人身上的理想，与当时的"进化论"等观念一起缔造了"青年拯救中国"的信念。《新青年》关于"青年"的想象不只是思想文化上的，而是具有完整的、丰富的文化隐喻，这一新的文化意象与强国保种的理念相联系，与解决生的、食的、爱的、性的饥渴的"辟人荒"的观念相联系，共同形成了关于"青年"的意识形态。同时这一形象也寄托了新文化先驱们的强国之梦。中山大学刘卫国博士针对学术界借现代性名义打压"五四"的倾向指出，晚清文学已经在科学主义、民族主义方面开始了对现代性的追求，但其中的人道主义意识是薄弱的，而现代性四种观念——人道主义、科学主义、民族主义、资本主义——在《新青年》杂志发起的新文化运动中才得到全面的真正的展开和有意识的、自觉的探讨。所以，在讨论文学现代性的问题时，不能排斥晚清，也不能排斥"五四"，中国文学的现代性是由晚清和"五四"两代人共同完成的。赵学勇针对同时代和后人们责备《新青年》一代文化人对传统文化态度过于偏激的观点。指出《新青年》理性的偏激恰是跨世纪而又必须突破传统文化的一代人在非常时期的正常心态，没有这一代突围者的偏激，中国现代化的进程还要推迟几十年。《中国社会科学》杂志王兆胜研究员则集中从正面论述《新青年》的负面影响，由《新青年》而反思 20 世纪中国文化中的"新"与"青年"情结。"新"与"旧"、"青年"好于"老年"的思维方式与价值尺度，使文学、文化总是缺乏积淀，缺乏动力，缺乏自身的资源。所以，文化与文学应该是多元的、混杂的、自然的状态，矛盾的和谐，才为真正的理想状态。福建师范大学郑家健教授认为，回到《新青年》具体的历史语境中，恢复它的本来面目和复杂性，在历史的相互关联中通过具体分析和实证考察，才能切实

说明《新青年》的重要性。

　　最后由北京大学温儒敏教授作了精彩的大会总结。他指出，《新青年》是百年中国一个耀眼的文化现象，其精神、气象有一种不可重复之美，它作为一种精神和思想资源在百年中国的现代历史中一直滋养着我们，支持着我们，所以，关于《新青年》的学术研究和学术会议有其重要的价值和意义。他对会议论文的多元性、务实性和学理性给予高度肯定。认为会议发言表明正在恢复和重振学术的活力，是在学术研究中对当下社会文化和现代文化思潮的建设性的回应。他也提请研究者注意《新青年》和"五四"知识者所处的民间立场，这是研究者须注意的一个基本点。另外，温儒敏教授特别指出，当下学术界、思想文化界存在着相对主义和平面化思潮，以及无中心、无焦点、无对话，对历史文化随意解构的混乱状况，当下社会文化也存在着粗鄙化与精神焦虑问题，对这一切，社会科学与人文科学工作者应该作出建设性的回应，不应该只关注自己的理论和学术，也要关注社会效果。

【原载于《文学评论》2005 年第 6 期】

继承而变脱 起逸而深厚
——梁弘健文人砚赏析

一

梁弘健，广东肇庆人，国画家，国家级制砚大师。以国画家而做砚雕，在中国艺术史上为数极少。而梁弘健将中国画的诗书画印、审美意向注入砚艺的雕刻、结构与气韵之中，使其作品独具一格而别有韵味，在题材、构图、刀法等多方面使端砚这种民间艺术具有了国画的气韵、格调，具有了文人的气质、情怀，其中所蕴含的自觉的文化意识与艺术精神，深厚的文化底蕴和鲜明的个性风格提升了端砚的文化品格和境界，为端砚这门古老的工艺注入了新的内涵和生命。而梁弘健对砚艺文化的积极倡导，对端砚艺术自觉的继承与革新，又扩展了端砚艺术的天地，使端砚这门古老的工艺和文化走向更为开阔的天地。

梁弘健17岁进入肇庆市端砚厂做学徒，虽然他所在的是国画车间，但每天接触端砚制作，看端砚车间的师傅操刀、刻砚，渐渐便熟悉了端砚制作程序与工艺流程。他也多次到砚洞中劳动，目睹了采石工人的艰辛。加之其父亲，著名老中医梁剑波先生，精书画，嗜端砚，富收藏，梁弘健耳濡目染，培养了多方面的艺术素养，奠定了艺术根基，也由此奠定了对端砚的艺术感受力和独特的眼光。而梁弘健制端砚的初衷也正在于他发现传统砚雕过程中石材、石品的浪费，而以其艺术家的眼光发现和利用可造就之石材。在美国留学时，梁弘健与友人（端砚大师梁子峰）通信中进一步萌发了"文人砚"的思想，认为端砚不应该局限于民间工艺的层次，砚艺中应该有中国画的精神，应将诗书画印入砚，提高端砚这一古老工艺的文化品位。于是，在1991年回国后，他便按照自己的想法雕刻了几方砚台，感觉很满意，这更加坚定了他制作和倡导"文人砚"的想法。1996年，梁弘健创建大岭砚桥，其砚艺思想得以贯彻于他的弟子之中，此时期的砚艺作品即是以绘画艺术为基础，结合传统端砚艺术，精雕细镂，集绘画、书法、诗词、篆刻为一体，形成了砚桥派端砚艺术风格。

从1991年雕刻第一块端砚开始，迄今为止，梁弘健砚艺作品已有上百方，其作品多次参展，并获得国内各类大型工艺美术展览金奖、银奖、优秀奖。不同于传统砚艺较为单纯的工艺性和内容的民俗性，梁弘健的作品有极强的思想性和文化意蕴。从题材来看，其作品可分为几类：文人隐士及儒释道人物系列，山水田园系列，昆虫系列，及少量仕女作品。这几类作品又形成两大相互交融的主题和意向：山水与昆虫系列充满了大山大水田园意趣、生活气息与人间情怀；文人隐士与儒释道人物系列则贯注了一个艺术家和思想者对宇宙、自然、人生的体悟、思考和求索。两大主题系列皆融注了梁弘健本己的生命体验与艺术求索，融入了他独特的艺术情趣，构成了一种淡远高逸的境界，别具文人意趣和文化韵味，并带有梁弘健的个性特色，流露出个人的性情、心境与胸臆。

作为一个文人画家，梁弘健制作了一批文人隐士题材的砚艺作品，如《秋月皎皎对诗歌》《赏竹》《赏梅》《读画》等，这类作品蕴含了浓厚的文人气息，秋夜、星月、山水、亭台，作诗、看云、观竹、品梅、赏画等，无不是文人生活的写意和文人精神的贯注。隐逸文化，自古就是中国文化重要而独特的组成部分，作为一个文人画家，梁弘健也雕刻了大量的隐者形象，这类题材的作品既有传统诗文和国画中的樵夫、贤士形象，也有文人本身作为隐者的形象，如《酒醒何处》、《秋荷滴露细吹衣》之醉翁，《高山流水遇知音》之文士与樵夫。而《云飞象外卧听松涛》《故人曾此共看云》等砚，其作品中的人物是文士，也是隐者，是野夫，也是学人。在通常文人生活的吟诗、作画、垂钓、赏梅、饮酒题材之外，这类作品更加突出了一个"逸"的境界，画面多萧疏简构，人物或悠游，或遐思，或酣醉，无不自在自得，冲淡放逸。总之，在梁弘健文人隐士题材的砚艺作品中，蕴含着文人隐士的生活意趣——一种纯粹的、艺术化、审美化的生活意趣，一种独有的文人内涵和韵致，一种超然与旷达的性情，一种"逸"的精神，一种"得之象外"的玄妙境界。而这正是文人画艺术精神的表现，正是传统文化蕴含的精粹所在。梁弘健的自我性情、心境、心志与襟怀亦流注于其中。

对更为高远的境界的求索与深思，表现在梁弘健儒释道人物系列作品中。如《六祖说梅》《六祖探梅》系列，以及释者形象的《佛祖》《东风知我欲山行》，儒者形象的《满船明月浸虚空》《黄鹂声声觅知音》等。另外，此类作品也有一些直接以佛教典故入砚的，如《僧语》《无量》。梁弘健将自己平时对儒释道精神的深刻领悟贯注于其砚艺作品中，人物亦儒亦道亦佛，主题亦逸亦隐，亦求道，亦问学。此类作品蕴含了梁弘健的深沉哲思，他对宇宙人生与"道""心"的体悟，构成了一种深沉而超然的大境界，一种"技近乎道""艺术即心性"的本于艺术而超越艺术的高远意境。

而梁弘健的山水与田园砚作品则体现了他艺术情趣与精神世界的另一面。如《黄河竞渡》《流水云间出》《肥田天边合》《井》《无边月影浸曲池》《烟雨山家》《横卧田埂入秀色》。山水的雄浑，田园的淡远，农家的悠然，这些作品既有大山大水的气魄，又有散淡的山水田园情趣，亦蕴含了超逸的文人心性，妙趣横生。值得说明的是，不同于梁弘健其他砚艺作品，这类作品表达了澄怀观道，卧以游之的文人精神，如此，山河万象与文人心性巧妙融合，文心情怀与山水田园神妙化合，而一种自然和谐、天人合一的意趣与韵致即在其中流动，此为梁弘健山水田园砚的独有特色。

梁弘健在传统砚雕基础上大力推进，并独具特色而堪称砚艺独创的是其昆虫砚系列。这类作品风趣活泼，构图简洁，"以昆虫为重点，多一片叶子为累赘，少一枝干觉气不足"①，尤为传神的是昆虫的眼睛和翅膀的雕刻，眼睛灵动，翅膀轻盈且有透明感。此类作品有鸣蝉砚系列、蜻蜓砚系列以及其他昆虫作品。鸣蝉、蜻蜓、螳螂、蝴蝶、鸣蛙、游鱼，稚拙顽皮，情态具足，简洁的画面流露的是无限的意趣，而此类作品同样传达出作者悠远飘逸的性情。总之，山水田园砚与昆虫砚系列作品所表现的是自然松散的心境和天籁无声的意象，形成一种滋润松脱、天然成趣的风格。相对于文人隐士和儒释道人物砚而言，梁弘健此类砚艺作品构筑的是另一种气韵与风格，一种融入了梁弘健深厚的人间情怀而又超然世外的一个桃源世界。

此外，梁弘健还雕有少量女性人物系列作品。如《莲子已成荷叶老》《轻衣软袖翻荷花》等，这些作品中的女性，或游春，或赏花，或与荷叶荷花相映相悦，或思人，或盼归，而女性的情、神与思皆细腻地得以表现。这类作品体现了梁弘健砚艺秀润的特点，其情思细腻的一面，也同样

---

① 梁弘健：《2006 年中国画艺术年鉴·梁弘健卷》，石家庄：河北教育出版社 2007 年版，第 92 页。

体现了自然超逸的境界和风格。

　　或僧，或道，或儒，或文人，或隐士，或仕女。隐士的萧散，文人的旷达，山水的雄浑，昆虫的轻灵。而所有这些题材其蕴意又互相呼应，互为补充。文人生活中亦有山林向往，释道隐士中亦有文人的心怀，山水田园中有文人的心境，也有释道的意境。梁弘健在其砚艺作品中雕刻了一个理想化的境界，一个超然世外而蕴藉深厚的化外之境。以民间艺术为主的端砚在梁弘健这里有了丰富的主题、文化的内涵、个性的表达以及文人画的精神和境界。

二

　　就艺术技法与风格来看，端砚艺术多在民间艺术的层面操作，雕刻工艺多承袭祖传或师承成法，格式图文较为固定，缺乏工艺美术基础。梁弘健把绘画的手法与精神引入砚艺，打破了传统工艺的承传，一变而为以艺术为主，贯注了艺术的思想与精神。其砚艺既吸取了传统砚雕手法，同时又融入了中国画的精神，以诗书画印入砚，具有国画的造型、线条与气韵，自觉地在品位、品格、内涵、精神方面推进传统砚艺的拓展与提高，推进传统砚艺向高层次艺术的转化。

　　就技法来看，梁弘健砚艺作品刀法灵活多样，"不束缚，不拘泥"，无匠气，一如中国画用笔。其作品全部是浅浮雕，保留了砚雕独有的美感和韵味及其实用性的特点。如昆虫砚《雨后新竹上蜗牛》等作品简构疏朗，有一种八大山人的笔法与意境；而《有声有色》则刀法严谨、简练而典雅，别具美感。在材料的取舍与采用方面，梁弘健既继承了传统砚雕"随类赋形，因材施艺"的特点，又跳出传统砚雕工艺的制作成法，以其国画家的眼光赋予材料更为高雅的意蕴。如《山河万象》即利用石眼的分布，巧妙构图，线条流畅，画面简洁疏朗，而石眼与云的"似与不似"恰恰构成了画面的灵动飘逸，蕴意无穷；作品《渔舟唱晚》中，砚眼在画面中似渔灯，画面富有生活味。某些传统砚雕所认为的"死眼"在梁弘健这里却转化为砚面的活生生的灵性因素，真正巧夺天工，精妙神化，化腐朽为神奇。对传统砚雕有可能舍弃的石材、石色、石皮，梁弘健也大胆取用，艺术地利用其天然的美感而设计一方天地。如《六祖说梅》即利用天然石色、石皮而雕出老梅的遒劲态势。《东风第一枝》亦具有同样的艺术效果；

《红蜻蜓弱不禁风》巧妙地采用天然石皮和石色，神奇地化为残荷，与蜻蜓的轻灵对应，整个画面生动风趣而别具韵致。对若隐若现的石纹，梁弘健亦有别具匠心的取舍和运用，如《求索不问山深浅》以石纹形成了风吹的动感，《大江淘月》的冰纹天然地造就了流水的动感，《春光困懒倚微风》的石纹则似微风的写意。独到的艺术眼光、神妙的艺术手法与砚石本身的美、精、奇、神、韵、情、趣相结合，梁弘健对材料的取舍和采用含蓄地增加了作品的艺术效果，巧夺天工，构成了国画般的写意以至大写意，达到了天工人工，两臻其美的意境。

对砚台画面的构图取势则更体现了梁弘健作为一个国画家的优势，梁弘健作品的画面大致有以下构置：画面之于砚堂，多半是半环绕，或偏于一侧，也有三面环绕者，如《满船明月浸虚空》环绕整个砚堂，《湿云飘过鸟声啼》等亦同样构图；而《秋月皎皎对诗歌》等则画面四面环绕砚堂；或以砚堂构成画面的呼应。对砚堂的处理也可看出梁弘健的独具匠心，砚堂在整个画面中或作为画面的一部分，如《读画》砚堂作为画轴，而《春光困懒倚微风》，砚堂极为谐趣地作了酒坛，而坛口则成为砚池，《风微涟漪动》则以荷池作了砚堂，在这些作品中，砚堂与砚池皆巧妙地成为画面的一部分。而梁弘健构图更为神妙之处在于，砚堂之于画面处于一种"有与无""在与不在""隔与不隔"之间，砚堂部分相当于中国画的留白，砚堂与画面处于虚实相间，有无相生之间，构成了整个画面的或悠远，或萧疏，或简放的意境，如《故人曾此共看云》《湿云飘过鸟声啼》等；而《忙中有余闲》《六祖探梅》等作品则以砚堂"隔断"画面，而这种画面的隔断却有意念的延续，从而这种"隔断"形成更为旷远的想象空间，造成更为玄远的意境。

而就梁弘健砚艺的意境来看。其作品或近于写实，更多的是写意，而且即使是写实作品也有很大的写意成分——以简洁的画面传达深远的意蕴，这是梁弘健砚艺作品的特色。画面简洁而意蕴深远，人物则似僧，似道，似隐，似文士，似农夫，正是在这似与不似之间，在这简洁与深远之间，传达出一种超逸的境界与情怀，一种写境、写情、写心、写意，直指人生性情的艺术境界，一种象外之意，化外之境，一种诗意化和理想化的境界。此外，无论写实还是写意，皆是作者独特的心性、情怀、体验、美感的表达，是梁弘健对传统文化精神的继承与参悟。梁弘健以一个艺术家的神妙运思将砚石本身的神韵予以表现，将之升华，将之诗化，最终达到文人画的气韵和境界。这种境界恰是对中国传统文化精神的传承。

　　传统的精神与内蕴，文化的内涵和品性，国画的用笔、造型、构图、意境，与端砚工艺的结合，形成了梁弘健独特风格和文化品格的文人砚，淳厚、雅致、超逸，气脉疏宕，隽永清朗。其砚艺既是对传统砚雕技法的继承，同时又不受传统造型与技法束缚。在形式上则构图、色彩、题画、刻字无不入砚，讲究美感，讲究线条、意境、构图之美，是构图、造型、美感的全面发挥；在内涵上则讲究砚艺的文化蕴含，融入了作者的品格、学识、修养、性情，是其自我精神与个性的传达。将中国画的诗书画印、审美意向注入砚艺的雕刻、结构与气韵之中，并以其特有的对诗文、绘画的造就，以其对中国文化精神的参透，深化了砚艺的意境，强化了其砚艺作品的个性风格，这就是梁弘健的文人砚。讲究品格，追求境界，超尘脱俗是梁弘健文人砚的精神指向。而以拙胜巧，反对摹拟蹈袭，强调直抒胸臆，则是其文人砚的一贯风格和自觉追求。梁弘健的文人砚从构图、审美、意蕴、题材、意境上突破了传统砚雕工艺，使砚艺这一古老的文化和工艺走向更为广阔的天地。

三

　　梁弘健不仅是一个端砚制作者，也是一个端砚艺术自觉的思想者、倡导者与行动者。近年来他关于端砚制作的新想法，关于文人砚的审美观，以及关于砚艺流派的思想，皆有意倡导、寻求交流，并贯穿其端砚的相关活动中。梁弘健所制作、提倡、力行的文人砚，明清时期已出现，但风格并不明晰，而且有很多民间艺术的成分，可以说并未形成气候和流派。自觉创作并倡导文人砚，且形成流派风格和思想的，始于梁弘健等人的创作实践。而梁弘健不仅在创作实践中，也在理论上全方位探索端砚艺术的继承与革新，阐发新的砚艺思想，从文化内涵和品格上有意识地推进砚艺的发展。他的砚艺作品即基于他对艺术与文化，继承与革新，砚艺与书画等多方面、多层次的探究与思考。对于自古流传下来的砚雕技法和工艺，梁弘健从画家的眼光和角度深入思考，从运刀、构图、风格、修养及砚艺的整体发展等方面加以阐述，提出一系列堪称精彩和突破的理论，如："刻字用刀如用笔，下刀要见胆，腕指全力切压……不束缚，不拘泥，不可有匠气。精细、方圆、曲直，自然成之，并无秘诀。""运刀如用笔，用刀当有笔意，方见线条之韵美……"　"……明画理，则刀得道，刀得道，则方可谈砚艺。"　"运刀……非神注不可。形神不散则气存，实亦为大家所为也……"　"一稿、二稿、三稿，稿稿为其气韵。一刀、二刀、三刀，刀刀存其精神。制砚难得气存神足，构图美，造型美，刀法美，砚铭章法美，样样不可缺少，事事考虑，步步为营，才达美不胜收。"　"制砚，宜气象清新，宜格局广大，宜简构雄浑，宜巧丽朴茂……"砚艺在梁弘健那里已经如同中国画一样深入精神与文化、"艺"与"道"的层面。而且明确提出："学习刻砚，要先从绘画入手……不懂绘画者，难得砚艺全面发展，此乃牵涉到艺术之全面修养……"① 从基本的技法方面关注砚艺制造者的艺术素养，这一理论对端砚艺术的发展无疑是更为切实和长远的倡议。

不仅在技法方面，梁弘健更为关注的是砚艺制作者的文化修养和品位。他曾经专门撰文阐发文人砚的审美观②，从中华文化的传承及中华文化精神本质的深度阐释文人砚的审美观，从儒释道思想与艺术精神的关系阐释文人砚的审美品位，从题材思想、经营位置、形神兼备、砚铭书法、骨法用笔等方面论述文人砚的审美观，明确提出以诗、书、画、印入砚，作品追求淡、静、洁，从而达到"得之象外"的超然精神境界。

梁弘健更为长远的眼光在于他的砚艺流派思想。他把砚艺作为一门独立的艺术提出并倡导砚艺流派思想，认为只有形成流派，才有追随模仿，才能形成气候，端砚这门古老的艺术才能在各流派的比较、竞争、交流中得以发展。正是在这些思想指导下，大岭砚桥的端砚创作才能集绘画、书法、诗词、篆刻为一体，从历史、文化、绘画、美术等角度阐释端砚，巧妙地将中国传统的诗文书画金石融会于传统砚雕中，形成砚桥派砚艺的鲜明风格和流派。

在艺术创作中，每一个艺术家都会面临继承与创新的问题，梁弘健的艺术之根深深扎根于传统之中，他始终尊重传统艺人、传统技艺。而其超越之处在于他对继承传统的深入思考，他认为对传统文化的传承是多层面、多角度的，重要的是对中国传统文化精神与内在本质的传承。儒家的仁厚德义，道家的天人合一，佛家的心性高远，及其三者的融会贯通，皆

---

① 梁弘健：《2006 年中国画艺术年鉴·梁弘健卷》，石家庄：河北教育出版社 2007 年版，第 91 页。

② 董立军主编：《国画教学》，成都：四川美术出版社 2006 年版，第 184～188 页。

是其所参悟、汲取并坚持的传统文化与精神的精粹所在。而梁弘健之所以坚持"文人画",提出"文人砚"的思想,还有另一层面的原因,即针对当下过度市场化和一心博取名利的浮躁与功利的艺术风气。梁弘健从古代文人画中所领悟到的是一种纯粹的艺术精神,一种理想境界,他坚持和倡导文人画、文人砚的目的之一也在于通过中国传统文化精神精粹的传承而纠正时下混乱的艺术风气。这也使他始终坚持艺术的纯粹目的和独立性,进而,以一种超然的"无用之用"的思想与精神,抛开一切干扰而沉浸于纯粹艺术的境地。不仅如此,梁弘健的可贵之处在于,一方面他作为一个现代人而自觉继承传统精粹;另一方面,他对传统又持开放的态度,不受传统造型、技法的束缚而努力探索,进而形成并坚持自己的创作个性和风格。值得指出的是,其艺术创作和变革是一种从传统思想、传统艺术精神中求新求变,"出新奇于法度之中"的变革,他始终在求索,也始终在稳健地变革,从不标新立异,哗众取宠。以一种现代的精神与气度继承古典艺术的精髓,以一种古典的情怀开拓端砚艺术的现代空间,这正是梁弘健继承与变革思路的独特与可贵之处。

梁弘健为人宽宏大量,待人大度真诚,如厚道、宽厚、淳厚、笃厚此类的词都可以用在他的身上,而且用在他的身上是如此贴切。性格通脱豪爽,淡于名利,亲人事,广交游,喜豪饮,至情至性,且一任性情而恪守传统美德——譬如仁义道德、古道热肠、肝胆相照……对儒释道精神和传统文化精粹的深入思考,不仅是梁弘健的艺术源泉,更融入其人格。更为难得的是梁弘健自始至终的一颗平常心,一股人间情,无论就其为人还是艺术而言。继承而变脱,根基深厚而本色天然,无论作画、作砚还是做人,在梁弘健身上皆自然地融通一体。梁弘健的作品淳厚而超逸,一如他的为人。而在超逸中又始终贯注了一颗平常心,亦如他的为人。在梁弘健的笃厚与古拙中也有痴狂的一面,即对艺术的痴情与执着。梁弘健修养全面,视野开阔,思维开放。单就砚艺来看,梁弘健是肇庆人,独得端砚文化的背景和土壤,但他的艺术修养和追求不止于端砚艺术,他曾经学习并涉猎过油画、国画、书法、工艺美术设计、陶艺等专业,他先于端砚工艺师的身份是国画家。而梁弘健本人好学深思,始终坚持从多方面汲取艺术营养:文学、历史、哲学等。深厚的文化思想底蕴,广博的专业修养,为梁弘健文人砚奠定了厚实的根基。艺术对梁弘健而言始终是最快乐,最愿意做的一件事。对于艺术,梁弘健勤于砥砺,他多次去广州、重庆、北京等地进修、观摩。去外地写生更是梁弘健艺术生活的重要内容。从 1978 年至今，梁弘健去过泰山、华山、嵩山、衡山、恒山、太行山、黄山，八百里秦川、敦煌、西藏等地，足迹遍及大半个中国。他对艺术的内涵、思想的求索却始终如一。在梁弘健那里，艺术即人生，人生即艺术，人生与艺术永不可分。艺术对梁弘健而言永远是一个上下求索的过程，是一个追求超越的过程。梁弘健的砚艺已经达到高超的水准，形成自己的风格，但他对自己的端砚艺术又开始了新的探索，下一步，他将尝试汉代风格的端砚制作，这一想法来源于汉代艺术的大气磅礴、质朴雄浑对他的启迪。相信他的求索会走进一个更加高远的大境界，一个新天地。

跋一　真赫家人的追思

大姐，大姐，你说走就走了，像你从前的做派，不屑于缠绵，永远都特立独行……你甚至临走前都未曾留下只言片语……这些天，悲伤和泪水一次又一次地淹没我……隐约中好像听见你说，用你惯常不屑的口气说："看你，哭什么，有什么好哭的……好好地弄你的孩孩，把心放肚肚里……"就像你最后一次发语音给我。可是，我听二姐说，你走的时候是睁着眼睛。你是有多少话要说……我又有多少话要听你说要对你说！你急匆匆地走了，留下我独自茫然、独自落泪，你去了哪里？有时候恍惚间，觉得你还会回来，像从前你每一次离开家人。到了某个暑假，你就心血来潮地回来了。我把你在微信里的语音，一个个地放着听，感觉你还在那里，不屑地对待你的病痛……喊，你说，我还早着呢，我还有好几十年要活呢！可是如今，你又在哪里？在得知你病重，生的希望渺茫，而你又陷入深深的无休止的病痛的时候，我甚至想让你早些一走了之，挣脱这让人痛不欲生的病魔，似乎觉得你只是先走开一会儿。可是如今我才不得不知道，你这次是真的离开了，再也不会接到你的电话让我帮你订回家的机票，再也不会听到你说你要从青岛走，可以在我家待个一天半日，再也不会有机会帮你整理行李，再也不能看到什么好的作品和你打电话交流了，再也看不到你在朋友圈里发的东西，再也听不到你突然兴奋地打电话说你最近吃的黑芝麻等怎样见效，让我也赶紧试试，再也不能把我以为你会喜欢的衣服送给你，再也不能在每年的这个季节给你寄山西小米，再也收不到你给两个孩孩精心挑选的衣服和书籍……

每天早上送孩子们上学的路上，我都会调频到一个古典音乐台，孩子和我伴着一路或淡或浓的风景，沉浸在或激越或平静的音乐中。车窗外，秋意正浓……知道吗？是你，在我还上初中的时候，无意中引导着我和你一样无可奈何地爱上了古典音乐，以至于我又影响到我的两个孩孩，他们俩也是古典乐迷，我们娘仨经常在一起搜好听的音乐，静静地沉浸在那些无法言喻的美好里，老大不时地还会有情不自禁的点评与感叹，而那个可爱又调皮的小姑娘，在这样的时候却是那么安静，一双透亮的黑眼睛更加清澈。你看见了吗，在凯天的卧室里，在我们的饭桌上，在孩儿们上学的路上，还有今年春天我驾车两个多小时带孩儿们去俄勒冈的路上，我们娘仨是怎样不由地浸泡在音乐里，又怎样地就一部音乐作品各抒己见，之后又喜悦于三个人的于我心有戚戚焉……如今小伙儿决定考音乐学院，一辈子和音乐待在一起，他也已经谱了好几个不错的曲子，如果你能听到，一定会用你惯常调侃的语气说："den真不错！den真棒棒！"这一切，都是因你当年撒在我心里的种子。其实，你又何尝不是我在文学方面的启蒙者。记得我还上小学一、二年级的时候就跟着你读《少年文艺》《儿童文学》，后来又懵懵懂懂地跟着读《十月》《收获》《文汇》等文学期刊，甚至弗洛伊德、弗洛姆的作品我也好奇地跟着你读。还记得吗？家里那时候订了《小说月报》，每次新书到的时候你都独自霸占着先尝鲜，一本书被你东藏西藏，掖在被子里，枕头下，甚至床底下，极尽你难得的这方面的智慧，我和二姐都抢不过你。你真的是一个多么可恶又可爱的书呆子呀！爸开会发的小收音机，你也总是霸占着，你喜欢听相声。暑假的时候，我们的院子里总会不时地传出姜昆、马季、李文华的相声，更少不了你那独特的颇为享受的笑声，那是我们在妈妈的布置下干家务活儿时候的唯一乐趣。有时候你会因为听得太投入忘了自己的任务，还因此烧糊了好几锅饭，也烧坏了好几口锅，这些对于当初我们贫穷的家庭来说是个不小的损失，对于你而言就是一个要挨挨挨骂的小小的灾难了。可是如今想来，却是何其温暖何其美好！尽管如此，爸妈还是非常欣赏你的写作才华和专心投入。记得有一年夏天你又开始了闭门创作，好像是在写《酸溜溜的草莓》吧。因为天热，我们在院子里吃晚饭，一家人都围坐桌前，唯独缺你，几次想叫你都被爸妈制止，"让她好好写吧，别打扰她"，爸妈都是一脸庄重。跟你说到这些，我似乎又听见你说："就是，谁让俺这么有出息呢！"我怎么也忘不了你蛮不讲理的幽默呀！

今天早上上学的路上，依然是伴着音乐，车窗掠过一树树燃烧着的灿烂，掠过一丛丛绚丽凄美的落叶，掠过那被率性的秋风送来的凄凄冷雨……你在你挚爱的秋天里走了，独自一人，像你每次的离开……"我不知该怎样描绘你，深秋的天空，无论是用我的画笔，我的诗行，还是我的歌声……"还记得吗？这是你高中时候的散文诗，我当时喜欢极了，一遍遍深情地朗诵，可如今我只记得开头这几句了，后面的是什么呢？你还记得吗？你一定会说："唉，那都什么年代的了，那么纯情又抒情的，俺早就忘了，真难得你还记得那么多"或者你会说……我想不出你还会说什么。在我眼里，你永远都是那个对什么都不屑的大姐，至少表面上是这样。其实，骨子里的你是一个对这个世界多么认真多么热情的人，否则，你不会有那么多的感慨，你短暂的人生也不会如此充满梦想却又如此跌跌撞撞。

伴着泪水，我写下这些文字。在你的影响下，我至今喜欢写点什么，可是，你走了好几天，我都不敢提笔，我知道这种痛彻心扉会怎样地把我推向无望的悲伤……可是，最终我还是忍不住，因为我无法阻止我的想念……几次，我又不能不停下来，任由泪水漫过我的脸庞，漫过我河流般的悲伤……原谅我，大姐，我如今没法听你的话了，把心放肚肚里。我真的放心不下你！走的时候，没有一个亲人在眼前，你睁着眼睛……你一个人，能行吗？我知道这么多年以来，你都是一个人，你说你习惯了，每次我开玩笑地问你我大姐夫在哪，你都会不屑地说："谁知道，爱在哪在哪。"我知道，你永远都不愿食人间烟火，这个世界，给了你太多的痛苦和失望，因为你的率真，你的纯净，你的冷静，你的热情，你的不管不顾不知深浅的抗争……

跋二 品性纯真 执著学术——追忆戚真赫

　　《戚真赫文集》经过近一年时间的准备，即将付梓。我想这也许是对才华横溢、视学术为生命的戚真赫老师在天之灵的一种最好告慰。

　　戚真赫生前是肇庆学院文学院的老师，我和戚真赫老师素昧平生。因2016年8月，我从湛江来到肇庆时戚老师已经故去，所以为她的文集写跋有些力不从心。但从平日一些同事对戚老师断断续续的回忆里，我捡拾并拼凑起生活的碎片，捕捉到了她的生息：对学术热爱执着得近乎痴狂、对人事纯真纯粹得近乎不谙世事，个性独特而又爱憎分明。

　　《戚真赫文集》收录了戚老师生前的硕士论文、博士论文，以及她在不同时期发表在《文学评论》《文史哲》《鲁迅研究月刊》《福建论坛》《山东社会科学》等一些刊物上的学术论文。戚老师的学术研究主要围绕中国近现代文学史上两位思想巨匠——王国维和鲁迅进行，作为女性研究者，这两个选题都充满了挑战。人们常说，思想家的一生都是痛苦的，回避痛苦就无法成就思想家。由此也可以拓展为研究思想家的学者也都是痛苦的，尤其是女性学者。王国维先生曾说"余疲于哲学有日矣。哲学上之说，大都可爱者不可信，可信者不可爱。余知真理，而余又爱其谬误。伟大之形而上学，高严之伦理学，与纯粹之美学，此吾人所酷嗜也。然求其可信者，则宁在知识论上之实证论，伦理学上之快乐论，与美学上之经验论。知其可信而不能爱，觉其可爱而不能信，此近二三年中最大之烦闷"。所以，叶嘉莹先生精辟指出："静安先生一生的为学与为人，可以说就是徘徊于'求其可爱'与'求其可信'及人生之途的感情与理智矛盾的追寻与抉择中。"也"正是这种对立，使王国维深切地感到可爱与可信的矛盾，产生了思想上的极大苦闷"。实际上，现实生活中率真的戚真赫老师的精神世界又何尝不如此呢？从学术到现实，戚真赫老师都在执着地追寻着由可信到可爱之路，但现实的真实往往不是那么可爱，甚至有点近乎残酷。正如熟知戚真赫的周海波老师在纪念文章中所说："她后来所选择的人生之路，基本上就是一条不归的学术之路。从研究生阶段选择鲁迅为研究对象，到博士阶段选择王国维为研究对象，奠定了她的人生、生活的基本方式，她的精神几乎就是在这两颗二十世纪最痛苦的灵魂间游来荡去，从鲁迅出发到王国维，再从王国维出发回到鲁迅。我不时地想，真赫一生以这两位思想和精神上无比深刻的巨人为研究对象，也许是前生的缘定，也许是她修行的福分，她无法脱离这两位二十世纪初期中国思想文化界的大师，她的才华也将皈依于这两位精神界的战士身上。"

读完厚厚的文集，我掩卷而思：超凡的毅力，丰厚的学养，多样的才华，至纯至真地行走在文学与生活之间，以睿智的理性与审美理想架构起了王国维的理念世界，却又在现实中苦苦守望，这该是怎样的一个奇女子！

敬佩于戚真赫老师的才华，也深感于她对学术的执着与热爱，更是为了沉甸甸的学术成果不至于因人的离去而淹没，我与戚真赫老师生前的几位同事一起筹备并出版该文集，以志纪念！为一位已去的学人略尽微薄之力。

在此向支持《戚真赫文集》出版的师友，特别是为本书付出辛苦的杨红军博士，以及暨南大学出版社的潘雅琴副编审一并表达深深的谢意！

肇庆学院文学院　唐雪莹

2018 年 8 月 6 日